De vloek

De boeken van John Grisham zijn nu ook verkrijgbaar als e-book

De aanklacht
Achter gesloten deuren
Advocaat van de duivel
De afperser
De bekentenis
De belofte
De beschuldiging
De broederschap
De claim
De cliënt
De deal
Dilemma
Het dossier
Het eiland
De erfgenaam
De erfpachters
De fraude
In het geding
De getuige
De gevangene
De klokkenluider
Het laatste jurylid
De lijst van de rechter
De medeplichtige
De onschuldigen
De ontvoering
Het oordeel
De oplichters
De partner
Het proces
Het protest
De rainmaker
Sparringpartners
De storm
De straatvechter
Het testament
Een tijd om te doden
Een tijd voor genade
Het ultimatum
De verbanning
De verdediging
Vergiffenis
Verloren seizoen
Het vonnis
De voortvluchtige
De wettelozen
Winterzon

John Grisham

De vloek

Vertaald uit het Engels door
Saskia Peterzon-Kotte

A.W. Bruna Uitgevers

Oorspronkelijke titel
Camino Ghosts

Vertaling
Saskia Peterzon-Kotte
Omslagbeeld
© Mehul Patel/Arcangel
Omslagontwerp
Studio Jan de Boer

ISBN 978 94 005 1554 3
NUR 332

1
De overtocht

1

Geen van de zo'n vijftig gasten had schoenen aan. Op de uitnodiging werden die specifiek verboden. Het was per slot van rekening een bruiloft op het strand en Mercer Mann, de bruid, wilde bij iedereen zand tussen de tenen. Het kledingadvies luidde *beach chic*, wat in Palm Beach iets anders kon betekenen dan in Malibu, en in de Hamptons waarschijnlijk weer heel wat anders. Maar op Camino Island betekende het 'alles mag'. Behalve schoenen.

De bruid zelf droeg een laag uitgesneden witlinnen jurk met een geheel blote rug, en omdat ze de afgelopen twee weken op het eiland had doorgebracht, was ze schitterend gebruind en afgetraind. Adembenemend. Thomas, haar bruidegom, was al net zo slank en zongebruind. Hij droeg een gloednieuw poederblauw seersucker kostuum, een gesteven wit overhemd en geen stropdas. En natuurlijk geen schoenen.

Thomas was gewoon blij dat hij erbij hoorde. Mercer en hij waren drie jaar samen en hadden de afgelopen twee jaar een appartement gedeeld, en toen Mercer eindelijk vond dat ze lang genoeg op een aanzoek had gewacht, had ze hem drie maanden eerder gevraagd: 'Heb je op zaterdag 6 juni om zeven uur 's avonds iets te doen?'

'Goh, dat weet ik niet. Dat moet ik even nakijken.'

'Zeg niks.'

'Wat?'

'Zeg dat je niks te doen hebt.'

'Oké, ik heb niks te doen. Hoezo?'

'Omdat we dan op het strand gaan trouwen.'

Aangezien hij niet bepaald een pietje-precies was, had hij weinig in te brengen in de planning van de bruiloft. Maar als hij wel iemand van de details was geweest, had dat ook niks uitgemaakt. Het leven met Mercer was in veel opzichten geweldig, niet in het minst omdat de verantwoordelijkheid van beslissingen nemen totaal niet bij hem lag. Hij voelde dus geen druk.

Een gitarist tokkelde liefdesliedjes terwijl de gasten champagne dronken. Ze was een van Mercers studenten creatief schrijven aan Ole Miss en had zich vrijwillig beschikbaar gesteld voor de bruiloft. Een ober met een strohoed vulde hun glazen bij. Ook hij studeerde bij Mercer, al moest ze nog een manier vinden om hem duidelijk te maken dat zijn fictie te raar was. Als ze een botterik was geweest, zou ze hebben aangevoerd dat hij als barkeeper op kleine bruiloften waarschijnlijk meer geld zou verdienen dan met zijn pogingen om romans te schrijven, maar ze had nog niet het gezag of het vermogen ontwikkeld om de minder veelbelovende studenten te ontmoedigen.

Mercer gaf les omdat ze een salaris nodig had. Ze had een bundel korte verhalen en twee romans gepubliceerd. Ze was op zoek naar een derde. Haar vorige, *Tessa*, was een bestseller geweest en vanwege dat succes had Viking Press haar een contract voor twee boeken gegeven. Haar redacteur bij Viking wachtte nog steeds op het idee voor het volgende verhaal. Mercer ook. Ze had wel wat geld op de bank staan, maar niet genoeg om te gaan rentenieren, niet genoeg om de vrijheid te kopen om fulltime, zorgeloos te schrijven.

Een paar van haar gasten hadden die vrijheid wel. Myra en Leigh, de grandes dames van de literaire maffia van het eiland, waren al tientallen jaren bij elkaar en leefden van hun royalty's. In hun glorietijd hadden ze onder een stuk of tien pseudoniemen zo'n honderd dampende liefdesromannetjes geproduceerd. Bob Cobb was een oud-crimineel die in een federale gevangenis had gezeten wegens bankfraude. Hij schreef keiharde misdaadverhalen, met een voorliefde voor gevangenisgeweld. Als hij dronk, wat zo'n beetje altijd het geval was, beweerde hij dat hij al in geen twintig jaar meer eerlijke arbeid had verricht. Hij was schrijver! De rijkste van de groep was waarschijnlijk Amy Slater, een jonge moeder van drie kinderen die een klapper had gemaakt met een reeks over vampiers.

Amy en haar man, Dan, hadden een flink deel van hun geld besteed aan het bouwen van een schitterend huis op het strand, een kleine kilometer bij Mercers zomerhuis vandaan. Zodra ze het nieuws van de bruiloft hoorden, stonden ze erop om die bij hen thuis te organiseren, met receptie en al.

Zoals iedere bruid zag Mercer helemaal voor zich dat ze elegant met haar vader naar het altaar zou lopen. Maar hij werd uit de ceremonie geschrapt, net als het altaar. Meneer Mann was een gecompliceerde kerel die nooit tijd had besteed aan zijn vrouw en dochters. Toen hij klaagde dat de bruiloft misschien niet in zijn drukke schema zou passen, zei Mercer: laat maar zitten. Zonder hem zouden ze meer plezier beleven.

Haar zus, Connie, was er wel, en op haar kon je altijd rekenen voor een portie familiedrama. Haar twee waardeloze tienerdochters zaten al op de achterste rij en staarden naar hun telefoon. Haar man klokte champagne achterover. Maar voor een positieve noot was daar Mercers literair agent, Etta Shuttleworth, met haar man, evenals haar redacteur bij Viking, die ongetwijfeld de kans zou grijpen om te informeren naar de volgende roman, die nu al een jaar te laat was. Mercer was vastberaden om het niet over zaken te hebben. Het was per slot van rekening haar bruiloft en als de redacteur ook maar een klein beetje drammerig zou gaan doen, zou Etta daar wel een stokje voor steken. Er waren drie jaarclubgenoten van Sewanee, twee van hen met echtgenoot. De derde kwam regelrecht uit een vechtscheiding waar Mercer al veel te veel over had gehoord. Ze hadden alle drie een oogje op Thomas, dus Mercer hield hem in de gaten. Het feit dat hij vijf jaar jonger was dan zijn bruid maakte hem nog sexyer. Twee collega's van de faculteit van Ole Miss hadden het tot de definitieve gastenlijst geschopt en brachten een week op het eiland door. Mercer kon prima met hen opschieten, maar was wel op haar hoede. Ze had hen alleen uit beleefdheid uitgenodigd. Dit was haar derde campus in zes jaar tijd en ze had een hoop geleerd over faculteitsgekonkel. Ze was de enige professor ooit van de afdeling Engels van Ole Miss die de bestsellerlijsten had veroverd met een roman, en soms was de jaloezie voelbaar. Een oude vriend uit Chapel Hill was wel gevraagd, maar had de uitnodiging afgeslagen. Er waren twee vriendinnen van de middelbare school en een van de kleuterschool.

Thomas kwam uit een stabieler gezin. Zijn ouders, broers en zussen en hun kleine kinderen namen een hele rij in beslag. Achter hen zat een luidruchtig stelletje studievrienden uit zijn tijd op Grinnell.

De neppredikant – Bruce Cable, eigenaar van Bay Books en voormalig minnaar van de bruid – vroeg iedereen om plaats te nemen en dichter naar het voorste gedeelte te komen, waar een witte rieten boog was opgezet. Die hing vol met rode en witte rozen en anjers en werd aan weerszijden ondersteund door lattenwerk. Daarachter lag dertig meter wit zand, gevolgd door niets anders dan de Atlantische Oceaan; een schitterend uitzicht dat kilometers ver reikte, tot de aardbol afboog.

De gitarist bleef tokkelen tot Mercer en Thomas op het plankier verschenen. Ze kwamen hand in hand de trap af en glimlachten de hele weg naar de boog, waar ze werden onthaald door de neppredikant.

Het was niet de eerste bruiloft van Bruce Cable. Om een of andere vage reden was het in Florida voor bijna iedereen toegestaan om een goedkope vergunning bij een gerechtelijk kantoor te halen, 'officiant' te worden en een burgerhuwelijk te voltrekken. Dat wist Bruce niet, en hij had er ook helemaal geen belangstelling voor gehad, tot een oud vriendinnetje op Camino Island had willen trouwen en per se wilde dat Bruce de honneurs waarnam.

Dat was de eerste geweest. Die van Mercer was de tweede. Hij vroeg zich af hoeveel officianten met al hun bruiden hadden geslapen. Ja, één keer, niet zo heel veel jaar geleden, was hij met Mercer naar bed geweest toen ze hem bespioneerde, maar dat was verleden tijd. Noelle, zijn vrouw, wist ervan. Thomas was op de hoogte. Iedereen vond het prima. Het was allemaal heel beschaafd.

Mercer, die zich heel goed bewust was van Bruce' neiging om van het script af te wijken, had hun geloften zorgvuldig opgeschreven. Verrassend genoeg was Thomas naar zijn mening gevraagd en hij had er zelfs iets in zijn eigen woorden aan toegevoegd. Een oud-student van de University of North Carolina stond op en droeg een gedicht voor, een ondoorgrondelijk allegaartje van vrije verzen dat bedoeld was om de romantische sfeer te vergroten, maar in plaats daarvan ertoe leidde dat de gasten naar de golven staarden, die zachtjes stuksloegen op het strand. Bruce wist de aandacht weer te vangen door een korte levensloop van de bruid en de bruidegom te geven, waarmee hij een paar keer de lachers op zijn hand kreeg. De gitarist kon ook zingen en ze bracht het gezelschap in verrukking met een indrukwekkende versie van 'This Will Be (An Everlasting Love)'. Connie las een scène voor uit *Tessa*, Mercers laatste roman, die losjes gebaseerd was op hun oma. In het boek liep Tessa elke ochtend over hetzelfde stuk strand, op zoek naar eieren die de schildpadden de voorgaande nacht hadden gelegd. Ze bewaakte de branding en de duinen alsof ze haar eigendom waren, en verschillende mensen in het gezelschap herinnerden zich haar maar al te goed. Het was een aangrijpend verhaal over iemand die veel invloed had gehad op de bruid.

Bruce loodste hen door de geloften heen, die naar zijn deskundige mening nogal aan de breedvoerige kant waren; een terugkerend probleem met Mercers proza, dat hij vast van plan was te corrigeren. Hij was dol op zijn schrijvers en koesterde ze allemaal, maar hij was ook een taaie criticus. Nou ja, dit was niet zijn bruiloft.

Ze gaven elkaar de ringen, gevolgd door een kus, en ze bogen als man en vrouw naar de gasten. Het gezelschap stond op en applaudisseerde.

De hele dienst duurde tweeëntwintig minuten.

De fotoshoot duurde langer, en daarna stapten ze allemaal het plankier op en liepen achter Mercer en Thomas aan over de duinen naar het zwembad, waar er nog meer champagne stond te wachten. Het bruidspaar deed hun eerste dans op 'My Girl'. Daarop liet de dj nog meer Motown-nummers volgen, en er werd verder gedanst. Er verstreken bijna tien minuten voordat de eerste dronkaard, Connies echtgenoot, in het zwembad viel.

De populairste cateraar van het eiland was Chef Claude, een echte Cajun uit South Louisiana. Hij en zijn team waren op het terras bezig, terwijl Noelle toezag op de tafelschikking en de bloemen. Ze was grotendeels Frans en niemand kon haar overtreffen op het gebied van gastronomie, met alles erop en eraan. Amy had haar gevraagd voor het regelen van de bloemen, het serviesgoed, de couverts, het kristal, het tafelzilver en ook de wijn, die Noelle en Bruce maar al te graag selecteerden en bestelden bij hun vaste handelaar. Op het terras waren onder een overkapping twee lange tafels gedekt.

Terwijl de zon onderging fluisterde Chef Claude tegen Amy dat het diner klaar was, en de gasten werden naar de aan hen toegewezen plaatsen begeleid. Het was een rumoerig gezelschap en er klonk heel wat gelach en bewondering voor het pasgetrouwde stel. Zodra de eerste fles chablis rondging, verzocht Bruce zoals altijd om stilte, zodat hij kon uitweiden over de wijn. Daarna arriveerden er schalen met rauwe oesters, die de hele tafel vulden. Tijdens de tweede gang, een garnalencocktail, werd er getoost en begon de boel te ontsporen. Thomas' broer deed een leuke poging, maar was niet echt een goede spreker. Een van Mercers jaarclubgenoten speelde de verplichte rol van snikkend bruidsmeisje en ging daar veel te lang mee door. Bruce wist haar af te kappen met zijn eigen geweldige heildronk. Daarna introduceerde hij de volgende wijn, een heerlijke sancerre. Het ging mis op het moment dat Mercers zwager, nog nat omdat hij in het zwembad was geplonsd en al dronken sinds halverwege de middag, opstond en wankelend een lollig verhaal over een van Mercers ex-vriendjes probeerde te vertellen. Zijn timing was belabberd. Zijn opmerkingen werden gelukkig afgekapt door Connie, die luidkeels snauwde: 'Zo kan-ie wel weer, Carl!'

Carl gierde het uit terwijl hij weer op zijn stoel plofte, en het duurde een paar tellen voordat hij besefte dat verder niemand het grappig vond. Om de spanning te doorbreken sprong een studievriend van Grinnell overeind en droeg een schunnig gedicht over Thomas voor. Terwijl hij dat deed, werd het hoofdgerecht van gegrilde bot geserveerd. Het gedicht werd met elke strofe obscener en geestiger, en aan het eind lag iedereen in een deuk.

Amy had zich zorgen gemaakt om het lawaai. Aan het strand stonden de huizen dicht op elkaar en het geluid droeg ver. Dus had ze de naaste buren van weerskanten uitgenodigd en een week daarvoor aan Mercer voorgesteld. Ze lachten harder en dronken meer dan alle anderen.

Myra nam het woord en vertelde het verhaal over de eerste keer dat Leigh en zij Mercer hadden ontmoet toen ze vijf jaar eerder naar het eiland was teruggekeerd om er de zomer door te brengen. 'Haar schoonheid was onmiskenbaar, haar charme was aanstekelijk, haar manieren waren onberispelijk. Maar we vroegen ons af: kan ze schrijven? Stiekem hoopten we van niet. Met haar laatste roman, in mijn ogen een meesterwerk, heeft ze de wereld bewezen dat ze inderdaad een prachtig verhaal kan vertellen. Waarom hebben sommige mensen toch altijd geluk?'

'Nou, nou, Myra,' zei Leigh zachtjes.

Tot dan toe leek er aan de meeste toosten en opmerkingen wel enige mate van voorbereiding vooraf te zijn gegaan. Maar daarna was het net alsof iedereen maar wat uit z'n mouw schudde, gevoed door wijn.

Het diner was lang en heerlijk, en na afloop vertrokken de oudere gasten zo zoetjesaan. De jongere gasten keerden terug naar de dansvloer, waar de dj verzoeknummers draaide en het volume lager zette.

Rond middernacht zag Bruce dat Mercer en Thomas aan de rand van het zwembad zaten, met hun voeten in het water. Hij ging bij hen zitten en zei nogmaals wat een prachtige bruiloft ze hadden georganiseerd.

'Wanneer vertrekken jullie naar Schotland?' vroeg hij.

'Morgenmiddag om twee uur,' antwoordde Mercer. 'We vliegen van Jacksonville naar Washington, en dan non-stop door naar Londen.' Hun huwelijksreis was twee weken in de Schotse Hooglanden.

'Kunnen jullie 's ochtends even langskomen in de winkel? Ik zet de koffie klaar. Die zullen we wel nodig hebben.'

Thomas knikte en Mercer zei: 'Prima. Hoezo?'

Opeens was Bruce bloedserieus. Met een besmuikte grijns keek hij naar haar en zei: 'Ik heb het verhaal, Mercer. Misschien wel het beste dat ik ooit heb gehoord.'

2

Bay Books ging elke zondagochtend om negen uur open als Bruce van binnenuit de voordeur van het slot deed en de vaste klanten binnenliet. Hoewel de demografische gegevens niet duidelijk waren, had hij altijd het vermoeden gehad dat zo'n beetje de helft van de permanente bewoners van Camino Island bestond uit gepensioneerden uit een kouder klimaat. De andere helft werd gevormd door de lokale bevolking uit het noorden van Florida en het zuiden van Georgia. De toeristen kwamen uit alle windhoeken, maar voornamelijk uit het zuiden en het oosten.

Hoe dan ook, er waren heel wat mensen uit 'het noorden' die hun lievelingskrant misten. Jaren eerder was hij begonnen met de verkoop van de zondagsedities van de *Times*, de

Post, de *Enquirer*, de *Tribune*, *The Baltimore Sun*, de *Pittsburg Post-Gazette* en *The Boston Globe*. Samen met de kranten verkocht hij, alleen op zondag, ook de legendarische warme beschuitbolletjes met boter uit een restaurantje om de hoek, en tegen halftien zaten de bar boven en het leesgedeelte beneden bomvol yankees die het nieuws van thuis lazen. Het was een soort ritueel geworden en veel van de vaste klanten sloegen geen zondagochtend in de boekhandel over. Hoewel vrouwen absoluut welkom waren – Bruce was er allang achter dat de meeste boeken door vrouwen werden gekocht – bestond de zondagochtendgroep alleen uit mannen, en de gesprekken over politiek en sport gingen er vaak luidruchtig aan toe. Op het buitenterras mocht gerookt worden, en meestal hing er een dikke sigarenwalm in Main Street.

Mercer en Thomas kwamen laat in de ochtend, nu wettelijk getrouwd, met een opmerkelijk heldere blik en tiptop gekleed voor de reis. Bruce nodigde hen uit in zijn kantoor beneden, zijn First Editions-kamer, waar hij een paar van zijn mooiste zeldzame boeken had uitgestald. Hij schonk koffie in en ze kletsten wat over de avond ervoor. Maar de jonggehuwden stonden te trappelen om te vertrekken, met een lang avontuur voor de boeg.

Mercer lachte naar hem en zei: 'Je had het over het beste verhaal aller tijden.'

'Inderdaad. Ik zal het kort houden. Het is een waargebeurd verhaal, maar het kan ook gefictionaliseerd worden. Je hebt vast weleens gehoord van Dark Isle, even ten noorden van hier.'

'Zou kunnen. Ik weet het niet zeker.'

'Een verlaten eiland, toch?' vroeg Thomas.

'Waarschijnlijk wel, maar er bestaat enige twijfel over. Het is een van de kleinste twee barrière-eilanden tussen Florida en Georgia en het is nooit ontwikkeld. Het is zo'n vijf kilometer lang en anderhalve kilometer breed, met ongerepte stranden.'

Mercer knikte en zei: 'O ja, nu weet ik het weer. Tessa heeft het er jaren geleden over gehad. Er wordt toch gezegd dat het er spookt, of zoiets?'

'Of zoiets. Eeuwen geleden, rond 1750, werd het een toevluchtsoord voor slaafgemaakten die gevlucht waren uit Georgia, dat destijds onder Britse heerschappij stond en waar slavernij was toegestaan. In Florida, onder de Spaanse vlag, was slavernij weliswaar niet tegen de wet, maar toch kregen vluchtelingen uit Georgia en de Britse koloniën er bescherming. Er was een langdurige vete tussen beide landen over wat er moest worden gedaan met slaafgemaakten die naar Florida ontsnapten. Georgia wilde ze terug. De Spanjaarden wilden ze beschermen, gewoon om de Britten en hun Amerikaanse koloniën te ergeren. Rond 1760 maakte een slavenschip dat terugkeerde uit West-Afrika zich gereed om in Savannah aan land te gaan, toen het door een hevige storm uit het noorden, die we tegenwoordig een noordooster noemen, naar het zuiden werd geduwd en vreselijke averij opliep. Het was een schip uit Virginia dat Venus heette, en het had rond de vierhonderd slaafgemaakten aan boord, als sardientjes in een blik. Nou ja, er waren er vierhonderd aan boord toen het uit Afrika vertrok, maar ze redden het niet allemaal. Velen stierven op zee. De omstandigheden aan boord waren onvoorstelbaar, en dat is zacht uitgedrukt. Maar goed, de Venus ging anderhalve kilometer voor de kust van Cumberland Island ten onder. Omdat de slaafgemaakten pols- en enkelboeien om hadden, verdronken ze vrijwel allemaal. Een paar klampten zich vast aan het wrak en spoelden tijdens de storm aan wal op Dark Island, zoals het later werd genoemd. Of Dark Isle.

In 1760 had het nog geen naam. Ze werden opgevangen door de vluchtelingen uit Georgia, en samen bouwden ze een kleine gemeenschap op. Er verstreken tweehonderd jaar, iedereen ging dood of vertrok, en nu is het verlaten.'

Bruce nam een slok koffie en wachtte op een reactie.

Mercer zei: 'Leuk, maar ik schrijf geen historische boeken.'

Thomas vroeg: 'Wat is er zo interessant aan? Enig zicht op een plot?'

Bruce pakte met een glimlach een eenvoudig, dun boekje ter grootte van een doodgewone paperback. Hij liet ze de titel zien: *De duistere geschiedenis van Dark Isle*. Door Lovely Jackson.

Ze staken geen van tweeën hun hand uit om het boekje aan te nemen, maar daardoor liet Bruce zich niet van de wijs brengen. Hij zei: 'Dit is een zelfpublicatie waar misschien zo'n dertig exemplaren van verkocht zijn. Het boek is geschreven door de laatste nog in leven zijnde erfgenaam van Dark Isle; dat beweert ze tenminste. Lovely Jackson woont hier op Camino, vlak bij de oude conservenfabrieken, in een wijk die The Docks heet.'

'Ik weet waar het is,' zei Mercer.

'Ze beweert dat ze in 1940 op Dark Isle is geboren en daar op haar vijftiende met haar moeder is weggegaan.'

'Waar ken je haar van?' vroeg Mercer.

'Een paar jaar geleden kwam ze hier voor het eerst met een tas vol met deze boeken, en ze wilde een grote signeersessie houden. Je hebt me al vaker horen klagen dat een boekhandelaar tot waanzin kan worden gedreven door mensen die boeken in eigen beheer uitbrengen. Heel drammerig, heel veeleisend. Ik probeer ze te ontlopen, maar ik mocht Lovely echt graag en haar verhaal is fascinerend. Ik was nogal gecharmeerd van haar. We hielden een signeersessie. Ik deed een beroep op onze vrienden, van wie de meesten alles doen voor een gratis glas wijn, en het werd een leuk feestje. Lovely was me eeuwig dankbaar.'

'Ik wacht nog steeds op een plot,' zei Thomas droogjes.

'Hier heb je je plot. Florida is nu eenmaal Florida, en de snelle makelaarstypes hebben elke vierkante centimeter van de staat uitgekamd op zoek naar een ongerept strand. Ze hebben Dark Isle jaren geleden gevonden, maar er was een groot probleem. Het ligt zo'n anderhalve kilometer van het vasteland, en een brug om er te komen zou veel te duur zijn. Bovendien is het eiland te klein om de kosten van een brug te rechtvaardigen. De ontwikkelaars zouden nooit genoeg flats, hotels, waterparken en T-shirtwinkels kunnen uitdenken om de staat over te halen om een brug te bouwen. Dus was Dark Isle geen haalbare kaart. Maar daar bracht orkaan Leo verandering in. Het oog ervan gleed pal over het eiland, sneed de noordelijke punt eraf en schoof duizenden kilo's zand bijeen tot een stevig rif dat de zuidpunt verbindt met een plek in de buurt van Dick's Harbor op het vasteland. De ingenieurs zeggen dat het nu veel goedkoper is om een brug te bouwen. Projectontwikkelaars zijn er als gieren bovenop gedoken en doen een beroep op hun vrienden in Tallahassee.'

Thomas zei: 'Dus Lovely Jackson is de plot.'

'Precies. Ze beweert dat ze de enige eigenaar is.'

'Als ze er toch niet woont, waarom verkoopt ze het dan niet gewoon aan de projectontwikkelaars?'

Bruce gooide het boek op een stapel en dronk zijn koffie op. Glimlachend zei hij: 'Omdat het heilige grond is. Haar familie ligt daar begraven. Een van haar overgrootmoeders, een vrouw genaamd Nalla, zat op de Venus. Lovely verkoopt het niet. Punt uit!'

Thomas vroeg: 'Hoe staan de ontwikkelaars ervoor?'

'Ze hebben advocaten en dat zijn taaie types. Ze zeggen dat er geen register is waaruit blijkt dat Lovely echt op het eiland geboren is. Bedenk wel dat ze de enige nog levende getuige is. Alle andere familieleden zijn al tientallen jaren dood.'

'En de badguys hebben grootse plannen?' vroeg Mercer.

'Dat kun je wel zeggen! Ruime flats, resorts, golfbanen. Het gerucht gaat zelfs dat ze een deal met Seminoles hebben gesloten voor een casino. Nu is het dichtstbijzijnde behoorlijke casino twee uur verderop. Binnen drie jaar is dat hele eiland volgeplempt.'

'En Lovely kan geen advocaten betalen?'

'Natuurlijk niet. Ze is dik in de tachtig en krijgt elke maand een piepklein uitkerinkje.'

'Dik in de tachtig?' herhaalde Mercer. 'Weet je dat zeker?'

'Nee. Er is geen geboorteakte, er is nergens een registratie. Als je haar boek leest, en ik stel voor dat je dat onmiddellijk gaat doen, besef je pas hoe geïsoleerd die mensen eeuwenlang zijn geweest.'

Mercer zei: 'Ik heb al boeken voor de reis ingepakt.'

'Oké, je moet het zelf weten. Maar ik zal je nieuwsgierigheid prikkelen. Een van de redenen dat ze zo geïsoleerd waren, is dat Nalla een Afrikaanse medicijnvrouw was, een soort voodoopriester. In een scène die je nog lang zal bijblijven, roept ze een vloek over het eiland uit om het te beschermen tegen buitenstaanders.'

Thomas schudde zijn hoofd en zei: 'Nú ruik ik een plot.'

'Vind je het wat?'

'Zeker.'

'Ik ga het meteen lezen in het vliegtuig,' zei Mercer.

Bruce merkte op: 'Stuur me een berichtje uit Schotland als je het uit hebt.'

3

Zodra het vliegtuig horizontaal ging vliegen, ergens boven South Carolina, haalde Mercer het boek uit haar totebag en bestudeerde het omslag. De afbeelding was niet slecht en toonde een smal zandpad, omzoomd met enorme eiken en slierten Spaans mos die bijna tot op de grond hingen. De bomen werden steeds donkerder en liepen geleidelijk aan over in de titel: *De duistere geschiedenis van Dark Isle*. Onderaan stond de naam van de auteur: Lovely Jackson. Aan de binnenkant stond de titelpagina en daarna het colofon. Het boek was in eigen beheer uitgegeven via een kleine drukkerij in Orlando. Het was aan niemand opgedragen, er stond geen foto van de auteur op, en ook een flaptekst ontbrak. Ook was er niks geredigeerd.

Mercer verwachtte een eenvoudige schrijfstijl. Eenvoudige woorden van hooguit drie lettergrepen. Korte, bondige zinnen, slechts een paar komma's. Zeker geen literaire stijlfiguren. Maar het was vlotte lectuur en het verhaal was zo meeslepend dat Mercer haar nogal snobistische redactionele en belerende gedachten algauw opzijzette en erin verdiept raakte. Nadat ze het eerste hoofdstuk zonder onderbreking had uitgelezen, drong tot haar door dat het veel doeltreffender en pakkender geschreven was dan de meeste brouwsels van haar studenten die ze noodgedwongen moest lezen. Sterker nog, de schrijfstijl en de verhaalopbouw waren veel boeiender dan de meeste opgehemelde debuutromans die ze in een jaar had gelezen.

Ze kreeg in de gaten dat Thomas naar haar keek. 'Wat is er?'

'Je vliegt er echt doorheen, hè?' vroeg hij. 'Hoe is het?'

'Behoorlijk goed.'

'Wanneer mag ik het lezen?'

'Wat dacht je van als ik het uit heb?'

‘Wat dacht je ervan om er teamwerk van te maken en ieder steeds een hoofdstuk te lezen? Om en om?’

‘Zo heb ik nog nooit een boek gelezen en ik ben niet van plan om dat nu wel te doen.’

‘Het wordt vast heel makkelijk, want ik lees twee keer zo snel als jij.’

‘Probeer je me nou op de kast te krijgen?’ vroeg ze.

‘Natuurlijk. We zijn nu zo’n twintig uur getrouwd. Het wordt tijd voor onze eerste ruzie.’

‘Ik ga echt niet happen, schat. Steek je neus maar in je eigen boek en laat me met rust.’

‘Oké, maar schiet een beetje op.’

Ze keek naar hem, schudde lachend haar hoofd en zei: ‘We zijn gisteravond vergeten ons huwelijk te consummeren.’

Thomas keek om zich heen om te zien of andere passagiers het konden horen. ‘We consummeren het al drie jaar.’

‘Nee, Romeo, in Bijbelse zin kan een huwelijk pas officieel zijn na het afleggen van de geloften; we zijn nu officieel man en vrouw, dus nu mogen we de daad verrichten.’

‘Dus in Bijbelse zin ben je nog maagd?’

‘Dat wil ik nou ook weer niet zeggen.’

‘Ik was moe en zat er een beetje doorheen. Sorry. We halen het in Schotland wel in.’

‘Als ik zo lang kan wachten.’

‘Hou dat gevoel vast.’

4

Nalla was negentien toen haar korte, gelukkige leventje voor altijd veranderde. Samen met haar man, Mosi, had ze één kind, een jongetje van drie. Ze maakten deel uit van de

Luba-stam en woonden in een dorp in het zuidelijke deel van het koninkrijk Kongo.

Het dorp sliep. Het was een rustige nacht, tot er luide, paniekerige stemmen door het donker klonken. Er stond een hut in lichterlaaie en mensen schreeuwden. Nalla werd als eerste wakker en schudde Mosi door elkaar. Hun zoon sliep op een kleed tussen hen in. Net als alle anderen renden ze naar het vuur om te helpen blussen, maar het was veel erger dan een brand. Het was een overval. Het vuur was opzettelijk aangestoken door een moordzuchtige bende van een andere stam, die zich tot dan toe nooit met andermans zaken had bemoeid. Nu stonden ze bekend als slavenjagers. Ze vielen vanuit de jungle aan met knuppels en zwepen en begonnen de dorpelingen af te ranselen. Als doorgewinterde plunderaars wisten ze dat hun slachtoffers te onthutst en ongeorganiseerd zouden zijn om terug te vechten. Ze sloegen hen en ketenden hen, maar zorgden er wel voor dat ze er zo min mogelijk vermoordden. De dorpelingen waren veel te waardevol om te worden gedood. De ouderen werden achtergelaten om voor de kinderen te zorgen, die binnen enkele minuten hun ouders kwijt waren. De vrouwen gilden en jammerden om hun kinderen, die nergens te vinden waren. Ze waren weggevoerd naar de jungle, waar ze de volgende dag zouden worden vrijgelaten. Kleine kinderen hadden weinig waarde voor de slavenhandelaren.

Nalla gilde om Mosi, maar hij gaf geen antwoord. In het donker werden de mannen van de vrouwen gescheiden. Ze gilde om haar zoontje en toen ze niet meer ophield met gillen, sloeg een aanvaller haar met een knuppel. Ze viel neer en voelde bloed op haar kaak. Bij het licht van het vuur zag ze mannen, gewapend met lange machetes en messen, die de dorpelingen – haar vrienden en buren – duwden en bijeendreven. Ze schreeuwden barse bevelen en dreigden iedereen die ongehoorzaam was te doden. Het vuur werd groter en raasde luider. Nalla werd weer tegen de grond gewerkt, waarna ze haar opdroegen overeind te komen en naar de jungle te lopen. Er waren een stuk of tien vrouwen aan elkaar vastgeketend, vrijwel allemaal jonge moeders die huilend om hun kinderen riepen. Ze kregen toegebeten dat ze hun kop moesten houden, en toen ze bleven huilen, kregen ze ervanlangs door een man met een zweep.

Toen ze diep in het oerwoud waren, ver van het dorp, bleven ze op een open plek staan, waar een ossenwagen stond te wachten. Die lag vol met ketenen en hand- en enkelboeien. De vrouwen droegen alleen hun gebruikelijke lendendoek rondom hun middel. Die werd afgerukt, zodat ze naakt waren. De belagers haakten ijzeren banden om hun hals, die ze stevig dichtklemden. Elke halsband werd hooguit een meter verderop aan de volgende geketend, en zodra ze in een rij weer begonnen te lopen, waren de vrouwen met elkaar verbonden, dus als er een zou proberen weg te lopen, zou de hele rij struikelen en vallen.

Maar de vrouwen waren te bang om weg te lopen. De jungle was dichtbegroeid en het was er pikdonker. Ze kenden het oerwoud goed en waren op de hoogte van de gevaren, vooral 's nachts. De ossenwagen reed voorop, bestuurd door een jonge bandiet, een tiener nog, die een fakkel in de ene hand en de teugels in de andere had. Twee andere gewapende overvallers begeleidden de vrouwen; één aan de voorkant, de ander aan de achterkant, allebei met zwepen. Toen de vrouwen moe waren van het huilen, ploeterden ze voort; het enige geluid was af en toe het gerammel van de ketenen.

Ze waren zich bewust van andere bewegingen in het oerwoud. Misschien waren het anderen uit het dorp die werden weggevoerd. Misschien hun mannen, vaders en broers. Zodra ze de mannenstemmen hoorden, begonnen alle vrouwen de naam van hun dierbaren te roepen. Hun overvallers vloekten en lieten de zwepen knallen. De mannenstemmen stierven weg.

De ossenwagen hield halt bij een kreek die de vrouwen maar al te goed kenden, want daar gingen ze altijd naartoe om te baden en kleren te wassen. De overvallers zeiden dat ze hier de nacht zouden doorbrengen, en ze gaven de vrouwen opdracht om zich bij de ossenwagen te verzamelen. Ze waren nog steeds aan elkaar geketend, en na een uur maakten de halsbanden schaafplekken op hun huid. Een zwaardere keten werd aan een wiel van de ossenwagen bevestigd en om de nek van twee van de vrouwen geslagen. De gevangenen werden vastgezet voor de nacht.

De tienerjongen legde een vuurtje aan en kookte een pot rode rijst. Hij mengde er cassavebladeren en okra doorheen, en zodra het klaar was, aten hij en de twee andere mannen om en om met dezelfde houten lepel. De vrouwen waren te moe en te bang om honger te hebben, maar ze keken naar de etende mannen, omdat er niks anders was om naar te kijken. Ze gingen dicht bij elkaar zitten, en hun kettingen rammelden bij de kleinste beweging. Ze fluisterden onderling en treurden om hun echtgenoten en kinderen.

Zouden ze ooit weer naar huis gaan?

Er waren al geruchten rondgegaan over slavenjagers in het noordelijke deel van het land, maar die waren nog veel te ver weg geweest om tot zorgen te leiden. Hun dorpshoofd had andere stammen ontmoet en had over de waarschuwingen gehoord. Hij had de mannen opdracht gegeven om 's nachts hun wapens bij de hand te houden en voorzorgsmaatregelen te treffen als ze gingen jagen en vissen.

Nadat het vuur was gedoofd werd de nacht nog donkerder. Hun gefluister was hoorbaar voor de mannen, dus hielden ze hun gedachten voor zich. De tienerjongen viel bij het vuur in slaap. De twee mannen verdwenen. Een van de vrouwen fluisterde dat ze moesten proberen te ontsnappen, maar dat leek onmogelijk. Zelfs als ze ademhaalden rammelden de ketenen waarmee ze onderling verbonden waren.

Opeens waren de twee mannen terug. Ze pakten de jongste gevangene, Sanu, een meisje van veertien van wie de moeder was achtergelaten. Ze maakten haar halsband los en bevrijdden haar van de ketenen. Ze spartelde tegen en protesteerde, en vloekend sloegen ze haar. Ze verdwenen samen met haar, maar de vrouwen hoorden afschuwelijk lang dat ze werd aangerand, waarbij de mannen om de beurt hun gang gingen. Nadat het meisje was teruggebracht, snikte ze en ze beefde alsof ze een toeval kreeg. De mannen ketenden haar weer vast en dreigden de vrouwen met dezelfde behandeling als ze spraken of probeerden te ontsnappen. Ze kropen doodsbang nog dichter tegen elkaar aan. Nalla bleef dicht bij het meisje en fluisterde troostende woordjes, maar niets hielp om haar te laten ophouden met beven.

De mannen waren afgemat en uitgeput, en algauw vielen ze in slaap. Maar voor de gevangenen was slapen onmogelijk. Fysiek was het te ongemakkelijk. Emotioneel waren ze radeloos en wilden ze naar huis, naar hun echtgenoten en kinderen.

Bij het aanbreken van de dag liepen ze nog verder bij hun dorp vandaan. De jungle werd geleidelijk minder dichtbegroeid en de zon stond steeds hoger en werd steeds heter. Halverwege de ochtend kwamen ze bij een dal dat de meesten van hen nog nooit hadden gezien. De ossenwagen bleef staan en de vrouwen werden naar een boom geleid, waar ze moesten gaan zitten. De tienerjongen legde een vuur aan en kookte weer een pot vol rijst en okra. De mannen aten eerst, van één houten lepel. De restjes werden aan de vrouwen aangeboden, die Sanu als eerste lieten eten. Ze zei nee, ze had geen honger. Het schaarse beetje voedsel werd zorgvuldig verdeeld door de anderen, en ze namen allemaal een paar hapjes. Ze hadden vreselijke honger en snakten naar water.

In een trieste rij achter elkaar liepen ze verder; het enige wat er te horen was, was de krakende as van de ossenwagen en het voortdurende gerammel van de ketenen die van hals naar hals liepen. De mannen reden om en om mee achter in de ossenkar, waar ze een dutje in deden. Ze keken ook de hele tijd naar de vrouwen, alsof ze hen taxeerden voor die avond. Bij een kreek pauzeerden ze ongeveer een uur om te drinken en te rusten in de schaduw van een kapokboom. Het middagmaal bestond uit een kleine appel en een stuk hard brood. Nadat ze hadden gegeten en voldoende water hadden gekregen om te drinken, kregen de vrouwen toestemming om in de kreek te waden en te baden.

Nadat het donker was geworden op de tweede avond werd een vrouw die Shara heette uitgekozen. Terwijl de mannen haar halsband afdeden, probeerde ze zichzelf te bevrijden en vocht tegen hen. Ze sloegen haar met een wandelstok, bonden haar aan een boom en ranselden haar met een zweep af tot ze haar bewustzijn verloor. Ze vervloekten de andere vrouwen en dreigden met dezelfde straf als die zich ook zouden verzetten. De vrouwen waren doodsbang, huilden en klampten zich aan elkaar vast.

Een van de mannen kwam aanlopen en wees naar Nalla. Ze keek wel uit om zich te verzetten. Shara had gevochten en was nu zo goed als dood. Ze namen Nalla mee tussen de bomen en verkrachtten haar.

Hoewel ze uitgeput, uitgehongerd, uitgedroogd en bang waren, en ze bovendien pijn hadden, vonden de vrouwen het ook die tweede nacht bijna onmogelijk om te slapen. Die arme Shara hielp ook niet echt mee. Ze was nog steeds aan de boom gebonden en kermde de hele nacht erbarmelijk. Op een gegeven moment hield het kermen op.

5

Bij dageraad kregen de mannen ruzie. Shara was 's nachts overleden en ze gaven elkaar de schuld. Ze dwongen de vrouwen om vlak langs de boom te lopen toen ze vertrokken. De vrouwen huilden terwijl ze afscheid namen van hun vriendin. Door de halsband was het onmogelijk om hun hoofd te draaien, maar toch lukte het Nalla om een blik achterom te werpen. Shara omhelsde de boom nog steeds; haar handen waren er met touw aan vastgebonden en haar naakte lichaam was bedekt met opgedroogd bloed.

Dagenlang liepen ze over de bloedhete zandpaden en ze werden almaar zwakker. Ze wisten dat ze richting het westen liepen en dat de oceaan steeds dichterbij kwam, al hadden ze die nog nooit gezien. Hij hoorde bij de overlevering, de legende van hun Afrika. Hun dorp was nu zo ver weg dat ze wisten dat ze niet naar huis gingen. Meer dan twee eeuwen lang waren de Congolezen en andere West-Afrikanen aangevallen, geketend, weggevoerd en als slaven verkocht aan de kolonisten in de Nieuwe Wereld. De vrouwen wisten wat hun te wachten stond. De enige hoop die Nalla nog restte was dat ze Mosi weer zou zien.

De dagen vloeiden in elkaar over en tijd betekende niks meer. Overleven was hun enige gedachte, als ze hun emoties in bedwang konden houden. De felle, meedogenloze zon maakte alles nog erger. Door de honger en de uitdroging werden ze met het uur zwakker. 's Nachts, als de wind uit het noorden waaide, kropen de vrouwen nog dichter tegen elkaar aan om warm te blijven, terwijl hun bewakers bij een klein vuur sliepen.

Toen het eten opraakte, begonnen de mannen te bekvechten. Ze droegen de tiener op om de ossenwagen op een pad naar het zuiden te sturen. Tegen de schemering bespeurden ze de rook van kookvuren en kwamen ze bij een dorpje aan de rand van het bos. Een omheining van planken en prikkeldraad begrensde een boerenerf vol met gevangenen zoals zijzelf. Het waren er tientallen; de mannen afgezonderd van de vrouwen en kinderen. Slavenkooien. Verschillende bewakers hadden geweren en ze keken toe terwijl de vrouwen eraan kwamen. Er ging een hek open en ze liepen naar binnen, waar hun enkelboeien en ketenen werden verwijderd. Een grijsharige Afrikaanse dame in een vormeloze jurk verzorgde hun blaren en schaafplekken met dierenvet uit een kom. Ze gaf hun bonen en lekker brood en ze aten hun buik vol. Haar man en zij waren eigenaars van de boerderij en brachten een klein bedrag in rekening voor de slavenhandelaren die op doorreis waren. De vrouwen zouden waarschijnlijk worden verkocht aan een andere bende die hen zou komen weghalen. Ze vond het erg dat ze in deze benarde toestand waren beland, maar ze kon er weinig aan doen. De slavenhandel had een hoge vlucht genomen en de sterkste stammen verdienden geld met het verkopen van hun buren.

Er waren meerdere kinderen. Nalla en de andere moeders uit haar dorp keken er vol verlangen en medelijden naar. Ze hunkerden naar hun eigen kinderen, die ze kwijt waren, maar waren die niet beter af omdat ze waren achtergebleven? De oudste dorpelingen zouden vast en zeker voor hen zorgen. De arme kinderen in de kooien waren zwak en hadden honger. Velen hadden zweren en insectenbeten. Ze speelden, lachten en stoeiden niet, zoals normale kinderen.

De kooi was in tweeën verdeeld met een hoog hek van prikkeldraad. De mannen en vrouwen gingen daar staan en keken elkaar onderzoekend aan, op zoek naar een bekend gezicht. Mosi was er niet bij, maar Nalla herkende wel een andere man uit hun dorp en praatte met hem. Hij zei dat ze na de eerste dag in drie groepen waren onderverdeeld. Mosi was met een paar anderen weggevoerd. Nee, Nalla had zijn vrouw en zijn twee dochters niet gezien.

Het regende hard die nacht, met felle bliksemschichten en hevige wind. Er was geen schuilplaats in de slavenkooien. Ze dromden samen tussen de palen van een klein hutje en sliepen in de modder. 's Ochtends bracht de grijsharige dame brood en rode rijst, en terwijl ze het voedsel uitdeelde, zag ze een kind met uitslag. Ze was bang dat het de mazelen waren en bracht het kind naar een hut. Ze zei dat er een maand eerder drie kinderen waren gestorven aan pokken.

Na een week in de slavenkooi werden de vrouwen weer verdeeld en kregen ze te horen dat ze zouden vertrekken. Een andere groep bewakers dreef twintig vrouwen en drie kinderen bijeen en haalde de ketenen en de enkelboeien tevoorschijn. Nalla en haar vriendinnen waren zojuist voor het eerst verkocht.

Er was een nieuw werktuig, een nieuwe vorm van marteling. Het werd een *coggle board* genoemd en was niets anders dan een ruwhouten plank van zo'n twee meter lang met aan beide uiteinden metalen lussen, een voor iedere gevangene. Die lussen werden om de nek geslagen, zodat twee vrouwen niet alleen stevig aan elkaar vastzaten, maar ook met elke stap een zwaar stuk hout moesten meezeulen. Er ging een ketting om hun middel, die door een halsband om de nek van een kind werd gehaald, dat tussen de twee vrouwen in onder de plank moest lopen. Tot overmaat van ramp zetten de bewakers ook nog water en andere spullen op de coggle boards om hun gevangenen nog zwaarder te belasten.

Nadat ze een paar minuten op pad waren, begon Nalla bijna de ijzeren halsband om haar nek te missen. Het maakte eigenlijk niks uit. De ene vorm van marteling was net zo erg als de andere.

De dagen verstreken en de zon werd steeds heter. De vrouwen werden steeds zwakker en vielen soms flauw van uitputting door de hitte. Ze waren verbonden door een coggle board, dus als er een flauwviel, zakten er twee vrouwen op de grond. De bewakers reageerden door water aan te bieden, en als dat niet hielp om de vrouwen bij kennis te brengen, haalden ze hun zweep tevoorschijn.

Er kwam enige vorm van gerechtigheid toen een van de bewakers, de meest sadistische van de drie, op een grote groene mamba trapte en schreeuwend neerviel. De slang ging ervandoor terwijl de gevangenen in paniek opzijsprongen. Ze werden bijeengedreven en onder een boom geduwd, waar ze in de schaduw uitrustten en met een mengeling van voldoening en afgrijzen naar de bewaker keken, die stuiptrekkend ineenkromp, overgaf en kermde tot hij stierf. Net goed.

Op een dag bereikten ze de top van een heuvel en zagen de zee in de verte. Het blauwe water bood enige troost, omdat dat het einde van een tocht vol ontberingen betekende. Maar het was ook verschrikkelijk, want ze wisten dat de oceaan hen voor altijd zou wegvoeren.

Twee uur later naderden ze een dorp en zagen bootjes voor anker liggen in de haven. De ossenwagen reed krakend verder en kwam tot stilstand in een kampement dat een 'fort' werd genoemd. De vrouwen werden naar een schaduwrijke boom geleid en kregen te horen dat ze moesten wachten. Tussen de omheining door zagen ze anderen in het fort, vrouwen en kinderen vlakbij en mannen in een andere grote kooi. Ze speurden tevergeefs naar vertrouwde gezichten.

Eindelijk kwam de baas, een Afrikaan, maar hij droeg westerse kleding en legerkistjes. Hij blafte de vrouwen toe en zei dat ze overeind moesten komen. Daarna nam hij ze meteen van top tot teen op. Hij betastte hun borsten, porde in hun schaamstreek, kneep in hun rug, en probeerde erbij te kijken alsof hij zich stierlijk verveelde. Hij nam de tijd en zodra hij klaar was zei hij tegen de twee bewakers dat ze hem een fraaie selectie hadden gebracht. Twintig vrouwen, allemaal jong, redelijk gezond en waarschijnlijk prima in staat zich voort te planten, en drie hongerige kinderen die niet veel waard leken te zijn. De baas en de bewakers begonnen over geld te praten en de gemoederen raakten verhit, met veel hoofdschudden en het nodige getouwtrek. Het was duidelijk dat de mannen elkaar kenden en al eerder handjeklap hadden gedaan. Toen ze het eindelijk eens waren, haalde de baas een zakje muntstukken tevoorschijn en betaalde voor de gevangenen.

Nalla en de anderen werden voor de tweede keer verkocht.

Ze werden door een hek geleid en kwamen op een zanderig erf terecht, waar de coggle boards, de ketenen en de boeien werden afgedaan en ze mochten rondlopen. Ze kwamen andere vrouwen van hun stam tegen en wisselden verhalen uit, stuk voor stuk afschuwelijk. Sommige vrouwen hadden open wonden op hun rug door de zweepslagen. Het waren bijna allemaal jonge moeders die huilden omdat hun kinderen weg waren.

Aan de andere kant van het fort was een grotere kooi waar enkele tientallen mannen rondhingen en probeerden de vrouwen te zien. Nalla en de anderen liepen er zo dicht mogelijk naartoe, maar zagen geen bekende gezichten.

Er werd brood en water gebracht en de vrouwen trokken zich terug in de schaduw achter een van de hutten. Drie dagen eerder was er een schip vertrokken met bijna tweehonderd mensen aan boord, maar het fort stroomde alweer vol. De slavenhandel floreerde. Niemand wist precies wanneer het volgende slavenschip zou komen om hen weg te halen. De enige zekerheid was dat ze nooit meer thuis zouden komen. Ze hadden allemaal een echtgenoot of een kind verloren, of allebei. Nalla biechtte op dat ze verkracht was en een paar andere vrouwen volgden schoorvoetend haar voorbeeld. Alle vrouwen waren uitgemergeld, ondervoed en naakt.

De gruwelen begonnen elke avond als het donker werd en de soldaten langskwamen. Voor een paar cent liet de baas ze het fort binnen om de vrouwen aan te randen, die stuk voor stuk opgejaagd wild waren.

De omstandigheden in het fort waren erbarmelijk. De meeste gevangenen hadden geen schuilplaats en sliepen op de grond. De paar hutten waren bestemd voor degenen die aan dysenterie en scheurbuik leden. Door een korte regenbui veranderde het rode zand in modder. Er was slechts sporadisch voedsel, dat bestond uit hard, oud brood en het beetje fruit dat de baas kon vinden. De enige poging tot sanitair was een groot gat met ongezuiverd afvalwater in een hoek. Het was een hachelijke onderneming om er gebruik van te maken. De wanden waren glibberig van het vuil en er viel minstens één keer per dag iemand in. Het hele fort was een broedplaats van ratten en muskieten, sommige zo groot als wespen. 's Nachts was er niemand die de vrouwen beschermde. Ze konden net zo gemakkelijk worden aangerand door de bewakers als door de soldaten die altijd op de loer lagen.

En zo wachtten ze, dag in, dag uit. Het fort liep geleidelijk aan weer vol, en hoe meer mensen er waren, hoe minder eten er voor iedereen was. In hun wanhoop begonnen de vrouwen naar de haven te kijken met de wens dat er een slavenschip zou komen om hen weg te halen.

6

Op een ochtend, een week of twee nadat ze waren aangekomen – al hadden ze geen idee welke dag van de week het was – werd Nalla in het zand wakker en stond op. Twee vrouwen wezen naar de haven. Daar lag eindelijk een schip. Uren verstreken zonder dat er iets gebeurde, maar ineens keken ze vreemd op. Daar was de eerste witte man die ze ooit hadden gezien. Hij ging samen met de baas op de veranda van een hut staan onderhandelen.

Nadat de witte man vertrokken was, veranderde de sfeer in het fort drastisch. De bewakers maakten een hut open en haalden er stapels ketenen, ijzeren halsbanden en enkelboeien uit. Ze gaven de vrouwen opdracht om in een rij te gaan staan en boeiden hen weer. Toen een van hen zich verzette, kreeg ze zweepslagen en werden de anderen gedwongen om toe te kijken. Nalla bevond zich in de eerste groep van zo'n dertig vrouwen die werden weggevoerd uit het fort, terwijl alle anderen – mannen en vrouwen – toekeken. Zij zouden gauw genoeg aan de beurt zijn.

Ze werden via een pad omlaag naar de baai geleid. De dorpelingen staakten hun bezigheden en keken vol medelijden naar de gevangenen die werden meegenomen. Op de kade werden Nalla en de anderen over een smalle steiger naar een boot geleid, waar een paar barse witte mannen hun in een vreemde taal toesnauwden.

Het was Engels, het waren Amerikanen.

De vrouwen werden op het dek geduwd en moesten daarna via een gammel laddertje omlaag naar een benauwd ruim met dichtgemaakte patrijspoorten. De boot, een bevrachtingssloep, kon vijftig slaven tegelijk meenemen en het duurde twee uur om de vracht aan boord te krijgen. In de tussentijd wachtten Nalla en de andere vrouwen benedendeks in het donker, in de verstikkende, smerige atmosfeer. Soms konden ze amper ademhalen. Ze snakten moeizaam naar lucht en schreeuwden het uit van angst. Een van de bewakers zette een patrijspoort open en liet wat frisse lucht binnen. Eindelijk werden ze afgeduwd en de sloep schommelde licht. De lucht stroomde door het ruim. Doordat ze nog nooit op zee waren geweest, werden ze misselijk door het deinen van de boot.

Een halfuur later kregen ze opdracht om uit het ruim te komen en moesten ze van de sloep af. Ze stapten op een loopplank en klommen steil omhoog naar het dek van de Venus.

Wat ze daar zagen, was schokkend. Ze waren gehard door wreedheden en mishandelingen, maar deze aanblik was nog ontmoedigender. Tientallen Afrikaanse mannen hurkten neer of zaten dicht bij elkaar te wachten tot ze te horen kregen wat ze moesten doen. Ze keken naar de vrouwen die aan boord kwamen. Langs de rand van het dek stonden witte mannen met geweren dreigend naar hun gevangenen te kijken. Midden op het dek was een Afrikaanse man aan een mast gebonden en kreeg zweepslagen. Zijn bloed droop op de houten planken. Naast hem, aan een andere mast, was een witte man vastgebonden, eveneens naakt en bloederig. De bruut met de zweep lachte en praatte luidkeels in het Engels. Eén striemende slag voor de Afrikaan. De volgende voor de matroos. Hij had geen haast.

7

Mercer was al vaker op Dulles International geweest. Het was een grote luchthaven, een belangrijk knooppunt waar mensen uit alle hoeken van de wereld werden verwelkomd. In de hoofdterminal stonden er honderden vluchten van en naar alle mogelijke bestemmingen op de aankomst- en vertrekborden. Elke vliegmaatschappij van enige betekenis was hier aanwezig. Mercer genoot ervan om naar de borden te kijken en te dromen van alle plekken die ze wilde zien. De wereld lag onder handbereik, en maatschappijen als Icelandair, All Nippon Airways, Royal Air Maroc en Lufthansa zouden haar zo kunnen meenemen.

Ze doodden drie uur lang de tijd terwijl ze op hun vlucht naar Londen wachtten. Thomas was even zijn benen gaan strekken, op jacht naar koffie. Mercer legde het boek over Dark Isle korte tijd neer. Ze was nu halverwege en had even pauze nodig. Als ze diep in haar geheugen groef, wist ze zeker dat er in haar schooltijd een goedbedoelende leraar was geweest die haar had gedwongen iets te lezen over de tot slaaf gemaakte mensen in Amerika. Ze wist wel wat basisdingen, maar geschiedenis had haar belangstelling nooit echt kunnen wekken. Ze had *De hut van oom Tom* en *Huckleberry Finn* gelezen en had wel een vaag idee van de gruwelen die hadden plaatsgevonden, maar ze had nooit de tijd genomen om zich erin te verdiepen. Haar leesvoorkeur was altijd uitgegaan naar moderne Engelse en Franse literatuur.

Er kwam een groepje Afrikanen aan. De vrouwen waren gekleed in felgekleurde gewaden en hoofddoeken. De mannen droegen modieuze donkere kostuums met witte overhemden en opzichtige dassen. Ze waren in een vrolijke bui en spraken luidkeels Engels met een accent. Andere passagiers staarden naar hen terwijl ze langsliepen en liepen met een grote boog om hen heen. Ze rolden hun koffers naar de balie van Nigerian Air en gingen in de rij staan.

Mercer dacht aan het aangrijpende verhaal van Nalla en de onmenselijkheid van haar eerste en enige reis vanuit West-Afrika over de Atlantische Oceaan. Ze lachte naar de Nigerianen en vroeg zich af hoe haar voorouders zulke wreedheden tegen de voorouders van deze mensen hadden kunnen toestaan. Het idee alleen al greep haar bij de keel.

Thomas kwam terug en gaf haar een kartonnen beker koffie. Hij zei: 'Je hebt nauwelijks iets tegen me gezegd sinds ons vertrek.'

'Nou en?'

'Nou, we zijn pas getrouwd, dus zouden we smoorverliefd op elkaar moeten zijn.'

'Ben jij smoorverliefd?'

'Natuurlijk, en ik denk aan niets anders dan het verder consummeren van ons huwelijk.'

'Sorry dat ik het vroeg. Ik ben ook smoorverliefd op jou. Voel je je nu beter?'

'Nou, niet echt. Hoe is het boek?'

'Behoorlijk indrukwekkend. De mensen die zich op Dark Isle hebben gevestigd, waren slaafgemaakten uit West-Afrika. Ben jij ooit in West-Afrika geweest?'

'Nee. Alleen in Kaapstad en in Nairobi.'

'Ik ben er ook nooit geweest. Het is een fascinerend verhaal.'

'Heb je al een plot gevonden?'

'Misschien wel. Het verhaal gaat over hoe een van de voorouders van de auteur tot slaaf werd gemaakt; een jonge moeder die Nalla heette en die is ontvoerd door slavenhandelaren. Ze is haar kind, haar man, haar familie, alles kwijtgeraakt.'

'Wanneer?'

'Rond 1760.'

'Hoe is ze op Dark Isle terechtgekomen?'

'Dat weet ik niet. Zo ver ben ik nog niet.'

'Ga je me de hele vlucht over de Atlantische Oceaan negeren?'

'Waarschijnlijk wel, tot ik het boek uit heb.'

'Ik weet niet of ik wel zo geschikt ben voor het huwelijksleven.'

'Te laat. Je bent al in het bootje gestapt. Ga zelf ook maar een boek lezen.'

8

Lovely gaf haar verhaal een opmerkelijke wending. Toen Nalla eenmaal op het schip zat, bouwde de auteur een pauze in en gaf de lezer wat historische feiten om de slavenhandel in perspectief te plaatsen. Haar research was indrukwekkend. Ze schreef:

De Venus was een van de drie slavenschepen die in bezit waren van een plantagehouder uit Virginia, Melton Fancher genaamd. Halverwege de achttiende eeuw was hij de grootste grondbezitter van de staat, met verschillende tabaksplantages en honderden slaven. Het grootste gedeelte van de eerste slavenhandel was in handen van de Portugezen, de Nederlanders en de Britten, maar meneer Fancher wilde ook meedoen. Hij had meer arbeidskrachten

nodig voor zijn tabaksplantages en die kon hij goedkoper krijgen als hij zijn eigen schepen had. Hij laadde ze vol met tabak en whisky en stuurde ze naar Afrika om ze te ruilen voor slaven.
Zijn slavenschepen werden gebouwd in de scheepswerven van Norfolk, waar er honderden te werk werden gesteld. Ze werden gefinancierd en verzekerd door banken en bedrijven in New York, Boston en Philadelphia. Aangezien de slaven werden beschouwd als niets meer dan beesten, op één lijn met vee, werden ook zij verzekerd.
De slavenhandel was big business. Iedereen verdiende er geld aan. Behalve de slaven, natuurlijk.
Omdat ze zo waardevol waren, werden er door handelsbedrijven zorgvuldig registers bijgehouden. Tussen 1737 en 1771 zeilden de drie schepen van meneer Fancher tweehonderdachtentwintig keer de Atlantische Oceaan over en leverden ze zo'n honderdtienduizend ontvoerde slaven aan Amerikaanse markten, voornamelijk in Norfolk, Charleston en Savannah. Hij werd beschouwd als de grootste Amerikaanse slavenhandelaar en werd schatrijk.
De omstandigheden aan boord van zijn schepen waren vreselijk, net als op alle slavenschepen. De ellende die Nalla te verduren kreeg, zoals hierna beschreven wordt, was gebruikelijk. In die afschuwelijke tijd was het standaardprocedure dat alle andere schepen, bootjes, vissers en havenarbeiders de haven verlieten als er een slavenschip naderde. De stank was weerzinwekkend, misselijkmakend, en werd mijlenver meegevoerd. Er werd gezegd dat je al kon ruiken dat er een aankwam voordat je de punt van de zeilen zag.

9

Nalla moest samen met de anderen drie dagen wachten terwijl de Venus langzaam volstroomde met nog meer geketende en geboeide Afrikanen, allemaal naakt en murw. Veel van de mannen waren vechtlustig en opstandig, en het minste of geringste protest of gevloek leidde tot wrede zweepslagen voor het oog van alle anderen. Elke afranseling gebeurde op het hoofddek ten overstaan van een menigte van getuigen. Het geweld en de gruwelijkheden waren doeltreffend en onderdrukten elke gedachte aan terugvechten. De zeelieden waren zwaarbewapend en agressief, en ze gingen ervan uit dat de discipline het best gehandhaafd kon worden door iedere Afrikaan die niet heel snel bevelen opvolgde af te ranselen.

De mannen werden bij de enkels aan elkaar gebonden met ijzeren boeien die er nooit af gingen. Ze werden gedwongen om in tweetallen te lopen, te zitten en alles te doen. Ze werden verbannen naar het laagste dek, een benauwd zweethok zonder ramen, ventilatie en licht, waar zelfs geen plek was om te urineren of zich te ontlasten. Ze werden zo dicht op elkaar gepakt dat ze noodgedwongen elleboog aan elleboog moesten slapen. In het ruim was het zo heet als in een oven en was het moeilijk om adem te halen. Het zweet droop van hun huid en vormde plasjes die door de kieren tussen de planken sijpelden. De stank van zweet, urine en uitwerpselen hing er als een dikke mist die bijna zichtbaar was. Elke dag werden de mannen een paar uur aan dek gebracht, waar ze hun longen vulden met frisse lucht en havermoutpap uit een smerige porseleinen kom aten. Ze ontlastten zich in een hoek, waar de zeelieden een soort lange koker hadden opgehangen om het afval in zee te storten.

Ze lagen nog steeds voor anker, en er werden nog steeds meer gevangenen aan boord gebracht.

De vrouwen en kinderen waren ondergebracht in verschillende ruimten onder het hoofddek en ze waren niet geboeid. Ze waren met veel minder dan de mannen en hun omstandigheden waren iets beter, al leefden ze voortdurend met de angst om seksueel te worden belaagd. Ze mochten meer tijd aan dek doorbrengen en keken voortdurend naar de mannen, in de hoop een verloren echtgenoot of broer te vinden. Dat gebeurde soms ook, al wisten de vrouwen dat ze dat stil moesten houden. Het overkwam Nalla niet. Er was geen spoor van Mosi.

De zeelieden waren een ruig stel schorem, misdadigers, ex-gevangenen, schuldenaren en dronkaards, die niet in staat waren om thuis eerlijk werk te vinden. Het was algemeen bekend dat het werk op een slavenschip de laagste baan was die er maar bestond, en ze deden het alleen maar omdat ze niks anders konden krijgen. Ze waren geen echte matrozen met een opleiding en kennis van de zee, maar slechts een bende wanhopige mannen die veelal plezier beleefden aan de schurkenstreken. Vaak waren ze sadistisch. De discipline kwam van bovenaf en werd onder dwang door de kapitein en zijn stuurmannen opgelegd. Ze waren hard tegen de matrozen, zodat die weer hard zouden zijn tegen de slaven. Iedereen vreesde een opstand en de sfeer was altijd gespannen.

Na een week wachten voer de Venus op 12 april 1760 eindelijk uit. De bestemming was Savannah en er waren vierhonderdvijfendertig Afrikanen aan boord. Driehonderdtien van hen waren mannen, de rest bestond uit vrouwen en kinderen. Er waren vijfenveertig matrozen, tien stuurmannen en een kapitein, Joshua Lankford, een veteraan die al heel wat van dit soort reizen achter de rug had.

Het schip kwam nooit in Savannah aan.

10

Ruwweg twintig procent van de Afrikanen stierf onderweg. Drie bemanningsleden overleden aan pokken, twee aan malaria. Op het hele schip heerste misselijkheid en ziekte. Dysenterie was wijdverspreid en zo ongeveer iedere slaafgemaakte, en ook de meeste matrozen, leden aan een of ander darmprobleem. Het eten was schaars en smerig en veroorzaakte scheurbuik en andere aandoeningen. Er waren uitbraken van mazelen en pokken, die leidden tot isolatie in het diepste, weerzinwekkendste ruim helemaal onder in het schip. Met zoveel wanhoop en depressies was zelfmoord een heel gebruikelijke gedachte. Twee mannen, die bij de enkels aan elkaar gebonden waren, slaagden erin om aan dek over de reling te klauteren en overboord te duikelen. Dat inspireerde anderen, en er werden meer wachters neergezet om springen te verhinderen. Toch wisten er een week later nog twee Afrikanen te ontsnappen aan het geweervuur en zichzelf te verdrinken. Een meisje van dertien werd door twee matrozen hevig toegetakeld toen ze tegen hen vocht terwijl ze haar aanrandden. Zodra ze in de gaten kregen dat ze dood was, gooiden ze haar overboord om te voorkomen dat ze straf kregen. Het werd niet bij de kapitein gemeld.

Op de schepen van Fancher was seksueel contact met de vrouwelijke slaafgemaakten strikt verboden. Zoals de meeste regels werd ook deze genegeerd en er was geen straf voor de matrozen. Als gevangenen leerden de vrouwen om zich niet te verzetten.

Nalla werd lastiggevallen door een gemene rouwdouwer die de bijnaam Monk had, een gedrongen ex-crimineel met een zwarte baard en littekens in zijn nek. Elke avond lag ze in het donker op de grond, met aan weerszijden een vriendin, en hoopte vurig dat de witte mannen niet zouden komen. Vaak kwamen ze toch, en met Monk werd het algauw vaste prik. Bij het licht van een kaars nam hij Nalla mee naar beneden, door een wirwar van donkere gangetjes naar een bedompte, krappe ruimte waar drinkwater opgeslagen was. Hij vergrendelde de deur voor wat privacy en had zijn pleziertje. Ze bood geen weerstand. Soms stonden er andere mannen te wachten. Veel vrouwen werden naar diezelfde ruimte gebracht.

Om zijn goede bedoelingen te tonen, nam meneer Fancher op al zijn slavenschepen een dokter in dienst. De dokter op de Venus behandelde alleen matrozen en raakte de Afrikanen liever niet aan. Hij verklaarde een vreselijk zieke slaaf maar al te gauw 'dood' en liet hem of haar overboord gooien. Alleen de kapitein kon tegen dat soort diagnoses ingaan, maar Lankford was er de man niet naar om het oordeel van de dokter in twijfel te trekken. Hij stelde wat pillen en zalfjes ter beschikking voor de zeelieden, maar had niks voor de Afrikanen.

Toen er land in zicht kwam ontstond er beroering en kreeg de bemanning het druk. De lagere dekknechten begonnen het dek te schrobben in een nutteloze poging het schip schoon te maken. De vrouwen werden aan dek gebracht en kregen emmers zout water en loogzeep om elkaar te wassen. Ze kregen allemaal een goedkope lap die ze om hun middel konden slaan om hun onderlijf te bedekken. Hun borsten zouden nog steeds bloot zijn, wat voor de Afrikanen niks betekende, maar aan land een bron van nieuwsgierige blikken zou zijn. De mannen kregen geen zeep en water, maar ze werden geïnstrueerd hun genitaliën met een strook stof te bedekken.

Aan het eind van de middag kwam kapitein Lankford aan dek, wat een zeldzaamheid was. Hij inspecteerde zijn mannen, een zootje ongeregeld van wie het uiterlijk in de loop van de reis steeds verder was afgetakeld, maar op een of andere manier slaagde hij erin om te doen alsof hij ervan onder de indruk was. Hij wierp een langdurige blik door zijn telescoop, alsof hij zich ervan wilde vergewissen dat Savannah inderdaad op koers lag. Hij beweerde dat hij de haven zag, die hij goed kende, en zei dat die slechts een kilometer of drie verderop lag. Ze zouden in het donker voor anker gaan en de volgende ochtend de wal bereiken.

De Venus zou niet dichterbij komen.

De donkere wolken en wind doken plotsklaps op uit het noorden. De storm kwam zo onverwachts dat de bemanning geen tijd had om de zeilen te reven en het anker uit te gooien. Binnen enkele minuten werd het schip zuidwaarts geduwd, terug naar volle zee. De golven waren anderhalve meter hoog en daarna ineens drie meter, en daarna beukten ze tegen het schip en gutste het water over het dek. Iedereen kreeg het bevel om benedendeks te gaan. De windvlagen werden steeds sterker en luider en hielden lange tijd aan.

Kapitein Lankford had orkanen in het Caribisch gebied overleefd, maar hij had nog nooit zo'n storm uit het noorden zien komen. Hij kon het schip onmogelijk op koers houden terwijl het gegeseld werd door de wind. Hoewel er vrijwel geen zicht was, merkte hij dat het grootzeil gescheurd was en tegen de fok en de bezaan begon te klapperen. Grotere golven sloegen tegen de zijkant en spoelden over het dek. Zijn schip schepte enorme hoeveelheden water. Toen de achtermast knapte en doormidden brak, beval de kapitein zijn mannen om de reddingsboten los te maken en neer te laten. Doordat het schip hevig heen en weer slingerde, was dat een onmogelijke taak. Iedere dwaas die probeerde het dek over te steken, zou zonder twijfel worden weggespoeld. Lankford was bang dat de Afrikanen op een of andere manier zouden losbreken uit het ruim, om daarna uit te zwermen over het dek en de reddingsboten op te eisen. Hij gaf opdracht om de grendels van de dekluiken vast te zetten, waarmee hij de ruim vierhonderd Afrikanen in een tombe opsloot, zodat ze een zekere dood tegemoetgingen als de Venus zou vergaan. Zodra de wind heel even ging liggen, krabbelden de matrozen over het dek en vergrendelden elke toegang tot het ruim.

Daarna waren de wind en de golven weer terug, heviger dan tevoren, en de Venus zwiepte hevig heen en weer en kapseisde een paar keer bijna. De kapitein zei tegen zijn mannen dat ze moesten springen als ze wilden, maar dat ze wel iets moesten meegrissen wat bleef drijven. Hijzelf was van plan om samen met zijn schip ten onder te gaan.

Benedendeks klampten Nalla en de andere vrouwen de kinderen vast en probeerden ze te beschermen tegen de razende storm. Ze hielden elkaar stevig vast terwijl het schip deinde en kantelde en elk moment in stukken leek te kunnen breken. Ze werden heen en weer geschud en botsten tegen de wanden en tegen elkaar aan. Ze huilden, zeiden gebeden en gilden vaak als er grotere golven tegen het schip sloegen. Alle kaarsen waren gedoofd en het was pikdonker in het ruim. Onder hen hoorden ze de mannen wanhopig schreeuwen. Boven hen sijpelde het water door de kieren. Ze wisten dat ze elk moment konden sterven.

De storm werd heviger nadat het donker was geworden. Het lukte een paar vrouwen om de ladder op te klimmen, maar ze kregen het dekluik niet open. Ze beseften dat ze in de val zaten en zeker waren van de verdrinkingsdood. Het water stond bijna een halve meter hoog en bleef stijgen.

Een gigantische golf stuwde het schip omhoog en smeet het weer omlaag. Het brak in tweeën, en de vracht kwam in de oceaan terecht. De Afrikanen konden geen van allen zwemmen. De mannen waren reddeloos verloren, want ze waren aan elkaar geketend. De vrouwen probeerden de kinderen te pakken te krijgen, maar de storm was te hevig en het was te donker.

Nalla kreeg een puntig stuk van een versplinterde mast te pakken. Zij en een paar andere vrouwen klampten zich er wanhopig aan vast, terwijl de golven hen hoog optilden en hen daarna onder water duwden. Ze spoorde hen aan om vol te houden, sterk te zijn. Ze hadden het tot nu toe overleefd. Ze waren van het schip af en zouden niet verdrinken. Houd vol. Overal klonken radeloze stemmen, de laatste woorden van stervende mensen, van angstige moeders, van zeelieden die hun hachje probeerden te redden. Hun kreten gingen verloren in de huilende wind, de beukende golven, de pikzwarte zee.

Alsof het zijn missie was geweest om het schip te verwoesten, begon de storm af te nemen. Ze deinden nog steeds op de golven, maar die waren niet meer zo hevig. Ook de wind nam af in kracht. Er gingen minuten voorbij en Nalla leefde nog. Ze hield vol en besefte dat de mast haar leven misschien wel zou redden. Ze bleef tegen de andere vrouwen praten, van wie ze er twee niet kon zien. Anderen waren achter haar en klampten zich nog steeds wanhopig vast.

11

De oceaan was kalm, stil, spiegelglad, zonder een spoor van de razernij van slechts enkele uren eerder. Aan de horizon verscheen een kleine oranje bol, die begon te groeien naarmate de zon opkwam en er een nieuwe dag aanbrak.

Nalla en vijf andere vrouwen zaten aan de voet van een duin dicht tegen elkaar aan om drie kinderen heen. Het water was niet ver weg en de zachte golven klotsten op het zand. Rechts en links van hen reikte het strand zo ver als ze konden kijken.

Ze hadden het koud en hoopten dat de zon snel hoger zou klimmen. Ze waren weer naakt. De goedkope lappen die ze hadden gekregen nadat ze zich hadden gewassen, waren verloren gegaan in de storm. Ze waren uitgehongerd en hadden uren niets gegeten. De kinderen jengelden van ongemak, maar de vrouwen staarden slechts naar de zee, te zeer getraumatiseerd om na te denken over de volgende stap.

Daar ergens, ver achter de horizon, was thuis. Nalla dacht aan haar zoontje en drong haar tranen terug. Het afgrijselijke schip dat hen hier had gebracht was weg. Konden ze ooit een ander vinden om terug te keren?

De versplinterde mast die hun leven had gered, was vlakbij in het zand gestoken. Nalla dacht aan de anderen die zich er wanhopig aan hadden vastgeklampt, maar die door de beukende golven waren weggerukt. Hun angstige kreten weergalmden in haar oren. Waren ze allemaal dood of hadden ze de kust weten te bereiken?

De dood was overal. Nalla had er zoveel van gezien sinds haar dorp was geplunderd, en ze vroeg zich af of ze nu soms dood was. Eindelijk dood, bevrijd van de nachtmerrie. Eindelijk dood, en nu op weg om te worden herenigd met Mosi en haar zoontje.

De vrouwen hoorden andere stemmen en kropen dichter tegen elkaar aan, maar het waren de rustige stemmen van naderende mannen. Er verscheen een groep Afrikanen die over het strand in hun richting liepen. Vier mannen, een met een geweer, en drie vrouwen van het schip. Toen ze Nalla en haar groepje zagen, renden de vrouwen naar hen toe en ze begroetten elkaar met omhelzingen en tranen. Er waren dus andere overlevenden. Misschien waren er nog wel veel meer.

De mannen keken glimlachend toe. Ze hadden geen hemd aan en liepen op blote voeten, maar ze droegen dezelfde vreemde broeken als de witte mannen op het schip. Ze spraken een taal die de vrouwen niet verstonden. Maar hun boodschap was duidelijk: *jullie zijn hier veilig.*

Ze liepen achter de mannen aan over het strand naar een lichte bocht waar de kust rond een kleine baai liep. Ze minderden vaart toen ze verderop twee donkere voorwerpen in de branding zagen. Gedaanten. Lichamen. Twee naakte Afrikaanse mannen die bij de enkels aan elkaar gebonden waren, nu al uren dood. Ze trokken ze uit het water en over het zand naar een duin, waar ze hen later zouden begraven.

De zon was nu op en de vrouwen, uitgelaten omdat ze voorlopig veilig waren, mompelden onderling iets over eten en water. Met handen en voeten communiceerde Nalla met de leider, de man met het geweer, en wist de boodschap over te brengen dat ze voedsel nodig hadden.

Bij het verlaten van het strand stuitten ze op nog drie vrouwen die ineengedoken bij een duin zaten. Ze omhelsden hen en ze huilden samen. Ze leefden tenminste nog.

Het reddingsteam volgde een pad rondom de duinen tot ze bij dichte begroeiing kwamen. Algauw liepen ze door een bos van oude iepen en eiken, met slierten mos die aan de lage takken hingen. Het bos werd steeds dichter, tot de bomen en het mos de lucht en de zon aan het zicht onttrokken. De vrouwen snoven een rooklucht op. Even later liepen ze een nederzetting binnen, een dorp met rijen keurige huisjes van leem en modder en met een dak van palmbladeren.

De vrouwen, in totaal elf, met zes kinderen, werden omringd door hun nieuwe vrienden. De mannen droegen knielange broeken. De vrouwen droegen jurken die van hun hals tot hun voeten zwierden. Ze liepen allemaal op blote voeten en op hun gezicht prijkte een brede, blije glimlach waar dankbaarheid en medeleven uit sprak. Ze boden hun nieuwe zusters en hun kinderen uit Afrika de helpende hand.

Ook zij hadden de overtocht gemaakt. Ze hadden de ellende op de schepen doorstaan. En nu waren ze vrij.

2
Panther Cay

1

De krant van Camino Island, *The Register*, verscheen drie keer per week en deed uitstekend verslag van de mijlpalen in het gemeenschapsleven: begrafenissen, bruiloften, geboorten, arrestaties en bestemmingsplannen. De eigenaar, Sid Larramore, had jaren eerder een manier ontdekt om de zaak drijvende te houden, naast adverteren: de pagina's vullen met kleurenfoto's van kinderen die aan het honkballen, softballen, T-ballen, voetballen of basketballen waren, of welke andere sport dan ook beoefenden. Ouders en grootouders kochten volop kranten als de juiste kinderen erin stonden. Actiefoto's van vissers die trots een grote tandbaars of *wahoo* lieten zien waren al bijna net zo populair.

Bruce las elke editie van a tot z, en Bay Books gaf duizend dollar per maand uit aan advertenties. Schrijvers die een promotietour maakten konden altijd een leuk artikel op pagina twee verwachten, met een foto erbij.

Maar er was niets wat het eiland zo in rep en roer bracht – en waardoor er zoveel kranten werden verkocht – als de roddel dat de zoveelste patserige projectontwikkelaar 'uit het zuiden' grond opkocht om weer een hele rits appartementen uit de grond te stampen. 'Uit het zuiden' betekende steevast Miami, een stad die niet alleen bekendstond om de drugshandelaars, maar ook om de talloze bankiers en projectontwikkelaars die daar hun geld witwasten. Volgens de meeste inwoners van Florida moest elk project 'uit het zuiden' met de grootste argwaan worden bekeken.

Vanwege een willekeurige beslissing die eeuwen eerder was genomen door een in de vergetelheid geraakte Spaanse ontdekkingsreiziger viel Dark Isle onder jurisdictie van Camino Island, net als een ander onontwikkeld flintertje grond in de buurt van de staatsgrens met Georgia. Toen Florida in 1845 een staat werd, beklijfde de naam en werd 'Dark Isle' officieel.

Bruce zat achter zijn bureau met een stapel ochtendpost, een krant en een kop sterke koffie. Hij werd prompt begroet door de kop TIDAL BREEZE PRESENTEERT PANTHER CAY RESORT. De halve voorpagina was een kleurrijke tekening van de geplande herziening van Dark Isle, dat Panther Cay zou worden, een gloednieuwe naam die verzonnen was door een paar slimme marketingtypes. Midden op het eiland zou een gigantisch casino komen, met een muziekzaal waar plek was voor vijfduizend mensen, en minstens evenzoveel gokautomaten. Beroemde bands en zangers waren min of meer gegarandeerd, net als talloze welgestelde gokkers. Ten zuiden van het casino was de zoveelste achttienholesgolfbaan voor de misdeelde golfers van Florida gepland, en reken maar dat er langs elke fairway luxehuizen en appartementen zouden staan. De noordkant was bestemd voor een kunstmatig gefabriceerd dorp met winkels, restaurants en appartementen. Langs het witte zandstrand aan de Atlantische kant kwamen rijen hotels die een spectaculair uitzicht op de oceaan boden. Aan de kant van de baai was ruimte voor jachthavens met volop ligplaatsen voor allerlei soorten boten, waaronder waarschijnlijk ook luxejachten.

Voor ieder wat wils. Beloften in overvloed. De mogelijkheden waren oneindig. Tidal Breeze verkondigde met een hoop bombarie dat ze zeshonderd miljoen dollar zouden investeren om Panther Cay tot leven te wekken. Er werd niet gerept over de verwachte winst van het project.

Wat er op de gelikte tekening ontbrak was de brug die dit alles mogelijk moest maken, maar een woordvoerder van Tidal Breeze zei: 'Ons bedrijf is bereid om vijftig procent van de totale kosten van de brug te betalen, en de staat Florida heeft ons verzekerd dat de wetgever bij de volgende vergadering de rest van het geld zal reserveren. Na voltooiing zal Panther Cay binnen vijf jaar voor de brug betalen door middel van nieuwe belastingen.'

Bruce had heel wat anders gehoord. De echte roddel die de ronde deed, was dat Tidal Breeze al aan het flikflooien was met een aantal staatssenatoren en dat die brug er zou komen zonder dat ze ook maar een cent zouden bijdragen. Het bedrijf beloofde vijftig miljoen dollar – ongeveer de helft van de kosten – in een periode van dertig jaar terug te betalen met geld dat zou worden uitgespaard door middel van belastingvrijstellingen. Het was een schimmige, gecompliceerde deal die nog steeds werd bekonkeld in bars in en om Tallahassee.

In een veel kleiner artikel op pagina twee stonden wat protesten van milieugroeperingen. Het sprak voor zich dat ze het project afschuwelijk vonden en fikse tegenstand zouden bieden. Een van de radicaalste advocaten hekelde Tidal Breeze vanwege de vele verbroken beloften, mislukte projecten en milieuschade in het verleden.

De gevechtslinies begonnen zich algauw af te tekenen.

Bruce woonde al vijfentwintig jaar op het eiland. Hij had Bay Books in een opwelling opgericht op zijn vierentwintigste, toen hij nog te jong was om bang te zijn. Hij had kort daarvoor een paar zeldzame boeken uit zijn vaders nalatenschap gevist, had de meeste voor zo'n tweehonderdduizend dollar verkocht en werd gegrepen door het vak. Hij kocht de enige boekhandel op het eiland, knapte hem op, vestigde er een café en een koffiebar in, veranderde de naam en opende de deuren.

Hij was dol op Camino en wilde het eiland langzaam veranderen, of misschien wel helemaal niet. Panther Cay was tot nu toe de brutaalste aanval op het ontspannen, vredige leventje dat zo gewaardeerd werd door de mensen die zich tot het eiland en het stadje Santa Rosa aangetrokken voelden. Vanuit de haven in het centrum zou Panther Cay slechts twintig minuten varen zijn. De felle, opzichtige lichtjes van het resort zouden het uitzicht naar de westkant verpesten.

Bruce had er wel enig vertrouwen in dat de toezichthouders van de staat er een stokje voor zouden steken. Maar er stond zoveel geld op het spel dat niets zeker was. Ten minste twee van de vijf toezichthouders kraamden voortdurend progroeiflauwekul uit.

Hij grinnikte om de nieuwe naam. Als er ergens binnen een straal van honderd kilometer rondom Dark Isle een panter was gezien, had hij daar niks van gemerkt. Er waren er nog maar iets van tweehonderd over in Florida. De floridapanter – eigenlijk een poemasoort – werd ernstig bedreigd en leefde in de buurt van de Everglades. Er was een strand met de naam Panther Key op een eiland ten zuiden van Naples.

Maar 'Panther Cay' bekte wel lekker en deed het goed in het promotiemateriaal. Er was al een website, maar daar stond weinig op.

Zijn mobiele telefoon trilde en hij lachte ernaar. 'Mercer, lieverd, ik zat net aan je te denken.'

‘Dat zal wel. Hoi, Bruce. Hoe gaat het met het eiland?’

‘Het is er nog steeds. Mis je me tijdens je huwelijksreis?’

‘Helemaal niet. We hebben het hier fantastisch. We zitten nu in een trein, de Royal Scotsman, ergens in de buurt van Dundee, op weg naar de Hooglanden.’

‘Klinkt heerlijk. Hier niks nieuws te melden, behalve dan dat een schofterig bedrijf uit Miami zojuist een voorstel heeft gedaan voor een resort van zeshonderd miljoen op Dark Isle, inmiddels bekend als Panther Cay, tenminste, zo noemt dat bedrijf het nu. Afgezien daarvan gaat alles z’n gangetje. Er was afgelopen zaterdag een kroeggevecht in de Pirate’s Saloon.’

‘Ik heb het boek op de heenvlucht uitgelezen. Wat een geweldig verhaal. Zou ik Lovely Jackson kunnen ontmoeten?’

‘Dat kan ik waarschijnlijk wel regelen. Zoals ik al zei: ze komt twee keer per jaar langs en dan drinken we samen koffie. Ze is een pittige tante, maar wel een beetje mysterieus.’

‘En denk je dat ze wil meewerken als ik dit verhaal ga schrijven?’

‘Dat weet ik niet. Dat is de hamvraag. De enige manier om erachter te komen is door het haar te vragen.’

‘Dan heb ik nog een vraag. Hoe kan dat bedrijf een project op Dark Isle ontwikkelen als het eiland nog steeds in bezit is van Lovely? Ze beweert toch dat het haar eigendom is?’

‘Klopt. Ze zegt dat ze voor zover bekend de laatste nog levende erfgenaam van de grond is, maar het papierwerk is nogal karig. Er is nooit een machtsoverdracht of een eigendomsakte geweest.’

‘Klinkt als een extra hoofdstuk.’

‘Inderdaad. Je kunt maar beter aan de slag gaan. Is Thomas er ook nog?’

'Min of meer. Hij zit nu met zijn neus in het boek en ik word straal genegeerd.'

'Wat een sukkel.'

'Ik bel wel als we weer thuis zijn.'

2

Het was Steven Mahon al twee keer niet gelukt om met pensioen te gaan. Het grootste deel van zijn illustere carrière was hij topadvocaat van de Sierra Club geweest, waarbij hij ten strijde trok tegen allerlei vormen van milieuverontreiniging en -verwoesting. De rechtszaken waren lang en hardvochtig en na dertig jaar raakte hij opgebrand en trok zich terug op een familieboerderijtje in Vermont. Daar hield hij het welgeteld één winter vol, ingesneeuwd en sufverveeld, tot zijn vrouw hem naar Boston stuurde om werk te zoeken. Hij kreeg een baan bij een kleine non-profitorganisatie, sleepte een paar chemiebedrijven voor de rechter en overleefde op zijn drieënzestigste een hartinfarct. Zijn vrouw kwam uit Oregon, kon niet tegen sneeuw, en besloot dat ze zon nodig hadden. Ze verhuisden naar Santa Rosa en kochten een schitterend victoriaans huis, drie straten bij Main Street vandaan. Zij nam een tuinvereniging over, terwijl hij met de schildpadkijkers op het strand rondbanjerde om de eieren te bewaken. Toen de verveling hun huwelijk bedreigde, richtte hij het Barrier Island Legal Defense Fund op, een vervaarlijk klinkend rechtsbijstandfonds dat bestond uit hemzelf en een parttime secretarieel medewerker, die op elkaar gepropt in een piepklein kantoortje boven een kledingzaak zaten, tegenover Bay Books.

Hij was nu zeventig en beweerde dat hij gelukkiger was dan ooit. Bruce mocht hem graag, omdat ze er dezelfde politieke ideeën op na hielden en ook omdat Steven heel veel boeken kocht, zonder korting. Hij werd op pagina drie van de ochtendkrant geciteerd: 'De voorgestelde projectontwikkeling op Dark Isle zal uitmonden in een milieuramp die ongekend is in dit deel van Florida. We kijken ernaar uit om Tidal Breeze voor de rechter te slepen.'

Steven nam nooit een blad voor de mond en ging geen verslaggever uit de weg; hij schudde altijd wel een paar kleurrijke uitspraken uit zijn mouw en uitte graag dreigementen. Zijn loopgravenoorlog tegen rijke, meedogenloze bedrijven had hem ontdaan van elk spoor van terughoudendheid of diplomatie.

Bruce en hij gingen minstens één keer per week samen lunchen, en toen hij Stevens naam in de krant zag nodigde Bruce hem meteen uit. Ze waren net aan hun lievelingstafeltje op een terras aan het water in de grote haven gaan zitten, toen er een garnalenboot met de vangst van de dag voorbij kwam tuffen. Bruce bestelde zoals altijd een fles chablis. Steven zei dat hij maar één glas zou nemen. Hij was slank en gezond, maar zijn artsen en zijn vrouw hielden hem goed in de gaten. Hartproblemen zaten in de familie.

'Hoe gaat het met je boek?'

Het boek was zijn levensrelaas, met zijn oorlogsverhalen en zijn grootste successen, zoals het aanpakken van wolvenstropers in Montana, lozers van kernafval in New Mexico, bovengrondse kolenmijnen in Kentucky, en cruisemaatschappijen in Miami die grote hoeveelheden afval in zee dumpten. De lijst was lang en opmerkelijk, en Bruce had door de jaren heen heel wat van die verhalen gehoord. Steven was een fantastische verteller en ook een goede schrijver, maar een boek vergde discipline. De auteur had een hekel aan bureaus en computerschermen.

'Tweehonderd bladzijden, en nog minstens evenveel te gaan.'

‘Wanneer mag ik een stukje lezen?’

‘Later, nu nog niet.’ De kelner schonk wijn in en ze proostten.

Als het over zijn schrijvers ging, stond Bruce bekend om zijn nieuwsgierigheid. Hij wilde weten waar ze aan werkten en spoorde hen aan om meer te schrijven. Het was algemeen bekend dat deze beroepsgroep ongedisciplineerd tot op het bot was, dus meestal logen ze en zeiden dat ze meer vooruitgang boekten dan in werkelijkheid het geval was. Hij was altijd bereid om mee te denken en hun laatste kladversie te lezen, wat natuurlijk betekende dat ze zijn redactionele opmerkingen moesten aanhoren. Hij wilde dat ze keihard werkten en goed schreven, zodat ze konden publiceren en van het schrijversleven konden genieten. Zo nodig belde hij agenten en uitgevers en gaf zijn ongevraagde mening over de manuscripten. En ze luisterden. Hij had zijn winkel opgebouwd tot een stuwende kracht in het circuit van onafhankelijke boekhandels, en daarmee verkocht hij heel wat boeken. Hij was non-stop aan het netwerken en kon net zoveel leveren in de vorm van roddels als bruto-omzet. Hij kende de schrijvers, de agenten, de redacteuren, de uitgevers, de directieleden, de proeflezers, de recensenten en heel wat andere boekhandelaren, en hij zorgde er wel voor dat ze hem ook kenden.

Steven en hij bestelden een salade van zeevruchten en dronken wijn. Het was juni en de zon was warm, de toeristen waren aangekomen en de haven was bedrijvig, met vissersboten en kleine schepen.

En het was heel druk in de boekhandel. Het zomerseizoen was favoriet bij Bruce.

Hij zei: ‘Ik zag je naam voorbijkomen in de krant, in dat artikel over Panther Cay.’

Steven lachte en haalde zijn schouders op. ‘Je zag mijn

naam voorbijkomen? Ik dacht dat ik mijn welbekende deskundige, weloverwogen juridische mening had gegeven.'

'Nou, het was zeker je welbekende mening. Ik neem aan dat je je ermee gaat bemoeien.'

'Nog niet, maar we houden ze scherp in de gaten. Als Tidal Breeze goedkeuring krijgt, breekt de hel los.'

'Ga je een rechtszaak aanspannen?'

'Reken maar. We halen al het grove geschut uit de kast, of in elk geval zoveel als mijn kleine kantoortje aankan. Maar het zal wel aardig wat gaan kosten.'

Bruce en Noelle gaven gul aan heel wat plaatselijke nonprofitorganisaties, en Steven kreeg elk jaar vijfduizend dollar van hen. Hij werkte met een krap budget en maakte gebruik van zijn contacten in de wereld van de milieubeschermers.

Bruce zei: 'Ik weet zeker dat je een prima juridisch team bij elkaar kunt krijgen. De grote jongens zitten er vast bovenop.'

'We zullen zien, maar ik maak me wel zorgen. De grote jongens zijn momenteel nogal onderbemand, vooral in het zuidoosten. Heel wat ijzers in het vuur, heel wat projectontwikkeling. Het geld lag de afgelopen tien jaar voor het oprapen, dus iedereen is nu aan het uitbreiden. Themaparken, enorme snelwegen, booreilanden, verkaveling. Er zijn niet voldoende bomenknuffelaars zoals ik die weten hoe ze moeten procederen en winnen. Het wordt oorlog.'

'Dus je hebt je huiswerk al gedaan?'

'Ja. We hoorden ongeveer een jaar geleden al dat de projectontwikkelaars aan het rondsnuffelen waren. Zoals je weet heeft Leo het zeelandschap veranderd. Dark Isle bestaat al eeuwen, maar niemand wilde het ooit hebben. En dan slaat Leo toe en zijn de riffen en stromingen binnen een paar uur volkomen veranderd. Opeens is een brug haalbaar, en natuurlijk zijn die snelle types er altijd voor te porren om een nieuwe te bouwen.'

'En hoe zit het met Lovely Jackson en haar aanspraak op het eigendom?'

Steven schudde zijn hoofd en nam een slok wijn. De serveerder bracht hun lunch en vroeg of ze verder nog iets nodig hadden. Dat was niet het geval.

Steven zei: 'Ik ben geen vastgoedadvocaat, dat is een ander specialisme, maar als ze de projectontwikkeling wil aanvechten, moet ze naar de rechter stappen en bewijzen dat ze eigenaar is. Eerlijk gezegd is dat de makkelijkste manier om Tidal Breeze een halt toe te roepen. Ik neem aan dat het juridische team van het bedrijf langdurig luidkeels zal protesteren dat ze geen eigendomsbelang heeft. Daarom behoort de grond toe aan de staat, is onderhevig aan lokale onroerendgoedbelastingen en is volledig beschikbaar voor projectontwikkeling.'

Bruce slikte een dikke garnaal door, spoelde hem weg met chablis en vroeg: 'Wat is ook alweer de juridische term, "verkrijgende verjaring" of zoiets?'

'Precies dat, en het is eigenlijk basiskennis uit het eerste jaar van elke rechtenstudie. Als je minstens zeven jaar "te goeder trouw" gevestigd bent op grond die niet van jou is, kun je aanspraak maken op het eigendom door verkrijgende verjaring. Volgens Lovely's boek hebben slaafgemaakten zich bijna driehonderd jaar geleden op Dark Isle gevestigd en dat voor zichzelf gehouden. In de jaren vijftig van de vorige eeuw waren ze allemaal vertrokken. Zij was de laatste en ze is er op haar vijftiende weggegaan, als we haar verhaal moeten geloven.'

'Geloof jij het dan niet?'

'Ik weet het niet. Ik heb niet zoveel met voodoo en zwarte magie en dat soort dingen. Maar afgezien daarvan heeft ze een advocaat nodig, Bruce, en wel nu meteen. Kun je haar bereiken?'

'Misschien. Ze wil niks zeggen over de telefoon.'

'Waar woont ze?'

'In een achterafstraatje in The Docks, vlak bij de oude conservenfabrieken. Ze woont alleen. Ze heeft ooit een man gehad, maar die is jaren geleden verdwenen.'

'Dat staat in haar boek. Geen kinderen, dus geen erfgenamen, geen nakomelingen. En ze is nu tachtig?'

'Om en nabij. Ze zegt dat ze in 1940 geboren is, maar dat is nergens geregistreerd, wat in die tijd niet ongebruikelijk was in het landelijke Zuiden, vooral onder de zwarte bevolking.'

'Probeer gewoon met haar in contact te komen.'

'Zal ik doen. Ze komt af en toe naar de winkel. Ik heb exemplaren van haar boek op de plank met "lokale schrijvers" liggen. We verkopen er zo'n drie per jaar. Ik heb de indruk dat ze zelden buitenkomt.'

'Hoe gaat het met haar gezondheid?'

'Dat weet ik niet precies, maar het lijkt erop dat ze prima in vorm is, heel kwiek. Ik probeer haar wel te bereiken.'

'Hoe eerder hoe beter.'

'Ik doe mijn best.'

3

Twee jaar daarvoor, tijdens de naweeën van orkaan Leo, verrichtte een ploeg van het Florida Department of Natural Resources onderzoek in de wateren tussen Dark Isle en het vasteland, een afstand van grofweg anderhalve kilometer. Satellietbeelden toonden een aanzienlijke verschuiving in zowel het landschap als het zeeaanzicht, veroorzaakt door de storm. De noordkant was van het eiland afgesneden en lag nu op een afstand van driehonderd meter, nog geïsoleerder. Het hoofdgedeelte was nog steeds intact, maar lange stukken van de stranden aan de Atlantische kant waren verdwenen. Het was niet in te schatten hoeveel zand er was verplaatst, en de ploeg was in het beginstadium van het vergaren van informatie. De drie wetenschappers namen honderden foto's en deden talloze metingen. Met geavanceerde onderwatercamera's filmden ze de riffen en de stromingen en stuurden de data in real time terug naar hun lab in Tallahassee. De weersvoorspellingen van die dag waren typerend voor augustus: heet, vochtig, met in de namiddag tachtig procent kans op onweersbuien, waarvan sommige mogelijk hevig.

Hun twaalf meter lange boot was een drijvend lab met een platte bodem, dat het DNR al jaren gebruikte en niet bepaald zeewaardig was. Dat hoefde ook niet, want het was gemaakt voor onderzoek op stranden en binnenwateren. De wetenschappers maakten zich niet druk om de weersvoorspellingen, want de steiger op het vasteland lag binnen hun blikveld en was makkelijk bereikbaar als er een storm opstak.

Hun werkzaamheden brachten hen dicht bij de kust van Dark Isle aan de kant van de baai, en om een of andere reden besloten ze een kijkje aan land te nemen. Het eiland was berucht vanwege het slavernijverleden en oude verhalen over indringers die er verdwenen. Maar goed, het was al tientallen jaren verlaten. De lokale bevolking, vooral de vissers, bleef er uit de buurt. Maar de wetenschappers waren veel te geleerd voor spookverhalen en lachten spottend om de legenden van voodoovervloekingen en wilde dieren. Terwijl ze de boot in het zand tot stilstand lieten glijden, stak er vanuit de zee een harde wind op. Vlakbij schoot een bliksemschicht uit de lucht. Op het vasteland klonk een donderslag. De lucht werd in een mum van tijd donker en dreigend. Omdat er nergens een schuilplaats te bekennen was, besloten de wetenschappers op de boot te springen en richting de aanmeerplek te koersen. Terwijl ze wegvoeren, werden ze geteisterd door hevige windvlagen en dikke slagregen. De boot werd bij het eiland weggeduwd. Hoge golven sloegen ertegenaan. De mannen droegen geen reddingsvesten en konden ze in de chaos ook niet vinden. Het woelige water smeet ze heen en weer. De boot was geen partij voor de golven en kapseisde uiteindelijk. Alle drie de mannen gingen onder.

Een van hen wist zich twee uur lang aan de boot vast te klampen terwijl de storm raasde en de wind huilde. Toen alles eindelijk tot bedaren kwam, bracht een reddingsteam van de county hem in veiligheid. Er werd nog urenlang en zelfs de volgende dag nog gedregd in de brede baai, maar de twee overboord geslagen mannen werden nooit teruggevonden.

Het gebruikelijke onderzoek werd uitgevoerd, maar het liep op niets uit. Het was een storm, een natuurverschijnsel. De ervaren wetenschappers hadden hun werk goed gedaan. Het was gewoon pech.

Wat in de tragedie en het daaropvolgende onderzoek over het hoofd werd gezien, was dat de twee vermisten wit waren. De overlevende was zwart.

Dark Isle had weer slachtoffers opgeëist.

4

Als de hotemetoten die de leiding hadden over Tidal Breeze in Miami al iets wisten van de kleurrijke legenden van Dark Isle, was dat niet te merken. Nadat ze opeens belangstelling hadden gekregen voor het eiland, en nadat ze aftastende gesprekken hadden gevoerd met de juiste politici en bureaucraten, begon Tidal Breeze een clandestiene operatie om het terrein te inspecteren en in de gaten te houden. Ze huurden een bedrijf in om met behulp van satellieten elke mogelijke vierkante meter te fotograferen, in kaart te brengen en vast te leggen. Ze huurden een ander bedrijf in om het eiland met behulp van drones af te speuren en de beelden naar hen te sturen. Wat ze al vreesden, bleek werkelijkheid. Het eiland was zo dichtbegroeid met eeuwenoude bomen en vegetatie dat het onmogelijk te zien was wat zich werkelijk op de grond bevond. Leo, een orkaan van de vierde categorie, met windsnelheden van tweehonderddertig kilometer per uur en een stormvloed van naar schatting bijna acht meter, had duizenden oude bomen omvergeblazen, zodat hun takken en wortels op enorme stapels op elkaar waren gevallen. Duizenden andere bomen waren stevig blijven staan en overschaduwden het grootste deel van het eiland. De vegetatie was weer aangegroeid na de storm en was te dicht en stevig om ertussendoor te lopen. Er was geen spoor van wegen of paden, geen teken van de ruïnes van oude gebouwen. Er liep een lichte helling langs het midden van het eiland. Die was op sommige plekken zo'n zes meter hoog, maar het grootste deel van Dark Island lag op zeeniveau.

Hoewel ze het nooit zouden toegeven vanwege de onvermijdelijke protesten, hadden de hotemetoten al besloten dat het eiland het best kon worden ontgonnen door er bulldozers op los te laten. De tactiek van de verschroeide aarde, die Tidal Breeze maar al te goed kende. Ze zouden een paar van de mooiste bomen behouden, ze goed in het oog laten springen, er de nodige aandacht aan schenken, en er prat op gaan dat het bedrijf zich al sinds mensenheugenis hardmaakte voor milieubescherming en het behoud van natuurlijke habitats.

Er werd een derde bedrijf ingehuurd, Harmon, om een team ter plaatse te laten kijken. Het bestond uit vier stoere kerels die ooit bij de Special Forces van het leger hadden gediend. Drie van hen hadden oneervol ontslag gekregen. Ze hadden verstand van de meest veeleisende vormen van bedrijfsbeveiliging en persoonlijke, semimilitaire klussen. Een onbewoond eilandje bekijken zou geen al te grote uitdaging vormen.

Swaney, de commandant en leider, besloot dat het slim zou zijn om er 's nachts aan land te gaan. Ze moesten niet het risico lopen om door de politie of de deputy's van de sheriff te worden gezien. De Coast Guard patrouilleerde in het gebied rond Camino Island en Cumberland Island in Georgia. Er werd vaak gezien dat het DNR aan het peilen was. Er voeren tientallen vissersbootjes en plezierjachten in en om de belangrijkste haven van Santa Rosa. Het leek wel of er altijd wel iemand vlakbij was.

Kamperen en picknicken op Dark Isle was niet in strijd met de wet. Voor de lokale bevolking was het eiland een stuk niemandsland dat nooit ontwikkeld was en nooit iemands bezit was geweest, om allerlei praktische redenen. Het lag er gewoon, vijf kilometer verlaten oerwoud omringd door witte stranden. Iedereen kon ernaartoe om te zwemmen, te picknicken of te wandelen.

Maar er was niemand die dat deed. Er gingen veel te veel oude verhalen rond over de mensen die het wel geprobeerd hadden.

De teamleden gleden zachtjes door de donkere inham, laag zittend in hun RIB-boot, een stevige rubberboot van negen meter, en zagen de lichtjes van de haven van Santa Rosa steeds kleiner worden. Toen de romp het zand raakte, kantelde Swaney de buitenboordmotor omhoog en stuurde de boot het strand op. De vier mannen trokken hem uit de branding en zetten hem vast met haringen en touw. Om vier minuten na middernacht zou het vloed worden, over drie uur. Met behulp van nachtzichtbrillen vonden ze de twee grote duinen die ze hadden uitgekozen uit de luchtbeelden, en ze besloten dat die de beste beschutting voor hun kamp boden. Ze hadden alle vier een kleine videocamera boven op hun helm bevestigd, waarvan de livebeelden werden verzonden naar een controlecentrum in een bruine, onopvallende bestelbus – beter bekend als het 'UPS-busje' – die op het terrein van het Sheraton-hotel op Camino Island geparkeerd stond. Alle vier de mannen hadden ook een headsetmicrofoontje waarmee de twee techneuten in het busje in real time met het team konden praten. Iedereen kon met elkaar communiceren.

Ze zetten hun kamp op door vier kleine eenpersoonstentjes met vliegengaas neer te zetten. Ze laadden koelboxen met eten en drankjes uit. Het plan was om twee volle dagen het eiland te verkennen en twee nachten in de tentjes door te brengen. Ze waren nog niet moe en besloten op verkenning uit te gaan. Ze droegen legerachtige uniforms, alleen geen beschermende kogelwerende vesten. Ze waren allemaal goed bewapend met semiautomatische Glock 19-pistolen, en twee van hen hadden een M4-geweer. Ieder van hen had een gps-monitor aan zijn riem, waardoor de techneuten in het busje hun bewegingen konden volgen. De techneuten staarden naar het scherm, volgden de vier groene stipjes die over het strand bewogen, en probeerden wakker te blijven. Niemand van het team, en al helemaal niemand in het busje, verwachtte iets spannends.

Nadat ze een uur op het strand hadden gelopen en geen enkel pad richting het binnenland hadden gevonden, zei Swaney dat ze zouden wachten tot het dag werd. Tegen halftwaalf lagen alle mannen in hun eigen tentje en vielen in slaap. Een uur later lagen ze allemaal te snurken, toen de eerste kat keihard begon te krijsen en hun nachtrust verstoorde. Het dier was vlakbij en maakte een schril, doordringend, alarmerend geluid dat zich door de stille nacht boorde, waardoor de vier mannen zich rot schrokken. Ze wachtten met bonzend hart en zwoegende longen. De tweede kreet leek nog dichterbij te zijn, maar dat kwam waarschijnlijk doordat ze hem verwachtten.

Het was geen angstig geluid. Het was agressief, alsof de indringers werden gewaarschuwd dat ze hier niet hoorden.

Vince fluisterde luid: 'Hé, baas, wat is dat, verdomme?'

Swaney fluisterde terug: 'Hoe moet ik dat nou weten? We moeten ons gedeisd houden.'

'Laten we teruggaan naar de boot.'

'Blijf allemaal zitten waar je zit.'

De kreet leek uit zuidelijke richting te komen, vanaf het strand of daar vlakbij. Er verstreek een minuut en vanuit het noorden antwoordde er eentje met een geheel eigen versie van een hoge, grauwende roep die duidelijk van de eerste verschilde.

Er waren er minstens twee. Er gingen een paar minuten voorbij zonder dat er iets te horen was.

Swaney zei: 'Oké, pak jullie zaklampen en Glocks. Op drie springen we naar buiten om te gaan kijken.'

Op drie kropen ze hun tentjes uit, sprongen overeind, lieten het licht van hun zaklampen over de hele omgeving glijden en zagen niks.

'Hé, baas, heb je ooit een poema horen grommen?' vroeg Roy.

Swaney antwoordde: 'Nee, jij wel?'

'Niet in het echt, maar ik heb er weleens een in een film gezien.'

'Dus nu ben je de deskundige?'

'Dat zeg ik niet, maar deze klonk wel net zoals die in de film.'

'Het is of een poema, of een rode lynx,' zei Marcus met enig gezag. 'Het zijn allebei inheemse dieren in Florida, al zijn de poema's al lang geleden naar het zuiden getrokken.'

'Kun je ze van elkaar onderscheiden?' vroeg Swaney.

'Misschien. Ik wed dat het een floridapanter is, dus een poema.'

'Zijn ze goedaardig?'

'Klonken ze goedaardig?'

'Niet echt.'

'Nee, ze zijn ook helemaal niet goedaardig. Ze zijn zo agressief als de pest als ze zich bedreigd voelen.'

'Ik heb anders helemaal niemand bedreigd,' merkte Vince op.

'Zit je ons weer in de zeik te nemen, Marcus?' vroeg Roy. 'Je neemt ons altijd in de zeik.'

Marcus zei: 'Nee, helemaal niet. Poema's staan bekend om hun agressie.'

'Oké, kappen nou,' zei Swaney. 'We hebben hier eten en spullen, dus we houden om beurten de wacht. Ik doe de eerste twee uur wel. Gaan jullie maar slapen.'

De andere drie liepen terug naar hun tentjes en Swaney ging met zijn M4 op de koelbox zitten. Hij rookte een sigaret en staarde naar de lichtjes van Camino Island in de verte. Hij spitste zijn oren om te horen of er iets aan kwam, al wist hij dat de katten, of wat het ook waren, geen geluid zouden maken in het zand. Er was geen maan en het was een donkere nacht. Ergens daarboven hield een satelliet hen in de gaten. Er ging een uur voorbij. Swaney rookte zijn derde sigaret om wakker te blijven. Hij liep zachtjes rond het kampement, met zijn pistool in zijn hand. Hij hoorde geen gesnurk uit de tenten en nam aan dat de anderen te opgefokt waren om zich te ontspannen.

Ze wisselden elkaar de hele nacht af, hielden om en om de wacht, gewapend en paraat, en hoewel er verder geen gekrijs en geroep meer klonken, sliepen ze maar weinig. Roy was wakker toen de dag aanbrak en zette een pot koffie op een gasbrander. De geur lokte de anderen uit hun tent.

Na een ontbijt van fruit en broodjes ham kleedden ze zich aan en bereidden zich voor op een lange verkenningsdag. Ze hadden allemaal een Glock in hun heupholster. Roy en Vince hadden machetes bij zich om de vegetatie weg te hakken, terwijl Swaney en Marcus ieder gewapend waren met een M4. Swaney meldde zich bij de jongens in het UPS-busje en ze waren er allemaal klaar voor. Zo'n dertig meter boven hen kwam er gonzend een drone in zicht, die als hun verkenner fungeerde. Door de 360 gradenbeelden kregen de techneuten duidelijk zicht op het team ter plaatse, en op de intimiderende taak die voor hen lag. De communicatie was helder en direct. De vier mannen in het veld konden op elk gewenst moment met het commandocentrum praten, al wilde Swaney zo min mogelijk geklets.

Met behulp van infraroodbeelden van satellietfoto's die voorafgaand aan Leo waren gemaakt, koos Swaney een pad – hij hoopte tenminste dat het een pad was – vanaf het strand, over een paar duinen naar een stuk dichte bebossing vol zeehaver en haagwinde. Een uur lang hakten ze erop los met hun machetes, maar ze kwamen slechts langzaam vooruit. De drone hing een meter of zestig boven hen, maar kon niet door het dichte gebladerte van de eiken en de iepen met het Spaanse mos doordringen. De techneuten in het UPS-busje zagen alleen maar bos. Het was eind april, de zon stond hoog en warm aan de hemel, en de voorspellingen beloofden helder weer, temperaturen van rond de dertig graden, en in de namiddag zoals gewoonlijk kans op een bui. Na twee uur hadden de mannen het bloedheet en waren ze moe, en Swaney gebaarde dat ze terug moesten gaan. Ze waren hooguit vijftig meter verder gekomen door de dichte begroeiing van struiken, klimplanten en bomen, en al het puin van de storm. Zodra ze weer bij het water en op open terrein waren, pikte de drone hen weer op en volgde hen terwijl ze over het strand liepen. Bij nog een kleine opening vonden ze een pad dat bedekt was met dode bomen en daar boekten ze wat vooruitgang, al moest elke centimeter bevochten worden. Tegen het middaguur waren ze uitgeput en hadden ze schoon genoeg van het eiland. Er was hier niks anders dan dode bomen en wilde vegetatie.

Hun doel was om niks te vinden. Als er enige historische overblijfselen, enige sporen van de verloren slavenkolonie waren, moesten ze die vernietigen. Tidal Breeze wilde met een schone lei beginnen als ze het eiland bestormden. Protesten van historische verenigingen en rechtszaken van natuurbeschermers zouden de schoonheid van Panther Cay alleen maar vertragen.

De mannen rustten uit en zaten broodjes te eten aan de voet van een tweehonderd jaar oude iep toen ze ineens geen contact meer kregen. De jongens in het UPS-busje reageerden niet. Marcus, de technisch expert, probeerde het met een mobiele telefoon, maar ze hadden geen bereik. Hij probeerde het met een satelliettelefoon, maar de batterijen waren leeg. Hij zei: 'Dit is heel raar. Die batterijen zijn gloednieuw, nog nooit gebruikt. Ze kunnen niet leeg zijn.'

Swaney keek naar zijn eigen mobieltje. Dat deed niks. Hij keek op zijn draagbare gps-monitor. Het scherm was zwart. De helmcamera's waren uit. Ze probeerden het geluid van de drone op te vangen, maar hoorden niks.

In de steek gelaten door de technologie die ze als vanzelfsprekend hadden beschouwd, zwegen ze tijdens het eten, terwijl ze tot zich door lieten dringen hoe ze ervoor stonden. Maar goed, het waren stoere soldaten die jaren geleden een goede training hadden gehad, en ze waren gewapend. Nadat ze zich vier uur lang een weg door het bos hadden gevochten, waren ze ervan overtuigd dat er geen andere mensen op het eiland waren. De enige mogelijke dreiging werd gevormd door die verdomde poema's, die dood zouden zijn zodra ze gezien werden.

Swaney stond op, rekte zich uit, pakte zijn rugzak en zijn M4 en zei: 'Laten we dezelfde weg teruggaan en naar het strand lopen.'

In het bos, dat beschutting bood tegen de zon, was het koel en donker. Terwijl ze langzaam verdergingen en het pad zochten, dreef er een dikke wolk boven het eiland, waardoor er nog meer licht werd tegengehouden. Binnen een paar minuten bleef Swaney staan en zocht op de grond naar sporen. Ze speurden alle vier de omgeving af. Ze waren nu al verdwaald.

5

In het UPS-busje vinkten de techneuten hun checklist voor noodgevallen af en probeerden van alles. Na een halfuur vergeefse pogingen te hebben gedaan, belden ze eindelijk hun supervisor bij Harmon in Atlanta. Er was bezorgdheid, maar geen paniek. De mannen hadden veel gevaarlijkere situaties meegemaakt. Ze waren ervaren en gewapend en konden heus wel voor zichzelf zorgen. Er was geen sprake van een reddingsoperatie.

6

De eerste ratelslang lag op een tak ongeveer een meter boven de grond en vertoonde geen teken van schrik. Hij keek naar hen terwijl ze verstijfden en met open mond naar hem keken. Hij rolde zich niet op alsof hij wilde toeslaan en deed ook geen moeite om zijn staart te laten ratelen.

'Diamantratelslang,' zei Marcus zachtjes, alsof de slang boos zou worden als hij geïdentificeerd werd. 'De dodelijkste ratelslang die er bestaat.'

'Ja, hoor,' fluisterde Roy. Hij geloofde niet meer alles wat Marcus zei.

Vince wreef over de kolf van zijn pistool en zei: 'Ik kan 'm uitschakelen, baas.'

Swaney stak zijn hand op en zei: 'Nee, laten we gewoon voorzichtig weglopen.'

Tot overmaat van ramp zei Marcus: 'Deze gasten leven niet alleen. Als je er een ziet, weet je dat er nog meer zijn.'

'Hou je kop!' zei Roy.

De tweede was opgerold en klaar voor de aanval, maar gaf eerst plichtmatig een waarschuwingssignaal. Zodra Swaney het onmiskenbare ratelende geluid hoorde, bleef hij staan en deed een stap naar achteren. In het hoge gras, nog geen drie meter verderop, lag een dikke diamantratelslang die heel onrustig was.

'Pak 'm, Vince!' zei Swaney snel.

Vince, een legendarische scherpschutter, vuurde vier kogels af met zijn Glock en schoot de slang in tweeën. Ze zagen het dier kronkelen en stuiptrekken, terwijl zijn giftanden nog hapten terwijl hij stierf.

De schoten echoden door het bos. Pas toen alles weer stil was en de slang zich niet meer verroerde, beseften de vier mannen hoe zwaar ze ademden. Een paar tellen bracht niemand een woord uit.

Daarna zei Marcus: 'Deze zware jongen is bijna twee meter lang, een zeldzaamheid.'

Swaney deed een stap naar achteren en keek om zich heen. 'We kwamen vanuit het zuidoosten. Ik gok dat het westen die kant op is. Het lijkt of de zon daar feller schijnt.' Hij wees en zei: 'Laten we die kant op gaan. Markeer de bomen zodat we niet in kringetjes rondlopen.'

'We lopen al een uur in kringetjes rond,' mompelde Roy.

'Hou je kop.'

De derde ratelslang beet Swaney in de punt van zijn rechterkistje en kwam niet door de huid heen. Swaney sprong met een schreeuw op en verloor zijn evenwicht. Vince schoot erop los, maar de slang verdween in een berg natte bladeren. Roy, de hospik, onderzocht Swaneys been en verklaarde dat hij geluk had gehad. In de vinyllaag van de schoen zaten twee diepe tandafdrukken.

Ze hielden lange tijd pauze en dronken wat water, maar niet meer dan een paar slokken, want het was bijna op. Ze vertelden alle vier hoe ze de situatie inschatten en werden het niet eens over de richting die ze nu moesten proberen. Ze hadden geen idee of ze dichter naar de kust liepen of juist dieper de jungle in trokken. Rommelend onweer in de verte maakte de stemming er niet beter op. Marcus probeerde de microfoons, de zenders en de telefoons nog een keer, maar zonder succes. Zelfs het kompas op zijn horloge bewoog niet meer.

Het was onwaarschijnlijk dat iemand zou proberen hen te redden. De jongens in het busje waren nerds en ze waren er waarschijnlijk al vandoor gegaan. Hun meerderen in Atlanta zouden niet weten wat ze moesten doen. Ze hadden hun beste team gestuurd om de klus te klaren. Nu was dat team hopeloos verdwaald. Er was geen reserveteam.

Ze werden het erover eens dat ze uiteindelijk bij het strand zouden uitkomen als ze stukje bij beetje in een min of meer rechte lijn zouden voortkruipen. Dark Isle was maar zo'n vijf kilometer lang en anderhalve kilometer breed. Ze zouden de zee vroeg of laat heus wel vinden.

Ze kwamen langzaam in beweging, nu met alle ogen op de grond gericht, hun oren gespitst om ook maar het kleinste rateltje te kunnen horen. Ze markeerden de bomen terwijl ze verder liepen, en Swaney probeerde een rechte lijn aan te houden, maar dat viel niet mee. Er was geen pad. Voor bijna elke stap moest eerst de begroeiing worden weggehakt. Om vijf uur 's middags pauzeerden ze even en ze gingen in een halve cirkel zitten. Ze namen allemaal één slok water uit een bijna lege fles. Ze hadden alles opgegeten wat ze in hun rugzak hadden.

Swaney zei: 'Oké, over een paar uur wordt het donker.'

'Het is nu al donker,' flapte Roy eruit, en daar had hij geen ongelijk in. Het dikke bladerdek boven hen hield het zonlicht tegen.

Swaney vervolgde: 'Ik stel voor dat we nog een uur doorgaan en ook een open plek zoeken om te kunnen slapen.'

'We hebben geen open plek meer gezien sinds vanochtend,' merkte Vince op. De spanning liep op en de mannen hadden niet veel vertrouwen meer in Swaneys leiderschap.

'Wil jij het overnemen?' kaatste Swaney terug.

Vince gaf geen antwoord. Geen van de anderen wierp zich op als vrijwilliger. Ze pakten hun spullen op en liepen verder. Er klonk nog meer onweer, en nu leek het dichterbij. Zodra het begon te regenen, daalde de schemering over de jungle neer. Ze hakten een kleine open plek uit en doorzochten elk stuk hout, elke holte en elke berg bladeren op slangen. Roy en Vince hadden regenschermen meegebracht en hingen die tussen twee jonge boompjes in om te schuilen. Maar de regen werd al tegengehouden door het bladerdek. Terwijl het harder ging regenen, lekten de druppels langs de boomstammen en werd de grond drassig.

Swaney keek om acht uur 's avonds op zijn horloge. De wijzerplaat was het enige zwakke licht dat ze hadden. Het oerwoud was zwart; zo donker en dicht dat de mannen elkaar niet konden zien. Ze zaten met hun ruggen tegen elkaar op de vochtige aarde en keken naar de grond om tekenen van moeilijkheden te bespeuren. Swaney zei dat hij het eerste uur de wacht zou houden. Uitgeput doezelden de andere drie eindelijk weg. Het onweer en de regen namen af en de storm trok over.

Het was griezelig stil in de jungle. De enige geluiden waren afkomstig van het ruisen van de takken hoog boven hen. Swaney vocht tegen de slaap en was net even ingedommeld toen hij in de verte poema's hoorde.

7

Hun tweede dag op Dark Isle begon erg op de eerste te lijken, maar ineens zagen ze licht. Het bladerdek boven hen werd dunner en de begroeiing werd minder dicht. Ondanks hun vermoeidheid lukte het hun toch om hun pas te versnellen, en algauw stonden ze op het strand. Ze hadden een nachtmerrie overleefd, gifslangen verslagen en de kaken van poema's ontweken, en ze waren nog heel. Ze hadden alle vier heel wat wonden en krassen opgelopen, maar niks ernstigs.

Ze kwamen uit aan de uiterste noordkant van het eiland, aan de kant van de Atlantische Oceaan, zo'n anderhalve kilometer van hun kamp. Een uur later zagen ze hun rubberboot op de plek waar ze hem hadden achtergelaten. Hun tentjes stonden nog overeind. De koelboxen waren onaangeroerd. Ze maakten ze open en vierden bijna feest met koud water, broodjes ham, en fruit. Tijdens het eten braken ze hun kamp op en gooiden alles in de rubberboot. Ze maakten dat ze van Dark Isle af kwamen. Zodra ze op open water voeren, hadden hun mobieltjes en hun gps-monitors ineens weer bereik.

Swaney meed de haven van Santa Rosa en koerste door de baai naar de Atlantische Oceaan. Op de zuidelijke punt van Camino Island tuften ze een kleine jachthaven binnen. Ze meerden de rubberboot af bij de steiger, laadden hem uit en sprongen in een klaarstaande bestelbus. In het Sheraton douchten ze, aten nog wat en hadden een uur lang een conferencecall met het hoofdkwartier in Atlanta.

Tegen die tijd hadden ze alle vier koorts en buikkramp. Ze verlieten het hotel, namen snel afscheid en gingen ieder hun eigen weg. Maar Vince was te duizelig om te kunnen rijden en bleef in een hotelkamer. De kleine wondjes op zijn arm klopten en hij kreeg blaren op allebei zijn polsen. Zijn darmen waren van streek en hij zat lange tijd op het toilet. Zodra hij in de gaten kreeg dat hij niet kon lopen zonder steun te zoeken bij de muur, belde hij een ambulance en werd naar het ziekenhuis van Santa Rosa gebracht.

Swaney reed veertig minuten naar de luchthaven van Jacksonville. Zijn vlucht naar Atlanta zou twee uur later vertrekken, maar dat haalde hij niet. In de terminal kreeg hij een hevige aanval van diarree en hij ging op het herentoilet onderuit. Hij had hoge koorts, ernstige rillingen, en op zijn onderarmen verschenen blaren. Hij werd naar een ziekenhuis in Jacksonville gebracht.

Roy woonde in Ponte Vedra, negentig minuten ten zuiden van Camino Island, en op het moment dat hij tot stilstand kwam op de oprit, stond zijn vrouw te wachten. Hij had zichzelf ondergekotst en was zo duizelig dat hij amper iets kon zien. Hij ijlde en zei steeds maar weer dat hij geen idee had wat er aan de hand was. Zijn armen en benen waren opgezwollen en zijn handen werden rood. Zijn vrouw vond het doodeng en belde het alarmnummer.

Marcus was de eerste die overleed. Ze vonden hem de volgende dag onderuitgezakt op de voorstoel van zijn auto op een parkeerplaats langs de Interstate 10 bij Tallahassee. Hij had zijn broer gebeld en gezegd dat hij doodziek was, ijlde en onder andere acute diarree had. Zijn broer woonde in Chicago en kon hem op dat moment niet te hulp schieten. De politieagent die op zijn raampje tikte, zijn lichaam zag en uiteindelijk het portier openmaakte, sloeg bijna tegen de vlakte door de weerzinwekkende stank. Marcus' gezicht zat onder de blaren en de blauwe plekken. Hulpverleners zagen al snel dat het te laat was en brachten zijn lijk naar het mortuarium van de county.

Swaneys artsen waren de eersten die de diagnose stelden: *Vibrio vulnificus.* Een vleesetende bacterie. Die was blijkbaar zijn lichaam binnengedrongen via een van de vele wonden, krassen en sneeën die hij had opgelopen en grotendeels genegeerd had. Nu waren ze zo opgezwollen en pijnlijk dat hij een kalmerend middel nodig had. Hij raakte in coma en kwam er nooit meer uit.

Vince overleed in het ziekenhuis van Santa Rosa, terwijl zijn artsen nog steeds voor een raadsel stonden. Roy hield het een week vol in Ponte Vedra, waar zijn vrouw vol afgrijzen zag dat zijn huid ging rotten en zwart werd. Toen de dokter zei dat het tijd was om de apparatuur uit te schakelen, protesteerde ze niet.

Het duurde een paar weken voordat ze bij Harmon de puzzelstukjes in elkaar hadden gepast. Alle vier de mannen waren overleden aan *Vibrio vulnificus*, die een aandoening had veroorzaakt met de naam necrotiserende fasciitis, type 3. Het was een zeldzame vleesetende bacterie, maar niet onbekend. In de Verenigde Staten zijn er jaarlijks dertig van dit soort sterfgevallen; vrijwel allemaal in warme, tropische klimaten. Omdat de vier sterfgevallen in verschillende ziekenhuizen hadden plaatsgevonden, konden ze op geen enkele manier in verband worden gebracht met de klus op Dark Isle. Dat projectje was geheim geweest en Harmon was niet van plan iets aan de grote klok te hangen als dat niet hoefde. Het bedrijf had niks verkeerd gedaan, net zomin als wie dan ook. Het zou lastig, zo niet onmogelijk worden om te bewijzen waar en wanneer de mannen de bacterie hadden opgelopen.

In het rapport aan Tidal Breeze stond niets vermeld over de vier sterfgevallen. Er stond niets in over de mysterieuze, tijdelijke uitval van elke communicatie. Er werd al helemaal niet gerept over de dreiging van wilde dieren; poema's en diamantratelslangen. De cliënt werd verzekerd dat er geen enkel spoor van eeuwenoud leven op het eiland was. Geen wegen, paden, verlaten huizen, hekken, nederzettingen en begraafplaatsen. Niks. Alleen een hele hoop omgevallen bomen, afgebroken takken en dode vegetatie. Het eiland schoonvegen voor projectontwikkeling zou een 'aanzienlijke uitdaging' worden omdat er zoveel moest worden weggehaald, maar het was mogelijk.

Het rapport was precies wat Tidal Breeze in gedachten had, en nu het bedrijf dit in handen had, zette het de agressieve plannen om Panther Cay te ontwikkelen voort.

3
De vloek

1

Na twee weken sightseeën, wandelen, kamperen, kroegentochten maken en lummelen in de koele lucht van de Hooglanden, waren Mercer en Thomas weer terug in de vochtige hitte van zomers Florida. Het was een abrupte overgang. De eerste ochtend dat ze terug waren, probeerden ze te genieten van koffie op de veranda, maar ze bezweken algauw door de hitte en de insecten. De vorige keer dat ze koffie hadden gedronken hadden ze gehuld in dekens op het terras van een Schots kasteel gezeten.

Maar het leven ging verder. Het was al juli, en eind augustus zouden de colleges op Ole Miss weer beginnen. De zomer was al half voorbij.

Ze werden in beslag genomen door Lovely's geschiedenis van Dark Isle.

Mercer wilde er haar volgende boek van maken, maar kon niet besluiten of het fictie of non-fictie moest worden. Ze kon het verhaal makkelijk overnemen – in het vak ook wel bekend als 'stelen', wat volkomen geaccepteerd was – en de namen en zoveel feiten veranderen als ze maar wilde. Ze zou volledige literaire vrijheid hebben om van alles te bedenken en te verzinnen. Thomas gaf de voorkeur aan nonfictie en wilde dat ze de ware feiten weergaf. Hij had er min of meer mee ingestemd om research voor haar te doen, al moest er dan nog wel heel wat gebeuren. Getrouwd zijn was al uitdagend genoeg. Ze wisten niet of ze het zouden overleven om samen te werken.

Ze gingen samen naar de bibliotheek van Santa Rosa en raakten verdiept in oude kranten, maar vonden niet veel over Dark Isle. Lovely's verhaal omspande tweehonderdvijftig jaar en er zaten veel leemtes in. Ze verwachtten niet dat ze er iets van konden verifiëren, maar toch moesten ze het uitspitten. Haar verhaal ging soms elk voorstellingsvermogen te boven, waardoor het af en toe bijna niet te geloven was.

Omdat Bruce Cable de enige was van wie ze wisten dat hij Lovely ooit had ontmoet, wilden ze hem dolgraag spreken. Mercer belde hem en stelde voor om samen te gaan lunchen, wat altijd de beste binnenkomer was voor Bruce, en zijn antwoord was dan ook heel voorspelbaar: *Morgen lunchen!* Bij hem thuis, wat natuurlijk een langduriger maaltijd betekende, gevolgd door een langduriger dutje, bij voorkeur in zijn hangmat. Er was iemand die ze moesten leren kennen.

Noelle was in Frankrijk om antiek te kopen, dus Bruce, die niet onverdienstelijk was in de keuken, bakte een tomatenquiche, die hij serveerde met een rucolasalade. Ze aten op het terras, waar boven hun hoofd de oude plafondventilators krakend rondzwiepten. Bruce schonk ijskoude chablis in en wilde alles horen over Schotland.

Steven Mahon kwam een kwartier te laat aan en verontschuldigde zich. Hij had Mercer al eens in de boekhandel ontmoet, maar dat kon ze zich niet herinneren. Hij had ook Lovely's boek nog eens gelezen en was helemaal op de hoogte. 'Bruce zegt dat jij het verhaal misschien wilt schrijven,' zei hij.

Mercer keek fronsend naar Bruce en had het liefst willen zeggen: *Nou ja, Bruce praat altijd voor zijn beurt.* Maar ze volstond met: 'We zullen zien. Het is wel interessant.'

'Het is fascinerend,' beaamde Steven. 'En de plot begint echt stevig te worden.'

Mercer vroeg aan Bruce: 'Denk je dat Lovely met me wil praten? Ik moet haar meteen vertellen dat ik schrijver ben en erover denk haar verhaal te lenen.'

'Ik heb geen idee. Ze is aardig, maar erg op haar hoede. Ik krijg altijd de indruk dat ze iedereen wantrouwt en daarom niet veel zegt. Ik kan haar wel bellen om het te vragen. Zoals ik al eerder zei: ze wil niet over de telefoon praten.'

'Is ze hier op het eiland?' vroeg Steven.

'Ja, ze woont in The Docks, aan de zuidkant, buiten de grenzen van Santa Rosa, in een oude wijk aan de kant van de baai, waar vroeger de oesterbars en de conservenfabrieken zaten. Veel van de arbeiders daar waren zwart en ze vestigden zich rondom de conservenfabrieken. Honderd jaar geleden was The Docks een bruisende gemeenschap met een eigen economie en eigen kerken. Er was zelfs een lagere school. Het bestaat nog steeds en het is er nog steeds druk. Veel zwarte mensen zijn er weg, en er hebben zich veel hippies en kunstenaars gevestigd. De huizen zijn er nu goedkoper.'

'Het staat ook bekend als Voodoo Village,' zei Mercer.

'Ook dat. Jaren geleden, toen het nog uitsluitend zwart was, keken witte mensen wel uit om er in het donker naartoe te gaan. Er gingen verhalen rond over medicijnmannen en geesten en zo. Afrikaanse vervloekingen, rituelen, enzovoort. Maar nu is het anders.'

'Dus Lovely woont in Voodoo Village?' vroeg Steven geamuseerd.

'The Docks. Ik heb de naam Voodoo Village al in geen

jaren meer gehoord. Maar inderdaad, daar woont ze, voor zover ik weet. Ik heb haar huis nooit gezien, ik ben er nooit uitgenodigd. Ze heeft me in de boekhandel een keer verteld dat ze in een klein huis woont met haar buren wat verderop in de straat. Ik kreeg de indruk dat ze voor haar zorgen. Ze rijdt geen auto en gebruikt geen telefoon.'

'Ze heeft daar toch een vriendin?' vroeg Mercer.

'Ja, Miss Naomi. Ze is een soort verzorger. Als ze naar de boekhandel komt, rijdt Miss Naomi altijd.'

'Wanneer ben je hier komen wonen, Bruce?' vroeg Thomas.

'Ruim twintig jaar geleden.'

'En jij, Steven?'

'Pas zes jaar geleden. Pensioen.'

'Dus we waren hier geen van allen toen Lovely de staat probeerde over te halen om Dark Isle te beschermen.'

Bruce schudde zijn hoofd en zei: 'Dat verhaal heb ik nog nooit gehoord.'

'We kwamen het vanochtend tegen in de archieven van de bibliotheek. Het verhaal dateert van maart 1990. Ze beweerde dat ze de eigenaar van het eiland was, de laatste afstammeling van de slaafgemaakten, en ze wilde het aan de staat Florida geven als die zou beloven het te beschermen. Kennelijk had de staat daar niet veel zin in. Het was geen lang verhaal.'

Maar Steven was er erg over te spreken. 'Dat zou belangrijk bewijsmateriaal kunnen zijn. Eigenlijk blijkt eruit dat ze de eigenaar van het eiland was. Jullie snappen het probleem, hè? Een tamelijk groot probleem. In haar eigen boek geeft Lovely toe dat ze het eiland op haar vijftiende heeft verlaten. Als we kunnen geloven dat ze in 1940 geboren is, is ze dus in 1955 vertrokken. En ze schrijft dat ze de laatste was die er wegging. Alle anderen waren dood. Tidal Breeze zal ongetwijfeld haar eigen woorden gebruiken om erop te hameren dat het eiland toen verlaten was en dat nu al tientallen jaren is.'

'Hoe kan ze bewijzen dat ze er geboren is?'

'Zonder papieren en registratie zal dat moeilijk worden. Ze heeft een advocaat nodig, Bruce, en snel ook.'

'Tja, wie niet? Ik betwijfel of ze zich er een kan veroorloven.'

'En een pro-Deoadvocaat?' vroeg Mercer.

Steven lachte en zei: 'Dat is mijn specialisme, hè? Cliënten die niet kunnen betalen.'

'Het heet niet voor niks non-profit,' merkte Bruce op.

'Het moet wel pro Deo zijn,' zei Steven. 'Niemand kan zich de honoraria veroorloven die nodig zijn om het tegen Tidal Breeze op te nemen. Ik kan het tot op zekere hoogte doen, maar ik moet wel hulp zien te krijgen. Op dit moment is de eerste stap om met de cliënt te gaan praten. Dat is aan jou, Bruce.'

'Oké, ik ga een poging wagen. Maar ik kan niks garanderen.'

Mercer zei: 'In de archieven zijn interessante verhalen over Dark Isle te vinden. Heb je het gehoord van die lsd-jongens?'

Bruce haalde zijn schouders op alsof hij geen flauw idee had. 'Nee.'

'Het is een verhaal uit mei 1970. Drie pubers voeren naar Dark Isle om wiet te roken. Ze dachten dat ze er alle privacy hadden. Een van hen nam lsd mee, wat denk ik vrij nieuw was in 1970. Ze werden alle drie high en begonnen geluiden te maken waar twee grote poema's op afkwamen. Aanvankelijk dachten de jongens dat ze gewoon hallucineerden, maar toen ze in de gaten kregen dat de poema's echt waren, sprongen ze in het water en probeerden te vluchten. Ze werden door een visser gered. De derde is nooit gevonden, volgens de krantenkop en het grote artikel. Zijn vader was een bekende tandarts op het eiland.'

Thomas voegde eraan toe: 'Ze beweerden dat ze mensen hoorden schreeuwen vanuit de bosjes, maar de politie was sceptisch. Het is nooit duidelijk geworden wat de jongens echt hebben gehoord en gezien. Ze waren helemaal van de wereld.'

Ze aten verder, lieten het verhaal op zich inwerken en dronken wijn.

Thomas zei: 'En in 1936, tijdens de crisisjaren, was er een project van de Works Progress Administration om de mondelinge geschiedenis van nog in leven zijnde voormalige slaafgemaakten op te tekenen. Er leefden er destijds nog een paar, en twee studenten werden door de overheid betaald om hen te vinden. Ze hadden over Dark Isle gehoord en besloten daar een paar afstammelingen van voormalige slaafgemaakten te gaan zoeken. Ze werden gewaarschuwd om er uit de buurt te blijven, maar bleven bij hun voornemen. Toen niemand hen naar het eiland wilde brengen, huurden ze een boot en gingen toch. Er werd nooit meer iets van hen vernomen.'

'Ga weg,' zei Bruce.

'Ik verzin dit niet. Het staat in de krant, op de voorpagina. November 1936.'

'Was er een zoekteam of zoiets?' vroeg Steven.

'Dat weet ik niet, maar de sheriff wordt wel geciteerd en die zei dat hij daar niet naartoe zou gaan om iemand te zoeken. Hij zei dat alleen domkoppen en mensen die voor de federale overheid werkten voet op Dark Isle zouden zetten.'

Mercer en Thomas vonden het leuk om dit soort onderzoek te verrichten. Ze nam nog een slok wijn en zei: 'Vlak na de Tweede Wereldoorlog speurde een militair vliegtuig de kust af en maakte overal luchtfoto's van. De marine was op zoek naar een plek om een onderzeeërbasis te bouwen. Het vliegtuig maakte een scheervlucht boven Dark Isle en er gebeurde iets.'

'Blijkbaar vloog het te laag,' voegde Thomas eraan toe.

'Het stortte neer op het strand en de drie mannen aan boord kwamen om het leven.'

Steven hield zijn handen omhoog en zei: 'Oké, ik snap de boodschap. Ik kom niet in de buurt van dat eiland.'

2

Miss Naomi Reed verwelkomde haar twee kleindochters, nam met een omhelzing afscheid van hun moeder en liet ze aan de keukentafel zitten met een kom met hun favoriete gesuikerde cornflakes. Ze was zelf niet met dat soort junkfood opgegroeid, maar haar jeugd deed er niet toe. Kinderen aten tegenwoordig allerlei slecht voedsel omdat het zoet en lekker was. Bijna alle oma's die Naomi kende hadden het opgegeven om de kleintjes gezonde eetgewoonten aan te leren. Ze hadden de strijd om het eten allemaal verloren. De kinderen werden al mollig. Daar moesten hun ouders zich dan maar druk om maken.

Of liever gezegd, hun moeder. Hun vader was zelden thuis. Hij reed op een vrachtwagen voor een groot bedrijf, en hoe vaker hij reed, hoe meer geld hij verdiende. Naomi hield de meisjes in de zomermaanden maar al te graag bij zich. Voor haar dochter betekende het een gratis oppas, en voor Naomi dierbare tijd.

Ze zei dat ze binnen moesten blijven als ze klaar waren met eten. Zoals ze zeven dagen per week deed, verliet ze haar bescheiden huisje, liep de veranda af en wandelde over de stoep naar een straat die Rigg Road heette. Die bestond uit een mengeling van asfalt en grind, zoals de meeste straten in The Docks. Ze maakte een praatje met haar overbuurvrouw en zwaaide naar een kind op een fiets.

Dit was haar buurt, en elke ochtend vroeg ze of God haar wilde helpen er een fijnere omgeving van te maken. Twee huizen verderop sloeg ze de hoek om naar een grindpad dat nauwelijks breed genoeg was voor een kleine auto, maar ze had dan ook nog nooit een voertuig naar het huis van Lovely zien gaan. Het was een klein huisje met vier kamers, dat tientallen jaren eerder was gebouwd als opslagruimte. Lovely had het felgeel geschilderd; haar lievelingskleur. De kleur van de kozijnen veranderde om de drie of vier jaar. Nu waren ze kobaltblauw, net als de planken van het smalle trappetje.

Rondom de veranda hingen mandjes met bloemen: petunia's, lelies en rozen.

Naomi riep: 'Hé, Lovely, leef je nog daarbinnen, meisje?'

Het antwoord klonk door de hordeur. 'Nou en of, ik ben springlevend, hoor! Druk aan het werk, het is weer een heerlijke dag.' Naomi liep naar binnen en ze omklemden elkaars handen. 'Wat fijn dat je er bent, dank je wel. Wil je koffie?'

'Natuurlijk.'

Zeven dagen per week kwam ze hier om acht uur 's ochtends. De koffie was niet alleen gezet, maar ook al ingeschonken, met een scheutje melk erin. Ze gingen op de stoffige bank zitten en namen een slok.

'Hoe gaat het met je meisjes?' vroeg Lovely.

'Mooi en stralend als altijd.'

'Ik wil ze vandaag graag zien.'

'We kunnen wel even naar ze toe gaan, als je wilt.'

Lovely had op haar achttiende een miskraam gehad.

Daarna had haar man geen belangstelling meer voor haar en was in Jacksonville gaan wonen. Na zijn dood was ze nooit hertrouwd, en omdat ze zelf geen kinderen en kleinkinderen had, genoot ze ervan om Naomi's kleindochters te verwennen.

Daarna kletsten ze wat over het weer, gevolgd door een opsomming van de kwaaltjes waar de buren momenteel aan leden. Naomi trok een ernstig gezicht en zei: 'Meneer Cable van de boekhandel heeft gisteren weer gebeld en zei dat hij graag met je wilde afspreken.'

'Hij is zo'n aardige man.'

'Dat is hij zeker.'

'Zei hij of hij nog meer boeken van me heeft verkocht?'

'Daar heeft hij het niet over gehad.'

'Waarom belde hij dan?'

'Dat weet ik niet, maar hij zei wel dat er wat mensen waren die je wilden ontmoeten. Hij had het over Dark Isle.'

Een van hun vaste rituelen was dat ze drie keer per week samen de eilandkrant lazen. Ze waren vooral dol op het kerknieuws en de overlijdensberichten. Ze hadden de artikelen over de voorgenomen projectontwikkeling gelezen. 'Tidal Breeze' was al een vies woord geworden.

Gertrude woonde twee straten verderop en lag al jaren op sterven wegens kanker. Haar ziekte sleepte zich nu al zo lang voort dat veel buurtbewoners vermoedden dat ze helemaal niet zo ziek was. Toch werd er door haar vrienden voortdurend over haar gesproken en voor haar gebeden.

Om het gesprek op iets minder onaangenaams dan Dark Isle te brengen, vroeg Lovely naar Gertrude, waarna ze even hun zorgen over haar uitten, en dat leidde weer tot een update over Abe Croft, hun voormalige predikant, die tegen de honderd liep en dus zeer zeker niet lang meer te leven had.

Miss Naomi zei: 'Ik moet even bij de meisjes gaan kijken. Wil je anders komen lunchen?'

'Dat zou ik leuk vinden. Dank je wel. En zeg maar tegen meneer Cable dat ik morgenochtend langs kan komen, als jou dat uitkomt.'

'Fantastisch. Dat zullen de meisjes geweldig vinden. Ze zijn dol op de boekhandel.'

Lovely's twee zwarte katten kuierden de kamer binnen en namen Naomi wantrouwend op. Ze bleven op afstand en gingen op de vensterbank zitten terwijl ze naar de vrouwen keken. Ze tolereerden geen gasten in huis, en Naomi had ook een bloedhekel aan ze. Het was tijd om te gaan.

'Bedankt voor de koffie. Ik bel meneer Cable wel om een afspraak te maken.'

De vrouwen stonden op en liepen door de hordeur naar de veranda. Ze omhelsden elkaar stevig en namen afscheid alsof ze elkaar nooit meer zouden zien.

3

Tegen het eind van de dag nam de hitte iets af, en Lovely had behoefte aan een wandelingetje. Zoals altijd had ze het grootste deel van de dag met haar planten doorgebracht. Ze verzorgde haar bloemperkjes in de voortuin, en aan de achterkant kweekte ze meer groenten dan ze ooit zou kunnen eten. Als de zon hoog stond en ze moest rusten, trok ze zich terug op de veranda aan de voorkant, waar ze naast een raamventilator ging zitten en bibliotheekboeken las. En dan deed ze een dutje. Op haar tachtigste werden haar dutjes steeds langer.

Maar haar wandelingen ook. Het liefst slenterde ze door de straten naar de haven, waar de oude conservenfabrieken leeg en verlaten stonden. Ze had er als jonge vrouw gewerkt: ze had voor tien cent per uur oesters opengemaakt. Ze liep langs twee garnalenverpakkingsbedrijven die nog steeds dag en nacht draaiden en veel beter betaalden. Aan het eind van de pier staarde ze naar het kalme water en genoot van de oranje zonsondergang. In de verte was het op de brug naar het vasteland een komen en gaan van auto's. Daaronder stroomde traag de rivier de Camino. In haar kinderjaren was er geen brug geweest, alleen een veerboot.

En ver weg, of zo ver ze op dat moment kon kijken, lag een donker spikkeltje land. Dark Isle, de plek waar ze geboren was, de rustplaats van haar familie, heilige grond voor haar. Het was haar eigendom, zoals het jarenlang eigendom was geweest van haar mensen. Ze hadden de witte mannen verjaagd met speren, knuppels en daarna vuurwapens. Ze hadden heel wat bloed en tranen vergoten, zonder zich ooit over te geven.

Het was geen verrassing dat de witte mannen nu terug waren en opnieuw een bedreiging vormden. Het zou haar laatste strijd worden. Ze was te oud om nog veel langer te vechten. En als ze nu succesvol zouden zijn en ze het eiland zouden platgooien, bestraten en volbouwen, zou er niks meer voor haar over zijn, niks om nog voor te blijven vechten.

De strijd zou niet eerlijk zijn. Ze hadden de macht en het geld.

Zij had niks anders dan de vloek. Nalla's vloek.

4

Na een zware dag luieren op het strand trok het pasgetrouwde stel zich met een glas limonade terug in de schaduw van de veranda. De julizon was nog steeds bloedheet, waardoor het grootste deel van de strandgangers hun heil elders had gezocht. Het was tijd voor een dutje of een duik in het zwembad. Bij Mercers zomerhuis was geen zwembad, dus nam ze genoegen met een dutje. Na een maand van huwelijkse geneugten maakte Thomas zich zorgen dat hij zou aankomen door het getrouwde leven. Ze verbrandden weliswaar heel wat calorieën in en om het huis, en aten en dronken zo min mogelijk. Maar de meesten van zijn getrouwde vrienden waren in de loop der jaren uitgedijd. Mercer verzekerde hem dat hij er prima uitzag. Maar toch had hij een nieuwe crossmotor gekocht en ging bij eb graag in de branding rijden. Hij zei dat hij over een uurtje terug zou zijn.

Ze doezelde even weg, maar toen schoot haar iets te binnen. Nalla's verhaal zat in haar hoofd verankerd en ze kon het maar moeilijk van zich afzetten. Vaak dacht Mercer zomaar ineens aan een scène, en dan liet ze zo ongeveer alles uit haar handen vallen. Ze werkte aan een boekvoorstel om naar haar agent te sturen, maar het was nog lang niet af. Sterker nog, ze wist niet eens precies hoe ze moest beginnen. Thomas had haar ervan overtuigd dat ze het echte verhaal moest vertellen en er geen fictie van moest maken. De waarheid was fascinerend genoeg, en de wending van landjepik door een groot bedrijf maakte het zo boeiend dat het bijna onweerstaanbaar was.

Eén scène bleef maar door haar hoofd spoken.

5

Nalla en de andere vrouwen en kinderen kregen eten en kleren. Een van de mannen, Joseph, was ietsje ouder en leek het respect van de anderen af te dwingen. Hij kwam ook uit het koninkrijk Kongo en sprak Bantoe.

Nalla vertelde haar verhaal over het slavenschip en de

storm. De gevangenneming, de ontvoering en de reis over de oceaan waren ervaringen die ze maar al te goed kenden. Hoe zouden ze dat kunnen vergeten?

Nalla had zelf ook heel wat vragen. Joseph legde uit dat zij, de enige bewoners van het eiland, gevluchte slaven uit Georgia waren, waar slavernij legaal was. Ze waren nu in Florida, op Spaanse grond, waar slavernij niet gelegaliseerd was en weggelopen slaven veilig waren. Nalla en de anderen van de Venus hadden geluk gehad dat ze op Spaans grondgebied waren aangespoeld.

Zullen de witte mannen ons hier vinden?

Dat zou kunnen, zei Joseph. De mannen van wie het schip is, zullen hoogstwaarschijnlijk komen zoeken naar overlevenden. Maar de Spanjaarden mogen de Britten niet, en ze zitten elkaar voortdurend in de haren langs de grens. Joseph sprak met een jongeman, eentje met een geweer. Hij wees ernaar en legde uit dat de slavenjagers een bloederig gevecht te wachten stond als ze zich op het eiland waagden. Zij, de voormalige slaven, zouden niet teruggaan. Ze zouden vechten tot het bittere eind en op hun eiland sterven.

Joseph was op zijn zeventiende gevangengenomen en verkocht. Hij kwam aan wal in Savannah en werd verkocht aan een familie die een grote plantage bezat, waar ze rijst, pinda's en katoen verbouwden. Hij woonde en werkte er bijna twintig jaar en leerde Engels lezen, schrijven en spreken. Vergeleken met de meeste plantagehouders was zijn meester een eerlijke man die wilde dat zijn slaafgemaakten christenen werden. Hij gaf een oudere slaaf toestemming om de kinderen de basisbeginselen bij te brengen. Maar de opzichter was een wrede kerel die er plezier in had om de zweep te gebruiken. Alle slaven in Georgia, vooral in het zuidelijke deel, droomden ervan om naar Florida te vluchten. Joseph zag zijn kans schoon en liep weg. Dat was een jaar of tien geleden. Hij wist naar het eiland te komen, hun eiland, en werd met open armen ontvangen door de anderen. Er waren er destijds zo'n vijftig. Nu was dat aantal verdubbeld.

Joseph wuifde met zijn hand naar zijn mensen. *Jullie zijn hier welkom.*

Er was opschudding op het pad. Een vijftal Afrikaanse mannen sleurde drie witte mannen mee, die allemaal onder het vuil en het bloed zaten. Hun armen en benen waren bedekt met wonden, bulten en insectenbeten. 'Sta op,' zei Joseph. Ze krabbelden stuntelig overeind.

Nalla drong zich door de menigte heen naar voren om nog eens goed naar de man in het midden te kijken. Het was de vent die ze Monk noemden, de kerel die haar had verkracht. Ze sloeg haar handen voor haar mond en staarde ongelovig naar hem. Hij zag haar, maakte oogcontact en wendde zijn blik af.

'Waar komen jullie vandaan?' vroeg Joseph, en hij speelde met zijn stok.

'Virginia,' zei een van hen.

'Dus jullie spreken Engels. Jullie zijn kolonisten.'

Twee van hen knikten. Monk staarde naar zijn verweerde voeten.

Nalla kwam naar voren, pakte de stok uit Josephs handen en knuppelde Monk drie keer op zijn hoofd, waarbij er bij elke klap bloed vloeide en gepijnigd gekreun klonk. De dorpelingen schrokken van de aanval. Daarna sloeg ze hem nog eens, en nog eens, en hij viel op de grond. Loosa, de andere vrouw van het schip, kwam naar voren, nam de stok van Nalla over en begon een van de andere twee te slaan. Nalla legde Joseph fluisterend uit dat de mannen hen op het schip herhaaldelijk hadden verkracht. Het was tijd voor wraak.

Dat legde Joseph aan de anderen uit. Een paar van de oudere vrouwen begonnen te huilen, omdat zij ook op die manier belaagd waren tijdens hun overtocht.

Joseph begon bevelen te blaffen. Er werden touwen, gemaakt van oude lianen en lang gras, om de enkels van de drie gevangenen gewikkeld. Ze werden alle drie aan hun voeten aan dezelfde tak van een iep midden in het dorp gehangen. De jongste moeders brachten de kinderen naar huis.

Nalla begon monotoon in een onbekende taal te zingen en liep met kleine pasjes rondjes om de mannen heen. Alle anderen deinsden naar achteren. Ze wisten wat er gebeurde en gaven haar alle ruimte. Ze maakte een vreemd dansje op haar tenen en bleef om de mannen heen deinen, zingen en springen. Ze hield haar ogen dicht en was in een andere wereld.

Een medicijnman kwam uit de menigte naar voren en zette een houten kom op de grond, met een lang mes ernaast. Hij zei iets tegen haar en ze knikte alsof ze hem bedankte. Ze vervolgde haar ritueel, haar dans, haar vloek. De voodoo zat in haar bloed, overgeleverd door haar moeder en grootmoeders.

De drie witte mannen hingen ondersteboven en leden intens, terwijl ze zo goed en zo kwaad als het ging naar Nalla keken. Toen het juiste moment was aangebroken, zette ze de houten kom onder het hoofd van Monk, die zich in allerlei bochten wrong, maar nergens heen kon. Ze hield het mes omhoog zodat iedereen het kon zien en kuste het. Daarna hurkte ze neer, greep zijn schurftige haar, spuwde hem een vloek in haar Afrikaanse taal toe en sneed zijn keel door.

Zodra de kom gevuld was met zijn bloed, hield ze hem omhoog en liep met de medicijnman het dorp uit, terug naar het strand. Terwijl Joseph en de anderen achter hen aan liepen en van een afstandje toekeken, liep ze langs de branding, doopte de kom erin en liet een spoor van bloed achter in het zand.

Nadat de kom leeg was, was de vervloeking compleet. Wee iedere witte man die zich op hun eiland waagde.

Tegen de ochtend waren ook de andere twee dood. Joseph gaf opdracht hen los te snijden en naar het haventje te brengen, dat afgeschermd was van de oceaan. Met behulp van een boot die ze hadden afgepakt van de laatste slavenhandelaren die hier op bezoek waren gekomen, brachten ze de lijken naar open zee en gooiden ze zonder enige ceremonie overboord.

Op het eiland was geen plek voor witte mannen, of ze nu dood of levend waren.

6

De bespreking zou ongetwijfeld een van de zonderlingste in de geschiedenis van Bay Books zijn. Bruce ruimde zijn kantoor op, haalde alle troep van zijn bureau en zette al zijn eerste drukken recht op de planken. Hij had er honderden, maar het waren er nooit genoeg.

Mercer en Thomas waren er als eersten en namen plaats aan de wijnproeftafel die Noelle in het dorpje Ménerbes in de Provence had gevonden. Het grootste deel van zijn meubels was door zijn vrouw uitgekozen en was afkomstig uit Zuid-Frankrijk. Haar winkel, naast die van hem, stond vol met oud antiek, zoveel dat ze de spullen die ze overhad vaak even in de boekhandel uitstalde. Het was helemaal niet ongewoon dat ze een prachtige tafel verkocht die Bruce gebruikte om zijn bestsellers te tonen.

Steven Mahon was de volgende, en er werd koffie geschonken. Bruce waarschuwde hem dat de bespreking misschien niet zo zou lopen als gepland. Volgens Miss Naomi was Lovely er niet zo happig op om belangrijke kwesties te bespreken. 'En ik weet vrij zeker dat ze witte mensen niet echt vertrouwt,' zei Bruce.

'Dat kan ik haar niet kwalijk nemen,' zei Steven spits.

'Nee, ik meen het. Een paar jaar geleden probeerde Miss Naomi haar over te halen om een testament op te maken. Lovely heeft blijkbaar geen erfgenamen, en niemand weet wat er na haar dood met Dark Isle gebeurt.'

'Dat kan weleens een puinhoop worden,' zei Steven.

'Ongetwijfeld. Maar ze wilde geen testament opmaken, want er is geen enkele zwarte advocaat op het eiland.'

'Dat is in het hele Zuiden een probleem,' zei Steven. 'Het gaat generaties terug en het is de reden dat er heel veel grond in beslag is genomen die in bezit was van zwarten. Geen wilsbeschikking en geen testament, te veel verre erfgenamen, geen duidelijke rechtmatige eigenaar, dus wordt de grond verkocht wegens niet betaalde belastingen.'

Thomas keek naar Steven en vroeg: 'Denk je dat ze jou vertrouwt?'

'Wat? Kijk eens goed naar dit gezicht. Een goudeerlijke uitstraling.'

'Sorry dat ik erover begonnen ben,' mompelde Bruce terwijl hij opstond. 'Ze zijn er.'

De jeugdafdeling van Bay Books nam de halve benedenverdieping in beslag en er waren altijd klanten. Drukke moeders konden hun kinderen afzetten voor een verhaaltje of om ze gewoon wat te laten rondstruinen, en dan waren ze zo een uur zoet. Het personeel was altijd bereid de kleintjes voor te lezen en de oudere kinderen nieuwe titels toe te schuiven. Naast de bestsellers waren kinderboeken de meest winstgevende afdeling van de winkel.

De kleindochters van Miss Naomi vonden het er heerlijk en waren opgetogen dat ze hierheen mochten.

Ze waren al verdiept in de boeken tegen de tijd dat Miss Naomi en Lovely het kantoor van Bruce binnenliepen en gedag zeiden. Hij stelde hen voor aan Mercer, Thomas en Steven en bood koffie aan. Die sloegen ze beleefd af en ze gingen aan tafel zitten.

Lovely was adembenemend. Ze droeg een felgele jurk die bijna tot op de grond zwierde. Om haar hoofd had ze een hoge, tulbandachtige doek gewikkeld die een mengeling van opzichtige kleuren was. Haar ketting was een rij grote haaientanden.

Ook Miss Naomi was heel stijlvol gekleed, alsof ze naar de kerk of een andere bijeenkomst ging, maar ze kon niet aan haar vriendin tippen. Mercer schatte dat ze een jaar of vijfenzestig was. Lovely beweerde dat 1940 haar geboortejaar was, dus dan zou ze tachtig zijn, maar ze zag er veel jonger uit dan Miss Naomi. Haar ogen waren lichter; wel bruin, maar niet heel donker. Er zat ergens wit bloed in de familie.

Aan tafel hadden ze moeite om een luchtig gesprek te beginnen. Bruce nam het voortouw en vroeg wat de meisjes graag lazen. Gelukkig was Miss Naomi een kletskous, dus babbelden Bruce en zij wat af. Steven, de advocaat, wist niet precies of hij nou iets moest zeggen. Hij was hier om een potentiële cliënt te ontmoeten voor een zaak waar hij niet om stond te springen, en de kans was heel groot dat de beoogde cliënt niet op hem zat te wachten. Op een gegeven moment zou Mercer gedwongen zijn om Lovely te vertellen dat ze een boek over haar en haar eiland wilde schrijven, maar ze wist niet goed hoe ze dat ter sprake moest brengen.

Lovely zat als een koningin op haar leren stoel en glimlachte stijfjes, alsof het moeilijk was. Ze leek alles en iedereen in zich op te nemen en af te wegen of het haar wel of niet beviel. In haar ogen gloeide een felheid die zich niet verspreidde over de rest van haar gezicht.

Toen Bruce begon te hakkelen, zei Mercer: 'Ik heb uw boek pasgeleden gelezen, mevrouw Jackson. Het is een geweldig verhaal.'

De lach werd breder en ze zei: 'Zeg maar Lovely, hoor. Dat doet iedereen, ook de kinderen. Jackson is de naam die aan mijn voorouders gegeven werd. Ze vroegen er niet om en vonden het ook niet leuk, maar ze hadden geen keus. Ik heb jarenlang overwogen om mijn naam te veranderen, maar er werd me verteld dat ik daarvoor naar de rechter moest stappen.'

Het woord 'rechter' was de opening die Steven nodig had, maar de timing leek niet goed. Hij liet het gaan.

Lovely zei: 'Ik ben heel blij dat je mijn boek mooi vond.' Een zorgzame stem, vol en met een zacht Zuidelijk accent. Mercer sloeg steil achterover toen ze zei: 'En ik vond dat van jou ook mooi. *Tessa*. Ik kende je oma, maar niet heel goed. Ik heb haar één keer ontmoet. Ik weet nog dat ze overleed. Verschrikkelijk. Ik vind het heel erg.'

'Dank je wel,' zei Mercer. Het leek gek om gecondoleerd te worden door iemand met een familie die zulk leed had moeten doorstaan als die van Lovely, maar dat was nu ver verleden tijd. Of niet?

Mercer vervolgde: 'Als het kan, zou ik graag met je willen praten over het schrijven van je verhaal. Ik vind het fascinerend.'

'Maar ik heb het al geschreven. En hoeveel exemplaren hebben we nu al verkocht, Bruce?'

Om precies te zijn zevenentwintig, maar hij ging haar nu niet in verlegenheid brengen. 'Dat weet ik niet precies. Dat moet ik even nakijken.'

Lovely glimlachte weer en zei: 'Niet zo heel veel. Verhalen over oude slaven, dat zijn er dertien in een dozijn.'

Mercer zei: 'Dat kan wel zijn, maar dit verhaal is nog niet afgelopen. Het lijkt erop dat je eiland weer in een volgende storm verzeild raakt.'

'Ja, dat zeggen ze. Naomi en ik hebben elk woord in de krant gelezen. Ik weet niet waarom ze ons niet gewoon met rust kunnen laten. Het eiland is van mij. Mijn voorouders liggen er begraven. Ik zou er wonen als het kon, maar ik moest jaren geleden noodgedwongen vertrekken. Je kent het verhaal. Het staat in mijn boek.'

'Ja. Maar ik zou graag de rest van het verhaal vertellen.'

'Loopt het goed af?' vroeg ze met een glimlach.

'Dat weet ik niet. Misschien heeft Steven daar een antwoord op.'

Lovely keek Steven bozig aan en haar glimlach verflauwde. Ze was gewaarschuwd dat er een advocaat aanwezig zou kunnen zijn. Hij maakte oogcontact, kon het niet vasthouden, wendde zijn blik af en zei: 'Ik ben geen typische advocaat, Lovely. Ik word niet betaald. Ik werk voor een non-profitstichting hier op het eiland en we proberen het milieu te beschermen. De projectontwikkelaar die op je eiland aast, zal zo nodig duizend advocaten inhuren en het zal lastig worden om de zaak te winnen. Mijn stichting is bereid om naar de rechter te stappen en ervoor te vechten om die foute types bij Dark Isle weg te houden.'

'Heb je mijn toestemming nodig?'

'Niet echt. We kunnen ons aansluiten bij elke poging om projectontwikkelaars een halt toe te roepen en natuurgebieden te beschermen, maar het zou leuk zijn als je een contract zou tekenen en ons in zou huren om je rechten te verdedigen.'

'Dus dan zou ik je moeten betalen?'

'Er zou een kleine vooruitbetaling nodig zijn.'
'Hoeveel?'
'Ik weet niet, laten we zeggen vijf dollar.'
Ze schoten allemaal in de lach en dat hadden ze nodig. Steven had het gevoel dat hij er lekker in zat en hij ging verder. 'De eerste stap is dat we eerder naar de rechter stappen dan zij en dat we een zaak aanspannen om een behoorlijke eigendomsverklaring te krijgen. Dat heet het vaststellen van een rechtsgeldige titel. Juridisch jargon. Daardoor ontstaat er een flinke strijd in de rechtbank, en dat kan wel even voortslepen. Dan word jij genoemd als de verzoekende partij, ook weer een juridische term, die betekent dat jij degene bent die de rechtszaak begint.'
Steven had een vlotte manier van doen en praatte als een leek. Bruce had hem nog nooit eerder in actie gezien, maar had wel gehoord dat hij heel soepel te werk ging in de rechtszaal. Hij had ook oude artikelen gelezen waarin een paar van zijn zaken voor de Sierra Club werden beschreven. In zijn tijd was hij heer en meester van de rechtszaal geweest.
'En er is geen manier om dat te omzeilen?' vroeg Lovely.
'Ik ben bang van niet, als je je eiland wilt behouden en beschermen. Dat bedrijf, Tidal Breeze, heeft een lange geschiedenis in de projectontwikkeling, voornamelijk in Florida. Ze spelen het spel keihard en winnen meestal. Helaas voor jou, en voor iedereen die de natuur wil beschermen, heeft het bedrijf zijn pijlen nu op Dark Isle gericht, en het moet en zal het krijgen.'
'Waarom?'
'Omdat ze geld ruiken, en niet zo'n beetje ook. Dat is waar bij hen alles om draait.'
Lovely keek naar Bruce, een man die ze vertrouwde omdat hij nooit iets van haar had gewild. Het was juist anders-

om. Ze hadden elkaar leren kennen toen ze naar zijn winkel kwam omdat ze advies nodig had voor de verkoop van het boek dat ze in eigen beheer had uitgegeven. Hij toonde haar respect, bracht tijd met haar door en waarschuwde dat zulke boeken moeilijk verkoopbaar waren. Hij legde dat van haar in de etalage, bij de 'lokale auteurs', en behandelde haar als een echte schrijver.

'Wat vind jij ervan, Bruce?' vroeg ze.

'Dat hangt ervan af hoe hard je wilt vechten. Rechtszaken zijn geen lolletje, hoe sterk je ook in je zaak gelooft.'

'En als je in mijn schoenen zou staan?'

'Dat zou ik Steven die vijf dollar betalen en zeggen dat hij kon beginnen met de strijd om het eigendomsrecht. En ik zou tijd met Mercer doorbrengen om haar te laten vertellen wat voor boek ze wil schrijven.'

Ze keek naar Steven en zei: 'Ik ben een oude vrouw en er rest me niet veel tijd. Ik wil mijn laatste dagen niet besteden aan een ingewikkelde juridische strijd. Hoe lang gaat dit duren?'

Steven krabde met een glimlach aan zijn grijze baard. 'Er spelen hier twee kwesties, die allebei even belangrijk zijn. Ten eerste moet worden bepaald wie de eigenaar van Dark Isle is. Dat wordt een lokaal gevecht in de rechtbank hier verderop in de straat, en het zal ongeveer een jaar gaan duren. Als je wint, gaat Tidal Breeze in hoger beroep. Dat duurt nog iets van een jaar. Als je verliest, gaan wij in hoger beroep. Dus over een jaar of twee zouden we wel moeten weten wie het eigendomsrecht heeft en daarmee de echte eigenaar is. Als jij dat bent, is het daarmee afgelopen en komt er verder geen juridische strijd. Maar als je verliest en Tidal Breeze eigenaar van het eiland wordt, zal de grootste strijd over de projectontwikkeling gaan. Dat gebeurt dan in de federale rechtbank, en het kan zo vijf tot tien jaar in beslag nemen. Maar in dat proces word jij geen partij.'

Ze liet haar schouders hangen en leek opeens moe en oud. Hoofdschuddend zei ze: 'Ik begrijp het allemaal gewoon niet. Hoe kan iemand anders nou aanspraak maken op ons eiland? Het is van mij, want ik ben de laatste van mijn volk die nog in leven is. Niemand heeft Dark Isle ooit gewild. Niemand heeft er scholen gebouwd, wegen aangelegd of zelfs maar elektriciteit geïnstalleerd. Niemand gaf ooit iets om ons. Dus zorgden we maar voor onszelf, en we hebben absoluut voor ons eiland gezorgd. Het was het enige thuis dat we kenden. Nu zijn alle rechtmatige eigenaren er niet meer, behalve ik. Alle anderen zijn overleden. Ik ben de ware eigenaar van mijn eiland, en als iemand iets anders beweert, is dat verkeerd.'

Haar ogen waren vochtig en haar stem werd schor. Het was doodstil in de kamer.

Steven, de strafpleiter, onderdrukte een glimlach terwijl hij haar voor zich zag in een rechtszaal, waar ze haar mening over eigendomsrecht aan een rechter uitlegde. Mercer, de auteur, wilde beginnen met aantekeningen maken om elk woord vast te leggen.

Na een hele tijd vroeg Thomas: 'Mag ik iets vragen?'

'Natuurlijk,' antwoordde Steven.

'Verwacht je dat Tidal Breeze een rechtszaak zal aanspannen om aanspraak te maken op het eigendom?'

'Jazeker. Sterker nog, het verbaast me dat het bedrijf dat nog niet gedaan heeft. Ik weet dat er wat inleidende kennisgevingen zijn ingediend bij het Department of Natural Resources, en daar werd meteen een vraag gesteld over het eigenaarschap. Het bedrijf is al minstens een jaar aan het rondneuzen op het eiland.'

Bruce vroeg: 'Is het een voordeel als je de eerste bent die een rechtszaak aanspant?'

‘Misschien een klein voordeel, maar alle belanghebbende partijen hebben ruimschoots de tijd om mee te doen.’

‘En het moet worden beslist door een rechtbank in deze county?’

‘Ja, zoals alle eigendomsgeschillen. Het bedrijf kan niet naar de federale rechtbank stappen, en ook nergens anders heen gaan.’

‘En jij kent de plaatselijke rechters?’

‘Zeker, maar dat maakt niks uit. Tidal Breeze zal een stel lokale advocaten inhuren om te gaan dwarsliggen. We hebben hier goede rechters, die doen wat rechtvaardig is.’

Lovely vouwde haar handen in haar schoot en keek naar Miss Naomi, die zei: ‘Nou, we hebben in elk geval heel wat stof tot nadenken, hè? Ik weet zeker dat de meisjes ieder tien boeken hebben uitgekozen.’

‘Dat hoop ik van harte,’ grapte Bruce.

4
Het contract

1

Giffords idee van een boektournee was dat hij met zijn jacht vanaf zijn thuishaven in de buurt van Charleston naar St. Augustine in Florida zeilde, en dan verder naar de Outer Banks van North Carolina voor een tussenstop in het kuststadje Manteo. Hij vond de boekhandel daar leuk omdat ze daar massa's mensen aantrokken als hij in de stad was, en ook omdat de eigenaar een ex-vriendinnetje van hem was op wie hij nog steeds gek was. Hij maakte om de drie jaar een boek af en nam meestal een nieuwe vrouw zodra hij een nieuw manuscript inleverde. Hij had er zoveel, boeken en vrouwen. De exen kwamen en gingen, want ze raakten steevast verveeld door het wonen op een boot in de haven van Charleston.

Bij elke tournee bezocht hij dezelfde dertien boekhandels en hij had nooit haast. Zijn signeersessies duurden uren, terwijl zijn fans geduldig wachtten op een babbeltje en een handtekening. De heldendaden van zijn hoofdpersoon, Bake Boudreau, boeiden lezers al ruim twintig jaar, en Gifford kon niet snel genoeg schrijven. Dat vonden zijn fans tenminste. Maar dit tempo beviel hem prima, want hij kon in zes maanden een boek uit de grond stampen en de rest van het jaar reizen en golfen. Eerlijk gezegd was hij behoorlijk lui, en hij had heel wat rust nodig tussen de tournees in.

Hij was geboren en getogen in de Low Country. Hij sprak de taal en kende de cultuur, en hij was intens betrokken bij het behoud ervan. Een groot deel van zijn geld ging naar de strijd tegen de mensen die zijn land wilden verstoren. Hij had een hartgrondige hekel aan projectontwikkelaars. Hij hield speeches, schreef opiniestukken en doneerde gul, en daarmee wist hij ook ruimschoots de aandacht naar zichzelf toe te trekken. Hij financierde zelfs een documentaire over de strijd om een moeras in Georgia te beschermen. Daarin maakte hij zijn acteerdebuut en hij vond het heerlijk om voor de camera te staan. Zoals de meeste documentaires duurde ook deze een uur te lang en trok niet veel publiek.

Toen zijn boot, een schoonheid van achttien meter, de haven van Santa Rosa binnengleed, stond Bruce te wachten. Gifford schreeuwde hem een schunnige begroeting toe zodra hij hem zag en sprong van de boot af nog voordat zijn *deckhand* de tijd had om aan te meren. Ze omhelsden elkaar op de steiger als jaarclubgenoten die elkaar al eeuwen niet meer gezien hadden en liepen naar het eetcafé langs de kade, terwijl ze druk door elkaar heen praatten. De lunch zou zeker twee uur in beslag nemen.

De echtgenote van het moment werd zelden meegenomen op boektournee. Gifford wilde niet van zijn vrijheid beroofd worden, dus hij stuurde ze altijd naar Europa of Californië. Op dit moment kon Bruce even niet op de naam van de huidige echtgenote komen. Ze bestelden wijn en visgerechten en brachten elkaar op de hoogte van de roddels in de uitgeverswereld. Gifford was trots dat hij al in geen tien jaar meer in New York was geweest. Hij had een bloedhekel aan zijn uitgever en was ervan overtuigd dat die royalty's voor hem achterhield.

'Heb je de laatste tijd nog meer gestolen manuscripten

gekocht?' vroeg hij een tikkeltje te luid.

'Natuurlijk niet. Ik ben op het rechte pad gekomen.'

Onder een handjevol vrienden heerste de overtuiging dat Bruce jaren eerder zijn slag had geslagen toen hij een deal had gesloten om de gestolen manuscripten van F. Scott Fitzgerald terug te geven, een gerucht dat hij in alle toonaarden ontkende. De FBI was komen rondsnuffelen en hij vermoedde dat het dossier nog steeds openstond. De bibliotheek van Princeton had de manuscripten weer in de kluis. Iedereen blij. Laat het los.

Bruce zei: 'Heb je het laatste nieuws over Dark Isle gehoord?'

Gifford wierp hem met volle mond een wezenloze blik toe en schudde zijn hoofd.

Bruce wees over het water en zei: 'Het ligt zo'n drie kilometer verderop, je kunt het nog net zien.'

'Het oude slaveneiland.'

'Precies. Jaren geleden verlaten. Nu is het ontdekt door een paar van die snelle vastgoedjongens uit Zuid-Florida. Ooit van Tidal Breeze gehoord?'

'Zou kunnen.'

'Groot privébedrijf dat heel wat projecten heeft gedaan. Resorts, casino's, golfbanen, het hele riedeltje. Nu hebben ze het eiland omgedoopt tot Panther Cay en ze hebben natuurlijk weer van die gangbare brochures laten drukken. Ze hebben een gelikte website. Binnen afzienbare tijd heel wat kavels te koop.'

'Dat is afschuwelijk.'

'Dat is Florida.'

'Kunnen we ze tegenhouden?'

Gifford was nooit te beroerd om zich in de strijd te werpen. Hij was zelfs meerdere keren gearresteerd wegens het wegpesten van bulldozers. Elke arrestatie was natuurlijk goed vastgelegd door de nieuwsploegen die van tevoren waren getipt. Het feit dat hij het nu al over 'we' had, was dan ook niet verbazingwekkend.

'Nou, het zal wel een hevig gevecht worden. Misschien kunnen we wel wat hulp gebruiken van die groepjes bomenknuffelaars van je. Ik heb je een boek gegeven met de titel *Tessa*. Zegt dat je iets?'

'Helaas niet.' In tegenstelling tot de meeste schrijvers las Gifford niet zoveel. En hij deed ook niet alsof. 'Wie heeft het geschreven?'

'Een dame met de naam Mercer Mann, min of meer hier uit de buurt; ze heeft een vakantiehuis op het strand en brengt de zomer altijd hier door.'

'Wie brengt de zomer nou in Florida door? Ik dacht dat jullie allemaal naar de bergen trokken.'

'Vraag het haar vanavond zelf maar. Ze komt ook eten, samen met haar kersverse echtgenoot. Ze is hier vorige maand op het strand getrouwd, dus handjes thuis.'

'Als jij het zegt.'

'Hoe dan ook, ze overweegt een boek over Dark Isle te schrijven, over de geschiedenis en zo, en over de strijd om het te behouden. Ze heeft me een ruwe opzet van een boekvoorstel van tien pagina's gegeven en ik vind het geweldig. Wil je ernaar kijken?'

'Niet echt. Ik ben niet zo'n goede redacteur.'

'Kom op, nou. Ik vraag je om een gunst. Jij kent dat soort verhalen als geen ander. Het kost je hooguit een kwartiertje om het te lezen.'

'En als ik het niks vind?'

'Ik weet zeker dat je het wel wat vindt.'

'Oké, en stel dat ik het goed vind? Wat moet ik dan doen?'

'Ervan genieten, en het opbergen. Ik wil dat je wat deuren gaat openen met je milieugroeperingen. Je kent elke groep van hier tot Washington en zelfs nog verder, en we zullen heel wat hulp nodig hebben.'

'Klinkt leuk. Ik ben altijd te porren voor een flinke strijd.'

'Dat is een van de weinige dingen die ik leuk aan je vind.'

'Oké. En niemand verwacht dat ik mijn uitgever bel om hoog op te geven over dit voorstel?'

'Nee. Mercer heeft zelf een uitgever.'

'Mooi zo. Ik denk erover om die van mij voor de rechter te slepen.'

'Niet doen. Je krijgt riant betaald. Wat is je oplage op dit moment?'

Gifford kon een trotse glimlach niet onderdrukken. Hij nam een slok wijn, genoot van het moment en zei: 'Bruce, ik zit nu officieel op meer dan een half miljoen hardcovers. En datzelfde aantal e-books. Ik sta in de top tien, man. Dat is toch niet te geloven?'

Bruce lachte terug en ze proostten. 'Gefeliciteerd, Gifford. Je verdient het. Ik heb je laatste boek in één ruk uitgelezen. Fantastisch geschreven.'

'Dank je.'

'Geen dank.'

'Nee, Bruce, ik meen het. Ik ben je heel wat verschuldigd. We zaten bijna twintig jaar geleden precies op deze plek toen je me, nogal bot, zei dat ik mijn tijd verspilde met literaire fictie. Je zei dat ik niet gecompliceerd genoeg schreef, als ik het me goed herinner.'

'Dat doe je nog steeds niet en daarom heb je een miljoen fans.'

'En je overtuigde me ervan dat de weg naar succes, voor mij tenminste, was om een geweldig personage in het leven te roepen en dat steeds opnieuw te gebruiken. Het werkt. Een hoeraatje voor Bake.'

Ze proostten weer. 'Ik ben dol op die gast,' zei Bruce.

2

Ze reden naar Bruce' huis, waar Gifford twee uur in een hangmat ging liggen snurken om zijn lunch te verteren. Om vijf uur gingen ze naar de boekhandel, waar op de stoep in Main Street al een hele rij voor de deur stond. De sterschrijver sloofde zich flink uit en was urenlang zoet met romans signeren, voor foto's poseren, oude vrienden begroeten, aantrekkelijke vrouwen versieren, een praatje maken met plaatselijke journalisten, en al die tijd dronk hij zijn favoriete chardonnay, die Bruce op zijn verzoek had laten aanrukken. Om acht uur vertrok hij, met verontschuldigingen, maar hij beloofde de volgende ochtend rond het middaguur terug te komen voor de tweede ronde, en dan zou hij om vijf uur een voordracht houden en vragen beantwoorden.

De literaire kliek kwam bij Bruce thuis bijeen op het terras. Gifford gaf Leigh en Myra een knuffel en een kus, drukte zich iets te hard tegen de jonge Amy Slater aan, wisselde wat beledigingen uit met Bob Cobb, wierp zich zo'n beetje op Noelle, die net terug was uit Frankrijk, en deed overdreven bewonderend tegen Mercer en Thomas. Bij nog een glas wijn vertrouwde hij haar toe dat haar boekvoorstel briljant was en alles in zich had voor een belangrijk non-fictiewerk. Hij zou haar graag op alle mogelijke manieren helpen, zolang hij maar niet met zijn uitgever hoefde te praten. Ze spraken elkaar niet meer en alle communicatie verliep via zijn advocaat.

De meeste deelnemers aan beleefde tafelgesprekken zijn zich bewust van hun spreektijd en weiden niet te lang uit. Ze vinden het belangrijk om iedereen aan tafel bij de conversatie te betrekken. Zo niet Gifford. Half dronken en steeds luidruchtiger eiste hij alle aandacht op en overstemde de anderen. Op elk ander moment had hij een onuitstaanbare klier kunnen zijn, maar zijn verhalen waren zo bizar en hij vertelde ze in zulke kleurrijke bewoordingen, dat de andere gasten vaak zo hard moesten lachen dat ze niet konden eten. Ze smulden van zijn verslag van zijn laatste arrestatie, het jaar daarvoor, toen hij zich met een paar andere actievoerders aan een hek in een nationaal park had vastgeketend om te voorkomen dat er bomen werden omgehakt. Voordat de politie kwam, ging er een boze houthakker met een groot pistool vlak bij hem staan en loste schoten in de lucht. Gifford had nog een week lang een piep in zijn oren. De actievoerders naast hem begonnen te huilen. De plaatselijke sheriff weigerde hen op borgtocht vrij te laten, en ze zaten een week opgesloten. Ze hadden de tijd van hun leven.

Toen zijn blaas eindelijk vol zat, verontschuldigde hij zich en wankelde weg. Myra zei prompt: 'Goddank publiceert hij slechts eens in de drie jaar. Ik zou niet veel meer van dit soort etentjes aankunnen.'

'Myra toch,' zei Leigh misprijzend.

Ze schudden allemaal hun hoofd en genoten van de korte onderbreking.

Mercer zei: 'Die vent is knettergek. Ik neem aan dat zijn verhalen waar zijn?'

Bruce schudde zijn hoofd. 'Ik heb geen idee. Hij besteedt heel wat tijd en geld aan milieugroeperingen. Bekijk zijn website maar eens. Hij raast en tiert en toont een fotomontage van zijn arrestaties. Ik heb hem over de nieuwe plannen voor Dark Isle verteld en hij ontplofte bijna. Hij sluit zich bij ons aan als we hem nodig hebben.'

Mercer fronste haar voorhoofd, alsof ze daar niet zo zeker van was.

Amy Slater vroeg: 'Willen ze nou serieus een casino op dat eiland zetten?'

Steven Mahon antwoordde: 'Ze zijn bloedserieus.'

Myra zei zachtjes: 'Hij komt eraan.'

Ze haalden collectief diep adem terwijl Gifford zijn stoel weer opzocht. Hij was een paar minuten stil toen er een schaal gegrilde tandbaars rondging. Myra vroeg luid: 'En, wie komt er volgende week, Bruce?'

Bay Books had een oneindig aantal signeersessies op de planning staan, en Bruce verwachtte dat zijn vaste kringetje bij de meeste daarvan wel aanwezig zouden zijn. Vooral Myra en Leigh vonden het leuk om de bezoekende schrijvers te ontmoeten, en ze misten zelden een signeersessie.

Bruce zei: 'Een jonge man uit Kentucky met een debuutroman. Rick Barber heet hij. We hebben een groot publiek nodig volgende week dinsdag.'

'Wat voor soort boek?' vroeg Bob Cobb.

'Een verhalenbundel over zware tijden op het platteland van Kentucky.'

'Het is toch geen *grit-lit*, hè, Bruce?' vroeg Myra.

'Nou, officieel niet, maar het heeft wel veel sombere elementen.'

'Ik trek dat soort ellende niet meer, Bruce. Al die boeken zijn hetzelfde. Mijn bier is lauw. Mijn meisje is koel. Mijn hond is dood. Mijn truck start niet. Ik moet een baan vinden maar ik drink liever. Mama zit aan de pillen. Papa zit in de gevangenis. Kom op nou, Bruce. Doe ons een lol. Het loopt uit de hand met die grit-lit.'

'Ik ben de schrijver niet, Myra. Ik ben slechts de boekverkoper. Als je het niet leuk vindt, lees het dan niet.'

Thomas zei: 'Ik heb een recensie in de *Post* zien staan. Heel positief, er stond in dat Barber een opvallende, nieuwe Zuidelijke stem heeft.'

'Geweldig, precies wat we nodig hebben,' zei Myra. 'Een

bruisende nieuwe grit-lit-ster. Ik durf te wedden dat hij nog geen vijfduizend exemplaren verkoopt, hardcover en paperback bij elkaar. Vind je het erg als ik deze even oversla, Bruce?'

'Ik weet niet eens of ik je erbij wil hebben.'

Gifford zei: 'Ik heb Barber vorige maand ontmoet op een boekenfestival in Savannah. Leuke vent.'

'Is hij knap?' vroeg Myra.

'Myra toch.'

'Je valt niet op mannen,' zei Bob Cobb.

'Ik heb toch ogen? Misschien heb ik wel een nieuw personage nodig. Een knappe nieuwe schrijver die over aangereden wild en zo schrijft. Vind je dat wat, Bruce?'

'Nee.'

'Ik ook niet.'

Gifford was wel weer lang genoeg stil geweest. Hij vroeg: 'Is iemand van jullie weleens op Dark Isle geweest?'

Voor het eerst in uren was het op slag stil in de kamer. Doodse stilte, en daarna wat ongemakkelijk geschuifel. Bruce keek de tafel rond en zei: 'Ik denk dat ik hier het langst woon van ons allemaal, en ik heb nog nooit gehoord dat er iemand naar het eiland is gegaan.'

'Waarom niet?'

'Nou, allereerst is het onbewoonbaar. Er is daar niks anders dan dichte bossen en wilde dieren. Orkaan Leo heeft heel veel schade aangericht, heb ik gehoord.'

Bob Cobb merkte op: 'Bovendien is er hier genoeg zand. Als je een strand wilt, hoef je niet lang te zoeken.'

'Ik wil er wel naartoe,' zei Gifford. 'Misschien zeil ik er overmorgen wel naartoe om een kijkje te nemen. Iemand zin in een boottochtje?'

Weer stilte. Na een hele tijd zei Bruce: 'Met een zeilboot kom je er niet. Het is te ondiep.'

'Oké. Dan vind ik wel een andere boot. Wil er niemand mee?'

'Dat is geen goed idee, Gifford,' zei Mercer. 'Er gaan heel wat ongeluksverhalen rond over mensen die zich op het eiland hebben gewaagd. Weinigen zijn teruggekeerd, of misschien wel niemand. Je zou Lovely Jacksons boek over Dark Isle moeten lezen. Het is angstaanjagend.'

'En dat is het boek dat jij ook wilt schrijven?'

'Dat overweeg ik serieus, maar wel vanuit een andere invalshoek, natuurlijk.'

'Oké. Hier is mijn aanbod. Als je er klaar voor bent om het eiland te verkennen, laat het me dan weten. Ik ben niet bang voor spoken en geesten en legenden en zo. We stellen een kleine verkenningseenheid samen, varen naar het eiland en kijken er rond. Deal?'

'Ik weet het niet. We zien wel. Lees intussen Lovely's boek maar. Dat is fascinerend.'

3

Het eerste obstakel was Lovely zover krijgen dat ze ja zei. Twee weken lang reageerde ze niet op de uitnodiging om te komen praten. En omdat alle communicatie via Miss Naomi moest gaan, werd er slechts langzaam vooruitgang geboekt.

Het tweede obstakel was waar de ontmoeting moest plaatsvinden. Mercer bood meteen aan om haar zomerhuis op het strand beschikbaar te stellen. Ze zou Lovely met alle plezier ontvangen voor een lang gesprek en misschien zelfs een lunch, in alle privacy. Twee dagen later kwam het antwoord: nee, dank je. Ze opperde de boekhandel, want daar leek Lovely zich op haar gemak te voelen. Twee dagen later kwam er weer een nee. Mercer wilde heel graag Lovely's huis in The Docks zien. Ze liet een paar hints vallen en wachtte op de uitnodiging, maar die kwam niet. Dan misschien de countybibliotheek, waar er volop ruimte en privacy was? Twee dagen later belde Miss Naomi om te melden dat Lovely daar niet naartoe wilde. Ze was als tiener uit die bibliotheek weggestuurd, in de tijd dat die nog 'alleen voor blanken' was.

Na drie afwijzingen had Mercer geen suggesties meer en ze vroeg zich af of ze elkaar ooit weer zouden treffen. Ze was ook enigszins mismoedig omdat hun samenwerking, of wat het ook mocht zijn, zo moeizaam van de grond kwam. Met alles wat er al geschreven was en wat er nu rondom Dark Isle broeide, kon ze het verhaal heus wel in honderdduizend woorden opschrijven en er een meeslepend non-fictieboek van maken. Maar dat wilde ze niet. Dat zou haar in een lastig parket brengen, omdat ze er dan van beschuldigd kon worden dat ze van Lovely's verleden profiteerde. Als Lovely ervoor koos om niet mee te werken, zou Mercer verder kijken.

Eindelijk belde Miss Naomi met het nieuws dat Lovely bereid was tot een kort gesprek in een kerk in The Docks: de World Harvest Tabernacle Temple. Bij zo'n spectaculaire naam stelde Mercer zich een gigantisch kerkcomplex met duizenden leden voor. Maar na een kijkje op de website wist ze dat het een bescheiden gebouw van bruine bakstenen was, met een scheefgezakte klokkentoren en twee omgebouwde schoolbussen op het parkeerterrein. Het was het domein van dominee Samuel en zijn vrouw, dominee Betty. Op de foto droegen ze allebei dezelfde bordeauxrode, met goud afgezette toga en hadden ze allebei dezelfde brede tandpastaglimlach op hun gezicht.

Zonder toga begroetten ze Mercer en Thomas bij de deur van het Fellowship Center, een verouderd metalen gebouw dat aan de achterkant aan de kerk vastzat. 'Welkom bij Harvest,' zei dominee Samuel stralend. Ze schudden elkaar allemaal hartelijk de hand en gingen naar binnen, naar een lange eetkamer naast een keuken. Dominee Betty fronste haar voorhoofd toen Mercer en Thomas niets wilden drinken. Ze zei: 'Met dit weer moeten jullie wat zoete thee drinken.'

Ze stemden ermee in en kregen thee in een groot limonadeglas. Na één slok wist Mercer dat ze meer calorieën dan een chocolademilkshake in haar hand hield. Terwijl ze op Lovely wachtten, praatten ze over de kerk – 'Harvest' – en de geestelijken in de gemeenschap. Mercer aasde op details en vroeg hoe lang Lovely al lid van de kerk was. De twee eerwaarden keken elkaar aan, en dominee Samuel zei: 'Nou, ze is officieel geen lid, hoor. Maar ze komt af en toe.'

Het was duidelijk dat ze eigenlijk bijna nooit kwam en dat dat misschien wel een heikel punt was. Maar daar kwam ze dan, met haar gevolg: Miss Naomi en haar kleindochters. Lovely droeg een lange, zwierige jurk die feloranje was en werd geaccentueerd door een bijpassende oranje tulband die ze stevig om haar hoofd had gewikkeld. Mercer, gekleed in een spijkerbroek, sandalen en een wijde katoenen blouse, vroeg zich af of Lovely haar huis ooit verliet zonder dat ze gekleed was als een Afrikaanse koningin. Ze zag er spectaculair uit, met rinkelende armbanden om beide polsen en enorme kettingen om haar nek.

Ze gingen op klapstoelen aan het uiteinde van een lange tafel zitten en iedereen dronk zoete thee. Het werd algauw duidelijk dat allebei de dominees, samen met Miss Naomi en haar kleindochters, van plan waren om deel te nemen aan het gesprek dat zou volgen, of daar in elk geval naar te luisteren. Het was benauwd in de kamer en de airconditioning deed het niet goed. Miss Naomi maakte een opmerking over de hittegolf die er op dat moment heerste, en er werd uitgebreid over het weer gepraat. Iedereen was het erover eens dat het inderdaad bloedheet was. Lovely zei niks. Ze glimlachte en luisterde en leek het nietszeggende gebabbel om haar heen te negeren.

Het gesprek verslapte en de sfeer werd nog ongemakkelijker. Mercer wilde geen serieuze vragen stellen waar zoveel mensen bij waren, maar omdat ze zelf te gast was, kon ze moeilijk vragen of de anderen weg wilden gaan.

Thomas pikte de hint eindelijk op en vroeg dominee Samuel of die hem het heiligdom wilde laten zien; hij zei dat hij gefascineerd was door de architectuur van kleine kerken in het Zuiden. Het was een slap verhaal – je hoefde maar om je heen te kijken om te weten dat de aannemers niet de moeite hadden genomen om met architectuur te spelen – maar het werkte. Het was weliswaar een ongebruikelijk verzoek, maar de beide dominees stonden op en liepen samen met Thomas de kamer uit.

Lovely vroeg aan Mercer: 'Hoe lang wil je vandaag praten?'

Mercer keek naar Miss Naomi en zei: 'O, ik denk dat we aan een uurtje wel genoeg hebben.' Het was bijna een direct bevel om te vertrekken en over een uur terug te komen, maar zo vatte Miss Naomi het niet op. Ze bleef met de meisjes zitten, terwijl Mercer eerst aan haar recorder frunnikte en daarna aan haar pen en schrijfblok.

'Wat is dat?' vroeg Lovely met een knikje naar de tafel.

'Het is een recordertje. Ik wil het graag aanzetten, als je het niet erg vindt.'

'Ik ben nog nooit opgenomen.'

Mercer zei bijna dat het voor haar ook de eerste keer was. Ze was romanschrijver, geen journalist. 'Het is een goede manier om alles te onthouden wat er gezegd is. Maar als je het liever niet wilt, is dat geen probleem.'

'Ik weet nog steeds niet waarom je dit boek wilt schrijven.'

'Ik ben gefascineerd door je verhaal, Lovely. De geschiedenis van je familie, en hoe jullie hebben overleefd op het eiland. En nu die nieuwe dreiging dat het verwoest gaat worden.'

De meisjes verveelden zich ineens en giechelden om iets. Lovely keek hen boos aan en ze verstijfden. Ze zei tegen Miss Naomi: 'Wij blijven hier een uur zitten. Als jullie de stad in willen, ga dan alsjeblieft naar Henry in het verzorgingstehuis.'

Miss Naomi pakte haar tas en knikte naar de meisjes.

Toen ze eindelijk alleen waren, zei Lovely: 'Ik heb dat verhaal al opgeschreven.'

'Ja, en ik heb ervan genoten, zoals ik al zei. Maar nu is er meer aan de hand. Ik wil het verleden, met alle complexiteiten, koppelen aan het heden, met alle conflicten.'

'Dat klinkt als een heleboel werk, alleen maar om een paar boeken te verkopen.'

'O, het gaat echt wel verkopen, Lovely. Ik ben bijna klaar met een boekvoorstel, dat ik naar mijn agent in New York ga sturen. Als zij het leuk vindt, gaat ze proberen het idee aan een grote uitgever te verkopen. Misschien krijgen we dan een deal voor een boek.'

'Een echt boek bedoel je, zoals de boeken bij Bruce in de winkel?'

'Ja.'

'Zoals *Tessa*?'

'Precies. Dat heb ik in gedachten.'

Lovely glimlachte en vroeg: 'Hoeveel geld gaan we ermee verdienen?'

Die vraag had Mercer al verwacht. 'Het is nog te vroeg om het over geld te hebben. Laten we eerst eens afwachten of we een uitgever vinden, dan onderhandelen we daarna over de deal.'

'Dus ik krijg een deel van het geld?'

'Dat lijkt me wel zo eerlijk, Lovely, maar op dit moment heb ik nog geen idee hoeveel.'

Lovely's glimlach verflauwde en ze staarde naar een raam in de verte. De gloed in haar ogen was terug en haar gedachten hadden de kamer verlaten. Mercer wilde bijna iets zeggen, maar besloot te wachten. Als deze lange stiltes normaal waren, moest ze leren zich aan te passen.

Na een tijdje zei Lovely: 'Het lijkt me het beste dat we wachten of je een deal krijgt in New York. Het heeft geen zin om heel veel te praten als het nergens toe leidt. Mee eens?'

Mercer wilde liever nu aan het werk gaan. Over drie weken zou ze van het eiland vertrekken en terugkeren naar Ole Miss voor het najaarssemester. Omdat Lovely de telefoon maar niks vond, zou het lastig worden om haar te interviewen. Maar nu konden ze urenlang praten en de gesprekken opnemen. Haar eerste impuls was om enigszins aan te dringen en te beginnen met vragen stellen; ze had er hele bladzijden vol van.

Maar Lovely had een uitstraling die deed vermoeden dat ze niet goed zou reageren als ze onder druk werd gezet. Al haar woorden en gebaren waren weloverwogen. En ze had gelijk. Waarom tijd verspillen als er geen boekdeal was?

'Tja, ik denk het wel,' zei Mercer schouderophalend. 'Ik stuur het voorstel vanmiddag naar New York. Ik heb een kopie voor je.'

'Dat is aardig van je.'

'We hebben nog even, dus zou ik je iets mogen vragen?'

'Natuurlijk, liefje.'

'Hoeveel van het verhaal heb je uit het boek weggelaten?'

Lovely glimlachte van oor tot oor. 'Waarom vraag je dat?'

'Omdat ik het gevoel heb dat er sommige dingen zijn achtergehouden.'

'Zoals?'

'Was Nalla zwanger toen ze op Dark Isle aankwam?'

Daar dacht Lovely lang over na, en ze zei: 'Ja, dat klopt. Het was helemaal niet ongebruikelijk dat jonge vrouwen op de slavenschepen werden verkracht. Zes weken op zee, en velen van hen waren zwanger toen ze in dit land aankwamen.'

'Wie was de vader?'

'Het kind was half wit.'

'Monk?'

Haar ogen versmalden en spuwden vuur. Ze zei: 'Ze heeft zijn keel doorgesneden, nietwaar?' Ze sprak het woord 'doorgesneden' met enige voldoening uit.

4

Een van Mercers soepelere regels voor het schrijven van fictie was dat je je mond moest houden over je werk. Ze had al heel lang schoon genoeg van breedsprakige schrijvers die eindeloos doorzwamden over hun huidige projecten, waarvan de meeste nooit werden voltooid. Schrijvers – vooral als ze dronken, wat meestal het geval leek te zijn – probeerden hun nieuwe materiaal graag uit tijdens een etentje of onder het genot van een cocktail, alsof ze de goedkeuring van hun geboeide toehoorders nodig hadden. Ze kende heel wat romans die jarenlang beschreven waren, terwijl er nooit een woord op papier was gezien. 'Praat er niet over, doe het gewoon,' zei ze tegen haar studenten. 'Zodra het verhaal af is, heb je iets om over te praten.' Haar studenten vonden het ironisch dat ze tijdens haar colleges hun ideeën moesten bespreken voordat ze hun verhaal moesten opschrijven.

Zoals al haar regels schond ze ook deze regelmatig. En nu zat ze midden in zo'n grove schending. Nadat ze haar boekvoorstel aan Thomas, Bruce, Steven Mahon en Lovely had laten zien, had ze het gevoel dat ze er de hele zomer over had doorgezanikt. Dus besteedde ze twee dagen aan het inkorten – vooral Bruce vond het te lang voor een simpel voorstel – en stuurde daarna alle vijf de pagina's naar Etta Shuttleworth, haar agent in New York.

Het was de eerste dag van augustus, een maand waarin er in de hele uitgeverswereld van New York niemand zo gek was om aan het werk te zijn. Etta was 'de zomer aan het vieren' in Sag Harbor en zat natuurlijk non-stop te lezen. Lezen in augustus werd niet beschouwd als werk, en iedereen – redacteurs, agenten, uitgevers – werkte er hard aan om de indruk te wekken dat ze dagelijks heel wat uren aan het lezen waren. Het was de bedoeling dat iedereen geloofde dat ze maar weinig tijd hadden voor zwemmen, zeilen, vissen, op het strand liggen, feesten of op de veranda zitten, vanwege de stapels boeken die ze verslonden.

Maar in elk geval klapte Etta haar laptop een paar minuten per dag open om snel te kijken wie haar misschien nodig had. Mercer belde om te zeggen dat ze het voorstel had gemaild en dat Etta het absoluut onmiddellijk moest lezen. Het waren maar vijf pagina's.

Opmerkelijk genoeg hing de agent binnen een uur dweperig aan de lijn. Nadat ze een stortvloed aan superlatieven had uitgestort, zei ze: 'We moeten het nu meteen naar Lana sturen.'

'Wacht even,' zei Mercer. Lana Gallagher was haar geduldige redacteur bij Viking, die al veel te lang op het volgende idee wachtte. 'Weet je zeker dat het iets voor haar is? Het is non-fictie.'

'Weet ik, maar we moeten bij Lana beginnen. Misschien besluit ze om het door te geven aan een collega, maar je contract vereist dat zij er als eerste naar mag kijken.'

Mercer zei: 'Het is augustus. Heb je ooit in augustus een boek verkocht?'

'Nee, ik denk het niet, maar eens moet de eerste keer zijn.'

'Waar is Lana?'

'Ze heeft een huis in Maine. Ik weet zeker dat ze alle tijd heeft om te lezen, vooral zoiets korts. Ik mail het haar en zal erop aandringen dat ze er meteen naar moet kijken.'

'Wat is het waard?'

'Dat is een lastige vraag. Laten we wachten tot we iets van Lana horen. Als zij het iets vindt, praten we daarna over het geld.'

'En zo niet?'

'Ze vindt het heus wel wat, Mercer. Geloof me. Dit is een geweldig voorstel voor een geweldig boek, of het nou fictie is of niet.'

'Dank je wel, Etta, maar het is niet mijn idee. Het is het verhaal van wat andere mensen hebben doorgemaakt. Ik ben slechts een toeschouwer.'

'Het is fantastisch, Mercer.'

'Vind je dat echt?'

'Ja. Wanneer vertrek je van het eiland?'

'Over twee weken. De colleges beginnen aan het eind van de maand. Ik zou graag wat tijd met Lovely willen doorbrengen, maar ze is nogal terughoudend. Ze is er niet van overtuigd dat er een echt boek komt.'

'Oké, luister, Mercer. Ik ben je agent en je moet me vertrouwen. Ik bel Lana nu meteen, zeg haar dat ik haar jouw voorstel voor een fantastisch non-fictieboek stuur en dring erop aan dat ze het onmiddellijk leest.'

'Oké.'

Kennelijk had Lana niet bepaald een drukke dag in Maine. Een uur later belde Etta weer, opnieuw in verrukking. 'Mercer! Ze vindt het geweldig! Ze wil het nu aankopen en het zo snel mogelijk publiceren.'

'Nou, dat is misschien een beetje aan de vroege kant, aangezien ik nog niet eens begonnen ben met schrijven.'

'Er is wel één probleem, en dat ligt nogal voor de hand.'

'De rechtszaak?'

'De rechtszaak. In je voorstel schrijf je dat het jaren kan duren voor die rechtszaak achter de rug is, vooral als het allemaal uitdraait op een gigantische milieustrijd. Viking wil niet een paar jaar aan de zijlijn blijven staan, in afwachting van het einde van het proces.'

'Dat snap ik. Geloof me, daar heb ik over nagedacht. Thomas en ik hebben er uren over gesproken en we hebben een idee. Ik schrijf het boek nu, te beginnen met Nalla en het verhaal over de slaafgemaakten, en dan beschrijf ik tweehonderd jaar geschiedenis. Min of meer hetzelfde materiaal als in het boek van Lovely, maar dan met heel veel extraatjes. Ze heeft me al verteld dat er verhalen en wendingen zijn die ze achterwege heeft gelaten. Goed materiaal. Ik laat het boek eindigen met de uitspraak van de rechter over de vraag wie de eigenaar van de grond is. Als Lovely wint, is het verhaal afgelopen en dan is iedereen blij.'

'Behalve Tidal Breeze.'

'Behalve Tidal Breeze, natuurlijk, maar wat maakt het uit. Als Lovely de strijd om het eigendomsrecht verliest en het eiland in handen van Tidal Breeze komt, barsten de andere rechtszaken los. En dan ben ik erbij om ook daarover te schrijven. Misschien een vervolg.'

'Ik vind het grandioos. Je hebt het eerste woord nog niet op papier staan en je denkt nu al na over het vervolg.'

'Jij bent agent. Natuurlijk vind je vervolgtitels grandioos.'

'Inderdaad. Het klinkt als een goed plan. Dat ga ik ook aan Lana uitleggen.'

'Doe dat. En wanneer gaan we het over de vergoeding hebben?'

Het was lange tijd stil aan de andere kant van de lijn, en de gevoelige kwestie bleef in de lucht hangen. Bij uitgeverscontracten draaide alles om het voorschot: hoeveel kon de schrijver van tevoren krijgen? Hoe weinig kon een uitgever bieden om zichzelf te beschermen als een boek zou floppen? Van *Tessa* waren er negentigduizend exemplaren hardcovers en e-books verkocht, en het boek had vier weken op de bestsellerlijst van *The New York Times* gestaan. In paperbackuitgave was de verkoop aanzienlijk gedaald, maar ook die kroop richting de tweehonderdduizend. Sinds de publicatie drie jaar eerder had Mercer zo'n driehonderdvijfenzeventigduizend dollar netto verdiend. Een lekker bedrag, hoor, en het grootste deel stond nog steeds op de bank, maar ze was nog niet klaar om met pensioen te gaan. Wat Mercer dringend nodig had, was nog een goedlopend boek. En met twee achter elkaar kon ze het lesgeven laten schieten en zich aansluiten bij het dunbevolkte wereldje van de fortuinlijke schrijvers die geen echte baan hadden.

Tenminste, dat was haar droom.

Etta zei: 'Als het een roman was, zou ik zevenhonderdvijftig vragen. Maar omdat het non-fictie is, zal Lana minder bieden, denk ik. Zo gaat het meestal. Je hebt geen ervaring met non-fictie. En dan is er nog de complicatie van de rechtszaak. Daardoor zou het project echt vertraging kunnen oplopen.'

Mercer zei: 'Vierhonderdduizend is een redelijk bedrag, Etta. Uitgesmeerd over een paar jaar is het niet veel. Ik heb het nodig om te kunnen leven en om mijn research te doen. Bovendien is er nog een complicerende factor. Lovely verdient een deel van het geld.'

'O, jee.'

'Ja. We hebben al een voorgesprekje over het geld gehad, en ik weet zeker dat ze er iets van zal willen.'

'Oké. Ook daarover gooi ik een balletje op bij Lana, en dan kijken we wel of ze in een vrijgevige bui is.'

Na het telefoontje gingen Mercer en Thomas op het strand wandelen om naar de zonsondergang te kijken. Terwijl ze in de branding tegen de golven schopte, schoot ze onwillekeurig in de lach.

'Oké, wat is er zo grappig?' vroeg hij.

'Het leven. Vijf jaar geleden werden de budgetten gekort en was ik de laagste levensvorm van de faculteit Engels. Mijn baan verdween. Ik kwam hierheen om ertussenuit te gaan en Bruce te bespioneren. Daarna sloeg *Tessa* aan en veranderde alles. En nu zeg ik tegen mijn agent dat ik vierhonderdduizend dollar een redelijke prijs vind voor mijn volgende boek. Wie denk ik wel niet dat ik ben?'

Thomas zag de humor er wel van in en zei: 'Jij bent Mercer Mann, bestsellerschrijver, rijzende literaire ster, auteur van een geweldige roman waaraan veel mensen plezier hebben beleefd. Hier sta je in het leven, schat, en daar horen die bedragen bij. Geniet van het moment, want misschien blijft het niet zo.'

Ze hield op met lachen en bukte om een schelp op te rapen. Ze keek ernaar en gooide hem weer in het water. 'Dat is helemaal waar. Denk maar eens aan alle schrijvers die we kennen en die voor hun veertigste succesvol waren, terwijl ze op hun vijftigste geen uitgever meer kunnen vinden. De middenmoters. Ze hebben voldoende verkocht om hun hoofd boven water te houden en waren veelbelovend, maar nu weet bijna niemand meer wie ze zijn. Het is echt een wrede business.'

'We kennen ook schrijvers die zijn gestopt met werken.'

'Ja, en ook die niet eens een baan op een campus kunnen vinden. Die geven het op en vinden een andere roeping.'

'Dat gaat jou niet overkomen, Mercer. Geloof me.'

'Dank je wel, lieverd. Nee, ik ga dit boek schrijven en dan verdien ik genoeg geld om te kunnen leven, maar ik ben nog steeds op zoek naar die ene schitterende Amerikaanse roman, Thomas.'

'Weet ik, en die vind je vast. Hij is daar al ergens en ligt op je te wachten.'

'Geloof je dat echt?'

'Ja. En heel veel mensen met mij.'

Ze pakte hem vast en trok hem stevig tegen zich aan, en zo stonden ze daar een hele tijd in de branding terwijl het warme water aanzwol en zich terugtrok en de zon achter de wolken zakte.

5

Het verzoekschrift voor een rechtszaak werd ingediend bij de rechtbank van Camino County, vijf blokken ten oosten van Bay Books in Main Street. Het was een prachtig oud gerechtsgebouw dat dateerde uit de jaren zeventig van de negentiende eeuw en dat door de jaren heen zorgvuldig gerenoveerd was. De formele rechtszaal bevond zich op de eerste verdieping en de kantoren van de rechters waren daar vlakbij. De juridisch medewerkers deden hun werk op de begane grond, en daar liep Steven Mahon naar binnen met zijn verzoekschrift en diende het in bij de griffie. Dat had hij ook online kunnen doen, maar hij genoot nog steeds van het ritueel van het 'indienen' door het aan een medewerker te overhandigen, die er verschillende kopieën van maakte en er een aan hem teruggaf.

En zo begon de strijd, maar dan wel zonder het drama dat vaak gepaard ging met grote zaken. De aanklacht zelf was een nogal saai stuk, waarin geen fortuin aan schadevergoeding werd gevraagd. Het bevatte niet de gebruikelijke aantijgingen van verkeerd of roekeloos gedrag. Er werd geen smartengeld geëist. Er werd niet op aangedrongen dat de rechter stante pede met een dwangbevel kwam om iets tegen te houden. Hoewel alles onvermijdelijk zou uitmonden in een groter gevecht, begon het als een eenvoudig verzoek tot 'het vaststellen van een rechtsgeldige titel'.

Voor een verzoekschrift was het tamelijk kort, slechts vier pagina's. In grote lijnen zette Steven de geschiedenis van Dark Isle uiteen, te beginnen bij de Frans-Spaanse strijd in 1565, en zo verder tot aan 1740, toen de Spanjaarden de heerschappij over het gebied opeisten nadat ze er tweehonderd jaar lang hadden geregeerd. Dark Isle werd als onderdeel van Camino Island beschouwd, en het verscheen voor het eerst op een landkaart in 1764, toen de Britten het gebied in beslag namen. Daarna verloren ze het aan de Fransen, die het op hun beurt kwijtraakten aan de Spanjaarden. De drie landen bleven een paar decennia harrewarren, waarbij ze beurtelings steeds land wonnen en daarna weer verloren, waarbij het vaak onmogelijk was om te bepalen wie nou de individuele landeigenaars waren. Inheemse stammen namen nog steeds het grootste deel van de grond in beslag, maar daar zou snel verandering in komen. In 1821 sloot Amerika een deal met de Spanjaarden en kreeg heel Florida. Intussen was Dark Isle al bijna honderd jaar een toevluchtsoord voor weggelopen slaafgemaakten geweest, en er was verder niemand die het echt wilde hebben. Florida werd in 1845 als slavenstaat toegelaten tot de Unie.

De verzoeker, Lovely Jackson, beweerde dat ze een directe afstammeling was van de slaafgemaakten die sinds het begin van de achttiende eeuw op Dark Isle hadden gewoond. Ze was er in 1940 geboren als dochter van Jeremiah en Ruth Jackson. Haar vader overleed in 1949 aan tyfus, en daarmee bleven Ruth en Lovely als de enige twee overlevenden op het eiland achter. Ze wisten zich een paar jaar met moeite in leven te houden, deze laatste bewoners van Dark Isle, tot ze in 1955 naar Santa Rosa verkasten.

Net als de mensen voor haar had ze geen officieel geboortecertificaat. Ze was ter wereld gebracht door een vroedvrouw, net als alle anderen. De geboorte- en sterfdatums van haar ouders en grootouders waren nergens geregistreerd.

Haar aanspraak op het eigendom was gebaseerd op het juridische principe van verkrijgende verjaring. Zij en haar voorouders hadden tweehonderd jaar lang zonder ingrijpen of onderbreking 'te goeder trouw' op het eiland gewoond, terwijl iedereen daarvan wist. Voor de wet van Florida was zeven jaar al genoeg. Hoewel ze in 1955 noodgedwongen had moeten vertrekken, had ze het thuiseiland van haar voorouders nooit in de steek gelaten. Tientallen jaren was ze met een of twee vrienden meerdere keren per jaar met de boot naar het eiland gegaan om de graven van haar familie te verzorgen. Dan liepen ze van noord naar zuid over het eiland, op zoek naar indringers en landbezetters. Ze vonden er niet een. Daarna kwam orkaan Leo, die enorme schade aan Dark Isle toebracht. Hij verwoestte alles wat er nog over was geweest van de nederzetting waar zij en haar voorouders hadden gewoond. Hij spoelde eeuwenlange kunstvoorwerpen en bouwvallen weg.

Advocaat Mahon verzocht binnen dertig dagen een hoorzitting, zoals wettelijk verplicht was, al wist hij dat er maanden overheen zouden gaan. Bij wijze van gunst stuurde hij een kopie van het verzoek naar de juridische afdeling van Tidal Breeze in Miami. Hij stuurde ook een kopie naar een contactpersoon van het Openbaar Ministerie in Tallahassee. De staat Florida zou een van de partijen in de rechtszaak zijn.

Een van de vele geruchten die de ronde deden over het Panther Cay-project, was dat de staat het eigendom zou opeisen – zoals het met honderden andere onbewoonde eilanden had gedaan – en het vervolgens, zodra dat eenmaal was vastgelegd, voor een schappelijke prijs aan Tidal Breeze zou verkopen en er verder buiten zou blijven. In Tallahassee waren alle radertjes gesmeerd. De politici en de ambtenaren zaten op één lijn.

Steven liep de trap op om rechter Lydia Salazar, de zittende president van de rechtbank, gedag te zeggen. Hij had haar een keer bij een lunch van de balie ontmoet, maar zag haar zelden in de rechtszaal. Stevens zaken kwamen voor de federale rechtbank, en hij waagde zich bijna nooit in lokale rechtbanken. Maar voor de wet in Florida vielen geschillen met betrekking tot grond en eigendomsrecht uitsluitend onder de jurisdictie van de *chancery*-rechtbank, waarin de rechter zonder jury uitspraak deed en niet alleen uitging van de letter van de wet, maar ook keek naar de mate van billijkheid van de standpunten van beide partijen. Dus rechter Salazar zou een enorme macht hebben over de toekomst van Dark Isle. Ze had een solide reputatie als strenge, maar rechtvaardige jurist, hoewel Steven een keer koffie had gedronken met een advocaat die vertelde dat de rechter er wel om bekendstond dat ze te veel over haar zaken sprak. Uit de school klapte. Haar mond voorbijpraatte bij een drankje op een cocktailparty. En haar loslippigheid kon je duur komen te staan.

Steven wilde haar gewoon even begroeten, maar haar assistent zei dat ze die dag vrij was.

Hij vervolgde zijn wandeling door de binnenstad en liep naar het kantoor van *The Register*, de eilandkrant. Hij betaalde voor een juridische kennisgeving waarmee openbaar werd gemaakt dat het verzoekschrift was ingediend en de hoorzitting binnen dertig dagen zou moeten plaatsvinden. De eigenaar en tevens hoofdredacteur, Sid Larramore, was een kennis van hem, met wie hij zo nu en dan ging koffiedrinken. Steven gaf hem een kopie van het verzoekschrift en wachtte terwijl Sid die doorlas. Ze hadden de inhoud al besproken.

Sid was ook import uit de omgeving van Washington D.C. Hij had zich om gezondheidsredenen als pensionado in Santa Rosa gevestigd, maar net als Steven had hij zijn pensioen juist als ongezond ervaren. Dus was hij voor *The Register* gaan schrijven en had de krant gekocht nadat de oude eigenaar was overleden en niemand anders er iets mee wilde. Volgens hem – en die mening deelde hij bijna nooit met zijn lezers – was er ruim voldoende werk voor iedereen op het eiland nadat het zich had herpakt na Leo. De comeback was sterk. Het verkeer was al druk genoeg. Het laatste wat ze nodig hadden was een enorm resort met een casino. Sid was ook gefascineerd door de legende van Dark Isle. Hij had Lovely's boek jaren daarvoor al gelezen en zelfs geprobeerd er een groot artikel aan te wijden, maar hij had nul op het rekest gekregen. Hij had het gerucht gehoord – waarschijnlijk van Bruce Cable, die vaak verhalen de wereld in hielp, gewoon om te kijken hoe snel ze rond zouden gaan – dat Mercer Mann het wel zag zitten om over Dark Isle en de aankomende strijd over de toekomst daarvan te gaan schrijven. Hij had Mercer twee keer geïnterviewd en was fan.

‘Ze gaat hier een topverhaal van maken,’ zei Sid.

‘Dat denk ik ook. Bruce zei dat haar uitgever er positief over is.’

‘Thomas en zij hebben een maand lang onze archieven doorgespit. Ze weten meer van de geschiedenis van deze omgeving dan wie dan ook. Ze zeiden vorige week nog tegen me dat ze geen enkel spoor kunnen vinden van witte mensen die zich op het eiland hebben gewaagd en dat nog kunnen navertellen. Er zijn er wel een paar die het geprobeerd hebben. Mercer denkt dat er nog een oude voodoovloek boven het eiland hangt.’

‘Ik ga er niet naartoe.’

‘Ik neem aan dat je dit zo snel mogelijk op de voorpagina wilt hebben.’

‘Ik ben advocaat. Natuurlijk wil ik het op de voorpagina.’

‘Ik ga kijken wat ik voor je kan doen.’

‘Je bent de eigenaar, de hoofdredacteur, de uitgever en de enige fulltimeverslaggever. Je kunt alles doen wat je maar wilt.’

Ze schoten allebei in de lach en Sid beloofde dat hij een plekje op de voorpagina zou regelen.

6

Laat in de middag was er weer een onweersbui losgebarsten, die het eiland had doorweekt en de luchtvochtigheid had doorbroken. Nu de bui was overgewaaid, was het buiten aangenaam genoeg om op de veranda te kunnen eten, Bruce’ lievelingsplek aan de achterkant van zijn geliefde victoriaanse huis. Nadat de tafel was afgeruimd, verkasten ze naar de zijkant, waar ze op met kussens bedekte rieten schommelstoelen gingen zitten. Kikkers en krekels begonnen aan een luidruchtige koorzang. De oude rotan plafondventilators ratelden boven hun hoofd en hielden de lucht in beweging. Bruce stak een sigaar op en bood Thomas er ook een aan, maar die wuifde hem weg. Ze dronken het laatste restje van een heerlijke sancerre.

Het gespreksonderwerp van die avond was de lastige kwestie van Mercers boekvoorstel. Etta, agent in hart en nieren, had een bedrag van vijfhonderdduizend dollar als voorschot op de royalty's geopperd. Het was een agressief openingsbod, dat ze rechtvaardigde door de prestaties van Mercers laatste boek, *Tessa*. Het succes van die roman, gecombineerd met het meeslepende verhaal dat er nu aankwam, was meer dan genoeg om zo'n voorschot te ondersteunen. Mercer was zesendertig, een gevestigde auteur met drie boeken op haar naam en nog veel meer in petto. Zoals altijd had Etta geïmpliceerd dat Mercer zich misschien genoodzaakt zou zien om verder te kijken als Viking zo'n groot voorschot niet aankon.

Het vage dreigement trof geen doel. Lana Gallagher was een pittige redacteur die dit soort waarschuwingen afdeed als een standaardriedeltje van agenten. Ze deed een tegenbod van tweehonderdduizend dollar en toonde amper genoeg enthousiasme om de auteur gerust te stellen. Viking had twee grote zorgen: non-fictie was iets nieuws voor Mercer en het betaalde, globaal gezien, minder dan populaire fictie; en bovendien kon het project jaren worden uitgesteld met het oog op het slepende proces dat er naar alle waarschijnlijkheid aankwam.

Om het bod nog minder aantrekkelijk te maken, stelde Viking voor om de betaling uit te smeren over een paar jaar: een kwart bij ondertekening, een kwart bij levering van het manuscript, een kwart bij de publicatie van de hardcover, en de laatste termijn wanneer de paperback uitkwam. Als het boek zo goed zou verkopen als gehoopt en het voorschot zich had 'terugverdiend', zouden er in een nog later stadium misschien nog royalty's om de hoek komen kijken.

Mercer was teleurgesteld door het bod, maar kon er ook wel de humor van inzien dat ze teleurgesteld was over een contract van tweehonderdduizend dollar. De tijd dat ze nog maar een arme studente was, en daarna een invaldocente met een contract van een jaar, lag nog vers in het geheugen. Haar toekomst was verre van zeker. Ze had geen vaste aanstelling bij Ole Miss. Haar salaris was een heel fijne buffer, maar er lagen altijd bezuinigingen op de loer. Ze droomde ervan om de rest van haar leven boeken te schrijven, maar was altijd bang dat het volgende verhaal er niet zou komen. Nog maar een paar jaar geleden zou ze zijn flauwgevallen als Etta had gebeld met een voorstel van tweehonderdduizend dollar.

Bruce leefde met haar mee en schaarde zich zoals altijd achter zijn auteur. Maar hij wist ook dat het aanbod heel redelijk was. Ook hij wist nog goed dat Mercer verrukt was geweest met het voorschot van vijftigduizend dollar dat ze voor *Tessa* had gekregen. Hij wist door jarenlange observatie ook dat nieuwe schrijvers twee of drie bestsellers op rij nodig hadden om zich te vestigen en grotere contracten te mogen verwachten. Zover was Mercer nog niet.

Ze zei: 'Etta wil nog even verder kijken. Wat vind je daarvan?'

Omdat de meeste schrijvers op het eiland Bruce in vertrouwen namen, kende hij de ins en outs van het wereldje. Ze vertrouwden op zijn adviezen en spraken openlijk over geld. Hij was discreet en beschermde hun zaken vurig.

Hij antwoordde: 'Dat klinkt altijd goed, maar het probleem is dat het je relatie met Viking kan schaden, en het grootste gevaar is dat je meer afwijzingen krijgt. Stel dat je verder gaat kijken en je krijgt van andere uitgevers minder, of helemaal niks? Dan is Lana pissig, en bovendien blijkt dat ze het bij het juiste eind had. Loop niet weg van het geluk, Mercer. Als je blij bent bij Viking, blijf daar dan. Ik heb zo vaak meegemaakt dat schrijvers zichzelf in de vingers sneden door van de ene uitgever naar de andere over te stappen, op jacht naar een paar dollar extra. Die reputatie wil je niet. Lana is een fantastische redacteur en Viking is, nou ja, het is Viking. Een van de legendarische uitgeverijen.'

'Wat zou jij doen?' vroeg Thomas.

'Doe een tegenbod van driehonderd en dring daarop aan. Schroef het schema op en zorg dat je in een eerder stadium meer geld krijgt. Een derde bij ondertekening van het contract, datzelfde bij levering en nog een keer hetzelfde bij de publicatie van de hardcover.'

Daar dachten ze even over na, terwijl Bruce nog meer wijn inschonk. Noelle verontschuldigde zich en trok zich terug voor de avond.

Mercer vroeg: 'En wat doen we met Lovely?'

Naast de teleurstelling over het bod van Viking zat ze ook met de complicerende, tamelijk lastige kwestie van Lovely's verwachtingen.

'Hoeveel wil ze?' vroeg Bruce.

'Zover zijn we niet gekomen, maar het was duidelijk dat ze verwacht dat ze een vergoeding krijgt. En dat vind ik prima, tot op zekere hoogte.'

'Tien procent?' opperde Bruce.

'Dat lijkt me zo laag. Ik wil haar niet voor het hoofd stoten en ik wil ook niet de indruk wekken dat wij witte mensen weer eens misbruik van haar willen maken. Aan de andere kant kan ik ook een bepaalde grens bereiken waarop ik me afvraag of het hele project het wel waard is. Als ze te veel wil en ik afhaak, krijgt ze niks.'

Thomas zei: 'We hebben het hier eindeloos over gehad. Het komt erop neer dat Mercer het verhaal van Lovely overneemt en vertrouwt op haar geheugen en haar verleden. Laten we zeggen dat dat de helft van het boek is en dat een groot deel van de klus al geklaard is. De andere helft is de strijd om het eiland te redden. Daarvoor moet Mercer al het zware werk verrichten.'

'En daar help jij bij,' zei ze.

'Natuurlijk.'

Bruce blies een rookwolk naar de krakende ventilators en vroeg: 'Hé, waarom ga je niet gewoon met Lovely praten om te kijken wat ze wil? Ze heeft nooit een cent te makken gehad. Ze heeft haar hele leven hier op het eiland gewerkt; eerst in de conservenfabrieken en daarna in de hotels, waar ze kamers schoonmaakte en de was deed. Nu leeft ze van een uitkering. Ze hoeft geen gezin te onderhouden en voor zover we weten is er niemand op haar erfenis uit. Ik kan me niet voorstellen dat ze een enorme smak geld verwacht. Hou in gedachten dat ze wel iets weet van de uitgeverswereld en de verkoop van boeken, ook al heeft ze zelf nog geen honderd exemplaren verkocht.'

Mercer zei: 'Dat weet ik. Ik wil gewoon dat het eerlijk gaat.'

'Ga dan met haar praten. Kom morgen naar de winkel, dan vraag ik of ze ook komt. Gebruik mijn kantoor maar. Ik zorg er wel voor dat jullie privacy hebben.'

'Dank je wel, Bruce.'

'Wanneer vertrekken jullie eigenlijk? Myra wil behoorlijk afscheid nemen, met een etentje en een laatste zuippartij voordat jullie weer aan het werk moeten.'

'Zaterdag. Ze belde vandaag en zei dat Leigh en zij een feestje geven. Ze vroeg niet of we ook wilden komen, ze ging er gewoon van uit dat we erbij zouden zijn.'

'En je hebt ongetwijfeld ja gezegd.'

'Natuurlijk. Wie zegt er nou nee tegen Myra?'

'In deze stad niemand.'

7

Omdat het de eerste twee keer meer dan een week had geduurd om met Lovely te kunnen afspreken, was Mercer verbaasd dat Miss Naomi terugbelde om te zeggen dat ze de volgende ochtend om tien uur in de boekhandel zouden zijn. Mercer vermoedde dat haar kleindochters nog meer boeken wilden. Een verkoper nam hen mee naar de kinderafdeling en liet ze de nieuwe aanwinsten zien. Thomas wist Miss Naomi mee te lokken naar de kookboekenafdeling en haar bezig te houden met gesprekken over recepten uit de Low Country. Bruce schakelde de telefoon op zijn bureau uit en deed de deuren op slot.

Zodra ze alleen waren, legde Mercer uit hoe het boekvoorstel in New York was ontvangen. Etta had er bij Viking tweehonderdvijftigduizend dollar als voorschot weten uit te persen. Miss Lovely liet dat bedrag stoïcijns tot zich doordringen.

Mercer zei: 'Dat klinkt als een heleboel geld, maar dat is het eigenlijk niet. Er gaat vijftien procent van af voor de literair agent, en dan nog dertig procent voor de belasting. Het geld wordt uitgesmeerd over vier, misschien vijf jaar, afhankelijk van hoe lang ik erover doe om het te schrijven.'

'Hoe lang gaat dat duren?' vroeg Lovely.

'Dat is moeilijk te zeggen. Het hangt voor een groot deel af van wat er nu met het eiland gaat gebeuren, en dat moet voor de rechter komen. Met rechtszaken is het lastig om iets te voorspellen.'

'Maar je hebt vast wel een idee.'

‘Ja, over twee jaar zou ik wel een versie af moeten hebben die gepubliceerd kan worden. Hoe lang heb jij erover gedaan om je boek te schrijven?’

‘Och, lieve hemel, Mercer, ik heb een eeuwigheid aan dat boek gewerkt. Ik heb wat oude schriften die nog dateren uit mijn middelbareschooltijd. Ik heb mijn school afgemaakt, wist je dat? Het was niet makkelijk, maar ik was vastbesloten om mijn diploma te halen. We gingen in die tijd naar een gekleurde school. Die is nu weg. Opgedoekt.’

Mercer luisterde met een glimlach naar haar zachte, trage stem die eeuwen terug in de tijd leek te gaan. Ze zaten met hun knieën bijna tegen elkaar aan en waren bijna op een punt dat ze over alles konden praten.

Mercer zei: ‘Ik vind het niet meer dan fair dat jij een deel van het geld krijgt. Het is het verhaal van jou en je mensen. Ik zal heel wat tijd met je moeten doorbrengen om alle details en de achtergrond te horen. Het zal niet eenvoudig worden; schrijven is nooit eenvoudig.’

‘Het moeilijkste wat ik ooit gedaan heb.’

Mercer giechelde en wilde zeggen dat Lovely’s boek veel interessanter was dan het meeste wat ze las. Ze wist dat Lovely niet ervaren was in onderhandelen, dus kwam ze ter zake. ‘Ik denk dat vijftig procent van het voorschot te veel is, en tien procent te weinig. Wat heb jij in gedachten?’

‘Tot nu toe had ik helemaal niks in mijn hoofd. Als ik vijfentwintig procent zeg, hoeveel krijg ik dan?’

‘Zo’n vijftigduizend dollar, vóór belasting, uitgesmeerd over de komende drie, vier jaar.’

Lovely deed haar ogen dicht en dacht heel lang na. Mercer maakte van de gelegenheid gebruik om haar hoofddoek van de dag te bekijken, een limoengroen met felgeel exemplaar dat ze zoals altijd strak om haar hoofd had gewikkeld. Haar jurk had een knalblauw met rood bloemenpatroon.

Ze was toch nog enigszins gezwicht voor de moderne wereld, want aan haar voeten droeg ze een paar bruine sandalen met een klein Nike-logo langs de zool.

Ze deed haar ogen open en zei: 'Dat klinkt goed. Als ik wat geld krijg, wil ik het eiland opruimen en de begraafplaats opknappen.'

'Is die er dan nog?'

'Jazeker, liefje. Ik weet waar hij is, maar niemand anders kan hem vinden. Mijn ouders, grootouders en heel wat overgrootouders liggen er begraven. Ik weet waar ze zijn. Niemand die ze weet te vinden, maar ik wel.'

Mercer haalde diep adem en zei: 'We hebben nog heel wat te bespreken.'

5
De voorvechters

1

De tien uur durende rit naar huis zou rond acht uur 's ochtends beginnen; dat hadden ze de dag ervoor tenminste aarzelend afgesproken. Maar het afscheidsfeestje bij Myra en Leigh was langer doorgegaan dan gepland, precies zoals ze eigenlijk hadden kunnen verwachten, en daarom kwam de zaterdag nogal traag op gang. Om negen uur waren ze amper wakker en klokten ze zwarte koffie naar binnen. Om tien uur was de Jeep Cherokee half volgeladen met bagage, dozen en andere spullen die ze in de twee maanden die ze op het eiland hadden doorgebracht hadden verzameld en die ze nu om een of andere reden per se wilden meenemen. Mercer vulde een picknickmand met broodjes, koekjes en flessen water, alsof ze nergens eten zouden kunnen vinden tussen Camino Island en Oxford, Mississippi. Om elf uur draaide Thomas eindelijk de deur van het vakantiehuis op slot, zette de hond op de achterbank en startte de motor.

'Maar drie uur te laat,' mompelde hij. Ze negeerde hem. De sfeer was ietwat gespannen, maar binnen een paar minuten ademden ze allebei weer normaal en begonnen ze over te schakelen van strand naar campus. Ze waren nu eenmaal allebei schrijver, en ze waren wel gewend aan een leven dat enigszins ongestructureerd was. Punctualiteit was niet zo belangrijk. Wat maakte het nou uit of ze half augustus op zaterdag om zes uur of om negen uur in Oxford zouden zijn, waar het minstens vijfendertig graden was en de luchtvochtigheid richting de honderd procent ging?

Het was een zomer die ze nooit zouden vergeten en die ze altijd zouden koesteren: de bruiloft op het strand; de huwelijksreis naar Schotland, een reis waar ze nog steeds over napraatten, die ze herbeleefden door de foto's en die ze zeker nog een keer over zouden doen; de opwinding omdat ze het verhaal voor het volgende boek hadden gevonden en een indrukwekkend voorschot hadden gekregen. Na twee maanden huwelijk – twee maanden die volgden op twee jaar samenwonen – wist Mercer dat ze verliefd was geworden op de juiste persoon. Ze pasten goed bij elkaar en hadden dezelfde interesses. Ze lachten veel, naar elkaar en vooral om andere mensen. Ze hadden dezelfde onweerstaanbare droom om fulltime te schrijven en over de wereld te reizen op zoek naar geweldige verhalen. Het onderwerp kinderen bleef nog onaangeroerd.

'Wil jij rijden?' vroeg hij.

'Wat? We zijn nog niet eens van het eiland af.'

'Weet ik, maar ik zit te geeuwen.'

'Neem nog wat koffie.'

Hij maakte natuurlijk maar een grapje en wilde gewoon de spanning doorbreken en haar laten merken dat hij niet meer chagrijnig was omdat ze drie uur te laat vertrokken waren. Hij lachte naar haar, wreef over haar blote, prachtig gebruinde bovenbeen en reed verder.

Hoog op de brug over de rivier de Camino keek Mercer naar het noorden en zag in de verte de omtrekken van Dark Isle. Ze was benieuwd hoe het er driehonderd jaar eerder aan de horizon moest hebben uitgezien.

2

Nalla, die afkomstig was uit een dorp in het binnenland, was niet bekend met visgerechten en had nog nooit een oester of een garnaal geproefd. Maar op haar nieuwe thuisplek kwam het voedsel uit de zee, en het was er in overvloed. Zij en de andere nieuwkomers kregen net zoveel te eten als ze maar wilden. Hun maag was in geen maanden zo vol geweest.

Aanvankelijk was de communicatie een uitdaging geweest, al waren ze heel gemotiveerd om een nieuwe taal te leren. Een oudere vrouw kwam ook uit het koninkrijk Kongo en sprak Bantoe, en zij werd de lerares Engels. Alle weggelopen slaven kwamen van plantages in Georgia en spraken Engels, naast een variëteit aan Afrikaanse talen.

Ze woonden in kleine lemen hutjes met daken van palmbladeren. Er stonden twintig van die huisjes in een volmaakt vierkant rondom een centrale gemeenschappelijke ruimte. De hele nederzetting werd goed beschut door enorme eiken en iepen. De vrouwen kookten 's avonds, zodat de rook van hun vuren niet te zien was. Ze leefden in angst en met de voortdurende dreiging dat ze gevangengenomen zouden worden. Ze waren één keer gedwongen tot slavernij. Dat zou hun niet nog eens gebeuren, niet zonder slag of stoot. Joseph, de onbetwiste leider, legde aan de nieuwkomers uit dat de witte mannen waarschijnlijk zouden terugkeren, op zoek naar overlevenden van de Venus. Daarom moesten ze op elk uur van de dag waakzaam blijven. De oudste jongens en de jongste mannen bewaakten de stranden dag en nacht aan de hand van een goed gecoördineerd surveillancesysteem. Als er een boot aankwam, zouden de mannen en enkele vrouwen de wapens oppakken: een verzameling zelfgemaakte messen en speren, maar hun arsenaal bevatte ook drie geweren die ze van een vorige bende indringers hadden afgepakt.

De waarschuwing kwam uiteindelijk op een vroege ochtend, zo'n twee weken nadat Nalla op het strand was aangespoeld. Ze zagen een klein schip naderen. Het ging een kleine kilometer voor het eiland voor anker, en op dat moment keken Joseph en zijn mannen ernaar, diep verscholen tussen de bomen. Er werd een roeiboot van zo'n tien meter lang neergelaten, en vier witte mannen klommen aan boord. Vier zwarte mannen, naar alle waarschijnlijkheid slaven, gingen ook aan boord en pakten de riemen vast. Langzaam verliet de boot het schip en maakte snelheid door het opkomende tij. Joseph bracht zijn mannen in positie. De roeiboot liep in één meter diep water aan de grond. De slaven sprongen eruit en trokken hem op het strand. De witte mannen, ieder met een geweer, wezen hier en daar en deelden bevelen uit aan de slaven, die voorraadpakketten pakten. Het was duidelijk dat ze van plan waren een paar dagen te blijven om naar overlevenden van de Venus te zoeken. Een van de vier zwarte mannen bleef achter bij de roeiboot. Omdat ze niks van het eiland wisten, kwamen de mannen aan de uiterste noordkant aan wal, ver bij de nederzetting vandaan. Joseph achtervolgde hen de eerste dag en wachtte tot het donker werd. De mannen staken het eiland over, vonden niks en gingen naar het zuiden. Het was moeilijk om door het dichte bos te trekken en ze stopten vaak om uit te rusten. Zodra de zon onderging, gaven de witte mannen de slaven de opdracht een kamp op te slaan. Daarna wilden ze eten.

De man die op het strand was achtergelaten om de roeiboot te bewaken, lag erin te dutten toen hij wakker werd geschud door twee vreemden met een donkere huid. Ze legden uit dat hij nu een vrij man was. Ze duwden de boot naar dieper water en roeiden naar een baai waar andere vaartuigen lagen die goed verborgen waren. Door de jaren heen hadden de mannen van Dark Isle nog meer boten van nieuwsgierige slavenjagers en vissers verzameld.

Lang nadat de witte mannen hun rum ophadden en in slaap waren gevallen, slopen Joseph en zijn krijgers het kamp binnen. Ze grepen de drie slaven, die doodsbang waren en dachten dat ze geesten zagen. Ze bedaarden algauw toen ze meteen werden bevrijd. Ze kregen messen en er werd hun de kans geboden om hun meesters te doden. Ze kropen de tenten in en sneden vier witte kelen door. De lichamen zouden in zee worden gedumpt.

Bij zonsopkomst speurde de kapitein van het schip met zijn kijker het strand af en zag de roeiboot niet. Die was verdwenen, en hij vermoedde dat er problemen waren. Er was geen aannemelijke reden te bedenken waarom de bemanning de boot 's nachts had verplaatst. Er was iets misgegaan, maar wat kon hij eraan doen? Hij had slechts twee mannen en één slaaf over op zijn kleine schip. Ze verspilden de dag met wachten en naar het strand kijken.

Joseph en zijn mannen hielden hen in de gaten. Het schip kwam overdag en 's nachts niet van zijn plek. De volgende ochtend verliet een kleinere kano met twee witte mannen erin het schip, en ze peddelden naar het strand. De mannen leken nerveus en hielden hun geweren bij de hand. Ze hadden bepakkingen bij zich die te klein waren voor tenten. Nadat ze een paar uur door het bos hadden geploeterd zonder iemand te vinden, besloten ze voor het donker te vertrekken. Maar ze liepen in een hinderlaag van Joseph en zijn mannen, werden gevangengenomen en aan een boom gebonden. Er was nog maar één witte man op het schip, de kapitein, en één slaaf. Ze kwamen uit Savannah en waren door de eigenaar van de Venus ingehuurd om slaven die in de storm verloren waren gegaan opnieuw gevangen te nemen. Er waren er een paar levend gevonden op de eilanden Cumberland en Jekyll, en verderop langs de kust bij Savannah, maar niet een in Florida.

Joseph dreigde hen met hun eigen wapens neer te schieten, maar besloot dat hij de munitie wilde sparen. Hij sneed hun keel door en liet hun lijken achter, zodat de poema's ze konden verslinden.

Na het invallen van de duisternis stapten Joseph en zijn mannen in de twee gestolen boten en roeiden zachtjes door het kalme water naar het schip. Ze klommen met behulp van touwen aan boord, overrompelden de slaaf die aan dek lag te slapen en sleurden de kapitein uit zijn bed. Toen hij wankelend op het dek stond, schrok hij zich wild bij de aanblik van een tiental gewapende Afrikanen die stonden te wachten om hem te vermoorden.

Hij vroeg naar zijn mannen. Joseph vertelde een leugen die onderdeel zou worden van de legende van Dark Isle en waar hij heel lang over had nagedacht. Het was een afgrijselijk, sensationeel, maar uitermate geloofwaardig verzinsel en het verspreidde zich als de evangelische waarheid langs de hele kust, helemaal tot aan Savannah en Charleston. De leugen bleef een eeuw boven het eiland hangen, en lang na Josephs dood kende iedereen die zich binnen een straal van tien kilometer van het eiland waagde de legende en geloofde daar ook in.

Hij maakte de kapitein wijs dat hij en zijn volk afstammelingen waren van kannibalen uit het Afrikaanse oerwoud. Zijn mannen werden nu bereid als feestmaal.

Maar hij zou worden gespaard. Joseph kieperde hem overboord en gaf hem de kleine kano, met één peddel. Onder grote hilariteit van Josephs mannen liet de kapitein de kano twee keer omslaan terwijl hij erin probeerde te klauteren. Nadat het hem eindelijk gelukt was om het ding overeind te houden, pakte hij de peddel en kanode verwoed in de richting van Camino Island.

Het schip werd naar de baai gevaren en alle voorraad werd van boord gehaald. Er waren medicijnen, gerookt vlees, vaten rum, logboeken en een klein arsenaal van vuurwapens en munitie. De vijf voormalige slaafgemaakten van het schip hadden in scheepswerven en havens gewerkt en konden zeilen. Ze leerden de anderen snel alles wat ze wisten. Ze hadden vrouwen en kinderen in Savannah en die wilden ze redden. Joseph wist het nog niet zo zeker.

3

Een maand nadat Steven Mahon de strijd om het eigendomsrecht van Dark Isle was begonnen, diende de staat Florida een verweerschrift in bij de chancery-rechtbank. Het was niks ongewoons of creatiefs, gewoon de standaardontkenningen volgens het boekje van het OM. De staat ontkende dat Lovely Jackson aanspraak kon maken op het eigendom, omdat ze de zeven jaar daarvoor niet op het eiland had gewoond. Al met al was het een lauw, voorspelbaar verweer.

Een week later werd er wat zwaarder geschut uit de kast gehaald. Tidal Breeze vroeg via zijn advocaten in hartje Miami, die duizend dollar per uur factureerden, beleefd aan rechter Salazar of ze mochten optreden als belanghebbende derde, en weidde tien geniepige pagina's lang uit over alle redenen waarom Lovely Jackson nooit als eigenaar van het terrein mocht worden betiteld. In het verweerschrift, dat tot in de kleinste details was uitgewerkt en duidelijk het werk was van een aantal serieuze advocaten en juridisch medewerkers, stond een overzicht van de geschiedenis van het eiland aan de hand van officiële documenten, waarvan er slechts heel weinig waren. Geen geregistreerde geboorten of overlijdens. Geen bevolkingsgegevens. Geen inningen van onroerendgoedbelasting of andere belastingen. Geen gegevens van stroomvoorzieningen of telefoondiensten. Camino County had nooit een school op het eiland gebouwd en er was ook geen bewijs dat er ook maar één kind van daar naar een bestaande school was gegaan. Geen gegevens van de gezondheidsinspectie. Geen geregistreerde kiezers van Dark Isle. Het was net of er nooit iemand had gewoond.

Met het oog op Lovely's eis hamerde Tidal Breeze erop dat ze in haar memoires had toegegeven dat ze het eiland als meisje van vijftien in 1955 had verlaten en dat ze de laatste nog in leven zijnde afstammeling was. Dus was het eiland al bijna zeventig jaar onbewoond. Dat was helemaal niet ongebruikelijk, werd behulpzaam in een van de vele overbodige zijdelingse opmerkingen van het verweerschrift gezegd, want volgens de officiële gegevens (die bij het verweer waren aangehecht) waren er in Florida minstens achthonderd verlaten of onbewoonde eilanden. En die werden stuk voor stuk als eigendom van de staat beschouwd.

Tidal Breeze ging zelfs nog een stap verder, door in twijfel te trekken of Lovely eigenlijk wel op het eiland was geboren, zoals ze beweerde, of dat ze er zelfs maar had gewoond. Er was domweg helemaal nergens bewijs voor.

Al met al was het verweerschrift een meesterlijke ontkenning van de legende van Dark Isle. Waar waren de bewijzen in 2020? Waar waren de getuigen, op Lovely na? Waar waren de documenten? Waar was het bewijs van eigendom?

4

Steven Mahon las het verweerschrift twee keer en kreeg er een steeds slechter gevoel bij. Tidal Breeze was duidelijk van plan om het spel tot het uiterste te spelen en had er een hoop geld voor over om het eigendomsrecht te krijgen. Hij verheugde zich niet op de onvermijdelijke discussie met zijn cliënt. Lovely zou er niet van gediend zijn om voor leugenaar te worden uitgemaakt en te horen dat haar hele afkomst werd betwist.

Hij mailde Mercer een kopie van het verweerschrift.

5

Net als haar studenten gaf Mercer de voorkeur aan colleges later op de dag, in elk geval niet voor tienen, en dankzij dat rooster kon ze 's ochtends schrijven. Thomas was een nachtdier en ze kwamen zelden voor acht uur uit bed. Ze zette koffie, nam een mok mee naar haar kleine werkkamer en deed de deur dicht. Thomas las de ochtendkrant online, ging hardlopen en zorgde ervoor dat ze op tijd wegging voor haar colleges. Ze genoten er allebei van om vroeg op de dag alleen te zijn. Ze hadden de rest van de dag nog om op de hoogte te blijven van alle roddels.

Mercer schreef elke ochtend minstens een uur. Met Lovely's memoires als leidraad herbeleefde ze Nalla's verhaal, en vaak kon ze het maar moeilijk van zich afzetten.

De dood van de slavenhandelaren. De geboorte van Nalla's kind, een meisje met een lichtere huid. De dood van Josephs vrouw, en zijn verlangen naar Nalla. Hun drie gezamenlijke kinderen. De sporadische komst van andere weggelopen slaafgemaakten. De groei van de nederzetting. De cultuur ervan: de taal, het eten, de gewoonten, de rituelen en de angsten, altijd de angst om te worden overvallen en opnieuw gevangen te worden genomen. De religie werd een mengeling van het christendom dat de slaafgemaakten was opgedrongen door hun meesters, en het Afrikaanse mysticisme waar ze aan vasthielden. Josephs pogingen om iedereen – zowel volwassenen als kinderen – de basisvaardigheden van lezen, schrijven en rekenen te leren. Hij had het geluk gehad dat hij op de plantage enige vorm van onderwijs had genoten. Een paar van hen boden weerstand tegen zijn inspanningen, net zoals ze het christendom afwezen. Zijn dood, door een ziekte waaraan nog tien anderen in hun nederzetting bezweken. Nalla's gebroken hart door zijn verlies. De machtsstrijd om zijn plek in te nemen. Het harde leven op het eiland. De hitte, muskieten, insecten, poema's, slangen, stormen, ziekten. De voortdurende worsteling om zelfvoorzienend te zijn, door een volk dat vastbesloten was contact met de buitenwereld te vermijden en dat te bang was om van het eiland af te komen. De levensverwachting lag rond de vijftig jaar. De helft van de kinderen overleed bij de geboorte.

Mercer ging helemaal op in haar verhaal en hunkerde naar het horen van Lovely's stem. Ze wilde uren aan de telefoon hangen en had honderdduizend vragen, maar Miss Naomi kon haar niet overhalen. Lovely had geen telefoon en geen televisie.

Hoe meer Mercer schreef, hoe minder leuk ze haar baan vond. Ze zat nu in haar derde jaar bij Ole Miss, haar derde docentenpositie, en ze was de politieke spelletjes op de faculteit beu. Ze nam aan dat die er op elke campus waren, en Ole Miss was geen uitzondering. Met een master op zak, maar geen doctorstitel en ook geen plannen om die te behalen, werd ze als academicus minder hoog aangeslagen en was ze waarschijnlijk geen vaste aanstelling waard. Wat ze wel had, was een schrijverscarrière, die nu bestond uit twee romans en een verhalenbundel. De afgunst werd nog groter doordat *Tessa* vier weken op de bestsellerlijst van *The New York Times* had gestaan. Op dat moment kon niemand anders op de campus dat zeggen. Sterker nog, volgens Thomas' nauwgezette research was het meer dan dertig jaar geleden dat een docent van Ole Miss 'de lijst had gehaald'.

In weerwil van haar twijfels – en die hield ze grotendeels voor zich – vorderde het najaarssemester gestaag, met SEC-football als voornaamste aandachtspunt, terwijl academici zo'n beetje onderaan de prioriteitenlijst bungelden. Mercer en Thomas woonden in een huurappartement aan University Avenue, vijf blokken en tien minuten lopen vanaf de campus. Vaak liepen ze de andere kant op, in oostelijke richting, naar het pittoreske stadsplein voor een etentje met vrienden of een borrel in een van de vele studentencafés.

Er verstreken zes weken voordat Etta haar mailde met het nieuws dat het contract met Viking onderweg was. Mercer moest het meteen ondertekenen, dan zou het geld misschien met kerst worden overgemaakt. Uitgevers stonden erom bekend dat ze alle tijd namen voor contracten en betalingen.

Toen Mercer de mails van Steven Mahon kreeg, met de verweerschriften van de staat Florida en Tidal Breeze, las ze die twee keer en ze voelde zich er onbehaaglijk bij. Ze belde hem en ze praatten een halfuur.

'Wat betekent inzage van stukken?' vroeg ze.

'Dan mogen beide partijen in elkaars zaak snuffelen. Verklaringen, schriftelijke ondervragingen, uitwisseling van documenten, dat soort dingen. Het is een van de minder prettige aspecten van een rechtszaak, maar een noodzakelijk kwaad.'

'Dus Lovely moet een verklaring afleggen?'

'Jazeker. Dat heb ik haar ook uitgelegd. Ze liep niet over van enthousiasme. Het zal wat werk en voorbereiding vergen, maar ze is onze enige getuige.'

'Heeft ze je over haar schriften verteld?'

Er volgde een lange stilte aan Stevens kant van de lijn. Daarna: 'Wat voor schriften?'

'Ze vertelde me dat ze een doos vol schriften heeft, die dateren van jaren geleden. Als je haar boek leest en je al die namen en datums ziet, besef je dat iemand die moet hebben opgeschreven.'

'Nou, daar heb ik haar naar gevraagd. Ze zei dat ze het zich allemaal herinnerde.'

Een lange stilte aan Mercers kant. Daarna: 'Oké, dus wat gebeurt er als ze toch schriften blijkt te hebben?'

'Dan mag de andere partij daarnaar kijken, en gezien de middelen die ze tot hun beschikking hebben, kun je ervan uitgaan dat ze alles onder een vergrootglas zullen leggen.'

'Dat vindt ze misschien niet zo leuk.'

'Dat vindt niemand leuk, maar dat is nu eenmaal onderdeel van het proces.'

'Oké, maar als ze uitgebreide aantekeningen van jaren geleden heeft, is dat dan geen ondersteuning van haar verhaal?'

'Dat zou je wel denken.'

'Dus wat is uw volgende stap, raadsman?'

'Je kijkt te veel tv. Ik doe wat ondervragingen, net als de andere partij. We worstelen ons door een uitwisseling van documenten heen, enzovoort. Er gaat niet zoveel gebeuren tot ze haar een verklaring afnemen.'

'Wij hebben begin oktober herfstvakantie. Ik zou graag bij die verklaring aanwezig zijn.'

'Goed idee. Ik zal het proberen, maar ik beloof niks.'

'Nog iets van rechter Salazar gehoord?'

'Geen kik. Ze staat erom bekend dat ze zich gedeisd houdt tijdens de voorbereidende fase.'

'Oké. Hou me op de hoogte.'

6

Het eerste stadium van de rechtszaak kreeg alleen vluchtige media-aandacht.

The Register en de *Jacksonville Daily* plaatsten artikelen nadat het verzoekschrift was ingediend, maar hadden het niet over de controverse gehad. De enige ingezonden brief naar *The Register* was afkomstig van een bekende mopperkont die zijn geijkte klaagzang hield over onroerendgoedbelasting en elk nieuw project dat ergens anders inkomsten genereerde met open armen ontving. De algemene opvatting in de stad was dat Dark Isle al zo lang vergeten was dat het de discussie niet waard was.

De rust werd verstoord door een opiniestuk van Gifford Knox, die net terug was van zijn laatste boektournee en duidelijk problemen zocht. Hij begon met een korte geschiedenis van Dark Isle, stak vreselijk de draak met de gekunstelde naam Panther Cay – 'een gelikt marketingbedenksel' – en liet geen spaan heel van Tidal Breeze vanwege hun poging tot 'regelrechte diefstal' van het eiland. Aan de hand van een indrukwekkend staaltje research beschreef hij twee andere Tidal Breeze-projecten in de tien voorgaande jaren, waarbij het bedrijf openbare grond had 'ingepikt' door aan te pappen met politici en ambtenaren in Tallahassee. Hij klaagde over de milieuschade aan nog meer natuurschoon in Florida, maakte gehakt van het idee dat er nog meer gegokt moest worden om iemands fiscale waarde op te krikken, en wond zich op over de zoveelste 'van chemicaliën doordrenkte' golfbaan.

Zijn slotalinea was een juweeltje: 'Tachtig jaar geleden verpestten witte mensen het ecosysteem van Dark Isle door stroomopwaarts langs de rivier de Camino een papierfabriek te bouwen. Door de vervuiling verdwenen de oesterbedden en de volop aanwezige vis. De zwarte eilandbezitters, die er al sinds jaar en dag woonden, dreigden te verhongeren en moesten er noodgedwongen weg. Nu is opnieuw een wit bedrijf van plan het eiland te stelen van de laatste eigenaar, om het om te bouwen tot het zoveelste protserige resort voor witte mensen.'

7

Om redenen die ze voor zich hield, weigerde Lovely om op enige andere plek met haar advocaat af te spreken dan in het kantoor van Bruce Cable, op de begane grond van Bay Books. En omdat Bruce altijd op jacht was naar lokale of zelfs regionale roddels, verwelkomde hij Steven en zijn cliënt wanneer ze maar wilden afspreken. Hij bood ze koffie aan en zorgde ervoor dat ze alle privacy hadden, waarna hij druk aan de slag ging met een paar eerste drukken in een smal gangetje waar hij naar hartenlust kon luistervinken.

Pas later verklapte Miss Naomi het geheim aan Bruce. Het kantoor van Steven Mahon bevond zich in een gebouw dat vroeger een restaurant was geweest dat tientallen jaren daarvoor had geweigerd zwarte klanten te bedienen. Daar had Steven helemaal geen weet van, en hij was er nooit achter gekomen als Bruce het hem niet had ingefluisterd.

Lovely had een olifantengeheugen en koesterde heel wat wrok.

Nu haar kleindochters naar school gingen, was Miss Naomi zo vrij als een vogeltje en ze was maar al te graag bereid om Lovely overal naartoe te brengen waar ze wilde. De vrouwen waren allebei dol op de boekhandel, want daar voelden ze zich welkom. Bruce had een lange tafel bij de ingang gereserveerd voor Afrikaans-Amerikaanse schrijvers en nodigde de dames uit om naar de winkel te komen als een van hen langskwam. Op Mercers verzoek hield hij Miss Naomi elders bezig als Lovely bij hem op kantoor zat.

Lovely nam plaats in haar lievelingsstoel, een oude Franse *chaise* die Noelle had meegesleept uit de Provence. Miss Naomi en Steven wisselden beleefdheden uit terwijl Bruce koffie inschonk. Na een paar minuten liep hij de kamer uit en deed de deur achter zich dicht. Steven legde zijn iPhone op de hoek van het bureau en zei: 'Ik neem mijn gesprekken met cliënten graag op, als je het goedvindt.'

Lovely keek fronsend naar de telefoon en daarna naar Steven. 'Waarom doe je dat?'

'Het is standaardprocedure. Mijn geheugen is niet meer wat het geweest is en ik heb gewoon graag een opname. Het stelt niks voor.'

Zijn geheugen was prima en hij nam zelden gesprekken met zijn cliënten op. Maar met Lovely was er heel wat kans op misverstanden en hij wilde voorzorgsmaatregelen nemen. Ze keek naar Miss Naomi, die haar schouders ophaalde alsof ze geen idee had.

Lovely zei: 'Het zal wel moeten.'

'Als je je er niet prettig bij voelt, doe ik het niet.'

'Nee, het is goed. Behandel me maar gewoon zoals je je andere cliënten behandelt.'

'Beloofd.' Hij pakte een stapel papieren en zei: 'Dit is het antwoord, of het verweerschrift, naar aanleiding van het verzoekschrift dat we hebben ingediend. Of eigenlijk zijn het er twee: een van de staat en een van Tidal Breeze. Zoals verwacht ontkennen ze allebei dat jij het eigendomsrecht hebt. Het verweer van Tidal Breeze is misschien moeilijk te verteren, want ze komen met nogal wat beschuldigingen die niet waar zijn.'

'Zoals?'

'Zoals, nou ja, de meest ongerijmde is wel dat je niet kunt bewijzen dat je echt op het eiland geboren bent.'

Haar gezicht vertrok en haar ogen brandden als laserstralen die ze op hem richtte. Haar onderlip trilde en ze beet erop. 'Wie heeft dat gezegd?'

'De advocaten van Tidal Breeze.'

'Ik weet waar ik geboren ben en ik ken de naam van de vroedvrouw die me ter wereld heeft gebracht. Ze heeft ook mijn mama en papa ter wereld gebracht. Ik weet waar ze geboren zijn en waar hij begraven is, op dezelfde plek waar ik begraven hoop te worden. Hoe kun je mensen als zij zulke dingen laten zeggen?'

'Advocaten zeggen heel veel dingen die niet waar zijn, vrees ik. Vat het niet persoonlijk op.'

'Dus ze kunnen erop los liegen?'

'Nee, ze moeten geloven wat ze zeggen, en aangezien je geboorte nergens is geregistreerd, kunnen ze beweren dat je er niet geboren bent. Nogmaals, er zullen nog meer beschuldigingen volgen, en die moet je niet persoonlijk opvatten.'

'Ik vind dit hele gedoe met die rechtszaak maar niks.'

Steven schonk haar een glimlach, maar ze lachte niet terug. 'Dat kan ik je niet kwalijk nemen, Lovely. Rechtszaken zijn onaangenaam gedoe, maar je ontkomt er niet aan. Als je wilt bewijzen dat je de eigenaar van het eiland bent, heb je geen andere keus dan naar de rechter stappen.'

Dat liet ze tot zich doordringen, al leek ze het niet te aanvaarden. Ze was even stil en zei toen: 'Komen die advocaten ook naar de rechtbank?'

'Natuurlijk, dat is hun werk.'

'Als je maar niet verwacht dat ik aardig tegen ze doe.'

'Dat hoeft ook niet, maar ze zijn geen slechte mensen. Ze doen gewoon hun werk.'

'En liegen is onderdeel van hun werk?'

Steven haalde diep adem en liet het erbij zitten. 'Ik moet je vragen naar documenten, aantekeningen, memo's, dat soort dingen. Papierwerk. De andere partij vraagt om al ons papierwerk, vooral alle aantekeningen die je hebt gebruikt bij het schrijven van je boek.'

Lovely staarde naar een plank met eerste drukken van Bruce en leek erin op te gaan. Er verstreek een lange minuut, en daarna nog een. Steven begon erachter te komen dat enorme stiltes tijdens het gesprek haar helemaal niet dwarszaten. Ze praatte en bewoog in haar eigen tempo.

Na een hele tijd vroeg ze: 'Wie zegt dat ik papieren en aantekeningen heb?'

'Nou, heb je papieren en aantekeningen?'

'Als ik ja zeg, gaan die slechte advocaten ernaar kijken, toch? En als ik nee zeg, dan valt er niks te zien voor hen. Toch?'

'Dat klopt wel, denk ik. Heb je aantekeningen?'

'Ik had ze, maar ik ben ze kwijt.'

Ze was niet erg overtuigend, maar Steven wist dat hij beter niet kon aandringen. In haar wereld was overleven belangrijker dan eerlijkheid. Ze zouden later nog ruimschoots de tijd en de gelegenheid hebben om haar bronmateriaal te bespreken. Hij zei: 'Je moet wel een ijzersterk geheugen hebben.'

'Ja. Net als mijn ouders en grootouders. We vertelden altijd verhalen, Steven. Helemaal in de begintijd konden de meesten van mijn mensen niet lezen en schrijven. Een paar konden het wel, en die probeerden het de anderen te leren. Ik had geluk, want mijn grootouders konden lezen. Ik herinner me nog heel goed dat mijn oma me leerde om mijn naam te schrijven. Voor hen was dat heel belangrijk, maar niet voor alle anderen. Er was zelfs een schooltje op ons eiland, en daar ging ik als kind naartoe. Sommige andere kinderen gingen niet. We vertrouwden op verhalen, lange kleurrijke verhalen die mijn ouders en grootouders vertelden, dezelfde verhalen die zij van hun ouders en grootouders hadden gehoord. De verhalen waren belangrijk en ze werden bewaard als geschenken om door te geven. Niet iedereen kon lezen, maar iedereen kon een verhaal vertellen. En de verhalen waren waar en klopten precies, want als je er een vertelde en je zei iets verkeerd, was er altijd wel iemand die je corrigeerde. Zo heb ik het verhaal van Nalla, het tot slaaf gemaakte meisje gehoord, mijn betbetovergrootmoeder. Ze spoelde in 1760 op het eiland aan en is daar in 1801 gestorven.'

'Hoe weet je dat het in 1801 was?'

'Omdat elk verhaal in een bepaald jaar gebeurde. Zo hielden we de tijd en de geschiedenis bij. We wisten altijd welk jaar het was.'

'Maar hoe weet je of dat klopte?'

'Hoe weet jij dat dat niet zo was?'

'Ik vraag het alleen omdat de advocaten van de andere partij het je zullen vragen.'

'Dat kan me niet schelen. Ze mogen vragen wat ze willen. Ik ken mijn geschiedenis, Steven. Zij niet.'

'Heb je ooit gezien dat er een deel van de geschiedenis werd opgeschreven? Waar dan ook?'

Ze keek hem fronsend aan, alsof hij niet goed bij zijn hoofd was. 'Nee, we hoefden het niet op te schrijven. We bewaarden het allemaal hier.' Ze tikte op haar linkerslaap. 'Dat zei ik toch? De verhalen werden levend gehouden door ze te vertellen, want we konden ze niet opschrijven.

Lang voordat ik geboren ben, hadden ze geen potloden, papier, boeken en dergelijke. Maar ze hadden wel woorden, verhalen en verbeeldingskracht. Toen ik klein was en verhalen over Nalla hoorde, zag ik haar gewoon voor me in mijn visioenen. Ik kon voelen hoe ze leed, hoeveel pijn het deed om geketend te worden weggevoerd, weggerukt van haar familie, haar zoontje, haar dorp, en verkocht aan de slavenhandelaren. Ik kende Nalla's hele levensverhaal toen ik tien jaar oud was, Steven.'

De advocaat glimlachte bij de gedachte aan zijn cliënt die in de getuigenbank plaatsnam en haar getuigenis aflegde. Geen advocaat in het land kon haar een kruisverhoor afnemen, want alleen zij kende de verhalen en bezat de feiten.

Maar de zaak was nog lang niet afgelopen. De wet gaf de voorkeur aan keihard bewijs, zoals geboorte- en overlijdensakten, huwelijksakten, landmetingen, eigendomsakten en belastingaangiften. Tidal Breeze zou zich met zijn horden advocaten uitstekend vermaken als ze gaten zouden schieten in bewijs dat gebaseerd was op oude verhalen, legenden en folklore.

8

Later die middag ging Steven met een vriend, Mayes Barrow, koffiedrinken bij een tentje aan het water. Mayes was een van de twee advocaten uit Santa Rosa die door Tidal Breeze waren ingehuurd. Hij was een populaire jonge advocaat met een groeiend kantoor en een dikverdiende reputatie als uitstekende pleitbezorger. Omdat geld geen probleem was, gebruikte het bedrijf veel advocaten en trok ook altijd een paar lokale juristen aan om de boel naar hun hand te zetten en de rechters gunstig te stemmen.

Mayes zei: 'Het bedrijf heeft me gevraagd de mogelijkheid van een schikking af te tasten.'

Dat verbaasde Steven helemaal niks. Tidal Breeze kon een fortuin aan juridische kosten besparen door Lovely gewoon af te kopen. Er zouden nog veel stevigere rechtszaken aankomen. En voor een bedrijf dat er rekening mee hield om minstens een half miljard uit te geven, waren die paar dollar die ze Lovely zouden toespelen niet meer dan een afrondingsfoutje.

'Willen jullie Lovely betalen om haar rechtszaak te laten vallen en weg te gaan?'

'Ja.'

'Ze gaat niet schikken.'

'Dat weet je pas als je het haar vraagt.'

'Het antwoord is nee, Mayes. Waarom zou ik het haar vragen? Ze wil geen geld en heeft het ook niet nodig. Ze heeft het nooit gehad en weet dat het haar leven alleen maar ingewikkeld zou maken. En als ze schikt en je cliënt het eigendomsrecht van het eiland krijgt, gaan we oorlog voeren over de projectontwikkeling. Onze beste strategie is om de eerste ronde te winnen, het eigendomsrecht van Lovely Jackson vast te stellen en je cliënt te vertellen dat hij onze reet mag likken voordat hij ophoepelt naar Miami. Ik weet zeker dat je dat begrijpt.'

Mayes grinnikte en knikte beamend. 'Klinkt volkomen logisch.'

'Ik weet het. Je doet gewoon wat je cliënt zegt.'

'Ja, en ze betalen heel goed, Steven.'

'Mijn cliënt ook. Mijn voorschot was vijf dollar, nog minder dan deze twee koppen koffie.'

'Ze bieden nu honderdduizend dollar.'

'Dat is een belediging. Daar ga ik mijn cliënt niet mee lastigvallen.'

‘Heb je een bedrag in je hoofd?’

‘Nee. En ik ben ook niet van plan dit met Lovely te bespreken. Ze zal niet buigen, dat kan ik je verzekeren. Die rechtszaak wordt echt leuk, Mayes, vooral als ik Lovely Jackson in de getuigenbank laat plaatsnemen. Dat zullen we ons nog heel lang heugen.’

9

Voor het derde semester op rij zette Thomas zijn studie creatief schrijven in de ijskast en hield zich bezig met andere projecten, namelijk research voor zijn vrouw. Hij was drie jaar daarvoor aan zijn master begonnen en had flinke vorderingen gemaakt, tot hij in een collegezaal belandde en mevrouw Mercer Mann zijn docent werd. Hij verloor op slag zijn belangstelling voor fictie schrijven en begon haar te bestuderen.

Op een prachtige najaarsmiddag kwam hij naar hun appartement met een dure fles champagne en een opperbest humeur. *The Atlantic* had zojuist zijn voorstel gekocht voor een lang verhaal over een vermiste Russische onderzeeër. De vergoeding was twintigduizend dollar, een recordbedrag voor hem, en al zijn onkosten werden vergoed. De kernonderzeeër, die zo lang was als een footballveld, was in de South Pacific stilgevallen, zo’n achthonderd kilometer ten noorden van Australië.

Er waren minstens tweehonderd mensen aan boord. Er was geen spoor van de onderzeeër opgedoken en er gingen genoeg geruchten rond om wel vijf boeken te vullen. Zijn eerste research zou hem naar Washington brengen, en daarna naar Sydney. Hij zou een maand wegblijven, en zo lang waren ze nog nooit uit elkaar geweest.

Ze keken uit naar een pauze. Vooral Mercer had tijd voor

zichzelf nodig om haar boek van de grond te krijgen. Thomas, die veel meer van de wereld had gezien dan zijn vrouw, stond te popelen om weer te gaan reizen. Hij zag zichzelf als de avontuurlijke journalist die de hele wereld over draafde, op zoek naar het volgende geweldige verhaal, en altijd met een mogelijk boek in gedachten. Mercer moedigde dat aan omdat ze van hem hield en wilde dat hij slaagde, maar ze vond het ook heerlijk om lange tijd alleen te zijn. Na bijna drie jaar samen, waarvan vier maanden getrouwd, voelden ze zich prettig bij hun dagelijkse beslommeringen, zowel solo als samen, en ze hadden bijna nooit ruzie. Ze waren wonderbaarlijk goed op elkaar afgestemd, tot nu toe tenminste, en de sensuele kant van de verbintenis werd steeds intenser.

Ze maakten de fles soldaat op het terras, waar ze het vierden en over die verdraaide onderzeeër praatten. Mercer had er nu al zoveel over gehoord dat ze er bijna tegen opzag om het nog zes maanden te moeten aanhoren, maar ze hield dapper vol. Als succesvolle schrijver had je een klankbord nodig, een proeflezer, een cheerleader, iemand die van je hield en wilde dat je slaagde. Thomas was dol op haar werk en kon niet wachten om haar volgende hoofdstuk te lezen. Op haar beurt luisterde ze naar zijn ideeën voor projecten en las zijn eerste kladversies.

Hij zei: 'Ik rond vanavond mijn laatste Florida-verhaal af.'

'Welk gedeelte is dat?' Hij werkte aan meerdere verhalen. Thomas was een vasthoudende researcher die op internet dieper groef dan iedereen die Mercer kende.

'Generaal Dunleavy. Weer een verhaal waar Lovely het niet over gehad heeft.'

'Ze heeft het waarschijnlijk nooit gehoord.'

'Of het was te gruwelijk.'

'Vraag jij je ook vaak af hoe accuraat haar verhalen zijn?

We hebben het over mondelinge getuigenissen die bijna tweehonderd jaar lang zijn overgeleverd. Er moet onderweg het een en ander verfraaid zijn.'

'Zeker, en dat maakt jouw werk gemakkelijker, Mercer. Er is niemand die de feiten kan checken, dus je kunt alles mooier maken wat je wilt. Je schrijft immers fictie.'

'Goddank.'

10

Florida's toetreding tot de Verenigde Staten als een slavenstaat werd uitgesteld tot Iowa in 1846 werd toegelaten als vrije staat. Florida was sinds 1821 een territorium geweest, en slavernij was wijdverbreid, vooral in het Noorden, op katoenplantages en in citrusgaarden in de omgeving van St. Augustine. Een van de grootste grondbezitters was Stuart Dunleavy, een schurkachtige politicus die vroeger soldaat was geweest en zichzelf nog steeds als militair zag. Later zou hij in Gettysburg worden neergeschoten en een arm kwijtraken. Met behulp van steekpenningen en connecties had hij ten oosten van Tallahassee enorme stukken grond vergaard en hij verbouwde katoen op ruim zestienhonderd hectare grond. Op het moment dat Florida zich bij de Unie aansloot, bezat hij de meeste slaafgemaakten van iedereen in de nieuwe staat, en hij ging er prat op dat er meer dan duizend Afrikanen op zijn akkers zwoegden.

Zoals de meeste plantagehouders werd hij geplaagd door weglopers, en hij was woedend omdat zoveel van zijn slaafgemaakten naar Dark Isle vluchtten. De legende van het eiland bleef maar groter worden, en er werd op grote schaal geloofd dat zich daar honderden, zo niet duizenden slaafgemaakten schuilhielden die de wet aan hun laars lapten.

In 1850 besloot generaal Dunleavy, zoals hij zich liet noemen, er iets aan te doen. Hij had dringend nieuwe arbeidskrachten nodig en kon het niet uitstaan dat de slaafgemaakten als vrije mannen en vrouwen op het grondgebied van Florida woonden. Hij besloot ze gevangen te nemen, ze allemaal voor zichzelf te houden, ze tot het christendom te bekeren, ze aan het werk te zetten op de akkers, en hun leven te verbeteren. Hij deed een beroep op de gouverneur, die er in ruil voor wat geld mee akkoord ging om generaal Dunleavy een oud stoomschip te 'verhuren', dat door de marine was omgebouwd tot kanonneerboot. Hij trommelde wat troepen op – een bonte mengeling van witte boerenarbeiders, ordinaire misdadigers, huurmoordenaars en een handjevol echte soldaten – en liet die bijeenkomen op Camino Island, waar hij ze een paar dagen probeerde te trainen, maar dat gaf hij uiteindelijk maar op.

Op een ochtend voeren ze bij zonsopkomst de haven van Santa Rosa uit, met Dark Isle in zicht. Een halve kilometer voor de kust gingen ze voor anker, brachten acht van de scheepskanonnen in positie en knalden erop los. Dunleavy's briljante strijdplan bestond eruit dat ze het eiland met de kanonnen zouden beschieten, zodat de woestelingen zich doodsbang zouden overgeven, waarna hij zijn 'troepen' zou sturen om ze op het strand gevangen te nemen.

De beschieting ging de hele ochtend onophoudelijk door. Tegen het middaguur was er nog geen Afrikaan te bekennen, dus pauzeerden de generaal en zijn mannen even om wat te eten. Na een maaltijd en een dutje gaf hij het bevel om de aanval te hervatten. Om drie uur 's middags meldden zijn kanonniers dat de kanonskogels opraakten. Er was nog steeds geen spoor van doodsbange slaven die met witte vlaggen op het strand stonden te zwaaien. Om vijf uur 's middags werden de kanonnen stil omdat er geen munitie meer was. Dunleavy hield het eiland in de gaten, wachtte tot het donker was, en daarna keerden ze terug naar hun kamp op Camino Island, waar ze de nacht doorbrachten. De volgende ochtend laadden ze nieuwe kogels in en zeilden naar de zuidkant van Dark Island, waar er in het verleden tekenen van menselijke activiteit geweest zouden zijn. Ze schoten als gekken op het dichtbegroeide bos, maar zagen geen enkele Afrikaan.

Na het middagmaal gaf de generaal het gevreesde bevel. Er werden twee tien meter lange roeiboten in het water neergelaten en in elk daarvan klommen elf of twaalf mannen. Niemand had zich vrijwillig aangeboden voor deze aanval. Sterker nog, op het kanonneerschip werd druk gefluisterd dat er weleens muiterij kon ontstaan als de troepen bevel zouden krijgen om aan wal te gaan. De legende van Dark Isle en de kannibalen was algemeen bekend.

De mannen bereikten het strand en bonden hun roeiboten vast. De ene groep ging naar het zuiden, de andere naar het noorden. Alle mannen waren gewapend met geweren en lange messen, maar ze bewogen veel te traag en te schuchter naar de mening van de generaal. Hij stond boven op de stuurhut aandachtig door zijn veldkijker te turen. Eindelijk verlieten ze het veilige strand en verdwenen in de dichte bossen. Er ging een uur voorbij, en daarna nog een. Laat in de middag barstte er geweervuur los aan de zuidkant van het eiland, en dat verheugde de mannen op de boot. Onderdeel van de legende was dat de slaven alleen speren en pijlen en dergelijke hadden, de wapens van hun voorouders. Hoe zouden ze ooit aan moderne wapens moeten komen? Die schoten betekenden dat ze gevonden waren, en na een snelle schermutseling in de boeien waren geslagen. Daarna klonken er nog meer schoten. Dat was geruststellend om te horen, maar Dunleavy begon zich zorgen te maken om slachtoffers. Hij moest de slaven gevangennemen, niet afslachten.

Maar er was een slachtpartij gaande.

Hij had zijn mannen strikte orders gegeven om voor het donker terug te keren naar de kanonneerboot. Maar bij het vallen van de avond was er geen teken van de mannen op het strand. Hun twee roeiboten waren niet van hun plek gekomen. Ze hadden geen eten of spullen voor de nacht bij zich. Naarmate de uren verstreken, werd de kanonneerboot overspoeld door een gevoel van angst en vrees. De generaal wist niet wat hij nu moest doen. Hij kon zijn mannen in het veld niet in de steek laten en terugkeren naar Santa Rosa. Hij gaf het bevel om al het eten dat er op de kanonneerboot te vinden was rond te laten gaan en de wacht te houden. Er lag een lange nacht voor hen.

Bij het eerste ochtendgloren begon de man die op de uitkijk stond te schreeuwen. De anderen werden wakker en haastten zich naar het dek. De twee roeiboten waren van het eiland losgeraakt en dreven nu mee op de golven. Op het eerste gezicht leken ze leeg. Dunleavy beval zijn kapitein om de stoommotoren te starten en dichter naar de roeiboten toe te varen.

De gruwelen werden langzaam zichtbaar. De roeiboten waren niet leeg. In de bootjes lag een afgrijselijke verzameling bloederige, verminkte lijken. De mannen waren doodgeschoten, toegetakeld, neergestoken en aan stukken gehakt – een paar van hen waren praktisch onthoofd. Sommigen waren ontweid en hun ingewanden hingen langs hun benen.

Meerdere mannen op de kanonneerboot moesten overgeven. De meesten stonden even met open mond te kijken en wendden zich daarna af. Er werd niet veel gezegd en het woord 'kannibaal' werd nooit in de mond genomen.

Het lukte hun om de twee roeiboten te laten kapseizen en ze zagen eerst de ene langzaam zinken en daarna de andere. Drieëntwintig mannen kregen een zeemansgraf. Eenentwintig anderen zaten veilig aan dek en wilden alleen maar naar huis.

De slavenjachtexpeditie van de generaal was voorbij. Als hij meer slaven wilde, zou hij daarvoor moeten betalen. Hij draaide zijn kanonneerboot om en keerde terug naar Camino Island.

11

Mercer schudde haar hoofd. 'Waar heb je dat pareltje nou weer gevonden?'

'Dunleavy heeft een lang, interessant leven geleid en besloot dat te delen door zijn memoires te schrijven, die hij op zijn negentigste voltooide. Daarna heeft hij nog acht jaar geleefd. Het auteursrecht van het boek is gedeponeerd in 1895, en er zijn waarschijnlijk ongeveer net zoveel exemplaren van verkocht als van Lovely's boek. Ik zag het vermeld staan op een schimmige literatuurlijst en heb het online ingekeken. Zodra ik zag dat er iets over Dark Isle in stond, veerde ik op.'

'Je bent een genie.'

'Dat niet, maar ik kom in de buurt.'

'Vind je het niet raar dat Lovely niets over dit voorval heeft vermeld? Ik bedoel, het moet toch een van de meest gedenkwaardige momenten in de geschiedenis van het eiland geweest zijn. Een regelrechte aanval, twee dagen kanonvuur, belaagd worden door gewapende soldaten en die vervolgens vermoorden. Dat kan ze toch niet vergeten zijn?'

'Misschien is dat ook niet zo. Misschien heeft Lovely het

verhaal honderd jaar later gehoord en wilde ze het er niet in zetten. Het is nogal ijzingwekkend.'

'Het is ook nogal geweldig. Voormalig slaafgemaakten van wie werd gedacht dat ze alleen maar speren hadden, maar die meer vuurwapens bleken te hebben dan de slavenhandelaren, en de generaal die dacht dat zijn mannen door kannibalen te grazen waren genomen.'

'Dus je gaat het gebruiken?'

'Ik weet nog niet wat ik ga gebruiken. Ik kan niet beginnen. Ik moet tijd doorbrengen met Lovely.'

'Wanneer is het herfstvakantie?'

'Over twee weken. Ik denk erover om erheen te rijden.'

'Dan ben ik in Australië.'

'Weet ik. Misschien mis ik je tegen die tijd wel.'

6
De stagiair

1

De Tidal Breeze Corporation was in de loop van vijftig jaar opgebouwd door de familie Larney uit Miami. Rex Larney zette de boel in 1970 in gang toen hij bij een executieverkoop een budgetmotel in Fort Lauderdale kocht. Hij was eenendertig, verkocht vastgoed, en na het sluiten van een paar leuke deals was zijn zucht naar geld aangewakkerd. Hij was niet bang om geld te lenen en risico's te nemen, en het duurde niet lang of hij kocht nog meer kleine kavels in de buurt van de stranden. Zijn gebouwen werden groter, net als zijn schulden en zijn ambities. In 1980 was hij een van de vele succesvolle vastgoedontwikkelaars die van de koortsachtige expansie in Zuid-Florida profiteerde.

Zijn zoon Wilson groeide op met de zaak en nam het roer graag over nadat Rex in 1992 overleed aan kanker. Hij had zijn vaders hang naar risico's en serieuze speeltjes geerfd. Hij kocht volbloedpaarden en speedboten. Hij hield van paardenrennen en was zo gewiekst dat hij de opkomst van het casinogokken aan zag komen. Hij ging een partnerschap aan met Seminoles en bouwde vier spetterende resorts, verdeeld over de staat. De FBI betrapte hem twee keer bijna wegens louche handeltjes, maar hij bleek te glad om te kunnen pakken. Zijn beste vriend was zijn advocaat,

J. Dudley, ook wel gewoon Dud genoemd, een bijnaam die Wilson hem tientallen jaren eerder had gegeven. Duds advocatenkantoor groeide al bijna net zo snel als Tidal Breeze en werd in Miami een prominente speler in de commerciele vastgoedwereld.

Tidal Breeze overleefde de kredietcrisis van 2008 ternauwernood. Nadat het stof was neergedaald en het bedrijf nog overeind stond, keek Wilson naar de puinhopen en stroopte zijn mouwen op. Het werd tijd om aasgiertje te spelen. Toen de nationale bank het rentepercentage verlaagde tot bijna nul, deed Tidal Breeze zich tegoed aan goedkope leningen en harkte het winkelcentra, hotels, golfbanen en appartementen met duizenden tegelijk binnen.

In 2012 kreeg Wilson opnieuw gelazer met justitie, nadat hij een andere snelle vastgoedjongen tot een faillissement had gedwongen. Maar ook nu weer wist Dud een deal te sluiten, waardoor hij weliswaar een boete moest betalen, maar meer ook niet. Wilsons foto kwam in de krant, iets waar hij een bloedhekel aan had. Hij was erg op zijn privacy gesteld en praatte nooit met verslaggevers. Tidal Breeze had slechts één aandeelhouder, namelijk hijzelf.

De trots van zijn imperium was een kantoorgebouw van vijftig verdiepingen in hartje Miami, dat Rex in 1985 van een failliete hypotheekbank had afgetroggeld tijdens de crisis in die tijd. In de loop van de tijd had Wilson het twee keer geherfinancierd tegen lagere tarieven, en daar had hij vijftig miljoen in contanten uit weten te persen. Er zat nog steeds een fikse hypotheek op, maar dat gold voor alle bezittingen van het bedrijf, inclusief de privéjet.

Voor Panther Cay was Wilson van plan elke cent te lenen die hij van de banken kon lospeuteren, al bestonden er wel de gebruikelijke zorgen over de stijgende tarieven. Wilson maakte zich nooit druk over de kosten van lenen. Zoals Rex altijd zei: 'De tarieven gaan omhoog en daarna weer omlaag.'

Vanuit zijn schitterende kantoor op de vijftigste verdieping had Wilson een uitzicht dat maar weinigen hadden. In het oosten strekte de azuurblauwe Atlantische Oceaan zich tot het oneindige uit voorbij de stranden, en de kustlijn in het oosten, naar Boca en Fort Lauderdale en zelfs nog verder, stond volgepakt met groepjes prachtige hoge gebouwen, waarvan er een paar in het bezit waren van Tidal Breeze, maar nog lang niet genoeg.

Het uitzicht was er altijd, al had Wilson er maar weinig tijd voor. Hij genoot vol van het leven en deed graag leuke dingen, en als hij geen leuke dingen deed, maakte hij lange werkdagen en propte hij elk uur vol met meetings, ideeën en plannen om nog meer te bouwen en te ontwikkelen. In de luxeprivévergaderzaal naast zijn kantoor zat hij aan het hoofd van een tafel vol papieren, plattegronden en tekeningen. Rechts van hem zat Donnie Armano, de onderdirecteur die de leiding had over Panther Cay. Links van hem zat Pete Riddle, een advocaat van de firma Nash & Cortez, die Dud had opgebouwd.

J. Dudley Nash was net zo ambitieus als Wilson en wilde het grootste advocatenkantoor van Florida opbouwen. Ze golfden en visten samen en hadden ooit geprobeerd de Miami Dolphins te kopen, maar Wilsons balans, met de zware schuldenlast, schrikte de andere eigenaren van de National Football League gek genoeg af. Terwijl het advocatenkantoor groeide en er steeds meer vestigingen bij kwamen, schoot ook Duds uurtarief drastisch omhoog. Wilson begon te mekkeren toen het naar de duizend dollar steeg, maar Dud zei dat hij het waard was, en nog wel meer ook. Wilson bleef mekkeren, en toen Dud hem twee jaar later toefluisterde dat hij de eerste advocaat in de stad was die tweeduizend dollar per uur factureerde, zei Wilson: 'Oké, jij wint. Stuur me een junior partner.'

Pete Riddle was Duds vervanger. Hij zei: 'We hebben recht op inzage in de stukken, maar er gebeurt op het moment niet veel. We mogen verwachten dat de rechter ons nu elk moment een tijdschema kan geven.'

'En een schikking?' vroeg Wilson. 'We kunnen dat ouwe mens vast wel afkopen. Jezus, ze heeft nooit een cent te makken gehad.'

'Haar advocaat zegt van niet.'

'Dat is toch zo'n milieu-eikel?'

'Inderdaad. Hij weet dat het eigendom verkrijgen de snelste manier is om het eiland te beschermen. En hij zegt dat zijn cliënt onder geen beding gaat schikken.'

'Er is altijd een manier om te schikken. Bied een half miljoen.'

'Oké, als jij dat wilt.'

'En we staan er nog steeds goed voor met de zaak, met dat eigendomsgeschil?'

'Er is niks veranderd en er kan ook niks veranderen. De verzoeker zelf, Miss Jackson, heeft in haar eigen boek geschreven dat ze het eiland in 1955 verlaten heeft en dat ze daar de laatste persoon was. Alle anderen waren dood. We hebben stad en land afgezocht en geen enkel officieel document gevonden waaruit bleek dat er daar na 1955 iemand heeft gewoond.'

'En haar boek mag in de rechtbank gebruikt worden?'

'Dat is aan de rechter, maar we kunnen er niet omheen. En Miss Jackson moet getuigen, want er is niemand anders om haar aanspraak op het eigendom te ondersteunen.'

'Wanneer is de rechtszaak?'

'Wie zal het zeggen? Ik gok aan het begin van het voorjaar.'

'En er is geen jury, toch, alleen de rechter?'

'Dat klopt.'

'Enige invloed op de rechter?'

'Misschien.' Pete keek naar Donnie Armano, die het overnam en zei: 'We zijn nog aan het graven en misschien hebben we iets gevonden. Rechter Salazar heeft een zoon in Jacksonville, die getrouwd is en twee kinderen heeft; haar enige kleinkinderen op dit moment. Ze heeft ook een dochter in Pensacola. De zoon heeft een bedrijfje dat goedkope huizen en appartementen bouwt. Hij doet het best leuk, maar wordt er niet rijk van. We kunnen hem op twee manieren benaderen: rechtstreeks of op slinkse wijze. Als we het rechtstreeks doen, werken we via een brievenbusfirma en zorgen we ervoor dat die knul wat mooiere huizen in betere wijken krijgt, dat hij het druk heeft en goed betaald wordt. Dan houden we hem uiteindelijk een worst voor en laten we hem weten dat hij misschien een klapper kan maken als er een run op Panther Cay komt. Of we bezorgen hem een vet contract voor gesubsidieerde appartementen, rijkdom in overvloed, maar dan moet hij wel eerst een federale inspecteur omkopen.'

Wilson had met geen van beide plannen moeite. 'Laten we die jongen eerst maar eens wat business bezorgen en kijken hoe het gaat; niks illegaals, niks wat argwaan kan wekken. Tjonge, we hebben genoeg bedrijven om als dekmantel te gebruiken.'

'Zestig, volgens de laatste telling,' zei Pete grijnzend.

'En ik weet er ook nog wel drie in de omgeving van Jacksonville. Laat hem eerst maar eens toehappen, dan zien we wel wat er gebeurt. Zoals altijd wil ik de FBI er graag buiten houden.'

'Alsjeblieft wel, ja,' zei Pete.

'En hoe zit het met de rest van haar familie? Van de rechter bedoel ik.'

‘Ze is single, lang geleden gescheiden. Min of meer vervreemd van de dochter in Pensacola, en ze wordt helemaal in beslag genomen door de twee kleinkinderen.’

‘Wat was haar uitspraak in eerdere eigendomszaken?’

‘We hebben er maar één gevonden, een paar jaar geleden. Daar hebben we niks aan. Ze is nu zes jaar rechter, dus er zijn nog niet zoveel stukken.’

‘Oké,’ zei Wilson, die zijn pen in zijn zak stak, wat zijn manier was om te zeggen dat hij er genoeg van had. ‘We kijken er volgende week weer naar.’

2

Oktober was Mercers favoriete maand op het eiland. De verstikkende zomerhitte was weg, net als de toeristen, hoewel die zelden in de weg liepen. Het strand, dat vijftien kilometer lang was en zelden overvol werd, was nu zelfs nog rustiger. Ze vond het heerlijk om op de koele ochtenden een lange, trage wandeling te maken. Ze miste Thomas wel, maar niet heel erg.

Ongeveer de helft van de huizen langs het strand werd het hele jaar door bewoond en ze zag onderweg veel bekende gezichten. Ze herkende zelfs een paar honden, die zonder uitzondering vriendelijk waren. Even blijven staan om iemand gedag te zeggen en een praatje over het weer te maken was niet ongebruikelijk, maar Mercer had geen zin in lange gesprekken op het zand. Ze was hier met een doel, een wandeling om haar hoofd leeg te maken en af en toe inspiratie op te doen. Een verhaal, een naam, een locatie, misschien zelfs een subplot. Als schrijver was ze altijd op jacht naar materiaal, wat de laatste tijd karig was geweest. Ze wilde ook niet te vertrouwelijk worden met haar buren, van wie de meesten gepensioneerd waren en vaak maar al te graag alles uit hun handen lieten vallen voor de laatste roddels of misschien zelfs een glas wijn. Ze was niet op zoek naar nieuwe vrienden. Haar vakantiehuis, dat ze samen met haar zus had, was een tweede thuis, een uitvalsbasis en een schuilplaats waar ze graag rust en eenzaamheid wilde.

Maar die verdraaide plek begon ook een dure grap te worden. Het onderhoud van een huis op het strand ging altijd maar door. Thomas was niet zo goed met een hamer of een verfkwast, en die waardeloze vent van Connie ook niet. Dus deelden de twee eigenaren de kosten van alle reparaties en vernieuwingen, en de rekeningen liepen steeds hoger op. Ze hadden het er nooit over gehad om het te verkopen, al had Connie wel een paar keer een hint in die richting gegeven. Haar man kwam zelden naar het strand, en haar gezin maakte steeds minder vaak gebruik van het vakantiehuis. Het was vijftig jaar daarvoor door Tessa gebouwd en betekende veel meer voor Mercer dan voor Connie.

Vijftig jaar zilte lucht en stormen tastten het hout, de tegels en de verf aan.

Mercer zat op de achterveranda het lege scherm van haar laptop te negeren en groene thee te drinken, en in plaats van te schrijven, staarde ze naar de oceaan en luisterde naar de golven, haar favoriete geluid. In oktober liet ze 's nachts de ramen openstaan en viel in slaap bij de geluiden van de zee. De grootste geluksmomenten van haar jeugd waren hier in het zomerhuis geweest met Tessa, die ondanks de hitte niet van airconditioning hield. Als de luchtvochtigheid laag was, zette Tessa alle ramen open en dan luisterden ze in het donker naar de golven terwijl ze in bed lagen te kletsen.

Opnieuw een herinnering aan Tessa die kwam bovendrijven. Ze glimlachte, probeerde het gevoel van zich af te schudden en keek naar het lege scherm. Ze had twee keer het eerste hoofdstuk geschreven en allebei de kladversies weggegooid. Ze moest meer tijd met Lovely doorbrengen en had de volgende dag met haar afgesproken, natuurlijk bij Bay Books.

De verf bladderde af. Overal waar ze keek op de veranda, het terras, de deuren en de ramen, zelfs de grenen vloerplanken, was er oude verf aan het afbladderen of aan het verbleken. Larry, haar parttimetuinman en -klusser, had een offerte van een goedkope schilder gekregen. Die oplichter vroeg twintigduizend dollar om de buitenboel opnieuw te schilderen en af te dichten, maar Larry zei dat dat wel ongeveer klopte. Mercer giechelde bij het idee dat ze Thomas om zijn volledige vergoeding van *The Atlantic* zou vragen, om daarmee het vakantiehuis op te knappen. Ze dacht aan haar zus en haar glimlach verflauwde. Nog niet zo heel veel jaar geleden ging het Connie en haar man voor de wind dankzij zijn bedrijf, en konden ze alles kopen wat ze wilden. Maar daarna was er iets gebeurd. Mercer had geen idee wat, en daar zou ze ook nooit achter komen omdat Connie het nooit zou vertellen, maar de zaken liepen niet meer zo denderend en ze moesten de broekriem aantrekken. De zussen hadden nooit een hechte band gehad, en het was nu te laat om daar nog verandering in te brengen.

Ze liet haar laptop en haar ongeschreven manuscript links liggen en liep door het vakantiehuis. Dat had dringend een likje verf nodig, dus nam ze een besluit. Ferm. En het zou haar niet in dank worden afgenomen. Thomas en zij zouden de kerstvakantie op Camino doorbrengen om het huis te schilderen. Als hij niet wist hoe hij een kwast en een verfroller moest vasthouden, was ze graag bereid om hem les te geven.

Haar telefoon rinkelde op de veranda. Ze verwachtte een telefoontje van Thomas, maar kreeg Bruce Cable aan de lijn. 'Dag schat,' begon hij op zijn gebruikelijke drukke, opgewekte toon. 'Wanneer ben je op het eiland aangekomen?'

'Gisteren, Bruce, en hoe gaat het met jou?'

'Top. De boekenverkoop loopt lekker. Iemand zag je auto op de oprit staan. Ik neem aan dat je hierheen bent komen rijden.'

Ze stond er altijd weer van te kijken hoe weinig op het eiland hem ontging. Hij had overal spionnen. 'Ja, ik ben gisteravond aangekomen.'

'Hoe gaat het met Thomas?'

'Die is er niet.'

'Heb je hem nu al verlaten?'

'Hij zit in Australië voor een opdracht voor *The Atlantic*.'

'Fantastisch. Doet die jongen eindelijk ook eens wat. Hé, Noelle vraagt of je hier een lichte maaltijd komt eten, aan de vroege kant. Alleen wij drieën. Beetje bijpraten, de nieuwste roddels, je kent dat wel.'

'Sorry, Bruce, maar ik ga vroeg naar bed. Ik heb een goed boek. Een andere keer graag.'

Het bleef lange tijd stil aan de andere kant van de lijn, want niemand sloeg een etentje bij Bruce en Noelle af. 'Oké. Is goed. Ik zie je morgen.'

3

De volgende morgen om tien uur kwam het team bijeen in Bay Books en genoten ze van koffie met donuts in Bruce' kantoor. Lovely was zoals altijd gehuld in Afrikaanse pracht: een oranje gewaad met een bijpassende hoofddoek en een hele rits armbanden met versiersels, die rinkelden zodra ze een slok koffie nam. Zoals altijd zat Miss Naomi naast haar.

Steven Mahon bladerde door wat papierwerk terwijl ze naar Bruce luisterden, die het over een aankomende signeerparty van een populaire nieuwe detectiveschrijver had. Na een paar minuten begroetingen en babbeltjes liep Bruce zijn kantoor uit en deed de deur achter zich dicht.

Steven hield een document omhoog en zei: 'Dit is vrij overzichtelijk.' Hij keek naar Lovely. 'Het is een samenwerkingsovereenkomst tussen jou en Mercer, waarmee zij en haar uitgever het exclusieve recht op jouw verhaal krijgen. Voor je medewerking krijg je vijfentwintig procent van het totale voorschot, minus de commissie van de agent.'

Lovely glimlachte en zei: 'Ik heb het gelezen. Het ziet er goed uit. Wanneer krijg ik een cheque?'

Mercer lachte naar haar en schoof over de tafel nog een document naar Steven, die het bestudeerde en er een cheque uit haalde. 'Nu meteen. Het contract met Viking voorziet in honderdduizend dollar bij ondertekening, wat Mercer al heeft gedaan, en honderdduizend bij levering van het manuscript, wat nog niet is gedaan, als ik het goed begrijp.'

Mercer zei lachend: 'Ik heb het eerste hoofdstuk nog niet eens af.' Iedereen glunderde.

Steven vervolgde: 'En dan nog een laatste betaling van vijftigduizend dollar bij publicatie van de hardcover, wanneer dat ook mag zijn. Dus hier is een cheque van eenentwintigduizendtweehonderdvijftig dollar.'

Hij gaf hem aan Lovely, die hem voorzichtig aannam en glimlachte. Na grondige inspectie hield ze hem omhoog zodat Miss Naomi ernaar kon kijken. Ook die knikte goedkeurend.

Miss Lovely zei: 'Ik ga dit gebruiken om het eiland op te knappen. Ik denk dat ik begin bij de begraafplaats waar mijn mensen begraven liggen. Wat denk je daarvan, Steven?'

'Ik denk dat je moet wachten tot deze rechtszaak achter

de rug is. Zoals ik al heb uitgelegd, bestaat er altijd een kans dat we verliezen, en als dat zo is, zal het hele eiland volkomen veranderen.'

Ze schudde haar hoofd. 'Dat gaat niet gebeuren.'

'Nee, dat denk ik ook niet, maar laten we rustig aan doen.'

'Oké, oké. Wil jij nog meer geld?'

Steven grinnikte en schudde zijn hoofd. 'Nee, Lovely, je hebt me een voorschot van vijf dollar betaald en dat hadden we afgesproken. Ik krijg via mijn non-profitstichting betaald.'

Mercer zei: 'Ik maak een donatie naar je stichting over, Steven.'

'Nou, bedankt.'

'Dan doe ik dat ook,' zei Lovely. 'Hoeveel zal ik geven?'

Steven stak zijn handen omhoog en zei: 'Laten we daar ook nog even mee wachten. We kunnen het er later over hebben. Er is nog een geldkwestie die we moeten bespreken. Mercer, dit is vertrouwelijk, voorlopig tenminste, en ik weet niet of ik wil dat erover geschreven wordt.'

'Zal ik even de kamer uit gaan?'

'Nee, je hoeft het alleen maar vertrouwelijk te houden. Miss Lovely, Tidal Breeze biedt je meer geld om de rechtszaak te laten vallen en al je aanspraak op het eigendom van het eiland op te geven.'

Dat liet ze langzaam op zich inwerken. 'Het kan me niet schelen hoeveel ze bieden. Het is mijn eiland, het behoort toe aan mij en mijn familie.'

'Wil je weten hoeveel?'

'Doet er niet toe. Ik geef niet op.'

'Oké. Als je advocaat moet ik je vertellen dat Tidal Breeze je een half miljoen dollar biedt als je je nu terugtrekt.'

Of het nu vijf dollar was of vijf miljoen, het maakte niet uit. Haar enige reactie was een licht knikje om te laten merken dat ze het bedrag gehoord had en aan zich voorbij liet gaan. Steven was verrukt over het uitblijven van een antwoord.

'Dat vat ik op als een nee.'

'Ik zei toch al nee.'

'Goed. Als ik het goed begrijp, willen Mercer en jij, nu het contract getekend is, graag een paar uur samen doorbrengen om over vroeger te praten. Als jullie het niet erg vinden, wil ik graag bij die sessie aanwezig zijn om zelf ook aantekeningen te maken. Ik moet zo veel mogelijk weten. De inzage van de stukken laat niet lang meer op zich wachten.'

'Ik vind het best,' zei Mercer.

Lovely haalde haar schouders op en zei: 'Je bent mijn advocaat. Ik heb vijf dollar voor je betaald.'

4

Het budget van het Barrier Island Legal Defense Fund was zo mager dat Steven Mahon liever geen stagiairs aannam. Gelukkig was er nooit een tekort aan jonge, slimme, idealistische studenten die na hun rechtenstudie een carrière op de barricades nastreefden, om het milieu te redden. Hij kreeg wekelijks brieven en cv's toegestuurd en beantwoordde ze allemaal plichtsgetrouw, maar zette zelden de volgende stap. De 'kantoorruimte' waar hij en zijn secretarieel medewerker werkten, was amper groot genoeg voor hen beiden. Hij had door de jaren heen wel stagiairs geprobeerd, maar meestal leverden ze meer problemen dan bijdragen op.

Maar Diane Krug nam geen genoegen met nee. Twee jaar eerder was ze bepakt en bezakt van Knoxville naar Camino Island gereden en was klaar om te komen werken, desnoods zonder salaris. Ze was net afgestudeerd, was zich aan het herpakken na een mislukte romance en had zojuist onverwachts vijftienduizend dollar geërfd van een tante die ze had verwaarloosd, al wilde ze nu opeens dat ze meer tijd met haar had doorgebracht. Zoals de meeste mensen was Steven al van haar gecharmeerd voordat hij nee kon zeggen, en zo kwam Diane zijn wereld binnen. Na twee weken begon hij zich af te vragen of ze ooit weg zou gaan.

Ze eigende zich het kleine, goedkope keukentafeltje toe en installeerde zich daar. Als ze echt privacy nodig had, ging ze naar de countybibliotheek. De secretarieel medewerker was een gescheiden vrouw, die in haar eentje in een klein huis woonde en nog een slaapkamer overhad. Diane trok bij haar in en begon meteen af te wassen en de ramen te zemen.

Als vermaard strafpleiter had Steven nooit tijd en weinig geduld met het geestdodende werk van vooronderzoeken. Die klusjes gooide hij maar al te graag op het bordje van Diane, die de uitdaging heerlijk vond en zich opwierp om meer te doen. 's Avonds laat las ze Stevens akten van beschuldiging en langzamerhand ging ze die redigeren. Na zes maanden wist ze meer van milieuwetgeving dan de meeste advocaten met wie Steven door de jaren heen als partner had gewerkt.

Nadat Diane Lovely's memoires voor de derde keer had uitgeplozen, had ze een kort lijstje met potentiële getuigen. Gezien Lovely's leeftijd, en vooral gezien het tijdsbestek van haar verhaal, waren er heel weinig echte getuigen. Een van de belangrijkste kon weleens Herschel Landry zijn, een man die oorspronkelijk uit de buurt kwam, maar later was verhuisd. Volgens het laatste hoofdstuk van *De duistere geschiedenis van Dark Isle* moest Lovely haar thuisbasis in 1955 noodgedwongen verlaten met haar moeder, die niet lang daarna overleed. Er was niemand meer over op het eiland. Al haar familieleden hadden zich her en der verspreid en de meesten van hen waren dood. Toen ze in de twintig was, keerde ze eens in de zoveel tijd naar het eiland terug om de begraafplaats te onderhouden, en dan voornamelijk de graven van haar vader en haar grootouders.

Herschel Landry was een van de weinige zwarte mannen op Camino Island geweest met een boot. Tientallen jaren eerder waren er veel zwarte vissers geweest, maar ook die hadden zich verspreid. Herschel was getrouwd en had kinderen. Lovely was gescheiden van haar man en rouwde nog steeds om de dood van haar enige kind. In haar boek wekte ze vaag de suggestie van een kleine romance met Herschel, maar wat zijn beloning ook mocht zijn, hij bood in elk geval aan om Lovely een of twee keer per jaar voor een paar uurtjes naar Dark Isle te varen. Zo nu en dan ging ook een knul die Carp heette mee. Lovely betaalde hem een dollar om te helpen onkruid te wieden op de begraafplaats.

Carp, wiens achternaam niet in het boek genoemd werd, en Lovely wist ook niet meer hoe hij heette, was niet te vinden. Maar Herschel was drieënnegentig en woonde in een verzorgingstehuis in New Bern, North Carolina. Diane vond hem daar na een intensieve zoektocht op internet. Volgens zijn zoon Loyd, die ook in New Bern woonde, zat hij in een rolstoel, en zoals vaker het geval was bij iemand van zijn leeftijd had hij goede en slechte dagen. De zoon had Camino Island als kind verlaten nadat zijn ouders gescheiden waren, en hij kon zich niets herinneren van de dagen die zijn vader op het water had doorgebracht.

De verweerders zouden keihard ingaan tegen Lovely's bewering dat ze het eiland nooit verlaten had. In haar boek gaf ze toe dat ze er wel was vertrokken, in elk geval als bewoner. In haar verzoekschrift werd beweerd dat ze nooit was weggegaan, maar juist nauw contact had onderhouden met het verleden, haar familie en haar erfgoed. Maar afgezien van haar eigen getuigenis zou dat moeilijk te bewijzen zijn, en de tegenpartij zou het als puur eigenbelang bestempelen.

Diane vloog naar Raleigh en huurde een auto voor de twee uur durende rit naar New Bern, aan de Neuse River Sound. Ze ontmoette Loyd bij de ingang van het verzorgingstehuis en ze dronken een kop koffie terwijl ze wachtten tot een verpleegkundige Herschel naar de koffiekamer bracht. Hij zat te dutten toen hij aankwam, en zag er echt uit als iemand van drieënnegentig. De verpleegkundige liep haastig weg en ze praatten op gedempte toon terwijl ze wachtten tot hij tot leven kwam. Loyd zei ernstig dat hij de laatste tijd meer slechte dan goede dagen had.

Diane had geen al te hoge verwachtingen van deze potentiële stergetuige, en haar eerste indruk was ontmoedigend. Steven en zij verwachtten nooit dat Herschel in staat zou zijn om naar Santa Rosa te reizen om te getuigen. Ze hoopten hooguit op een videoverklaring in het verzorgingstehuis, waarbij de arme Herschel zou worden omringd door een stuk of tien advocaten. De opname zou dan in de rechtszaal kunnen worden getoond aan de rechter. Maar nu ze naar hem keken terwijl hij vredig zat te doezelen, betwijfelde ze of zo'n verklaring er ooit zou komen.

Loyd schudde zachtjes aan Herschels been en hij werd wakker. Loyd kletste wat met hem om zijn hersens op gang te brengen, en hij werd enigszins aanspreekbaar. Hij wist niet welke dag of maand het was en kon zich niet herinneren wat hij de dag ervoor had gedaan, hoewel ze er in alle eerlijkheid ook wel rustig van uit konden gaan dat alle dagen in het verzorgingstehuis hetzelfde waren.

Diane vroeg naar zijn jeugd, die lang vervlogen tijden op

Camino Island, toen hij met zijn vader ging vissen en bij de garnalenboten rondhing. Nu kwam de oude man tot leven. Hij lachte vaker, waardoor zijn kunstgebit te zien was, en kreeg een sprankeling in zijn ogen. Ze vroeg of hij zich een jonge vrouw met de naam Lovely Jackson kon herinneren en daar dacht hij een hele tijd over na. Daarna dommelde hij weer in.

Niet echt klaar om een verklaring af te leggen, dacht Diane terwijl ze geduldig wachtte.

Nadat hij zijn ogen weer geopend had, stelde ze hem opnieuw wat vragen, maar er kwam niks uit. Bij het uitspitten van de historische archieven, de kerkregisters en de gegevens van de begraafplaats van het eiland had Diane een lijst gemaakt van Afrikaanse Amerikanen die op Camino Island hadden gewoond in de tijd dat Herschel daar was. Ze noemde een naam, kreeg een wezenloze blik, gaf wat achtergrondinformatie als ze die had, en wachtte of er een lichtje bij hem ging branden. Hij deed zijn best, maar schudde zijn hoofd.

Loyd boog zich naar haar toe en fluisterde: 'Geen goede dag.'

Na een moeizaam uur vond Diane dat het tijd werd om het op te geven en vond Herschel het tijd voor nog een dutje. Haar laatste vraag luidde: 'Herinnert u zich een jongen die door iedereen Carp werd genoemd?'

Hij krabde aan zijn kin, knikte en lachte eindelijk. 'O ja, die jongen herinner ik me wel,' zei hij zacht. 'Carp, ja.'

'En die werkte bij u op de boot?'

'Hij hing rond in de haven, zoals zoveel van die jongens. Een goeie knul.'

'Ging hij met u naar Dark Isle?'

'Waarnaartoe? Hij voer met me mee, ja. Hij maakte vis schoon en hij maakte boten schoon. Een goeie knul.'

Diane haalde diep adem en vroeg: 'Weet u nog hoe hij precies heette?'

'Carp.'

'En zijn achternaam?'

'Een van de jongens van Marvin.'

'En wie was Marvin?'

Een lange, hoopvolle stilte, en daarna: 'Marvin Fizbee. Een maatje van me. Nu weet ik het weer.'

Ergens in de krochten van de historische archieven die Diane had doorgespit, had ze de ongewone achternaam Fizbee zien staan. Ze schreef hem snel op, alsof ze hem anders zou vergeten, en vroeg: 'Was die Carp een zoon van Marvin?'

'Wie is Marvin?'

O, god. Deze arme oude kerel zou nooit een verklaring kunnen afleggen. 'U zei dat Marvin Fizbee een maatje van u was.'

'Ja, dat klopt. En hij had meerdere zoons. Carp was er een van.'

'En Carp werkte soms op uw boot?'

'Dat klopt.'

'Weet u nog hoe Carp precies heette?' Een zinloze vraag, maar ze moest hem toch stellen.

Hij schudde zijn hoofd en viel in slaap.

5

Op de terugvlucht naar Jacksonville speurde Diane internet af en vond een groepje Fizbees in Lake City, Florida, een uur rijden ten westen van Camino Island. Dichterbij waren nergens gegevens van iemand met die achternaam. Er heette er niet één Marvin en – maar dat was geen verrassing – er was ook geen Carp te vinden. Nadat ze geland was, reed ze rechtstreeks door naar Lake City, vond de dichtstbijzijnde Fizbee en klopte op de voordeur. Het leek een witte buurt. Dat gold ook voor de mevrouw Fizbee die opendeed. Diane vertelde snel dat ze voor een advocaat werkte en op zoek was naar een getuige voor een zaak, en met haar glimlach en haar charme kletste ze zich naar binnen voor een glas ijsthee. Mevrouw Fizbee loodste haar door de familiestamboom, of in elk geval de nog levende familieleden, maar het vriendschappelijke praatje leverde niks op. Heel diplomatiek legde Diane uit dat er rondom Camino Island een paar zwarte Fizbees woonden, al tientallen jaren geleden. Dat verbaasde mevrouw Fizbee niets, maar ze beweerde dat ze er nog nooit een had ontmoet.

In de dagen die volgden trok Diane volhardend elke mogelijke aanwijzing na in haar zoektocht naar zwarte mensen met de naam Fizbee. Ze vond er een paar in de buurt van Columbus, Georgia, maar er was geen verband met Camino Island. Ze kwam er ook algauw achter dat zwarte mensen er niet warm voor liepen om met een wit iemand te praten die voor een witte advocaat werkte, ongeacht de omstandigheden.

Het spoor leidde naar een andere familie in de buurt van Huntsville, Alabama, maar die waren al net zo ongeïnteresseerd.

Als er ooit een jongen had bestaan die Carp werd genoemd, moest hij nu minstens zeventig zijn en het zou een wonder zijn als ze hem vonden.

6

Zoals ze ruimschoots van tevoren had aangekondigd, riep rechter Lydia Salazar de advocaten in de tweede week van november bijeen voor wat ze omschreef als een 'informele voortgangsbijeenkomst'. Het was de eerste keer dat de advocaten bij elkaar in één kamer waren. Tot nu toe was alle communicatie hartelijk verlopen, wat meestal het geval was als rechter Salazar de leiding had. Steven Mahon was van de oude stempel, en hoewel hij keiharde rechtszaken met een paar van de grootste bedrijven in het land had uitgevochten, was hij er bijzonder trots op dat hij het spel volgens de regels speelde en zijn tegenstanders met respect behandelde. Hij had vaak genoeg slecht gedrag gezien bij andere advocaten. Mayes Barrow was de lokale advocaat van Tidal Breeze en hij had goede manieren. Zijn mederaadsman, Monty Martin, was verrassend nuchter voor iemand van zo'n grote firma, en hij leek de landelijke uitstraling van de oude rechtszaal wel leuk te vinden. Het OM had drie advocaten gestuurd, al was er maar één nodig. Ze kwamen zelfverzekerd over, voornamelijk omdat ze het gevoel hadden dat de staat de grootste kans had om het eigendomsrecht op te eisen.

Achter alle advocaten zaten hun medewerkers en assistenten. Diane Krug had zich al geliefd weten te maken bij rechter Salazar, en ze kwam en ging zoals het haar uitkwam. Ze ging op de eerste rij in het jurygedeelte zitten, iets wat geen enkele andere ondergeschikte zou durven. Op de tribune zaten verschillende toeschouwers te wachten. Sid Larramore van *The Register* zat op de eerste rij in een krant te bladeren, niet de zijne. In een hoek zat een bode te slapen. De tafel van de griffier was leeg, want er was geen officieel verslag van de procedure nodig.

Omdat het een rechtszaak zonder jury zou worden, was de sfeer relaxter. De planning zou een stuk minder gecompliceerd zijn. Rechter Salazar kwam zonder toga binnen achter de rechterstafel en begroette iedereen. Ze vroeg aan alle zes de advocaten om te blijven zitten, hun telefoon uit te zetten en zich voor te stellen. Ze heette hen welkom en zorgde ervoor dat ze zich thuis voelden.

Het eerste aandachtspunt was een discussie over inzage van de stukken, en hoe het ervoor stond. Tot nu toe waren er geen klachten. De gebruikelijke stapel verhoren en aanvragen van documenten deden de ronde. De getuigenverklaringen moesten nog worden afgenomen. Mayes Barrow zei: 'Edelachtbare, we willen graag beginnen met de getuigenverklaring van de verzoeker, Lovely Jackson. Het lijkt logisch dat zij als eerste aan de beurt is.'

'Daar ben ik het mee eens. Meneer Mahon?'

'Prima, mevrouw de rechter. Mag ik volgende week donderdag om negen uur voorstellen?'

Iedereen pakte de agenda erbij. Drukbezette mensen. Algauw zaten ze allemaal te knikken, vooral omdat iedereen een snelle beslissing over het eigendomsrecht wilde. Als Tidal Breeze werd aangeklaagd, wat om de haverklap gebeurde, deden de bedrijfsjuristen niets anders dan uitstellen en vertragen. Maar nu had Monty Martin strikte orders van Wilson Larney om zo snel mogelijk een rechtszaak door te drukken.

Steven keek ze even aan en zei: 'En Edelachtbare, ik zou voor de verklaring van Miss Jackson graag gebruikmaken van de rechtszaal. Mijn kantoor bevindt zich op de eerste verdieping en is, laten we zeggen, niet zo heel groot.'

'Dat lijkt me geen probleem, meneer Mahon. De rechtszaal is wel vaker gebruikt voor getuigenverklaringen. Er is ruimte genoeg, en ik regel beveiliging. Bezwaren?'

Die waren er niet.

Rechter Salazar overrompelde hen met het idee van een procesdatum. Het vooronderzoek begon net. Een rechtszaak leek nog ver weg. Maar ze had een gaatje vrij op maandag 17 mei en reserveerde er drie dagen voor. Aangezien ze voldoende tijd hadden, zou ze geen vertragingen en verzoeken om uitstel tolereren. Met andere woorden, ga aan de slag en laten we dit zo snel mogelijk afhandelen.

7

Na de hoorzitting reed Diane naar The Docks en parkeerde in de straat tegenover die van Miss Naomi. Die zat met Lovely op de veranda te wachten, genietend van een prachtige dag en een zacht briesje. Het was tijd voor thee.

Uit een bruine zak haalde Diane een plastic fles met kruidenthee met suiker, en drie grote kokoskoeken van een bakker in de binnenstad. Ze verbrak het zegel en schonk de thee in drie tinnen bekers, dezelfde als altijd. Lovely was echt dol op kokoskoeken, hoe groter hoe beter.

Lovely wist dat de advocaten die ochtend met de rechter hadden gesproken en popelde om te horen wat er gebeurd was. Diane deed van a tot z verslag van de voortgangsbijeenkomst en zei dat alles goed ging, en dat Lovely's verklaring volgende week donderdag op de planning stond. Diane had het doel, de formaliteiten en het belang van verklaringen al uitgelegd: een beëdigde verklaring van potentiële getuigen waardoor de advocaten meer te weten konden komen over de zaak. Ze mochten – en zouden – bijna alles vragen, ongeacht de relevantie. Getuigenverklaringen waren vaak hengelwerk, maar niks om je zorgen over te maken. Voorbereiding was belangrijk, en Lovely zou er klaar voor zijn. Steven zou naast haar zitten. Hij had dit al honderden keren gedaan en zou de advocaten van de tegenpartij in toom houden.

'Kunnen we nog even verder praten?' vroeg Diane.

'We praten al,' zei Lovely met een glimlach.

'Met de recorder aan?'

'Ik denk van wel. Je stelt een heleboel vragen.'

'Dat is mijn taak. We bereiden je voor op de verklaring en op al die advocaten. En daardoor ben je ook weer voorbereid op de rechtszaak, die rechter Salazar in mei wil houden.'

Lovely nam een hap van haar koekje en bleef lachen. Ze knikte en zei: 'Ga je gang, liefje.'

Diane pakte een dunne digitale recorder en legde hem op het ronde tafeltje. 'Goed, vorige keer hebben we het over je grootouders gehad. Je herinnert je hen alle vier.'

'Jazeker. De ouders van mijn vader waren Odell en Mavis Jackson. Die van mijn moeder waren Yulie en Essie Monroe. Hun familie kwam van een grote boerderij in Georgia, de Monroe-plantage.'

'En zij waren de slaafgemaakten die ontsnapten?'

Ze liet haar schouders een beetje hangen en fronste haar voorhoofd, alsof ze het hier al over hadden gehad. 'Weet je, Diane, alle mensen die ooit op Dark Isle hebben gewoond, waren slaven of afstammelingen daarvan. Niemand ging er ooit weg, want ze wilden daar wonen, en de mensen, mijn volk, wilden geen nieuwelingen op het eiland. Er was niet altijd voldoende voedsel. Het eilandleven was hard. De vrouwen zorgden voor de kinderen en kweekten groenten en maakten schoon en dat soort dingen, en de mannen visten in de wateren en hielden in de gaten of er geen problemen waren. Ze waren altijd op hun hoede. Jongens werden vanaf hun tiende getraind om altijd naar het water te kijken. Ze leefden met de angst dat de witte mannen op een dag zouden terugkeren en problemen zouden veroorzaken.'

'Veranderde dat nadat de slavernij werd afgeschaft?'

'Dat duurde heel lang. Het nieuws drong maar langzaam door tot het eiland. Sommige mannen dreven handel met zwarte mannen in de haven van Camino en ook aan de andere kant in Wolf Harbor, op het vasteland, maar er was niet veel contact.'

'Waarom niet?'

'Tja, waarom niet. Omdat ze bang waren voor ziekten. Witte mensen kregen allerlei ziekten die zwarte mensen niet wilden en ook niet aankonden. Er was altijd de angst om iets op te lopen.'

'Ook toen jij klein was?'

'In die tijd niet zo erg, in de jaren veertig en vijftig. Maar rond de eeuwwisseling heersten er pokken op het eiland, waardoor de helft van de bevolking stierf. De populatie ging van honderd naar ongeveer vijftig. Iedereen raakte wel iemand kwijt. Ik weet nog dat mijn ouders en grootouders erover spraken.'

Diane maakte wat aantekeningen. Niet voor het eerst vroeg ze zich af hoeveel er vergeten was, en hoeveel er verzonnen was.

7
Old Dunes

1

Over de rivier de Camino, in westelijke richting vanaf het eiland, wemelde het langs de drukke snelweg van de winkelcentra, fastfoodrestaurants, autobedrijven, wasstraten, kerken en filialen van grote winkelketens; de typische Amerikaanse wildgroei. Op billboards werd reclame gemaakt voor goedkope leningen, fronsende advocaten en talloze kavels. Er hingen bouwprojecten in de lucht. Nieuwe ontwikkelingen, nieuwe 'wijken' en nieuwe pensionadodorpen leken van de ene dag op de andere te verrijzen. De kruispunten stonden vol met makelaarsborden. Een op de twee bestelbusjes was van een loodgieter, een elektricien, een dakdekker of een klimaatbeheersingsspecialist, die allemaal intens begaan waren met je comfort en levenskwaliteit.

Weg van de hoofdsnelweg en in de buurt van een rustige baai kwam er een nieuw bruisend project tot leven. De Old Dunes Yacht and Golf Club was een jaar daarvoor goedgekeurd door de county, en er werd een hoop geld in gepompt. Aan het water werden luxueuze huizen gebouwd. De achttienholesgolfbaan was half af. Rijen dure appartementen stonden in de steigers. Er werd een jachthaven met vijftig ligplaatsen voor kleine boten aangelegd. Het gonsde er van de geluiden van hamers, boren, dieselmotoren en het geschreeuw en gelach van honderden goedbetaalde bouwvakkers.

Old Dunes was een nieuw bedrijf uit Florida met een zaakgelastigde in een advocatenkantoor in Jacksonville. De stroman was een CEO uit Orlando die rapporteerde aan het hoofdkantoor in Houston. Eind oktober werd Old Dunes door het privébedrijf in Texas verkocht aan een postbusbedrijf op de Bahama's, dat het op zijn beurt doorverkocht aan een andere lege entiteit die was geregistreerd op het piepkleine Caribische eilandje Montserrat. Zulke financiële gymnastische toeren waren niks ongewoons voor Tidal Breeze. Wilson Larney en zijn superagressieve fiscale juristen hadden het spelletje Slip & Flip inmiddels allang geperfectioneerd: het was een nauwelijks legale kunstgreep waar offshorebedrijven en bereidwillige bankiers bij betrokken waren. Alle winsten die Tidal Breeze uiteindelijk uit Old Dunes haalde, zouden uit handen van de fiscus blijven. Die zou namelijk nooit de identiteit van de echte eigenaar kunnen achterhalen.

Papieren doorschuiven naar verre oorden werd in Camino County niet opgemerkt. Alle nodige honoraria werden betaald, alles lag op tafel. Ontwikkelaars kochten, verkochten en flipten onroerend goed onder het genot van een kopje koffie, en alles liep gesmeerd. Er zou misschien een minuscule juridische kennisgeving in *The Register* of de *County Weekly* komen te staan, maar die zou toch niemand lezen. Old Dunes was gewoon een van de vele nieuwe projecten die in Noord-Florida werden ontwikkeld.

2

Lenny Salazar, de zoon van de rechter, was drieëndertig en had een vrouw en twee kleine kinderen. Hij woonde met zijn gezin in een van de vele gemeenten die vanuit Jacksonville naar alle kanten uitgroeiden. Hij had vier jaar hard gewerkt aan het opbouwen van een bedrijf dat voorzag in de massaproductie van kleine huizen. De concurrentie was moordend en de winstmarges waren krap. Lenny droomde ervan om geleidelijk aan op te schalen naar in opdracht gebouwde huizen, wat veel lucratiever was. Helaas was dat de droom van vrijwel iedere kleine aannemer, en ook van iedere tweederangs doe-het-zelver met een pick-uptruck en een klauwhamer.

Lenny verdiende geld omdat hij elke dag weer bij elke klus aanwezig was. Hij kwam vroeg aan om de onderaannemers te begroeten en werkte tot laat door om de bouwplaats op te ruimen. Binnen de branche groeide zijn reputatie, want hij leverde op tijd en betaalde de rekeningen. Daardoor trok hij betere onderaannemers aan, wat de sleutel tot succes was in dit wereldje.

Zijn baksteenleverancier was een vertegenwoordiger die Joe Root heette, een ouwe rot in het vak. Root had duizenden aannemers zien komen en gaan in de ups en downs van de vastgoedwereld in Florida, en hij geloofde dat Lenny het in zijn mars had om boven de concurrentie uit te stijgen. Hij zag hem op een ladder staan, waar hij met een paar bouwvakkers aan het werk was, en zei hem gedag. Root kwam van tijd tot tijd langs om te kijken hoe het met zijn klanten ging. Lenny liep met hem mee naar de stoep en ze gingen in de schaduw van de enige boom in de omtrek zitten.

Root zei: 'Ik kom net terug van Camino Island. Ik heb een grote order voor acht ton Florida white-tegels binnengehaald. Heb je weleens van het Old Dunes-project gehoord?'

'Zou kunnen,' antwoordde Lenny. Het stikte van de projecten.

'Het grote geld, huizen van meer dan een miljoen, een golfbaan, dat werk. Bij een baai net voorbij de brug, vlak bij het oude Harbortown.'

'Ik ken de omgeving.'

'Ze zoeken nog aannemers. Een bedrijf uit Texas, geloof ik. Goede reputatie tot nu toe. Al mijn rekeningen zijn op tijd betaald.'

'Wat moet er gebouwd worden?'

'Appartementen, tweehonderd tot driehonderd vierkante meter. Een heleboel.'

Lenny was een en al oor. 'Kun je me binnenloodsen?'

'Geen idee, maar ik ken de kerel met wie je moet praten. Hier is zijn kaartje.' Root gaf hem een visitekaartje van DONNIE ARMANO, PROJECTMANAGER, OLD DUNES. Adres in Jacksonville. Een telefoonnummer.

Root zei: 'Laat maar weten, dan zal ik een goed woordje voor je doen. Ze bouwen daar als gekken en het is niet van die alledaagse troep zoals je hier neerzet.'

Het gesprek kwam algauw op *college*-football. Lenny was er trots op dat hij aan de UF was afgestudeerd. Root was een FSU-man. Beide teams hadden het moeilijk, maar zouden tegen elkaar spelen in de seizoensfinale. Allebei de mannen vonden de teams van Georgia en Alabama maar niks, dus leverden ze een tijdje vernietigend commentaar op beide opleidingen.

Nadat Root was weggereden, belde Lenny het nummer van Donnie Armano van Old Dunes. Hij noemde de naam van Joe Root en Donnie reageerde uiterst vriendelijk. Die middag verliet Lenny de bouwplaats bijtijds, reed in dertig minuten naar Old Dunes, en dronk een biertje met Armano in zijn comfortabele mobiele kantoor. Ze beklonken de deal met een handdruk. Een week later tekenden ze het contract. Twee weken later kwam Lenny's funderingsploeg naar de bouwplaats om het eerste beton te storten.

Hij deed zijn best om zijn opwinding en enthousiasme te temperen. Zijn kleine bedrijf zette een grote stap voorwaarts en hij was niet van plan om deze kans te verknallen. Met een beetje geluk, in combinatie met zijn formidabele arbeidsethos, zou hij over een paar jaar weleens zijn eigen projecten kunnen ontwikkelen.

3

Mercer en haar twaalf studenten genoten op een schitterende herfstdag van een college in de buitenlucht in The Grove van Ole Miss, in de schaduw van tweehonderd jaar oude eiken. De temperatuur liep tegen de twintig graden. Er dwarrelden goudkleurige blaadjes van de bomen. Om hen heen zaten andere groepen studenten met docenten die het weer ook niet hadden kunnen weerstaan en de gebouwen verlaten hadden. Ze namen picknicktafels, prieeltjes, podia en een paviljoen in beslag en zaten onderuitgezakt onder de bomen. The Grove maakte zich op voor weer een footballweekend, waarbij er twintigduizend fans zouden binnenstromen voor weer een geweldig feest. Ole Miss mocht dan verliezen op het scorebord, maar het massale picknickfeest voorafgaand aan de wedstrijd verloren ze nooit.

De literaire uitdaging van die dag was om de omgeving te bekijken, zo mooi en vredig als die was, en een plot van minder dan duizend woorden over een serieus conflict te verzinnen. Er moest een begin en een eind zijn. Mercer wilde overtuigend drama, misschien zelfs wat geweld. Ze was nu wel een keertje klaar met het saaie navelstaren en zelfmedelijden dat in hun schrijfsels overheerste.

Terwijl de studenten erop los tikten op hun laptops, keek Mercer aandachtig op de hare. Diane was nu in de rechtszaal in Santa Rosa en bereidde zich voor op Lovely's verklaring. Mercer wilde erbij zijn, maar ze had een baan. En Thomas was terug van zijn avontuurlijke jacht op onderzeeërs en wilde tijd doorbrengen met zijn bruid. Hij had de Russische onderzeeboot niet gevonden, maar was op de goede weg, naar zijn mening.

Mercer zat nu op achttienduizend woorden, liep weer vast en overwoog serieus om alles te wissen wat ze al had geschreven. Thomas was het die ochtend aan het lezen en ze keek niet uit naar zijn commentaar.

Om tien uur – elf uur in Santa Rosa – mailde Diane: *Lovely is er en we zijn er klaar voor. Tot later. Ik meld me weer wanneer het achter de rug is.*

4

Ze liep met een glimlach de rechtszaal binnen, van haar hals tot haar enkels gehuld in een felrode, zwierige jurk. De nooit ontbrekende hoofddoek was limoengroen en op een of andere manier tot een strakke kegel gewikkeld, die in een spiraalvorm hoog op haar hoofd prijkte.

Geen enkele rechter in Florida stond hoeden of petten toe in de rechtszaal, en Steven Mahon dacht nu al aan het proces. Hij was van plan om er ver voor die tijd een gesprek met rechter Salazar over te voeren. Wat kon het nu voor kwaad als Lovely tijdens de rechtszaak een van haar vele hoofddoeken droeg? In de ruim veertig jaar dat hij als keiharde strafpleiter werkte, had hij nog nooit strijd gevoerd over hoofdbedekking.

Maar dat was van later zorg.

Hij dirigeerde Lovely naar een stoel achter een lange tafel die voor de verhoging van de rechter was gezet. Normaal gesproken zou hij zijn cliënt aan de advocaten van de tegenpartij hebben voorgesteld, maar ze had duidelijk gemaakt dat ze hen niet wilde ontmoeten. Ze hadden leugens over haar en haar eiland verteld, en ze zou niet aardig doen. Ze nam plaats aan haar kant van de tafel, knikte beleefd naar de griffier naast haar en keek boos naar de vijandige advocaten. Een bode schonk koffie in uit een grote pot. Rechter Salazar kwam binnen, zonder toga, en begroette iedereen.

Op de eerste rij van de tribune zat Sid Larramore van *The Register*. Verklaringen waren over het algemeen niet openbaar, en rechter Salazar keurde zijn aanwezigheid af. Ze kenden elkaar goed en spraken enkele ogenblikken fluisterend met elkaar. Sid knikte met een glimlach en verliet met tegenzin de zaal. Er werd een hulpsheriff in de gang gezet om ongewenste bezoekers buiten te houden.

Diane zat in haar eentje in het jurygedeelte en tikte op haar laptop. Ze was op zoek naar een oude geest uit The Docks, de vermeende zoon van een visser, die zijn leven op de garnalenboten had doorgebracht en in 1951 met zijn foto op de voorpagina had gestaan. Ze had elke editie van *The Register* sinds de oprichting – negentig jaar daarvoor – doorgenomen en wist meer van de geschiedenis van de eilandbewoners, zwart en wit, dan de dame die de voorzitter was van de historische vereniging. Maar de jongen die Carp werd genoemd, had ze nog niet gevonden. Ze moesten hem opsporen, of een andere getuige zien te vinden die over een paar maanden deze rechtszaal kon binnenlopen om te bevestigen dat Lovely het eiland jarenlang regelmatig had bezocht. De kwestie van het verlaten eiland dreigde steeds groter te worden.

Nadat rechter Salazar iedereen had begroet, zei ze: 'Ik ben op mijn kantoor als er iets is. Zoals afgesproken gaan jullie tot halfeen aan de slag, daarna is er lunchpauze en dan gaan jullie om twee uur verder. Na die tijd wordt de getuigenverklaring vervolgd zolang Miss Jackson dat wil. Als jullie de boel vandaag niet afronden, gaan we morgenochtend om tien uur verder.'

Steven was overdreven voorzichtig vanwege de leeftijd van zijn cliënt. Hij had de andere advocaten gewaarschuwd dat ze snel moe zou kunnen worden en dat hij geen ruwe ondervragingen en intimidatie zou tolereren. Niet dat hij zich daar zorgen om maakte. Nu ze vier maanden met de rechtszaak bezig waren, kende hij zijn tegenstanders goed genoeg om te weten dat het professionals waren die zich aan de regels hielden.

Eindelijk, toen iedereen op zijn plaats zat en er weer koffie was ingeschonken, de deur dicht was en de getuige er helemaal klaar voor zat en zelfs wat verveeld begon te kijken, zei Steven: 'Oké, ik denk dat we kunnen beginnen.'

Lovely haalde diep adem en staarde naar haar publiek. Steven Mahon zat vlak bij haar; naast hem zat Mayes Barrow en daarnaast Monty Martin uit Miami. Aan de andere kant van de tafel zaten drie advocaten van het OM in Florida. Achter de advocaten zaten verschillende juridisch medewerkers en assistenten. Diane keek toe vanaf het jurygedeelte. Miss Naomi zat op de eerste rij van de tribune. Het was me het publiek wel.

De getuige legde de eed af en zwoer dat ze de waarheid zou vertellen. Steven maakte een paar inleidende opmerkingen en droeg haar over aan Mayes Barrow, die met een oprechte glimlach van wal stak. 'Miss Jackson, wanneer bent u geboren?'

'Op 7 april 1940.'

'En waar?'

'Op Dark Isle, even verderop.'

'Hebt u een geboorteakte?'

'Nee.'
'Mag ik vragen waarom niet?'
'Ik was nog maar een baby. Ik ging niet over het papierwerk.'
Het was zo'n mooi antwoord dat iedereen het wel leuk moest vinden. Het ijs was niet alleen gebroken, het was volkomen gesmolten. De advocaten van de vijand kregen hun eerste aanwijzing dat ze hun handen weleens vol zouden kunnen hebben aan deze getuige.
Mayes, die de beroerdste niet was, herstelde zich en vroeg: 'Oké, wie was uw moeder?'
'Ruth Jackson.'
'Hoeveel kinderen had ze?'
'Twee. Ik was de eerste. Daarna kwam er een klein broertje, die stierf toen hij een jaar of drie was. Ik kan me hem niet herinneren. Hij heette Malachi.'
'Weet u wanneer uw moeder geboren is?'
'Ja.'
'Wanneer dan?'
'Ze is geboren in 1916. De derde dag van januari.'
'Waar is ze geboren?'
'Op dezelfde plek als de rest.'
'En waar was dat?'
'Op Dark Isle.'
'Wanneer is ze overleden?'
'In 1958, op 14 juni.'
'U lijkt nogal zeker van die datums.'
'Wanneer is uw moeder jarig?'
Mayes glimlachte, incasseerde de kaakslag en prentte zich in dat hij zich moest beperken tot de vragen. 'Goed, ja, nou, dus ze was pas tweeënveertig toen ze stierf.'
'Dat klopt.'
'Waar is ze overleden?'

'Hier in Santa Rosa, in het ziekenhuis.'

'Mag ik u vragen waaraan ze overleden is?'

'Vraagt u me of u me een vraag mag stellen?'

'Nee, sorry. Wat was de oorzaak van Ruths dood?'

'Ze had kanker.'

'Waar woonden jullie toen ze stierf?'

'In The Docks, waar ik nu nog steeds woon. Om de hoek bij een vriendin, die ons opving nadat we het eiland hadden verlaten.'

'En wanneer hebben jullie het eiland verlaten?'

'Toen ik vijftien was. In de zomer van 1955.'

'Waarom verlieten jullie het eiland?'

Lovely was even stil en keek omlaag naar haar jurk. Zonder op te kijken zei ze: 'We waren de laatste twee. Alle anderen waren dood. Het leven was gewoon heel zwaar en we konden daar niet meer wonen. Op een dag kwam Jimmy Ray Bone naar het eiland, hij had een boot en kwam af en toe bij ons kijken, en hij kwam naar ons toe en zei dat het tijd werd dat we vertrokken, hij zei dat hij een plek in de stad had gevonden waar we konden wonen, hij zei dat hij er genoeg van had om elke keer bij ons te komen kijken en dat iedereen die ons kende vond dat het tijd werd dat we het eiland loslieten. Dus verzamelden mama en ik onze kleren en spullen, veel was het niet, en hij hielp ons inpakken en laadde alles in zijn boot. En toen wachtte hij terwijl we naar de begraafplaats gingen en afscheid namen van onze mensen. Het was afschuwelijk, na al die jaren. We waren van streek en we huilden en mama begon in vreemde tongen te spreken, maar ik verstond het niet. Ze nam afscheid van haar ouders en grootouders en nog verder terug, helemaal tot aan Nalla, een van mijn betbetovergrootmoeders. Ze waren daar allemaal begraven, ze liggen er nog steeds.' Ze zweeg, keek op en zei: 'Sorry, meneer Barrow. Dat was geen antwoord op uw vraag.'

Haar advocaat had haar meer dan eens op het hart gedrukt dat ze niets uit zichzelf moest vertellen. Beantwoord de vraag rechtstreeks, zo mogelijk, maar geef ze niks extra's. Als je de vraag niet begrijpt, zeg dan niks. Dan zou Steven wel ingrijpen en de boel verduidelijken.

'Het geeft niet,' zei Mayes. 'U hebt de vraag beantwoord. Laten we het over uw vader hebben.'

5

De eerste twee uur werden opgeslokt door de genealogie. Zonder aantekeningen herinnerde Lovely zich de namen van veel van haar voorouders, net als hun globale levensduur. Ze kon zich niet al hun geboorte- en sterfdatums herinneren, maar wie kon dat nou wel?

Haar geheugen was opmerkelijk en meneer Barrow vroeg of ze dat had opgefrist met aantekeningen, in welke vorm dan ook. Ze legde uit dat ze vroeger wel schriften en dagboeken had gehad en dat ze die had gebruikt bij het schrijven van haar boek, maar ze was ze kwijtgeraakt.

Voor de lunch nodigde Bruce haar, Miss Naomi, Steven en Diane uit in het eetcafé boven Bay Books. Hij gaf ze een tafel in een hoekje en liet ze alleen, zodat ze konden evalueren. Steven fluisterde dat Lovely tot dan toe een uitstekende getuige was geweest: beheerst, zelfverzekerd en geloofwaardig. Maar ze vertoonde wel tekenen van vermoeidheid.

6

In die goeie ouwe tijd werd een verklaring 'opgenomen' door een griffier, die of de echt heel oude methode van handgeschreven steno gebruikte, of de modernere stenotypemachine. Zodra de verklaring was opgenomen, vertaalde de griffier die verkorte taal dan in een leesbare vorm door elk woord uit te typen. Advocaten moesten soms weken wachten om een kopie van de verklaring of een rechtbankverslag te krijgen.

Maar tegenwoordig was de technologie zo geavanceerd dat de stemmen van de getuigen en de advocaten in real time werden opgenomen en geprint. Een verklaring was pas officieel als die door de getuige was gelezen en ondertekend, maar het was niet ongebruikelijk dat de griffier binnen enkele uren na de getuigenis een officieuze kopie van een verklaring van zo'n honderd pagina's naar de advocaat mailde.

Diane had op de dag van Lovely's getuigenverklaring al voor vijf uur 's middags een kopie gekregen, en ook al was het officieel niet de bedoeling dat ze die met iemand deelde voordat ze de officiële versie had gekregen, toch mailde ze haar naar Mercer. Later die avond legden ze hun aantekeningen naast elkaar. Hoe meer ze erover praatten, hoe meer zorgen ze zich maakten. Er waren een heleboel discrepanties tussen Lovely's boek en haar verklaring: verkeerde datums, namen en gebeurtenissen.

Steven en Diane hadden Lovely aangespoord om haar boek te herlezen en zo haar geheugen op te frissen, maar ze wisten niet of ze dat ook daadwerkelijk had gedaan. Kennelijk niet. Ze had het boek tien jaar daarvoor uitgebracht, minstens vijftig jaar nadat ze het eiland als jong tienermeisje had verlaten, en haar geheugen was duidelijk vertroebeld. Maar welke tachtigjarige zou zich dan ook zonder aantekeningen de namen van haar betbetovergrootouders herinneren? Lovely had het geprobeerd, maar ze had te veel fouten gemaakt.

Tegen het eind van haar verklaring beschreef Lovely de begraafplaats op Dark Isle, waar de doden werden begraven. Het was een groot, vierkant terrein op de 'hoge grond', omsloten door een hek van zware boomstammen, die bijeengebonden waren met touwen en lianen. Er waren daar veel graven en sommige dateerden uit de achttiende eeuw. Waar zouden ze de mensen anders moeten begraven? vroeg ze. Er waren geen rotsen of stenen op het eiland, dus de enige gedenktekens waren kleine houten kruisen waar de naam in gekerfd was. In de loop van de tijd waren die verbleekt, verrot en verdwenen, maar de botten lagen nog in de grond. Als kind had ze toegekeken terwijl de mannen een eenvoudige kist voor haar opa maakten, en ze had gehuild toen ze die in de grond lieten zakken. Ze wist precies waar het was. Iedereen op het eiland was bij elke begrafenis aanwezig, zelfs de kleine kinderen. Zij en de anderen hadden al van jongs af aan geleerd wat de dood was. In Afrika was de dood niet iets om bang voor te zijn, en de doden verrezen vaak als geesten of zelfs spoken.

Tijdens de rechtszaak zou de staat, evenals Tidal Breeze, proberen haar verhaal te ontkrachten en beweren dat er domweg geen bewijs was van wat ze in haar boek en in haar verzoekschrift had gezegd. Er was nergens een registratie te vinden van iemand die ooit op Dark Isle had gewoond. Geen bewijs van een nederzetting, gebouwen, wegen, een begraafplaats of wat dan ook, alleen de bedenkelijke verhalen van een oude vrouw.

In hun optiek was Lovely een opportunist die door anderen werd gebruikt om een valse claim in te dienen. De advocaten van Tidal Breeze hadden genoeg officieuze opmerkingen gemaakt om Steven Mahon te laten weten dat ze vermoedden dat hij en zijn organisatie Lovely's claim hadden aangegrepen als de makkelijkste manier om de bouw van het resort tegen te houden.

Nadat Mercer de verklaring voor de tweede keer had gelezen, had ze een knoop in haar maag. Er waren te veel tegenstrijdigheden tussen wat Lovely had geschreven en wat ze zich nu herinnerde. Tijdens de rechtszaak zouden de advocaten niks van haar heel laten.

7

Een voordeel van het doceren van creatief schrijven was dat er geen eindtentamen hoefde te worden gemaakt. Als Mercer ervoor koos – en dat deed ze altijd – kon ze haar studenten als eindopdracht een kort verhaal van zo'n drieduizend woorden laten schrijven, dat voor 1 december moest worden ingeleverd. Daarna hoefde ze weinig meer te doen, ze moest die verdomde dingen alleen lezen en er een cijfer voor geven. Op 2 december reden Thomas en zij uit Oxford weg om een maand vakantie te vieren op het strand. Ze was nog steeds vastbesloten om het vakantiehuis te schilderen en twintigduizend euro in haar zak te houden, maar haar man leek een slag om de arm te houden.

Thomas zag zichzelf echt niet een maand lang in de zon op een ladder staan met zo'n ellendige verfkwast in zijn hand. Hij had weinig ervaring met contractarbeid of hoe het ook mocht heten, en hij had allerlei uitvluchten gezocht om het werk te vermijden. Hij had die Russische onderzeeer nog niet gevonden, maar er waren wat verslagen in het Naval Institute in Annapolis die misschien eens moesten worden bekeken. Zijn artikel was traag op gang gekomen en het schoot niet echt op.

Gelukkig begon het te regenen zodra ze op Camino Island aankwamen, dus er kon niet geschilderd worden. Het vakantiehuis had al jaren geen kerstversiering meer gezien en Mercer wilde absoluut dat er een boom, een paar lichtjes en wat slingers kwamen. Ze nodigden Myra, Leigh, Bruce en Noelle uit voor een uitgebreid feestdiner en twee avonden later werden ze zelf uitgenodigd in het mooie huis van Amy Slater. Ze brachten elke dag een bezoek aan de boekhandel en dronken lattes terwijl ze de laatste stapel verhalen van Mercers studenten lazen.

Zodra de lucht opklaarde, verkondigde ze dat het tijd werd om het huis te schilderen. Ze sleepte Thomas mee naar de doe-het-zelfzaak en deed er twee uur over om de juiste kleur te kiezen. 'Waarom houden we het niet gewoon op wit?' vroeg hij meer dan eens, en toen ze hem eindelijk een strenge blik toewierp, hield hij zijn mond en keek aandachtig naar een paar rattenvallen. Na een hele tijd besloot ze dat het 'krijtblauw' moest worden, wat volgens hem sprekend op wit leek, maar dat zei hij maar niet. Ze kocht er zes grote blikken van die op voorraad waren en bestelde er nog zes bij. De verkoper zei dat er twee lagen nodig waren vanwege de zilte lucht, en Thomas vroeg zich af hoe vaak hij dat riedeltje had opgedreund om meer verf te kunnen verkopen. Maar ook nu weer beet hij op zijn tong en zeulde de spullen naar de auto: verf, kwasten, rollers, bakjes voor de rollers, uitschuifstokken, schuurpapier, een schuurmachine, kit, een kitpistool, krabbers, afdekzeilen en twee keukentrapjes. Hij had nog nooit zulk gereedschap en materiaal gebruikt en betwijfelde of zijn vrouw dat wel had gedaan.

De rekening voor de eerste lading was bijna drieduizend dollar en Thomas vroeg zich voor de zoveelste keer af of het echt wel goedkoper was om het zelf te doen.

De volgende ochtend werden ze vroeg wakker, met een staalblauwe lucht en een temperatuur van zo'n tien tot twaalf graden. Ideaal om te schilderen, volgens Mercer, die eindelijk toegaf dat haar enige ervaring met een verfkwast bestond uit wat plekjes bijwerken in een sjofel flatje in Chapel Hill waar ze ooit had gewoond. Maar nu was ze ineens een expert geworden. Ze besloot dat ze aan de voorkant zouden beginnen: die keek uit op de straat en was beschut tegen de ochtendzon. Thomas bromde maar wat en begon spullen te pakken.

8

Het eiland was versierd voor de feestdagen, en de koelere temperaturen droegen bij aan de kerstsfeer. Toen de weerkundige in Jacksonville voor de volgende twee dagen een lichte kans op sneeuwbuien voorspelde, werd het hele eiland wild en bereidde het zich voor op een sneeuwstorm. De supermarkten werden belaagd door koortsachtige mensen die bang waren dat ze een maaltijd zouden moeten overslaan. Een gepensioneerd echtpaar uit Minnesota haalde hun oude sneeuwblazer van zolder, belde een verslaggever van *The Register* en kwam op de voorpagina.

Bay Books organiseerde op de middag voor kerst altijd een feestje, met volop eten en drinken voor alle leeftijden. De Kerstman was er om verzoeken in ontvangst te nemen, voor foto's te poseren en zich bezorgd af te vragen of hij wel op tijd klaar zou zijn voor de grote dag. De kinderen waren door het dolle heen en pakten het ene boek na het andere dat hun moeder voor hen moest kopen. Bruce, Noelle en het personeel droegen kersttruien en elfenmutsen en zorgden ervoor dat iedereen het naar zijn zin had. Met sneeuw in het vooruitzicht, waardoor de eerste witte kerst in de geschiedenis vrijwel gegarandeerd was, hadden de klanten zich dik ingepakt en leek het wel of ze in Vermont gingen skiën.

Waren ze echt in Florida?

Het hoogtepunt was een voordracht om vier uur, boven in het eetcafé waar er altijd signeersessies werden gehouden. Bruce schoof alle tafels tegen de muur en propte de zaal vol met tweehonderd stoelen. Drie lokale schrijvers en twee highschoolleerlingen lazen originele kerstverhalen voor.

Mercer, de bekendste van het stel en tevens de publiekslieveling, las een verhaal voor dat ze al jaren geleden had geschreven. Het heette 'Bijna een witte kerst' en ze zei dat het echt gebeurd was. In het verhaal bracht ze elke zomer op het eiland door bij haar geliefde oma, Tessa, die er het hele jaar woonde en altijd alleen was, behalve als Mercer op bezoek kwam. Om uiteenlopende redenen was haar jeugd niet altijd even leuk, en als ze op school zat, droomde ze van de volgende zomer met Tessa. De gelukkigste momenten van haar jeugd waren ongetwijfeld die dagen op het strand met haar oma. Eén jaar lag haar moeder met kerst in het ziekenhuis en hing er een naargeestige sfeer in huis. Mercer en haar zus zeurden tegen hun vader dat hij hen voor de feestdagen naar Camino Island moest brengen. Tessa ontving hen met open armen en ze begonnen meteen de kerstboom te versieren, met alle gebruikelijke rituelen eromheen. Twee dagen voor kerst sloeg het weer om en werd het koud en winderig, en opeens was er kans op sneeuw, iets wat Tessa, die al sinds jaar en dag op het eiland woonde, daar nog nooit had meegemaakt.

'Net als nu,' zei Mercer om haar publiek te prikkelen. Nu was het zeven graden in Santa Rosa en het waaide, en de kans op sneeuw vervloog algauw, maar dat wilde niemand geloven.

Terug naar haar verhaal. Op kerstavond nam Tessa de meisjes mee naar de kerk voor de vroege avonddienst. Toen ze buitenkwamen, keken ze naar de donkere lucht en zagen geen sneeuw. Rond bedtijd lazen ze verhaaltjes, maakten cadeautjes open en zetten zelfs melk en koekjes klaar voor de Kerstman. Op kerstochtend keken ze heel vroeg uit het raam en hoopten vurig op een dik pak sneeuw, maar er was niets te zien.

Bij een ontbijt van pannenkoeken en worstjes zei Tessa dat er volgens de ouden van dagen op het eiland eens in de vijftig jaar een aanzienlijke hoeveelheid sneeuw viel en dat ze nog nooit een witte kerst hadden meegemaakt. De meisjes waren teleurgesteld, maar goed, ze woonden in Memphis en waren wel gewend aan zachte winters. Na het ontbijt pakten ze zich dik in en liepen achter Tessa aan over het plankier naar het strand. Ze moest bij de schildpaddeneieren kijken. Daar aangekomen zagen ze iets ongewoons. Het was vloed en de harde wind duwde de golven naar het strand. Lange ribbels van dik, wit schuim uit de branding bedekten het zand en werden naar de eerste rij duinen geblazen. De wind zwiepte het schuim omhoog tot kleine wolkjes en slierten, die boven het strand dwarrelden. De meisjes slaakten gilletjes terwijl ze tegen het schuim schopten en tevergeefs probeerden het te pakken. Voor zover het oog reikte was het hele strand in beide richtingen helemaal bedekt met schuim.

Tessa bleef staan, spreidde haar armen en zei: 'Kijk, meisjes, zo is het toch nog bijna een witte kerst.'

De schildpaddeneitjes zouden moeten wachten. Ze liepen snel terug naar het huis, waar Tessa haar camera pakte.

Thomas gaf Mercer een vergroting van een zwart-witfoto van haar en haar zus, die tot hun knieën waren weggezakt in iets wat op sneeuw leek. Ze liet hem aan het publiek zien en zei: 'Eerste kerstdag, 1997. Geloof het of niet, maar dat is het strand hier even verderop.'

Het publiek keek bewonderend naar de foto en liet hem rondgaan. Bruce vroeg: 'Hoe lang bleef de sneeuw liggen?'

'Zo'n twee uur,' zei Mercer, en iedereen schoot in de lach.

Ze zei: 'Ik heb bewijs dat er hier jaren geleden een grote sneeuwstorm was. Een jong meisje dat hier destijds in de buurt woonde is nog steeds onder ons, en ze vertelde dat de sneeuw bijna tot aan haar knieën reikte.'

Ze zweeg even en keek om zich heen. Het was duidelijk dat niemand haar geloofde. Ze gebaarde naar Lovely, die op de eerste rij zat, dat ze moest opstaan en bij haar moest komen staan. Mercer zei: 'Mensen, dit is Lovely Jackson, die in The Docks woont. Sommigen van jullie kennen haar omdat ze tien jaar geleden een boek over haar leven heeft gepubliceerd. Ze heeft een verhaal voor jullie.'

Lovely glimlachte en keek rustig om zich heen, alsof ze elke avond in de schijnwerpers stond. 'Dank je wel voor je uitnodiging, Mercer, en Bruce Cable, dank je wel voor het organiseren van dit leuke feest.' Ze praatte langzaam, welbespraakt, en elke lettergreep trof doel. Ze keek van het ene gezicht naar het andere en maakte zorgvuldig oogcontact met iedereen. Ze lachte naar Diane, die op de derde rij zat.

'Ik ben in 1940 geboren op Dark Isle, dus dat betekent dat ik nu tachtig ben, waarschijnlijk de oudste in de zaal. Toen ik een jaar of vijf was, blies er een hevige storm over het eiland. Het was winter, en zoals jullie weten is het hier heel af en toe koud. We hadden geen radio en hadden in 1945 nog nooit van televisie gehoord. Er was geen elektriciteit op mijn eiland. Dus we hadden nog nooit van een weerbericht gehoord, we maakten ons gewoon niet druk om het weer. We namen het zoals het kwam. Op een late namiddag was het echt heel koud en het begon te sneeuwen. Mijn ouders, die een jaar of dertig waren, hadden nog nooit sneeuw gezien. We waren helemaal opgewonden, net zoals we nu zijn, en wachtten tot het begon, maar dit was echt serieuze sneeuw. Het sneeuwde steeds harder en de sneeuwvlokken werden almaar groter. Algauw was de grond ermee bedekt, en het pak sneeuw werd steeds dikker. We waren heel arm en droegen nooit schoenen, dus zat er niks anders op dan naar binnen te gaan, waar onze ouders en grootouders een vuur hadden aangelegd en avondeten maakten. Mijn opa heette Odell Jackson en hij vertelde ons het verhaal van zijn eerste en enige sneeuw. Het gebeurde toen hij een jaar of vijftien was, dus ergens rond 1890. Het sneeuwde net genoeg om de grond te bedekken, en de volgende ochtend kwam de zon op. De sneeuw smolt snel. Hij vond sneeuw niet leuk, niemand van mijn volk vond sneeuw leuk, want ze waren afstammelingen van Afrikaanse slaven, en in Afrika heb je geen sneeuw.'

De toeschouwers bleven stil zitten en lieten elk woord tot zich doordringen. Mercer stond versteld van Lovely's uitstraling en zelfverzekerdheid. Ze had waarschijnlijk nog nooit voor zo'n groot publiek gesproken, maar ze was op haar gemak, onverstoorbaar en in het geheel niet geïntimideerd.

Ze vervolgde: 'Toen we de volgende ochtend opstonden en uit het raam keken, verwonderden we ons over de sneeuw. Het was opgehouden met sneeuwen en de lucht was strakblauw, maar alles was bedekt met een prachtige witte laag, alsof er een dikke wolk op het eiland was neergedaald. We liepen naar buiten. Het was nog steeds heel koud. Zoals ik al zei was ik nog maar een klein meisje, pas vijf jaar oud, dus de sneeuw kwam bijna tot mijn knieën. Het was waarschijnlijk het dikste pak sneeuw dat hier ooit is gevallen.'

Ze lachte naar Mercer, knikte naar het publiek en zei: 'Bedankt dat jullie naar mijn verhaal hebben geluisterd. En bedankt dat jullie me hebben uitgenodigd. Ik wens jullie een vrolijk kerstfeest.'

Een geestdriftig jongetje van tien stak zijn hand op en Lovely lachte naar hem. 'Is de Kerstman dat jaar gekomen?' vroeg hij.

Lovely grinnikte en lachte breeduit. 'Nou, daar op Dark Isle hadden we geen Kerstman. Het eiland ligt hier weliswaar niet ver vandaan, maar het was een andere wereld. Het werd gesticht door voormalige slaven, van wie de meesten afkomstig waren van de plantages in Georgia. Ze hadden de Engelse taal geleerd en sommigen van hen waren christenen, dus we hielden elk jaar wel een kleine kerstceremonie in onze kapel. Maar zoals ik al zei, we waren heel arm en hadden geen cadeaus en dat soort dingen.'

De kinderen keken elkaar vol ongeloof aan. Mercer deed een stap naar voren en zei: 'Als jullie de rest van Lovely's verhaal willen weten, stel ik voor dat jullie haar boek lezen. Het is een boeiende geschiedenis over haar leven op het eiland.'

9

Na het feest gingen Mercer, Thomas en Diane naar een wijnbar, twee straten bij Main Street vandaan. Diane wilde niet naar haar ouderlijk huis in Tennessee voor de feestdagen en bleef op het eiland. Mercer had haar later op de avond uitgenodigd voor een etentje bij hen thuis, waar ze een pan met gumbo op het fornuis had staan.

Thomas haalde een fles wijn bij de bar en schonk drie glazen in.

Diane zei: 'Misschien hebben we een probleem.'

'De sneeuwstorm,' zei Mercer.

'Ja. Een geweldig verhaal, maar ik weet niet of het wel klopt. Sneeuw is hier een hele belevenis, hè? Volgens *The Register* heeft het hier in 1997 voor het laatst gesneeuwd. Er stond een foto van op de voorpagina. In het artikel stond ook een opsomming van de andere keren dat het op Camino Island noemenswaardig gesneeuwd heeft. Het record werd gehaald in 1932, acht jaar voordat Lovely naar eigen zeggen geboren is. Volgens het weerstation was de officiële meting twaalf centimeter, dus niet echt tot aan de knieën van een kind. Natuurlijk was het destijds ook voorpaginanieuws, en *The Register* had een geweldige foto van de enorme sneeuwhopen langs de oostelijke muur van het treinstation. In Renfrow's Café hangt nog steeds een vergroting van die foto op de achterwand, bij de keuken. Hij staat ook in verschillende historische boeken over het eiland.'

Mercer zei: 'En ik herinner me niet dat dit verhaal in Lovely's memoires stond.'

'Nog een probleem. Het staat er niet in, al hoeft dat natuurlijk ook niet. Als auteur, de memoiresschrijver, mag ze natuurlijk alles weglaten of invoegen wat ze wil. Daar zijn geen regels voor, toch?'

'Nee, dat lijkt me niet.'

'Maar je zou denken dat ze zo'n mooi verhaal wel zou willen toevoegen.'

'Misschien is ze het vergeten,' zei Thomas.

'Ja, en dat zou geen punt zijn, alleen vergeet Lovely wel heel veel. Ik heb haar verklaring woord voor woord bestudeerd en vergeleken met haar memoires. Ik heb flowcharts, spreadsheets en tijdlijnen gemaakt, en tot nu toe heb ik minstens tien inconsistenties gevonden; discrepanties, of hoe je het ook wilt noemen. Namen, datums, gebeurtenissen.'

'Trek je haar verhaal in twijfel?' vroeg Mercer.

'Een deel ervan wel, ja. Daarbij komt dat ze tachtig is, en vergeetachtig. Dat is heel normaal. Het probleem is, en dat is nogal belangrijk, dat de advocaten van de tegenpartij diezelfde inconsistenties zullen vinden, als ze ze al niet gevonden hebben. En Lovely kan de aantekeningen die ze bij het schrijven van dat verdomde boek heeft gebruikt niet laten zien. Haar memoires zouden haar zaak echt kunnen schaden.'

Mercer vroeg: 'Maar je twijfelt toch niet aan haar verleden op Dark Isle?'

'Nee. Dat deel van het verhaal is geloofwaardig, als de rechter het tenminste wil geloven. Het probleem is dat ze toegeeft dat ze in 1955 is vertrokken, oftewel het eiland heeft verlaten. En tot nu toe hebben we niemand kunnen vinden die kan bevestigen dat ze eens in de zoveel tijd is teruggegaan om de graven te onderhouden.'

Thomas zei: 'Voor mij, als niet-advocaat, is het grootste probleem dat ze bijna zeventig jaar niks heeft gedaan, totdat de projectontwikkelaars opdoken en het eiland wilden. Opeens rent ze naar de rechter om het eigendom op te eisen. Waarom heeft ze dat tientallen jaren geleden niet gedaan, als ze zich zo'n zorgen maakte om het terrein?'

'Misschien voelde ze zich toen niet bedreigd,' zei Mercer.

'Zou kunnen, maar wat maakt het haar nu nog uit? Ik wil niet hard zijn, maar haar dagen op deze aarde zijn geteld. Ze leidt een lekker rustig leventje in The Docks. Wat kan haar het schelen wat er met het eiland gebeurt?'

'Nou, haar familie ligt er begraven.'

'Weet je dat zeker? Als het zo was, liggen ze er waarschijnlijk niet meer. Wat orkaan Leo niet met de grond gelijk heeft gemaakt, is in zee gespoeld.'

Mercer keek met opgetrokken wenkbrauwen naar haar man. 'Kan het jou dan niks schelen wat er met het eiland gebeurt?'

'Natuurlijk wel. Ik wil niet dat het wordt ontwikkeld. Ik wil graag dat het behouden blijft zoals het is, misschien met een gedenkteken voor de slaafgemaakten.'

Diane zei: 'Ja hoor, tuurlijk. Dikke kans dat dat gebeurt, gezien de huidige stand van zaken hier in Florida.'

Ze namen alle drie een slok en haalden diep adem. Er kwam nog een groepje feestgangers binnenwaaien, en een koude windvlaag vulde de wijnbar. Thomas, die uit Ohio kwam en sandalen zonder sokken droeg, moest lachen om alle ophef over het 'koude weer' en de kans op sneeuw.

Toen het weer wat rustiger was, zei Diane tegen Mercer: 'We hebben allebei uren doorgebracht met Lovely, maar ik heb geen flauw idee hoe het met die aantekeningen van haar zit. Niet zo lang geleden zei ze dat ze die had gebruikt bij het schrijven van haar memoires. Maar nu kan ze ze ineens niet meer vinden. Heeft ze het er met jou over gehad?'

'Nee. Ik heb er twee keer naar gevraagd, maar zonder resultaat. Hoe belangrijk zijn ze?'

'Dat weet ik pas als ik ze zie. Ze schrok zodra ze besefte dat ze ter inzage aan de andere partij zouden worden gegeven. Ik heb er zelfs een keer iets over gezegd tegen Miss Naomi, maar die beweert dat ze niks van de aantekeningen weet.'

'Weet je zeker dat je ze wilt zien?' vroeg Thomas.

'Dat weet ik niet. Steven en ik hinken op twee gedachten. Als we ze krijgen, moeten we ze aan Tidal Breeze overdragen. Stel dat ze wemelen van de inconsistenties? Stel dat ze in tegenspraak zijn met haar verklaring? De kans is groot dat die aantekeningen alleen maar roet in het eten gooien.'

Toen de fles leeg was, waren ze het erover eens dat ze moesten gaan voordat ze nog meer zouden drinken. Ze kwamen weer bijeen in Mercers vakantiehuis, waar de pan gumbo op het fornuis stond te wachten. Mercer zette het gas uit, sneed een baguette in stukken en besmeerde die met boter, en intussen schepte Diane de salade om terwijl Thomas nog een fles wijn uitkoos.

Middernacht was het doel, maar dat haalden ze niet. Om elf uur liep Thomas het terras op om te kijken of het sneeuwde, maar dat was niet zo. Mercer en hij trokken zich terug in de slaapkamer, terwijl Diane onder een deken op de bank kroop.

10

Halverwege de ochtend was de lucht helder en de zon scheen, de Kerstman was alweer vertrokken en in Noord-Florida was alles weer als vanouds.

Rechter Lydia Salazar woonde in haar eentje in een beveiligde woonwijk zo'n tien kilometer ten westen van Camino Island, bij een meertje op het vasteland, wat nog niet zo heel lang geleden een enigszins landelijke omgeving was geweest. Maar nu waren er vaak verkeersopstoppingen. Haar buren klaagden, maar kom op, zeg, droegen ze niet allemaal bij aan het probleem?

Ze was zevenenvijftig en was zeven jaar daarvoor nipt gekozen. De herverkiezing kwam eraan en ze zag op tegen een volgende campagne. Zoals de meeste zittende rechters geloofde ze nu dat het geen goed idee was om rechters te kiezen. Ze vond het beter als ze werden aangewezen, telkens voor een termijn van vier jaar. Maar de verkiezingen zouden niet verdwijnen en ze had geen zin om zich te lang druk te maken over de volgende keer. Ze had veel zaken op de rol staan. Ze had plezier in haar werk en kreeg veel waardering van de advocaten die ze voor zich kreeg.

Haar eerste man was allang uit beeld en ze miste hem helemaal niet. Haar zoon Lenny woonde slechts dertig minuten verderop en ze zag hem en zijn gezin vaak, vooral nu hij en zijn vrouw Alissa twee kinderen hadden. Rechter Salazar stond er nog steeds van te kijken hoe snel ze in beslag was genomen door die twee kleine mensjes die haar gedachten nu beheersten. Toen ze aan kwamen rijden voor de kerstlunch, zat oma Sally, zoals ze liefkozend werd genoemd, al te wachten met weer een ronde cadeaus en speelgoed. Binnen een paar minuten was haar woonkamer ontploft en was de hele vloer bezaaid met papier, cadeauverpakkingen en dozen. Sally zat er midden tussenin op de vloer, genoot met volle teugen en dacht terug aan de tijd dat haar eigen kinderen helemaal opgingen in de magie van kerst. Zodra ze hen weer tot bedaren had gebracht, las ze verhaaltjes voor bij de kerstboom, propte ze vol met peperkoek en gaf ze nog meer cadeautjes om uit te pakken.

Onder het genot van warme cider keken de volwassenen naar de kinderen en praatten over het weer. De sneeuw was dichterbij gekomen dan iedereen had verwacht. In het zuiden van Georgia was hier en daar melding gemaakt van natte sneeuw, dichtbij genoeg om hoopvol te zijn voor volgend jaar. Alissa kwam uit Maryland en miste zo af en toe een sneeuwbui, maar hoefde niet zo nodig terug. Ze was schooljuf en nam nu een paar jaar vrij om voor de kinderen te zorgen. Ze hadden wat krap bij kas gezeten, maar er was goed nieuws. Lenny had eindelijk een voet tussen de deur gekregen in de bouwwereld en heel misschien kon hij zijn eerste grote klapper maken.

Lydia had wel iets in de krant of online gezien over Old Dunes, maar er verder niet bij stilgestaan. Het zoveelste bouwproject was niet bepaald wereldnieuws. Voor haar was het grote nieuws dat Lenny contracten had getekend voor de bouw van minstens acht luxeappartementen in de tweede fase van Old Dunes. Het gigantische project zou hem weleens jarenlang van de straat kunnen houden terwijl hij zijn bedrijf aan het opbouwen was. Ze waren zo optimistisch over de toekomst dat ze het er al over hadden om dichter bij het bouwterrein te gaan wonen.

En dichter bij Sally!

Na een lange lunch van kalkoen en romige aardappeltjes zetten ze de kinderen in hun autozitjes, en met Sally tussen hen in op de achterbank reden ze een paar kilometer oostwaarts richting de kust. De ingang van Old Dunes was afgesloten met een hek, maar Lenny had een elektronisch pasje dat hij voor een sensor hield. De straten waren een paar maanden geleden geplaveid. De stoepen en de goten waren klaar. Er stonden tientallen gebouwen in uiteenlopende stadia van voltooiing: appartementen, wooncomplexen, bungalows, enorme herenhuizen, een centraal plein met toekomstige winkels, de haven en de jachthaven. Lenny wees af en toe ergens naar en vond het heerlijk om zo betrokken te zijn bij zo'n indrukwekkend project. Hij stopte trots voor de eerste woning die hij aan het bouwen was, een grote eengezinswoning die voor bijna een miljoen dollar zou worden aangeboden. Er zouden er nog veel meer van komen, dat wist hij zeker.

Sally, met aan weerszijden een slapend kind, kon alleen maar onder de indruk zijn. Haar zoon had keihard gewerkt om zijn aannemersbedrijfje van de grond te krijgen. En nu bouwde hij huizen van een miljoen. En zij kon meer tijd met haar kleinkinderen doorbrengen.

11

Nu ze zo weinig waren opgeschoten met het schilderwerk, wilde Mercer eigenlijk niet nog een dag verspillen, ook al was het dan kerst. Thomas protesteerde en dreigde te gaan staken. Volgens zijn telefoon zou het negen graden worden, net iets te koud. In plaats van te bekvechten besloten ze een lange wandeling te gaan maken en van de middag te genieten.

Er kwam warmer weer aan. Ze zouden het vroeg of laat heus wel afkrijgen. Waarom zouden ze haast maken? Ze waren toch aan het strand?

8
Beïnvloeding

1

Op de eerste maandag van maart hield rechter Salazar haar driemaandelijkse rolzitting om haar lopende zaken te evalueren, hoorzittingen en rechtszaken in te plannen en de status van de vele voogdijschappen en curatorschappen onder haar jurisdictie te checken. Nu alles volledig gedigitaliseerd en online beschikbaar was, was deze rolzitting eigenlijk meer een ritueel geworden: terug naar een simpeler tijdperk waarin de advocaten op maandagochtend vroeg altijd graag bijeenkwamen in de grote rechtszaal om koffie te drinken, zoete broodjes te eten, roddels uit te wisselen en gewichtig te doen. Rechter Salazar verwachtte nog steeds dat ze erbij waren, al was hun aanwezigheid niet meer verplicht. Na elke agendabijeenkomst gingen de advocaten en de rechters altijd naar een privézaaltje achter in een duur restaurant verderop in de straat en hielden daar de driemaandelijkse bijeenkomst van de orde van advocaten. Sommigen verkasten daarna nog naar een bar aan de overkant van de straat voor een bijeenkomst die van een heel andere orde was.

Zodra rechter Salazar de zaak 'betreffende het verzoekschrift van Lovely Jackson' afriep, stonden Steven Mahon en Mayes Barrow op. Een handjevol toeschouwers keek weinig belangstellend toe.

Sid Larramore van *The Register* keek vanaf de eerste rij toe. Op dat moment was het de interessantste zaak op het eiland, maar hij had al een paar maanden geen nieuw materiaal voor het verhaal meer verzameld. Er werden veel minder brieven naar de redactie gestuurd en de scherpe kantjes waren eraf. Een paar mensen stonden stilletjes aan de kant van Panther Cay vanwege de economische stimulans, maar Camino Island was nog altijd een conservatieve omgeving waar de meeste mensen tot een kerk behoorden en beweerden daar regelmatig naartoe te gaan. Gokken werd met opgetrokken wenkbrauwen bekeken. Zou dat niet op korte termijn tot prostitutie leiden? En drugs? De meerderheid was tegen verdere projectontwikkeling in het gebied, tenminste, dat dacht Sid.

De advocaten waren het erover eens dat de inzage in de stukken volgens planning verliep en dat ze geen problemen of vertraging voorzagen voor de rechtszaak, die op 17 mei gepland was.

Rechter Salazar bedankte hen en ging verder met de volgende zaak. De ochtend sleepte zich voort. Steven bleef wat rondhangen en was van plan om naar de advocatenlunch te gaan, wat hij maar één keer per jaar deed. Om halftwaalf schorste de rechter de zitting en spoorde de advocaten aan om weer bijeen te komen in het restaurant verderop in de straat.

In de rij voor het buffet schaduwde Steven de rechter en vond gelukkig een lege stoel naast haar. Met dertig advocaten in een zaal waren geanimeerde gesprekken verzekerd. De meesten praatten tijdens het eten, of dat nu over hun laatste spannende zaak was of over college-basketbal. De gastspreker was een advocaat uit Jacksonville die werd bedolven onder de immigratiezaken, en hij wist hun aandacht tien minuten vast te houden. Helaas ging hij daarna nog dertig minuten door. Zodra hij klaar was, vluchtten zijn toehoorders halsoverkop de zaal uit.

Rechter Salazar wendde zich tot Steven en vroeg: 'Heb je haast?'

'Nee, het is een rustige maandag vandaag.'

'Heb je tijd voor koffie?'

'Zeker. Ik ga het wel even halen.'

'Zwart, graag.'

'Misschien neem ik wel een stukje karameltaart. Wil je ook?'

'Goed idee, maar wel een heel klein stukje.'

Zodra de zaal leeg was, draaiden ze hun stoelen naar elkaar en aten hun nagerecht. Na twee happen zei ze: 'Ik heb alles in de zaak-Dark Isle doorgenomen en zit nogal met Lovely's verhaal in mijn maag. Ik heb haar boek gelezen en haar getuigenverklaring bestudeerd. Ik weet zeker dat je wel weet dat er heel wat discrepanties zijn.'

Steven had gehoopt een rustig woordje met de edelachtbare te kunnen wisselen over de noodzaak om het eiland te bezoeken. Zijn idee was om deskundigen in te huren om de begraafplaats te zoeken, en als die gevonden werd te proberen monsters van de menselijke resten te nemen, die konden worden gebruikt voor DNA-testen. Als het DNA van de oude botten overeenkwam met dat van Lovely, zou er geen twijfel meer zijn dat de belangrijke delen van haar verhaal op waarheid berustten. Steven geloofde haar nog steeds, maar Tidal Breeze en zijn advocaten zaaiden volop twijfel. Voor zo'n expeditie naar de jungle zou de medewerking van de edelachtbare nodig zijn.

Maar deze wending had hij niet zien aankomen. Het was eigenlijk ongehoord dat een rechter een privégesprek wilde over een lopende zaak. Hij had zijn hele carrière in federale rechtbanken doorgebracht en slechts een paar zaken in de lokale rechtszalen afgehandeld. Hij had nog nooit een federale rechter ontmoet die ook maar in de verste verte zou overwegen om over een zaak te praten. Misschien waren de regels in Main Street anders, maar hij dacht het niet.

Verbouwereerd en op zijn hoede wist hij niet goed wat hij moest antwoorden. Hij zei: 'Nou ja, ze is tachtig en misschien is haar geheugen niet meer zo scherp.'

'Geloof je echt dat ze daar heeft gewoond? En al die verhalen over haar familie? Wat me dwarszit, is dat ze pas aanspraak wilde maken op het eiland nadat de projectontwikkelaars kwamen aanzetten. Ze heeft ruim zestig jaar gewacht, als we haar verhaal moeten geloven. En hoe kan ze in hemelsnaam hebben geweten dat ze een milieuadvocaat moest inhuren?'

Het was vrij duidelijk dat de edelachtbare Lovely's verhaal niet slikte. Steven was verbijsterd en probeerde verwoed iets onschuldigs te bedenken wat hij kon zeggen. Hij wilde geen ruziemaken, maar was wel benieuwd hoe ver de rechter wilde gaan. Hij zei: 'O, ik geloof haar zeker. Waarom zou een vrouw van haar leeftijd anders de moeite nemen om de strijd aan te gaan?'

'Geld, misschien.'

'Ik weet niet of we dit wel moeten bespreken,' zei Steven.

'Je hebt gelijk. Ik had er niet over moeten beginnen. Ik zit er gewoon mee in mijn maag, dat is alles.'

Steven nam een grote hap taart en kauwde er langzaam op, terwijl de seconden wegtikten. Hij kon niks passends vinden om op dat moment te zeggen, maar nu ze in zo'n spraakzame bui was, wilde hij haar nog wat ruimte geven.

'Laten we net doen alsof dit gesprek nooit heeft plaatsgevonden,' zei ze.

'Oké.'

Vergeet het maar. Rechter Salazar had haar beslissing al

genomen. En tot overmaat van ramp had Steven sterk de verontrustende indruk dat ze vermoedde dat hij en de andere bomenknuffelaars Lovely gewoon gebruikten als hun eerste verdedigingsstrategie tegen Panther Cay.

Onthutst en verward verontschuldigde hij zich en liep houterig weg. Zijzelf vertrok ook nogal stuntelig. Hij sloeg snel de hoek om en dook een steegje in. Nadat ze voldoende tijd had gehad om terug te lopen naar de rechtbank, ging hij weer naar kantoor. Diane zat aan haar keukentafeltje. 'Dit zul je niet geloven,' zei hij.

Er ontging haar niks. 'Je ziet bleek,' merkte ze op.

'Laten we een flink eind gaan rijden.'

2

Sinds een jaar of vijftien verkocht Noelle regelmatig antieke meubels en spullen uit de Franse Provence aan Aurelia Snow, een charmante dame en een vriendin van haar die vier straten verderop in een van de vele fraaie victoriaanse huizen in het centrum van Santa Rosa woonde. Dat was het enige huis dat Noelle dolgraag zou willen hebben, maar hoewel het binnenkort op de markt zou komen, had Bruce haar heel duidelijk gemaakt dat hij niet ging verhuizen. Vrijwel alle tapijten, lampen, kandelaars en meubelstukken waren afkomstig uit de Provence, en wel via Noelles antiekwinkel in Main Street, naast Bay Books. Het huis stond bomvol met kledingkasten, wijnproeftafels, zitbanken, hemelbedden, pronkkasten, buffetkasten, toilettafels en nog veel meer, allemaal door Noelle geselecteerd voor elke kamer en elk hoekje van het huis. Het project was uitdagend en de moeite waard geweest, en Noelle en Aurelia hadden door de jaren heen verschillende reisjes naar Frankrijk gemaakt, op zoek naar de juiste stukken.

Maar nu moest Aurelia het jammer genoeg rustiger aan doen. Ze moest een stapje terug doen, want drie jaar geleden, op haar zevenenzeventigste, had ze een nieuwe heup gekregen. En een jaar later een nieuwe knie. Nu had ze een stijve enkel. Haar artritis verergerde. Ze meed de trap, en eerlijk gezegd had ze er genoeg van om voor zoveel spullen te moeten zorgen. Ze woonde nu ruim een jaar alleen, nadat ze haar welgestelde man in een verzorgingstehuis had laten opnemen. Zodra ze had besloten haar victoriaanse huis te verkopen, was Noelle de eerste die ze belde. De meeste Franse spullen die ze had gekocht, wilde ze nu weer verkopen, en Noelle was bereid om zaken te doen.

Aurelia kocht een nieuw appartement, zonder trappen, en ze wilde dat Noelle de inrichting en aankleding voor haar rekening nam. Ze zou zo veel mogelijk van haar oude meubels gebruiken, maar het grootste deel van haar collectie zou er gewoonweg niet in passen.

Nu het dak erop zat en de muren waren ingemetseld, besloot Aurelia dat het tijd werd voor de aankleding. Noelle reed met haar naar de overkant van de rivier, naar een nieuwbouwproject dat Old Dunes heette, om voor het eerst een kijkje te nemen. Nadat ze door de hoofdingang waren gereden en stapvoets door de drukke straten reden, schrokken ze van de bijenkorf van bouwwerkzaamheden.

'Weet je zeker dat je hier wilt wonen?' vroeg Noelle, duidelijk ontgoocheld door de drukte.

'Ja, mijn besluit staat vast. Het wordt vast leuk als alles af is, denk je niet?'

'Ik weet het niet. Het is wel een drastische verandering.'

Ze reden verder en kwamen bij de straten met nieuwe huizen. Op een schreeuwerig bord stond: LUXEAPPARTEMENTEN VANAF SLECHTS 950.000 DOLLAR.

Bruce was van mening dat het victoriaanse huis van de

Snows voor minstens vier miljoen op de markt zou komen. Aurelia kon een fikse meevaller verwachten, en dat wist ze. Ze had meer dan eens tegen Noelle gezegd: 'Al dat geld, en niks om het aan uit te geven. Barry raakt zijn verstand kwijt en kan nergens heen.'

'Zoek een jongere man,' had Noelle gezegd, slechts half schertsend.

Een schildersploeg was bezig met de buitenboel van Unit 416, Aurelia's appartement. Ze stapten uit en liepen voorzichtig om de ladders en de dekzeilen heen. Ze stapten door de voordeur en werden begroet door een vriendelijke jongeman die zich voorstelde als Lenny Salazar, de aannemer. Een uur lang keken ze naar plattegronden, namen de maten op en keken naar ramen. Lenny was een drukbezet man die verschillende telefoontjes aannam, tegen zijn onderaannemers blafte en zelfs een keer een kwartier verdwenen was. Maar hij was heel meegaand en bereid om muren en deuren te verplaatsen en de vloerplannen aan te passen. Hij wilde zelfs een zitbad installeren en zei dat hij wel een hoek kon verwijderen en een kleine sauna naast de wasruimte kon plaatsen.

Het was duidelijk een uitdaging. Aurelia ging van een huis van meer dan duizend vierkante meter met drie verdiepingen terug naar een gelijkvloers appartement van nog geen tweehonderdvijftig vierkante meter. Toch was ze er heel enthousiast over. Hoe langer ze over de kale vloeren liep, hoe meer antiek ze afdankte. Noelle wilde alles wat ze niet mee wilde nemen maar al te graag van haar overnemen en doorverkopen.

Toen ze klaar waren, liep Lenny met hen mee naar buiten, gaf hun allebei een visitekaartje en zei dat de oplevering plaats zou vinden wanneer Aurelia er klaar voor was. Het appartement zou over zestig dagen klaar zijn en ze kon erin zodra het haar uitkwam. Ze keek om zich heen en bij het horen van het lawaai – cementwagens die brullend langsreden, hamers die erop los bonkten, gillende zagen, schreeuwende bouwvakkers – besloot ze dat ze niet zo'n haast had.

Ze vroeg: 'Misschien wacht ik wel een paar maanden voor ik erin trek. Het is hier vreselijk druk.'

Lenny lachte en zei: 'Ja, mevrouw, dat is het zeker. Er staan zestien appartementen in deze straat en daarna gaan we verder met de volgende.'

'Hoeveel zijn er al verkocht?'

'Ongeveer de helft.'

Aurelia vroeg lachend: 'Heb ik het recht om mijn nieuwe buren te keuren?'

Lenny moest ook lachen. 'Ik kan u verzekeren dat het allemaal aardige mensen zijn.'

'Dat zal wel. Maar ik heb geen haast. Ik trek er toch wel een jaar voor uit om mijn huis te verkopen.'

3

Als Steven even aan zijn kantoor wilde ontsnappen, maakte hij het liefst een lange wandeling door Main Street naar een koffiebar. Hij ging altijd even bij Bay Books naar binnen om het personeel te groeten. Als Bruce er was, en dat was meestal het geval, stonden ze vaak een paar minuten te roddelen.

Hij vond hem in zijn kantoor, waar hij met een vergrootglas in een oud boek zat te turen.

Steven zei: 'Ik moet je iets vertellen.' Codetaal voor *we moeten ergens rustig gaan lunchen.*

Bruce lachte en zei: 'Da's ook toevallig. Ik jou ook.'

Ze troffen elkaar de volgende middag om twaalf uur in een pizzatent om de hoek. Het was begin mei en het waaide. Niemand at buiten. De wijnkaart liet te wensen over, dus bestelden ze spuitwater.

Zodra ze hadden afgesproken dat alles vertrouwelijk zou blijven – en Bruce kon heel discreet zijn als het moest – vertelde Steven hem over het verontrustende gesprek dat hij de week ervoor met rechter Salazar had gehad.

Hij zei: 'Ze ging haar boekje volledig te buiten. Geen enkele rechter zou ooit over een zaak, hoe groot of klein ook, mogen praten zonder dat de advocaten van de andere partij erbij zijn. De meeste staten hebben wetten die advocaten verbieden om rechters onder druk te zetten of te beïnvloeden, of om te proberen bij hen in de gunst te komen. Het is illegaal, en hoe dan ook onethisch om te proberen een rechter te beïnvloeden.'

'Maar jij was niet degene die dat deed,' zei Bruce.

'Precies. Ik kan maar niet begrijpen waarom ze de behoefte voelde om me te laten weten dat ze vindt dat mijn zaak zwak is. Wat heeft ze daaraan? Ik ben echt volslagen verbijsterd. Ik werk hier pas zes jaar en kom zelden bij haar in de rechtszaal. Ik heb met een paar jongens uit de buurt gepraat die heel veel chancery-werk doen en ze schijnt de reputatie te hebben dat ze loslippig is. Ze staat goed bekend en er zijn weinig klachten, al maakt ze af en toe opmerkingen als een aanklacht, een verklaring of een getuige haar niet aanstaat. Maar goed, dat maakt me niet uit. Wat me wel uitmaakt, is dat ze heeft laten doorschemeren dat ze Panther Cay gunstig gezind is.'

'En als je haar erop aanspreekt?'

'Dan maak ik het alleen maar erger. Zoals je weet is er geen jury. Zij is de enige die beslist. Het oordeel is aan haar. We kunnen altijd in beroep gaan, maar in Florida komt het bij dit soort zaken zelden voor dat het hof van appèl de beslissing van een rechter terugdraait. Ze heeft enorm veel macht, en haar oordeel zal in hoger beroep gerespecteerd worden.'

'Ongelofelijk dat ze zoiets ter sprake brengt tijdens een lunch met de orde van advocaten.'

'Nou ja, de lunch was afgelopen en we waren alleen. Maar het blijft raar. En ik kreeg sterk de indruk dat ze eigenlijk wilde dat ze niks gezegd had.'

'Het is maar goed dat ze dat wel gedaan heeft. Dan weet je tenminste waar je staat. Kun je haar niet vragen om zich terug te trekken?'

'Dat werkt zelden. Sterker nog, meestal werkt het averechts. Als je een rechter vraagt om zich terug te trekken, wie denk je dan dat de beslissing neemt? De rechter zelf. En als zij nee zegt, zit je met een rechter die echt kwaad op je is.'

De pizza kwam en ze namen een hap.

Steven zei: 'En wat wilde je mij vertellen?'

'Dat stelt niks voor vergeleken hierbij. Gewoon een kleine roddel, die gek genoeg wel met de rechter te maken heeft. Ken je Aurelia Snow, die in dat grote blauwe victoriaanse huis in Elm Street woont?'

'Ik geloof het niet.'

'Aardige dame. Haar man zit in een verzorgingstehuis voor dementerenden of zoiets, en ze wil kleiner gaan wonen, dus verkoopt ze het grote huis en verhuist naar een nieuw appartement. Ze wil dat Noelle een hele lading Frans antiek terugkoopt die ze door de jaren heen verzameld heeft. Hoe dan ook, Noelle is gisteren met haar naar die nieuwe stek gereden om een kijkje te nemen. Het is in Old Dunes, het nieuwste project achter in de baai.'

'Ik weet er alles van. We hebben geprobeerd ons erin te mengen, een zaak aan te spannen om het tegen te houden, maar we hadden geen poot om op te staan. Gewoon het zoveelste nieuwbouwproject, een van de vele, en we besloten ons kruit droog te houden.'

'Voor Panther Cay.'

'Voor Panther Cay, en na Panther Cay komt er wel weer een nieuw project. Dit is Florida.'

'Ik vind het heerlijk. Er worden in Florida meer boeken per hoofd van de bevolking verkocht dan in enige andere staat. Vergeet dat niet. De bevolking is wat ouder, en mensen houden hier van lezen.'

'Ik heb vorig jaar honderd boeken bij je gekocht. Hardcovers, zonder korting.'

'Je bent geweldig. En ik durf te wedden dat je boekenkasten prachtig zijn.'

'Inderdaad. Maar wat is nou de roddel?'

'Nou ja, klein wereldje. De kerel die het nieuwe luxeappartement van mevrouw Snow bouwt is niemand minder dan Lenny Salazar, de zoon van de rechter.'

'Ik wist niet dat ze een zoon had. Ze is toch gescheiden?'

'Ja, lang geleden. Ze woont niet op het eiland, dus ik weet niet zoveel van haar.'

'Waar wil je naartoe?'

'O, nergens. Dat is jouw terrein. Ik ben maar een eenvoudige boekverkoper.' Hij nam een hap en kauwde. 'Maar ik vraag me af wie de eigenaar van Old Dunes is.'

'Ik dacht een of andere snelle jongen uit Texas.'

'Misschien, maar misschien ook niet. Volgens het eerste krantenartikel was het een bedrijf uit Houston met een kantoor in Tallahassee. Ik heb Sid van *The Register* gebeld, maar die wist er niet veel over. Misschien is het de moeite waard om het uit te zoeken.'

'Wacht even. Je denkt toch niet dat het Tidal Breeze is?'

Bruce knikte.

4

Die middag om vier uur ging Steven weer naar de boekhandel en hij nam Diane mee. Ze vonden Bruce in het magazijn achter in de winkel, waar hij niet-verkochte boeken in dozen stopte om terug te sturen naar het distributiecentrum, een onaangename klus die hij weigerde te delegeren. Hij maakte elke doos met nieuwe boeken altijd weer open om ze uit te stallen in het volste vertrouwen dat ze zouden worden verkocht, gelezen en gewaardeerd. Zes maanden later stuurde hij er verslagen een paar terug.

Steven en Diane haalden boven in het eetcafé een paar espresso's en wachtten aan een rustig hoektafeltje op Bruce. Nadat hij de trap op was gekomen, bestelde hij een latte en ging zitten. 'Dit moet wel een serieuze zaak zijn,' zei hij met een glimlach.

'Diane is iets op het spoor,' antwoordde Steven.

'Er is nog niet echt een spoor,' zei Diane. 'De grond voor Old Dunes is vijf jaar geleden aangekocht door een bedrijf in Houston dat een nieuwe onderneming in Florida heeft opgericht. Ze hebben hier al vaker zakengedaan, voornamelijk in de omgeving van Naples. Ze huurden een kantoor in Orlando en gingen aan de slag, kregen alle vergunningen en goedkeuringen, en beloofden brave jongens en productieve burgers te zijn. Tot nu toe geen klachten. De jongens uit Texas hebben een goede reputatie op het gebied van het bouwen van kwaliteitsresorts, hotels, golfbanen en dat soort zaken. Het is een privébedrijf, dus er is weinig openbare informatie, hoewel ik wel een paar van hun andere projecten heb nagetrokken en erachter ben gekomen dat ze het liefst zelf bouwen en alles dan in eigen beheer houden. Ze hebben niet de gewoonte om het door te verkopen. Maar in september vorig jaar hebben ze Old Dunes verkocht aan een bedrijf dat geregistreerd is op de Bahama's.

Het juiste papierwerk is hier ingediend door de nieuwe eigenaar, Hibiscus Partners. Ik kon niks over hen vinden. Zoals in veel belastingparadijzen houden ze op de Bahama's alles graag privé, tegen een leuke vergoeding, natuurlijk. Daarna heeft Hibiscus begin oktober Old Dunes verkocht aan Rio Glendale, en dan wordt het allemaal steeds ondoorzichtiger. Rio Glendale staat geregistreerd op het piepkleine Caribische eilandje Montserrat, een nogal berucht belastingparadijs voor schimmige bedrijven en belastingontduikers.'

'Ik heb nog nooit van Montserrat gehoord,' zei Bruce.

'Ze adverteren in reismagazines en dat is het wel zo ongeveer.'

'Waar ligt het?'

'Het is een overzees gebiedsdeel van het Verenigd Koninkrijk en het ligt in de buurt van Nevis en Saint Kitts.'

'Sorry dat ik het vroeg.'

'Het is een paar jaar geleden grotendeels verwoest door een vulkaan.'

'En dan noemen ze het een paradijs?'

'Nou ja, het is in elk geval onmogelijk om inzicht te krijgen in de gegevens van bedrijven die op het eiland zijn gevestigd, net als bij de andere Caribische façades.'

'Dus weer een doodlopend spoor?'

'Misschien, maar misschien ook niet.' Diane was in haar element en pelde de ui langzaam af. 'Het zal je niet verbazen dat Tidal Breeze een geschiedenis van belastingproblemen heeft. Ik heb twee krantenartikelen gevonden over akkefietjes met de fiscus, en die leidden allebei tot onderzoek in de Bahama's en op de Kaaimaneilanden.'

Steven zei: 'Het is mogelijk dat Tidal Breeze het Old Dunes-project via Rio Glendale heeft gekocht en het offshore houdt.'

'En heeft die kleine samenzwering een reden?' vroeg Bruce, die het allemaal probeerde bij te benen.

'Ooit gehoord van beïnvloeding?'

'Niet meer sinds de lunch.'

'We zijn hier aan het gissen, Bruce, aan het speculeren. We spelen een spelletje "stel dat". Panther Cay zal veel winstgevender voor Tidal Breeze zijn dan Old Dunes, dus stel dat Tidal Breeze bedenkt dat ze die allebei kunnen hebben? Ze gebruiken Old Dunes om Lenny Salazar binnen te halen, die misschien wel in staat is om invloed uit te oefenen op zijn moeder.'

'Nu schiet je maar wat in het wilde weg, Steven.'

'Klopt. Ik ben schuldig. Maar zoals ik al zei, we spelen maar met wat gedachten, voorlopig in elk geval.' Steven knikte naar Diane, die zei: 'Ik ben net twee uur bezig geweest met het bestuderen van bouwvergunningen – wat ik iedereen kan afraden – in de county's Camino en Duval. De afgelopen drie jaar heeft Lenny Salazar veertien maisonnettes gebouwd in Duval, in het kader van het volkshuisvestingsprogramma, met een gemiddelde waarde van zo'n tweehonderdduizend dollar. Hij heeft ook een klein appartementencomplex en een winkelgalerij gebouwd. Hij weet van aanpakken, heeft het altijd druk en heeft een goede reputatie in de branche. In september vorig jaar dook hij ineens op bij Old Dunes, waar hij luxeappartementen ging bouwen die een stuk duurder waren. Ik heb naar zijn kantoor gebeld, zei dat ik op zoek was naar een aannemer, en kreeg te horen dat meneer Salazar het te druk had om me terug te bellen.'

Bruce nam een slok van zijn latte, keek naar Steven, haalde zijn schouders op naar Diane en zei: 'Oké. Ik heb honderdduizend detectives gelezen en ben dol op een goede plot. Hier zou ik niet verder komen dan hoofdstuk drie, maar er zijn net genoeg verdachtmakingen om toch nog een paar bladzijden om te slaan. Wat komt er nu?'

Diane vervolgde: 'Nou, de plot wordt wel iets interessanter. Natuurlijk moet elke buitenlandse onderneming, net als elk bedrijf van buiten de staat, een zaakgelastigde hier in Florida hebben. Dat is in vrijwel elke andere staat precies hetzelfde. Er zijn tientallen bedrijven die alleen maar fungeren als zaakgelastigde, met papieren schuiven en een adres verschaffen. Vooral in Miami is het big business, met zoveel Zuid-Amerikaanse bedrijven die zakendoen in de staat. Rio Glendale maakt gebruik van een zaakgelastigde in Coral Gables. Tot nu toe heb ik twee andere offshorebedrijven van Tidal Breeze gevonden, die op hetzelfde adres geregistreerd staan. Dus Tidal Breeze kent ze goed. Nogmaals, er zijn letterlijk tienduizenden entiteiten en het kan puur toeval zijn, maar ik blijf graven. Het ziet er een beetje verdacht uit.'

'Oké. Dan sla ik nog een paar bladzijden om. Wat komt er nu?'

Steven zei: 'Dat weet ik niet precies. De enige manier om erachter te komen wie de eigenaar van Old Dunes is, is het bedrijf dagvaarden, het voor de rechter slepen en ervoor zorgen dat ze bekend moeten maken wie de eigenaar is.'

'Ik ken hier wel een aantal advocaten die gespecialiseerd zijn in onzinrechtszaken,' zei Bruce.

Ze lachten alle drie. Maar Bruce hield op met lachen en vroeg: 'Wat voor soort rechtszaak zou dat dan zijn?'

Steven antwoordde: 'Dat weet ik niet precies. Dat is niet mijn vakgebied. Ik heb overwogen om daar rond te gaan snuffelen om te proberen of ik ergens een milieuovertreding zou kunnen vinden, om dan naar de federale rechtbank te stappen en ze een tijdje te treiteren. Maar daar heb ik eigenlijk geen trek in, en ook geen tijd voor. En trouwens, het zou een grote gok zijn.'

Diane zei: 'Ik heb alle rolzittingen gecheckt, en tot nu toe zijn er nog geen aanklachten tegen Old Dunes ingediend.'

'Dat is slechts een kwestie van tijd,' zei Steven. 'Elke grote bouwplaats is goed voor een paar aanklachten. Onbetaalde rekeningen. Beslagleggingen door onderaannemers. Er raken elke dag bouwvakkers gewond.'

'Is het echt zo eenvoudig? Je sleept ze voor de rechter en komt erachter wie de echte eigenaar is?'

'Meestal wel. Het is niet altijd makkelijk, maar de regels voor de inzage van de stukken zijn flexibel en stellen de partijen in staat om allerlei soorten vragen te stellen. Het gaat erom wie de echte eigenaar is, en rechtbanken willen de ware identiteit van de partijen kennen. We hebben alleen een verzoekende partij nodig.'

5

Gifford Knox was niet onbekend met procederen. In meer dan twintig jaar, sinds zijn boeken in indrukwekkende aantallen begonnen te verkopen, was hij betrokken geweest bij talloze milieugeschillen langs de oostkust. Hoe meer hij verkocht, des te meer geld hij doneerde aan zijn favoriete natuurbeschermingsorganisaties. Hij had getuigd in twee rechtszaken die te maken hadden met de strijd om projectontwikkeling in zijn geliefde Low Country tegen te gaan. Zijn getuigenis was niet cruciaal en ook niet onthullend geweest, maar wel goed voor artikelen op de voorpagina.

Hij was ook niet te beroerd om een stunt uit te halen om een nieuwbouwproject te dwarsbomen of een vervuiler op de huid te zitten. De stunt was Bruce' idee. Die wachtte twee dagen tot de temperatuur in Santa Rosa zo'n tien graden hoger was dan in het grauwe Charleston en belde Gifford met een uitnodiging om een weekje langs te komen.

De timing was perfect. Gifford en zijn huidige vrouw Maddy zaten zich op de zeilboot in de haven van Charleston te vervelen. Het weer was begin maart winderig en ruw, en een paar dagen in de zon klonk heel aanlokkelijk.

De stunt klonk nog aanlokkelijker. Bruce hield Steven er zorgvuldig buiten. Als de boel ontplofte, wilde hij niet dat het arbeidsethos van de advocaat in twijfel werd getrokken. Er was niks illegaals aan hun plannetje, maar het was nou ook weer niet de bedoeling dat de orde van advocaten Steven ging bestoken met hinderlijke ethische vragen. Bruce zou de volledige verantwoordelijkheid op zich nemen. Als boekverkoper had hij eigenlijk geen gedragscode. En Gifford als schrijver al helemaal niet.

De verkoper, Arnold, ontving hen in de 'MODELWONING!' en liet ze een gelikte video zien waarin de omvang en schoonheid van Old Dunes werden getoond. Alles wat een mens zich maar zou kunnen wensen, en dat op slechts dertig minuten van de internationale luchthaven van Jacksonville. Ze keken naar ontwerptekeningen en waren vooral geïnteresseerd in de McMansions langs de waterkant. Gifford, die de naam Giff gebruikte – niet dat het iets uitmaakte, want hij mocht dan tot de top tien van bestsellerauteurs van het land behoren, maar hij leefde in alle anonimiteit, net als de andere negen – had vragen over de totale kosten per vierkante meter en dat soort dingen. Maddy en hij hadden het project goed bestudeerd en wisten dat er drie van de enorme huizen in aanbouw waren. Arnold zei dat er twee verkocht waren. Het derde was een modelwoning die algauw Maddy's favoriet werd, het huis dat ze gewoon echt moest zien.

Diane had de gegevens uitgespit en wist dat alle kavels van het project nog steeds in bezit waren van Old Dunes; het bedrijf zou dus hoe dan ook de gedaagde worden als ze een zaak zouden aanspannen.

Giff en Maddy reden achter Arnolds auto aan naar de waterkant en parkeerden langs de stoep. Ze gingen het huis binnen, dat al voorzien was van lijstwerk en een dak en zelfs al een bakstenen buitenmuur. Giff en Maddy hadden heel wat vragen over hoeveel ze nog konden veranderen in het ontwerp. Konden ze nog muren verplaatsen? En ramen en deuren? En het terras was net iets te smal. Soms moesten ze over het gebonk, getimmer en gezaag heen schreeuwen. De trap naar de bovenverdieping was een tijdelijke bouwtrap, amper stevig en solide genoeg om de op en neer gaande bouwvakkers aan te kunnen. Ze klommen voorzichtig naar boven. Gifford schudde aan de leuning en zag dat die een beetje wiebelde. Ze inspecteerden de drie grote slaapkamers boven, zagen problemen in de indeling van de grootste badkamer en waren niet te spreken over een erkerraam. Bij elk overkomelijk bezwaar verzekerde Arnold hun dat alles kon worden aangepast. Met een prijskaartje van drie miljoen dollar kon hij zijn commissie al bijna ruiken.

Toen ze klaar waren op de bovenverdieping gingen ze naar beneden. Eerst Arnold, daarna Maddy, en als laatste Giff. Hij haalde diep adem, gaf een harde ruk aan de leuning, brak hem af en tuimelde voorover, waarbij hij een kreet slaakte en naar beneden viel. Maddy schreeuwde ook en wist zijn val onderaan de trap te breken. Tijdens zijn val lukte het Giff om zijn hoofd te stoten zonder zich echt pijn te doen. Hij bleef half op de onderste tree liggen, bedekt met zaagsel en ogenschijnlijk bewusteloos. Arnold sprong rond en schreeuwde naar de bouwvakkers. Iemand belde het alarmnummer. Maddy boog zich over haar man heen, die niet reageerde.

Ze voerden hem af met een ambulance. Zijn vitale functies waren normaal. De twee ambulancemedewerkers constateerden geen botbreuken, maar er zat wel een buil boven zijn linkeroor. Duidelijk hoofdletsel. Duidelijk, want hij was bewusteloos.

Toen hij een uur later eindelijk bij zijn positieven kwam, bonkte zijn schedel vanwege de knallende hoofdpijn. Zijn zicht was troebel. De dokter zei dat zijn scans er goed uitzagen en gaf hem pijnstillers. Nee, hij wilde niet naar huis. Maddy stond erop dat hij moest blijven voor verdere observatie. De volgende dag werd hij nog meer geobserveerd en hij leek in orde, afgezien van zijn klachten over hoofdpijn, wazig zicht en een vreemde pieptoon in zijn oren. Arnold kwam twee keer langs om te kijken hoe het met hem ging en om zijn verontschuldigingen aan te bieden. Maddy zei dat ze zich al zorgen had gemaakt om die wiebelige trap. Raar, dacht Arnold, geen van de bouwvakkers had het gezien of erover geklaagd.

Na twee dagen werd Gifford eindelijk uit het ziekenhuis ontslagen en ging hij terug naar het huis van Bruce, waar ze heerlijk op de veranda lunchten, met twee flessen wijn. Soms had Gifford moeite met eten omdat hij zo hard moest lachen. Maddy vond hem een bar slechte acteur. Ze gierden toen ze beschreven hoe die arme Arnold met zijn mobiele telefoon rondrende om te proberen een ambulance te regelen, terwijl hij ronduit gek werd bij de gedachte dat hij zijn commissie zou mislopen.

Later die dag belde een verzekeringsexpert van de maatschappij waar Old Dunes bij was aangesloten om te vragen hoe het met Gifford ging. Hij meldde dat hij nog steeds hoofdpijn had, bij vlagen blind was en zelfs een kleine toeval had gehad, enzovoort. Hij beloofde dat hij de man zou terugbellen nadat hij bij een specialist in Charleston was geweest.

Een week later spande hij een rechtszaak aan bij de federale rechtbank in Tallahassee. Zijn advocaat was een vriend uit Charleston die tijdens heel wat van zijn avonturen aan zijn zij had gestaan en die hem meerdere keren had bijgestaan in de rechtszaal. De advocaat wist niets van de stunt, maar keek wel met argwaan naar de groeiende stapel ziekenhuisrekeningen. Zijn cliënt leek volkomen normaal, of in elk geval zo normaal als anders, ondanks de vermeende migraines en aanvallen. Gifford gaf toe dat de rechtszaak vooral tot doel had om de echte eigenaren van Old Dunes uit te roken. Aan de dagvaarding zaten standaardvragenlijsten en aanvragen voor documenten gehecht, die wat interessante informatie zouden verschaffen.

6

Twee dagen nadat de rechtszaak was aangespannen ging Bruce aan het eind van de middag met Steven en Diane iets drinken in de Pirate's Saloon. Hij gaf hun allebei een kopie van de dagvaarding, die niet meer dan drie pagina's lang was, en keek naar hun geamuseerde gezichten terwijl ze lazen.

Steven glimlachte toen hij klaar was met lezen. 'En wat deed Gifford Knox daar, terwijl hij in Old Dunes naar een nieuw huis aan het kijken was?'

'Hij was in Old Dunes naar een nieuw huis aan het kijken. Net als andere mensen.'

'Heeft hij iets gekocht?'

'Hij denkt erover na, maar hij betwijfelt het. De omgeving is niet echt iets voor hem.'

Diane zei: 'Ik dacht dat hij op een zeilboot woonde.'

'Dat is ook zo. Maar er komt daar een mooie jachthaven en hij zou een ligplaats krijgen. Hij is heel nieuwsgierig naar die nieuwe projecten.'

'Ik ruik lont,' zei Steven, nog steeds lachend.

'Dat kan.'

'En hoe gaat het nu met hem?'

'Hij gaat langzaam vooruit. Maddy zegt dat hij geen hersenletsel heeft opgelopen.'

Steven gooide zijn kopie op een lege stoel en lachte. 'Jij hebt dit gedaan, hè?'

'Wat gedaan?' protesteerde Bruce grijnzend. 'Er is niet veel nodig om Gifford te betrekken bij een goede strijd. Je zei zelf dat je alleen door de dekmantel heen kon prikken door het bedrijf voor de rechter te slepen en zo hun documenten op te vragen. Nou, hier heb je je rechtszaak, en Giffords advocaat zit erbovenop.'

'Geweldig.'

'Ik dacht al dat je het leuk zou vinden. Maar stel nou dat Tidal Breeze inderdaad de eigenaar van Old Dunes is, wat dan?'

'Dan gaan we een babbeltje met rechter Salazar maken en leggen we haar uit dat er serieus sprake is van belangenverstrengeling. Haar zoon doet zaken met een van de strijdende partijen. Dan zetten we haar onder druk om zich terug te trekken. Als ze weigert, zullen we overwegen om naar de tuchtcommissie te stappen. Dat zou erg gênant voor haar zijn.'

'Denk je dat ze weet wie de eigenaar van Old Dunes is?' vroeg Diane.

Steven schudde zijn hoofd. 'Hoogstonwaarschijnlijk, op dit moment tenminste. Hoeveel bedrijfsnamen heb je tot Tidal Breeze weten te herleiden?'

'Tientallen.'

'Precies. Die gasten zijn glad, gewiekst en heel geheimzinnig. Ze hebben een hele batterij aan advocaten en belastingadviseurs en ze werken op heel veel plekken, hier en in het buitenland. Nee, ze heeft geen idee. Maar er zou een tijd kunnen komen dat Tidal Breeze de behoefte voelt om wat druk uit te oefenen.'

Bruce zei: 'Het is allemaal nog steeds speculeren.'

'Ja. Maar we komen er wel, dankzij Gifford Knox en zijn klunzigheid.'

'Wat? Heb je de dagvaarding niet gelezen? Hij is niet klunzig. De trap was waardeloos, gammel, en onderdeel van een onveilige werkomgeving.'

'Geweldig,' zei Steven nogmaals.

7

'Waarom raken we daar steeds verzeild in rechtszaken?' vroeg Wilson Larney, en hij staarde uit het raam en keek naar de oceaan. 'Dit had een stuk soepeler moeten lopen. Binnenkomen, met geld strooien, iedereen afkopen en beginnen met bouwen. Ik heb er geen woorden voor dat het bijna april is en we nog steeds vastzitten in de rechtszaal.'

Een van de advocaten, Pete Riddle, zei: 'Het gaat om een eenvoudige valpartij in een van onze nieuwe huizen. Die vent had een paar kneuzingen, maar niks ernstigs. Ik heb tegen de verzekeringsmaatschappij gezegd dat ze het moesten regelen, en snel. De advocaten van de verzoekende partij zijn aan het rondsnuffelen in het buitenland.'

'En die gewonde kerel is een of andere grote schrijver of zoiets?'

Dud Nash, de andere advocaat, zei: 'Nou en of, hij heet Gifford Knox. Goede misdaadschrijver. Ik heb zijn boeken gelezen.'

'Nooit van gehoord,' zei Wilson.

Dat komt doordat je sinds highschool geen boek meer hebt opengeslagen, dacht Dud.

Wilson was gefrustreerd, maar werd nooit boos. Zijn vader, Rex, de oprichter, was een heethoofd geweest die vloekte en dingen naar onderaannemers smeet. Wilson was veel professioneler en veel rijker, en hij vond het beter om rustig te blijven. Toch was het duidelijk dat hij zijn geduld begon te verliezen door de trage voortgang van Panther Cay. Hij wilde het grootste casino in Noord-Florida en was ervan overtuigd dat het heel wat verkeer uit Atlanta zou opleveren.

'Wanneer is de rechtszaak?' vroeg hij.

Riddle antwoordde: 'Nog steeds dezelfde datum, 17 mei. Geen reden om het uit te stellen.'

'En we hebben die oude dame een half miljoen geboden, toch?'

'Ja,' antwoordde Dud. 'En ze heeft nee gezegd.'

'Ze heeft nooit een cent te makken gehad, leeft van een uitkering en heeft een half miljoen cash afgeslagen?'

'Inderdaad.'

'Oké. Bied haar een miljoen om af te haken. Begrepen?'

Jeff lachte en zei: 'Ja, meneer de baas. Doen we.'

'De jongens in Tallahassee hebben de fondsen voor de brug. Honderdzestig miljoen dollar. De bank heeft onze eerste reeks bouwleningen goedgekeurd, tweehonderd miljoen. Waar wachten we verdomme nog op?'

8

Na zes maanden op het eiland had Diane veel meer mensen ontmoet dan Steven in zes jaar, al hoefde hij er geen wedstrijdje van te maken. Ze was goed in namen onthouden, en daarom herinnerden mensen zich haar ook. Ze ging bijna elke dag bij de boekhandel langs, groette Bruce en alle andere mensen die er werkten en nam een paar minuten de tijd om een praatje te maken. Ze kende de barista's van de koffiebars, het bedienend personeel van de restaurants en de verkopers van de kledingzaken. Ze bracht minstens één keer per week een bezoekje aan Sid Larramore van *The Register* en wisselde roddels met hem uit. Ze dook ook het archief in om oude kranten te lezen. Ze schreef elke naam op die ze op een dag misschien zou tegenkomen. Ze flirtte met de straatagenten, de hulpsheriffs, en de kapiteins van de charterboten in de haven. Ze keek naar de rolzittingen en hield de rechtszaken bij. Ze had contact met sommige advocaten, maar ging nooit te ver.

En ze had zoveel tijd met Lovely doorgebracht dat ze goede vriendinnen waren geworden. Diane haalde haar en Miss Naomi over om naar een nieuw eetcafé in de binnenstad te komen, dat er vroeger nog niet was geweest. Ze lunchten heel lang en hadden zoveel plezier dat ze het nog een keer overdeden. Lovely nodigde haar eindelijk uit om bij haar op de veranda te komen zitten en ijsthee te drinken. Lovely had zoveel verhalen, en soms onderbrak Diane haar en zei: 'Dat is nieuw voor me. Vind je het erg als ik het aan Mercer vertel?'

Mercer was altijd onderwerp van gesprek. Diane vertelde haar alles, of ze dat nou met Lovely had overlegd of niet. Af en toe kwam het gesprek op geld, en dan had Lovely weinig te zeggen. Maar na verloop van tijd begon Diane te vermoeden dat ze helemaal niet afhankelijk was van haar uitkering. Ze leidde een eenvoudig leven en er was maar weinig om geld aan uit te geven. Ze had het huis vijftien jaar daarvoor gekocht en had geen hypotheek. Haar enige uitspattingen waren haar kleren: haar kleurige jurken en hoofddoeken en sjaals. Lovely, die altijd heel terughoudend was, gaf eindelijk toe dat ze haar garderobe bij een winkel in Queens bestelt. Ze haalde een catalogus tevoorschijn

– van Kazari's African Boutique – en liet Diane hem doorbladeren. Pagina's vol met kleurrijke jurken en mantels, en de kleding was niet goedkoop.

'Je moet een flinke garderobe hebben,' zei Diane, die bijna smeekte of ze even mocht kijken.

'Best aardig,' zei Lovely. Haar voordeur bleef dicht.

Een keer zat Diane op de veranda aantekeningen te maken terwijl ze Lovely's arbeidsverleden doornamen. Lovely noemde de datums snel, maar Diane was er inmiddels wel achter dat de datums flexibel bleken te zijn. Nadat Lovely op haar vijftiende Dark Isle had verlaten, verhuisde ze naar Santa Rosa en ging naar school. Haar moeder en zij stierven bijna van de honger, en ze werkten allebei wanneer ze maar konden, vooral in de conservenfabrieken. Toen Lovely begin twintig was, ging ze als schoonmaker in verschillende hotels aan het strand werken. Dat was niet ongebruikelijk: veel zwarte vrouwen werkten in de resorts, hotels, appartementen en mooie huizen. Toen ze een jaar of vijfenvijftig was, kreeg ze een betere betrekking in een groot huis, een van de victoriaanse huizen in hartje Santa Rosa. De eigenaar van het huis was mevrouw Rooney, de weduwe van een oudere man die jaren daarvoor overleden was. Mevrouw Rooney kwam uit 'het noorden' en had een andere kijk op relaties tussen mensen van verschillende etnische afkomst. Lovely en zij werden goede vriendinnen en vertrouwden op elkaar. Lovely moest nog wel dagelijks haar werkuniform aan, en het zou nooit in mevrouw Rooney opkomen om haar mee uit eten te nemen in een restaurant, maar er waren langzaam verschuivingen gaande.

Op het moment dat mevrouw Rooney overleed, liet ze Lovely wat geld na. Ze had nooit iemand verteld hoeveel en was ook niet van plan dat aan Diane te vertellen, hoe slim die ook aan het vissen was. Miss Naomi zei dat ze het verhaal nog nooit had gehoord.

Het verklaarde wel een beetje waarom Lovely niet onder de indruk was van geld. Toen Steven en Diane haar in Bruce' kantoor ontmoetten en tegen haar zeiden dat er een miljoen dollar op tafel lag, lachte ze spottend. Haar enige reactie was: 'Ik zou willen dat ze ophielden met geld aanbieden. Ik ben niet te koop.'

Dat was precies wat Steven wilde horen.

9

In afwachting van de voorjaarsvakantie begon Mercer erop te zinspelen dat ze naar het eiland terug wilde om de binnenkant van het huis te schilderen. Nu de buitenboel er tiptop uitzag, werd het tijd om het interieur aan te pakken. De muren waren al in geen tientallen jaren geschilderd. Ze hadden de nodige spullen – kwasten, ladders, bakjes, rollers, afdekzeilen, alles behalve de verf – en ze waren ook een beetje ervaren nu ze de buitenkant hadden geschilderd. De binnenkant zou veel makkelijker zijn, dacht ze.

Thomas wilde gaan skiën in Utah. Dat zei hij een paar keer, maar blijkbaar was het aan dovemansoren gericht. Een mysterieus telefoontje van zijn redacteur bij *The Atlantic* trok zijn aandacht. Hij moest naar New York om de laatste versie van zijn artikel over de verdwenen onderzeeër te reviseren. Hij vertrok, en Mercer maakte alleen met de hond de tien uur durende autorit naar het strand. Het hele gezinnetje was blij. Zij had wat tijd voor zichzelf om te schrijven en aan haar boek te werken. Thomas, die maar weinig talent met de verfkwast aan de dag had gelegd, had de handenarbeid weten te ontlopen. En de hond mocht aan zijn kant van het bed slapen.

Mercer en Diane spraken elkaar minstens een uur per dag over de telefoon. Ze mailden en appten voortdurend en konden niet wachten om samen dingen te doen op het eiland. Zelfs als juridisch medewerker, of assistent, of wat haar functie ook mocht zijn daar aan haar tafeltje in de krappe keuken van het Barrier Island Legal Defense Fund, zou ze het werk van de firma vertrouwelijk moeten houden. Dat deed ze niet. Tenminste, niet als ze met Mercer over het Dark Isle-proces wilde praten. Steven Mahon gaf haar min of meer groen licht. Ze redeneerden dat Mercer een diepgaand boek over de zaak schreef en vroeg of laat toch alles te weten zou komen. Ze was te vertrouwen. Lovely had de twee vrouwen toestemming gegeven om over haar leven en de rechtszaak te praten.

Op Mercers eerste avond op het eiland kwam Diane naar het vakantiehuis met een pizza en een fles goedkope rode wijn. Ze praatten drie uur non-stop en keken een film. Diane bleef op de bank slapen. De volgende ochtend stond ze vroeg op, zette een pot koffie en las Mercers eerste versie.

10

De volgende avond kookte Noelle voor Mercer, en ze aten samen met Steven en Diane op de veranda. Met verbazingwekkend weinig poespas vertelde Bruce het verhaal van Noelle die Lenny Salazar op het spoor was gekomen terwijl ze het nieuwe appartement van haar klant aan het opmeten was. Als Lenny een rechtstreekse financiële connectie met Tidal Breeze had – en dat stond absoluut nog niet vast – zei Steven dat hij achter de rechter aan zou gaan.

Mercer luisterde alsof ze niet wist wat ze hoorde, al had Diane het haar al in geuren en kleuren verteld. Bruce was een begenadigd verteller, vooral als hij wat wijn ophad. Hij vond niets leuker dan een langdurig diner op de veranda met schrijversvrienden en andere bewonderaars. Zoals gewoonlijk zei Noelle niet veel. Ze vond het fijn om naar de anderen te luisteren en alleen iets te zeggen als ze echt iets toe te voegen had.

Mercer was verrukt over de nieuwe wendingen. Ze had nu eenenvijftigduizend woorden geschreven, wat naar haar inschatting ongeveer de helft van het boek was. En het allerbelangrijkste: ze overwoog niet langer om het weg te gooien. Ze was blij met haar verhaallijn en wist dat het beste nog moest komen. Het zou niet alleen lang genoeg zijn, maar de subplots liepen ook lekker. Diane had de eerste versie in drie uur verslonden en zei dat het las als een spannende thriller.

'Wanneer mag ik ernaar kijken?' vroeg Bruce.

'Wat dacht je van als het af is?' antwoordde Mercer.

'Kom op nou. Ik ben geïntrigeerd door je eerste poging tot non-fictie, wat een van mijn sterkste kanten is.'

'Net als alle andere genres.'

'Nee, niet waar. Ik lees niet zo vaak poëzie. Ik denk dat ik de eerste helft moet lezen, en wel met een rode pen erbij.'

'Ik zal erover nadenken.'

'Wat een aardige manier is om nee te zeggen.'

'Ik zal erover nadenken. De eerste helft is nog een ruwe kladversie.'

'Daar ben ik het niet mee eens,' zei Diane. 'Ik heb alles vanochtend voor het ontbijt in één adem uitgelezen. Ik vond het fantastisch. Dat stuk over de voormalige slaafgemaakten op Dark Isle is echt heel boeiend.'

'Dank je wel.'

Bruce schonk nog wat wijn in en zei: 'Kom op, Mercer. Als je wilt dat ik dit boek verkoop, moet ik het wel lezen.'

'En dat ga je ook doen, zodra ik klaar ben.'

‘Wanneer is dat?’

‘Dat hangt van het verhaal af. Als het Barrier Island Legal Defense Fund de zaak van Lovely’s eigendomsrecht wint, zal er deze zomer een happy end komen. Toch, Steven?’

‘Daar lijkt het wel op. Maar er is altijd nog een kans dat ze in beroep gaan. Daar gaat nog eens een jaar overheen, misschien wel anderhalf.’

Diane zei: ‘Gemiddeld neemt een hoger beroep van de chancery-rechtbank in Florida zo’n veertien maanden in beslag.’

‘Mijn ongeëvenaarde juridisch medewerker,’ zei Steven met een knikje over tafel.

‘Nou, zo lang kan ik niet wachten,’ merkte Bruce op.

‘Je hebt heus wel andere boeken om te lezen tijdens het wachten,’ zei Mercer.

‘Je meent het,’ zei Noelle. ‘Hij leest er nu drie per week.’

‘Dat is gewoon mijn werk,’ zei Bruce met een glimlach. ‘Geweldige boeken lezen, geweldige wijn drinken.’

11

Er was niet bepaald een tekort aan advocatenkantoren die in Londen gevestigd waren en die gespecialiseerd waren in Caribische belastingregelingen en offshorevehikels. Giffords advocaat in Charleston vond er een met een piepkleine vestiging op Montserrat. Tegen een honorarium – en het was nooit duidelijk of dat boven of onder de tafel werd betaald – keek de advocaat in het overheidsregister van buitenlandse bedrijven en personen die beweerden dat ze op het eiland gevestigd waren. Rio Glendale was er een van de zevenentachtighonderd. De statuten, die volgens de wetten van het eiland als uiterst vertrouwelijk werden behandeld, waren ondertekend door Nate Gooch, een junior partner onder Pete Riddle. De helft van de aandelen van Rio Glendale was in handen van Delmonte Land, de andere helft was van Sandman Ventures. Beide bedrijven waren in bezit van een in Boca Raton gevestigde dochteronderneming van Tidal Breeze. Alle entiteiten waren particulier eigendom van Wilson Larney en zijn familie.

Het was een aardige poging tot verstoppertje spelen, maar niet bijster creatief. Nou ja, Wilson en zijn kornuiten hadden dan ook nooit verwacht dat ze voor de rechter zouden worden gesleept vanwege Old Dunes. De echte profs in de business speelden het via Singapore en Panama en lieten geen enkel spoor na.

12

Half april, een maand voor de rechtszaak, maakte Steven een afspraak met rechter Salazar in haar kantoor in de gang achter de rechtszaal. Het was de bedoeling dat ze het proces zouden bespreken en zouden besluiten wie er zou getuigen, en in welke volgorde. Maar voordat ze daaraan toekwamen, liet Steven haar schrikken door te zeggen: 'Luister, ik heb nogal verontrustend nieuws voor je.'

Ze reageerde met een onthutste blik. 'Oké.'

'We hebben gehoord dat je zoon Lenny appartementen aan het bouwen is in Old Dunes.'

'En dat doet hij behoorlijk goed.'

'Ja. Het probleem is alleen dat Old Dunes in het geheim eigendom is van de Tidal Breeze Corporation in Miami.'

Ze reageerde oprecht geschokt. Ze zuchtte, ademde langzaam uit en leek iets te willen zeggen, maar er kwam niks uit. Haar onderbuikgevoel zei dat ze het wel moest geloven, want Steven Mahon zou nooit zoiets zeggen zonder concreet bewijs. Hij legde een dossiermap op haar bureau en zei: ‘Dit is het papieren spoor. Het maakt een paar rondjes door het Caribisch gebied, wat niet ongebruikelijk is voor Tidal Breeze. Het is een particuliere onderneming en ze gaan heel geheimzinnig te werk.’

‘Mijn zoon doet het heel goed en ik ben trots op hem.’

‘En terecht. Er staat in dat dossier niks wat ook maar enigszins betrekking heeft op je zoon. Ik ga ervan uit dat hij helemaal niet op de hoogte is van de identiteit van de eigenaar.’

‘Dat betwijfel ik inderdaad. We hebben het er nooit over gehad. Ik had geen idee.’

‘Natuurlijk niet. Tidal Breeze wringt zich in allerlei bochten om zich te verschuilen achter een paar offshoremantelbedrijven, een spelletje dat ze wel vaker hebben gespeeld.’

Ze zette haar leesbril af en masseerde haar slapen. Steven liet haar zweten. Ze zei: ‘Het kwam door die lunch met de orde van advocaten, hè? Daar heb ik mijn mond voorbijgepraat.’

‘Nee hoor, Edelachtbare.’ Natuurlijk kwam het door de lunch met de orde van advocaten. Natuurlijk had ze haar mond voorbijgepraat, waardoor hij in paniek was geraakt en een plannetje had bekokstoofd om haar van de zaak te halen. Het was onnodig en onnadenkend geweest dat ze als gerespecteerde rechter commentaar had geleverd op een belangrijke lopende zaak. Wat had ze ermee gewonnen door zich in de kaarten te laten kijken? Niks. Tenzij ze Tidal Breeze stiekem wilde helpen, maar dat geloofde Steven geen seconde. Ze had geen idee dat het bedrijf kunstgrepen had uitgehaald om eigenaar van Old Dunes te worden.

‘Nou, ik heb mijn mond voorbijgepraat en daar had ik meteen spijt van. Het is echt niks voor mij om dat te doen, dat weet je toch?’

'Dat weet ik.'

Ze herpakte zich en zei: 'Ik ben onbevooroordeeld, Steven, en ik ben er klaar voor om de zaak te horen.'

Je bent om de dooie dood niet onbevooroordeeld. 'Tja, dat lijkt ons dus geen goed idee. Je hebt nu eenmaal gezegd wat je te zeggen had, en er was geen twijfel mogelijk over hoe je erin staat. Het is het beste als je een stap opzijdoet.'

'Suggereer je nou dat ik me moet verschonen?'

'Precies. Je gelooft niet in de getuigenis van onze cliënt en belangrijkste getuige. Kom op, je bent vooringenomen.'

'Helemaal niet.'

'Ik ga niet met je in discussie. Als je weigert zelf op te stappen, dienen we een officieel wrakingsverzoek in bij de rechtbank. Het is voor jou het beste om je stilletjes terug te trekken. Als je dat doet, hoef je geen reden op te geven. Dien een verzoekschrift van één pagina in en vraag het hooggerechtshof om een vervangende rechter aan te stellen voor deze zaak.'

'En als ik dat niet doe?'

'Dan loop je het risico dat je ernstig in verlegenheid wordt gebracht. Dan dienen wij het wrakingsverzoek in en beweren we dat er sprake is van aanzienlijke belangenverstrengeling, hoewel we niet meteen zullen specificeren waar het precies om gaat. Dat nieuws haalt de voorpagina. Als je het verzoek afwijst, zullen we een versnelde procedure opstarten. En Edelachtbare, met alle respect, dan zullen we ook een klacht indienen bij de Board on Judicial Conduct, zodat die je gedrag zullen toetsen. Opnieuw mogelijk voorpaginanieuws.'

Haar wangen werden vuurrood van woede en ze wilde bijna terugslaan. Maar in plaats daarvan haalde ze diep adem en zei: 'Je speelt het behoorlijk agressief, Steven. Dat verbaast me.'

‘Het verbaasde mij ook om te merken dat je besluit al vaststond.’

‘Dat was stom van me. Net zoals het stom van jou is om me te dwingen me te verschonen.’

‘Ik bescherm mijn cliënt, dat is alles. En ik heb agressief leren spelen toen ik Exxon en DuPont voor de rechter sleepte. Trek je nu terug, voordat dit verhaal helemaal opgeblazen wordt. Nu kun je de schade nog beperken, maar morgen misschien niet meer. En volgend jaar staat je herverkiezing voor de deur.’

‘Waag het niet om hier iets politieks van te maken, Steven. Ik tel geen stemmen voordat ik een uitspraak doe.’

‘Natuurlijk niet. Maar de kiezers kunnen het misschien niet zo waarderen als een rechter in verband wordt gebracht met belangenverstrengeling. En met een morele kwestie. Panther Cay is hier niet populair. Jij hebt een ijzersterke reputatie. Waarom zou je die op het spel zetten?’

Ze zette haar leesbril weer af en depte haar vermoeide ogen met een tissue. Ze gaf het op en vroeg: ‘Was Tidal Breeze de oorspronkelijke projectontwikkelaar van Old Dunes?’

‘Nee. Het bedrijf heeft zich er pas in september binnengewurmd. Het was een valstrik. Een vernuftig plan om je zoon te gebruiken om druk op je uit te oefenen. Panther Cay zal Tidal Breeze veel meer opleveren dan Old Dunes. En waarom zouden ze die niet allebei kunnen hebben?’

‘Mijn zoon heeft niks verkeerd gedaan.’

‘Dat heb ik ook niet gezegd of zelfs maar geïmpliceerd.’

‘Ik wil dat hij beschermd wordt.’

‘Trek je dan terug.’

‘Ik moet er even over nadenken. Dit is allemaal zo plotseling.’

‘Ik wacht vierentwintig uur, Edelachtbare, en dan dien ik een wrakingsverzoek in.’

'Je gaat hardhandig te werk, Steven.'
'Dat heb ik in de loopgraven geleerd.'
'Ik zal dit niet vergeten.'
'Ik ook niet.'

13

De volgende middag om twaalf uur diende rechter Salazar een kennisgeving in bij de griffier en stuurde kopieën naar alle advocaten. Zonder opgaaf van reden trok ze zich terug uit het proces en verzocht ze het hooggerechtshof om een vervangende rechter aan te wijzen om de rechtszaak te behandelen. Omdat ingediende verzoekschriften openbaar waren, nam ze niet de moeite om de pers in te lichten. Tegen de tijd dat Sid Larramore van *The Register* er twee dagen later lucht van kreeg, was rechter Salazar de stad al uit voor een korte vakantie.

9
Het graafwerk

1

Om te ontsnappen aan de kiezers die hem hadden weggestemd, hadden Clifton Burch en zijn vrouw de uitdijende buitenwijken van Orlando verruild voor het veel rustigere stadje St. Augustine, aan de Atlantische kust. Hij had de eer gehad om veertien jaar als rechter bij de circuitrechtbank te dienen en stond in hoog aanzien bij zijn vakgenoten en de advocaten die voor hem verschenen. In zijn laatste campagne was hij onverhoeds aan de kant geschoven door een onbekende rechtse conservatieveling die met een stroom aan internetadvertenties en televisiereclame de aanval inzette en beweerde dat rechter Burch slap optrad tegen criminaliteit. Dat was helemaal niet waar, en zijn staat van dienst sprak voor zich. Maar aanvallende advertenties werken als een trein als ze simplistisch zijn en kiezers angst aanjagen. Zijn plotselinge, ongeplande pensioen was in eerste instantie traumatisch, maar algauw besefte hij dat hij het net zo druk kon hebben door als vervangende rechter op te treden in zaken in de hele staat. Het hooggerechtshof was voortdurend op zoek naar gepensioneerde rechters die als scheidsrechter konden optreden in gevoelige rechtszaken waaruit de lokale rechters zich hadden teruggetrokken. Rechter Burch, die op zijn zesenzeventigste nog zo fris als een hoentje was, stond in juridische kringen algauw bekend als de man bij wie je wezen moest als je iemand zocht die gestructureerd, efficiënt en onbevooroordeeld zelfs de neteligste geschillen graag tot een goed einde wilde brengen. Hij wist niks over de zaak en had nog nooit van Dark Isle, Panther Cay, Tidal Breeze of het Barrier Island Legal Defense Fund gehoord. Hij kreeg op dinsdag 21 april om halftien 's ochtends een telefoontje van de griffier van het hooggerechtshof van Florida, en rond het middaguur had hij over de telefoon met alle advocaten gesproken en hij ploegde nu de pleidooien door. Hij beloofde dat hij de verklaringen zou lezen, al het vooronderzoek zou bekijken en tegen het weekend helemaal op de hoogte zou zijn. In de voorgaande drie jaar had hij twee eigendomsgeschillen behandeld en hij kende de wet goed. Het was niet zo heel ingewikkeld. De rechtszaak stond op de planning voor 17 mei en er zou geen uitstel komen.

Steven was dolblij met de aanstelling van rechter Burch. Hij mocht Lydia Salazar graag, maar ze was in opspraak geraakt en hij had er geen spijt van dat hij ervoor had gezorgd dat ze moest terugtreden. Hij belde Gifford Knox in Charleston en bedankte hem nogmaals dat hij gewond was geraakt. Gifford gierde het uit van het lachen en beloofde onmiddellijk naar hem toe te zeilen om het te vieren.

Ze spraken nog eens over het geld voor deze hele expeditie. Gifford zei nog een keer vijfduizend dollar toe, waardoor zijn totaalbedrag nu op vijftienduizend dollar stond. Steven was met de pet rondgegaan langs de 'groentjes' en hun non-profitorganisaties, en hij had vijfentwintigduizend dollar opgehaald. Bruce Cable gaf tienduizend dollar.

Mercer legde er nog eens vijfduizend dollar bij en begon zich af te vragen of haar leuke 'Lovely'-projectje misschien een bodemloze put werd.

2

Het was Dianes idee geweest. Aanvankelijk was het doel geweest om met een groep deskundigen naar Dark Isle te gaan, de begraafplaats die Lovely had beschreven te zoeken, de graven op te sporen, wat botten op te graven en die te onderwerpen aan een DNA-test.

Tidal Breeze had gekozen voor de tactiek van de verschroeide aarde door te beweren dat Lovely het verhaal uit haar duim had gezogen en dat ze nooit op het eiland gewoond had. En tot nu toe hadden de goodguys geen hard bewijs voor het tegendeel geleverd. Een DNA-link naar de voorouders van Lovely Jackson zou de beweringen van Tidal Breeze tenietdoen en de geloofwaardigheid van het bedrijf ernstig schaden.

Diane had Steven voor kerst al overgehaald en hoewel hij zich zorgen maakte over de kosten, gaf hij haar wel groen licht om de boel voorzichtig in gang te zetten. Voorzichtig zijn zat niet in haar eigen DNA, maar ze deed een dappere poging om terughoudend over te komen. Ze stuitte op het African Burial Project in Baltimore en betaalde honderd dollar voor het lidmaatschap. De missie van het project, zo was op de website te lezen, was begraafplaatsen van slaafgemaakte Afrikanen opsporen en behouden, en hun leven, hun strijd en hun verdiensten herdenken. Hun werk was grotendeels gericht op het gebied ten noorden van de mid-Atlantische staten. In de voormalige slavenstaten, waar natuurlijk veel minder onvindbare begraafplaatsen waren, was tot nu toe maar weinig belangstelling voor het werk van het ABP geweest. De non-profitorganisatie had geen project in de staat Florida.

Daar zou nu verandering in komen. Diane maakte drie tripjes naar Baltimore, dat twaalf uur rijden heen en twaalf uur rijden terug was, en deed dat op eigen kosten. Door haar charmante manier van doen bouwde ze een leuk contact op met de directeur, een oud-rechtendocent die Marlo Wagner heette. Marlo las Lovely's boek in één avond uit en was meteen geboeid door het verhaal. Het ABP werkte met een krap budget, maar had wel contacten in de archeologiewereld. Marlo kende onderzoekers die zich alleen maar bezighielden met het zoeken naar oude botten en begraafplaatsen die nooit gevonden hadden mogen worden.

In diezelfde winterperiode had Diane talloze tripjes naar de Florida State University in Tallahassee gemaakt. Dr. Gilfoy, de voorzitter van de afdeling Antropologie, legde meer dan eens uit dat er geen geld beschikbaar was voor een 'grote opgraving' op een plek als Dark Isle. Hij, zijn collega's en vooral zijn studenten gingen liever op exotischere plekken als Egypte en China graven. Maar dr. Gilfoy en een paar gepensioneerde archeologen uit de hele staat hadden een klein bedrijfje dat misschien wel geïnteresseerd was. Diane gaf hem alle kaarten, foto's en historische achtergrondinformatie die ze had, en uiteindelijk legde hij haar een keer tijdens een lunch uit dat er voor zo'n project vijf tot zeven dagen ter plaatse gewerkt moest worden door een team van archeologen en studenten. De kosten zouden in de buurt van de dertigduizend dollar komen. Er moest ook rekening worden gehouden met onverwachtse kosten, want het team had geen idee wat het zou aantreffen, vooral door de nasleep van orkaan Leo. Er was een gerede kans dat de begraafplaats, als die ooit al had bestaan, door de storm was weggevaagd.

Terwijl Steven zijn contacten in de wereld van het natuurbehoud benaderde, beet Diane zich er hardnekkig in vast, snoeide in de kostenramingen en smeekte om korting, en eindelijk had ze voldoende geld en talent bij elkaar gesprokkeld om het project te laten doorgaan. Een team van drie archeologen van een afdeling van het ABP zou samen met een driekoppig team van het bedrijf van dr. Gilfoy in Tallahassee een paar dagen op het eiland doorbrengen om graafwerk te verrichten op de begraafplaats, als ze die al konden vinden. Eventuele skeletresten zouden in een genetisch lab in Austin op DNA worden getest.

Steven nam contact op met rechter Burch en legde hem het plan voor. Omdat Dark Isle officieel van niemand was, was toestemming van de rechtbank niet cruciaal. Toch vond Steven dat het in hun beste belang was om alle advocaten te informeren.

Tidal Breeze wees het idee natuurlijk van de hand. Tijdens een telefonische vergadering vertelde rechter Burch abrupt aan Mayes Barrow, Pete Riddle en Monty Martin dat hij hun tegenwerpingen pietluttig en tijdrovend vond en dat hij geen geduld had met dat soort tactieken. Op hun teentjes getrapt verbraken ze de verbinding zo snel mogelijk en brachten verslag uit aan Wilson Larney. Steven en Diane verbraken de verbinding en gaven elkaar een high five. Ze mochten deze rechter wel. Hij gaf groen licht en wilde een verslag zodra dat er was.

3

De laatste hindernis was Lovely Jackson. Omdat ze Bruce bewonderde en zich op haar gemak voelde in zijn winkel, besloot Diane om daar weer een bijeenkomst te regelen. Zoals altijd bracht Miss Naomi haar met de auto. En zoals altijd was ze gehuld in een kleurige jurk en een doek die strak om haar hoofd was gewikkeld. Bruce zette koffie en haar favoriete havermoutkoekjes voor haar neer. Bruce bleef zelf ook in zijn kantoor, want Diane en Steven dachten dat ze zijn hulp misschien nodig hadden. Ze wilden iets voorstellen wat ze nog niet met hun cliënt hadden besproken.

Steven begon met een samenvatting van de rechtszaak, of de 'gerechtelijke procedure' zoals hij het noemde, om haar duidelijk te maken hoe het werkte. Het proces zou over een paar weken beginnen, en na maanden van verklaringen en papierwerk en dergelijke werd het nu tijd voor de grote gebeurtenis. In zijn ogen was het Tidal Breeze en de andere badguys goed gelukt om twijfel te zaaien over Lovely's bewering dat ze de laatste rechtmatige eigenaar van het eiland was. De beste manier om te bewijzen dat ze ongelijk hadden, was naar het eiland gaan, de begraafplaats zoeken en daar hopelijk de resten van haar voorouders vinden. Ze had Diane heel vaak verzekerd dat ze precies wist waar ze begraven waren.

Om Lovely kennis te laten maken met het wonder van DNA-testen, had Diane haar al weken daarvoor verhalen verteld over twee mannen die ten onrechte veroordeeld waren en jaren in de gevangenis hadden zitten wegkwijnen. Ze hadden maar weinig hoop om vrij te komen, tot hun advocaten de rechtbank ervan overtuigden om DNA-testen van wat verborgen bewijsmateriaal toe te laten. De testen toonden de onschuld van de mannen aan, en de schuldige werd geïdentificeerd. Lovely was geboeid door het verhaal, dus had Diane haar er nog een verteld. En nog een. Daarna vertelde ze haar het verhaal van Thomas Jefferson en Sally Hemings, een van zijn slaafgemaakte vrouwen, en de zes kinderen die ze voortbrachten – voor, tijdens en na zijn presidentschap. Tientallen jaren lang hadden witte historici ontkend dat president Jefferson Miss Hemings als concubine had gehad, ondanks overvloedig anekdotisch bewijs. De kwestie werd in 1998 dankzij DNA-testen opgelost, toen een van zijn afstammelingen genetisch werd gelinkt aan een van de hare.

Diane had uitgelegd dat het misschien nodig zou zijn om DNA-testen te gebruiken bij hun inspanningen om het eigendomsgeschil te winnen.

Steven zei: 'We zijn van plan om een team naar het eiland te brengen om de begraafplaats te zoeken.'

Lovely leek te weten wat eraan kwam en schudde haar hoofd al. Ze deed haar ogen dicht en zei: 'Dat kan niet.'

Niemand zei een woord. Ze wisten niet wat ze moesten zeggen.

'Dat kan niet,' herhaalde ze, en ze deed haar ogen weer open. 'Nalla heeft het eiland behekst toen ze daar aankwam. Ze heeft het strand beschilderd met het bloed van Monk, de witte man die haar op het schip verkracht had. De witte man die haar zwanger maakte en haar een jongetje schonk dat een halfbloed was. In Afrika, in haar geboortedorp, was Nalla een hogepriesteres van Afrikaanse geesten en medicijnen, de dorpsdokter. Dat was ze ook op Dark Isle, net als haar dochter en kleindochter en al mijn grootmoeders, zeven in totaal, helemaal tot aan mij. Nalla's vloek ligt nog steeds in het zand op het strand van Dark Isle. Er is geen enkele witte man die ooit voet op het eiland heeft gezet en het heeft kunnen navertellen.'

Bruce en Steven keken elkaar aan. Ze hadden natuurlijk wel van de legende van de vloek gehoord, maar waren te wereldwijs om erin te geloven. Maar nu ze Lovely hoorden beschrijven hoe het was gegaan, leek het realistischer.

Ze zei: 'Er zijn heel wat mannen naar het eiland gegaan, witte mannen, en ze hebben het geen van allen overleefd. De geesten zijn daar en vertellen me de verhalen. Ik hoor Nalla's stem en de stemmen van mijn grootmoeders. Ik weet dat de vloek daar ligt, in het zand. Het is niet verstandig om de geesten in verzoeking te brengen.'

Er viel een lange stilte terwijl de witte mensen in de kamer dit verwerkten. Miss Naomi zat naast Lovely, klopte op haar arm en keek al net zo verbijsterd als de anderen. Diane, die nooit verlegen was, doorbrak de spanning met de vraag: 'Geldt die vloek ook voor witte vrouwen?'

Er volgde een lange stilte, en Lovely staarde neuriënd naar de vloer. 'Dat weet ik niet. Ik zal het aan de geesten vragen.'

Bruce was nooit in de buurt van Dark Isle gekomen en kwam nu ook niet in de verleiding om dat te doen. Hij keek weer naar Steven en het was duidelijk dat die dezelfde gedachten had.

Diane vroeg: 'Heb jij als priesteres de macht om de vloek te verbreken?'

'Dat weet ik niet. Dat is nog nooit gebeurd. Ik zal het aan de geesten vragen.' Ze keek naar Miss Naomi en zei: 'Ik wil nu graag naar huis.'

4

Er gingen twee dagen voorbij zonder enig bericht van Lovely. Diane belde Miss Naomi twee keer, maar er werd niet opgenomen. Ze had een lang gesprek met Marlo Wagner en legde de situatie uit. In eerste instantie deed Marlo luchtig over de oude Afrikaanse vloek, maar ze werd serieuzer toen ze besefte dat Diane en de anderen er bang voor waren. De legende van Dark Isle omvatte veel verhalen van witte indringers die op mysterieuze wijze overleden waren. Marlo herinnerde zich ook iets uit een boek over Afrikaans mysticisme dat ze had gelezen: de vloek verdween met de dood van de medicijnman, de mysticus of de priesteres. Of hoe ze ook genoemd werden.

Diane verzekerde haar dat Lovely geloofwaardig was. Ze waren er allemaal van overtuigd geraakt nadat ze haar hadden gehoord en gezien. 'We konden bijna een geest in de kamer voelen,' legde ze uit.

Opeens werd er gezocht naar zwarte archeologen. Marlo kende er twee die het African Burial Project hadden geholpen en ze beloofde hen meteen te bellen.

Diane belde dr. Gilfoy van de FSU en vertelde hem over de kink in de kabel. Ook hij deed spottend over het idee van een vloek, vooral een die tweehonderdzestig jaar geleden was afgeroepen. Hij was niet in het minst geïntimideerd en keek er nog steeds naar uit om op het eiland te gaan graven.

5

Bij een kop koffie vertelde Bruce aan Steven dat hij een nieuwe juridische strategie had.

'Sinds wanneer geef jij juridisch advies?' informeerde Steven.

'O, ik geef advies over een heleboel onderwerpen. Dit is het idee: trek je rechtszaak in, geef Tidal Breeze groen licht en laat ze het eiland binnendringen. Dan worden Lovely en haar geesten woedend en schakelen ze een paar inspecteurs en architecten uit. Als Tidal Breeze eenmaal mensen kwijtraakt, vluchten ze met hun staart tussen de benen. En dan is het eiland gered.'

'Daar heb ik serieus over nagedacht. Maar stel dat het allemaal kletskoek is? Geloof jij echt dat er een oude Afrikaanse vloek boven het eiland hangt?'

'Nee. Maar ik ga er niet naartoe. Jij wel?'

'Ik ben advocaat, geen archeoloog. Ik blijf hier. Maar Diane kan niet wachten om erbovenop te springen.'

'En als Lovely nou nee zegt?'

'Dan zetten we de rechtszaak toch door. Dat DNA is toch een grote gok. Ik kan me bijna niet voorstellen dat ze na al die jaren nog wat oude botten vinden, vooral niet na orkaan Leo.'

'Wat zijn onze kansen zonder DNA?'

'Fiftyfifty. Ons grootste probleem is niet veranderd. Lovely heeft toegegeven dat ze het eiland vijfenzestig jaar geleden verlaten heeft.'

6

Miss Naomi belde die avond laat. Diane paste op Mercers vakantiehuis, iets wat ze steeds vaker deed. 'O, hallo Miss Naomi.'

'Lovely wil morgenochtend praten, bij haar op de veranda. Alleen wij drieën.'

'Ik zal er zijn. Hoe laat?'

'Tien uur. En het zou leuk zijn als je wat van die kokoskoeken meeneemt.'

'Doe ik.'

De veranda was zo smal dat hun tenen elkaar bijna raakten. Ze dronken koffie, knabbelden op de koekjes en praatten over het weer, tot Lovely zei: 'Als ik meega, komt het goed.'

Diane wachtte op meer, en toen dat niet kwam, zei ze: 'Je wilt mee naar het eiland?'

'Inderdaad. Als ik meega, kan ik de vloek opheffen. En zonder mij vinden ze de begraafplaats nooit.'

'Dus als ik het goed begrijp is het oké als het team naar het eiland gaat, met zijn allen, dus ook wij witte mensen? Maar alleen als jij meegaat?'

'Ja. Ik moet mee.'

'En ik mag ook mee?'

'Ik wil dat je meegaat. De geesten zijn bij me en ze weten dat er goede mensen zijn die proberen te helpen.'

‘Oké. Hoe snel kunnen we gaan?’

‘Volgende week woensdag is het vollemaan. We gaan om middernacht.’

‘Middernacht?’

‘Ja.’

7

De grote pontonboot werd gebruikt voor excursies bij zonsondergang, borrelcruises, privéfeestjes en sightseeën rondom Camino Island. Na een hoop gesteggel met de eigenaar huurde Steven hem een week voor vijfentwintighonderd dollar, zogenaamd een gereduceerd tarief. Het team kwam op 22 april aan het eind van de middag aan in de belangrijkste haven van het eiland en laadde spullen en eten in de boot.

Het team bestond uit twee mannen en een vrouw van het African Burial Project. Ze waren allemaal zwart, dankzij Marlo Wagners charme en verkooptalent, en ze stonden onder leiding van dr. Sargent, het hoofd van de vakgroep van de Howard University in Washington. Zodra het nieuws over de expeditie zich via het netwerk had verspreid, was Marlo werkelijk overspoeld met aanvragen van vrijwilligers. Goedhartig en met een dosis humor had ze uitgelegd dat zwarte grafdelvers de voorkeur hadden, om redenen die later zouden worden besproken. Het graafwerk zou te gevaarlijk kunnen zijn voor witte mensen. De meeste archeologen, zowel zwart als wit, kenden elkaar en velen van hen hadden samengewerkt.

Het witte team stond onder leiding van dr. Gilfoy, die jaren daarvoor in Cornell met dr. Sargent had gestudeerd. Ze hadden alle zes een doctorsgraad en werkten zowel in de collegezaal als in het veld. Dr. Sargent had twee boeken over onvindbare Afrikaanse begraafplaatsen gepubliceerd en werd beschouwd als de toonaangevende expert.

Na het vallen van de avond kwam Bruce Cable eraan, samen met Claude, de cajuncateraar, en een kist wijn. Het eten werd opgediend onder het afdak van de ponton en het team genoot van gumbo, jambalaya en *étouffée* met rivierkreeften. De wijn en het bier vloeiden rijkelijk, net als de verhalen. Die waren er in overvloed, opgedist door geroutineerde vertellers die wonderbaarlijke dingen hadden beleefd tijdens het graven in oerwouden, gebergten en woestijnen over de hele wereld. Naarmate de avond vorderde werd steeds duidelijker dat dr. Sargent de mooiste verhalen had, en ook de meeste ervaring met Afrikaanse begraafplaatsen, en zonder opdringerig of ambitieus te zijn, nam hij geleidelijk aan de leiding. Er zaten heel wat ego's aan tafel, maar ze waren wel gewend aan teamwerk op moeilijke plekken.

Om tien uur, volgens planning, arriveerden Diane en Mercer met Lovely Jackson, die de kleurrijke kleding en hoofddoeken thuis had gelaten en in plaats daarvan een oude spijkerbroek, stevige schoenen en een kaki shirt droeg dat drie maten te groot was. Het was haar feestje en ze nam de tijd om kennis te maken met de teamleden, die allemaal verheugd waren om haar te ontmoeten.

Mercer had een week vrij genomen van haar colleges, iets waar de decaan niet bepaald blij mee was, maar hij had niet echt keus. Ze had een groot boekcontract en daar konden de andere docenten alleen maar van dromen.

Ze gingen om een tafel staan en keken naar grote kaarten en luchtfoto's van Dark Isle, zowel voor als na orkaan Leo. Lovely had het eiland nog nooit vanuit de lucht bekeken en het duurde even voor ze zich kon oriënteren. Ze wees naar een kleine baai waar de boten altijd aan een steiger hadden gelegen. Die lag aan de oostkant van het eiland en keek uit op Santa Rosa, maar was verwoest door Leo. Vanaf de steiger was het een klein eindje lopen naar het dorp. De begraafplaats lag aan de westkant van het eiland, op een richel die het hoogste punt vormde.

De archeologen hadden elke vierkante meter van het eiland in kaart gebracht, tenminste, voor zover dat vanuit de lucht te zien was. Door de dichte bossen en de schade die Leo had aangericht was het onmogelijk om restanten van een nederzetting te zien. Ze wezen hier en daar op verschillende kaarten, hoorden Lovely uit, krabden op hun hoofd en bedachten langzaam een plan.

Om elf uur startte Ronnie, de kapitein, de motor van de boot. Bruce en Steven hielpen de ponton van de steiger duwen en namen afscheid. Bruce riep: 'Als we jullie niet meer zien, gaan we geen reddingspoging wagen.' Iedereen lachte.

Terwijl ze bij het licht van de vollemaan met een slakkengangetje over het stille water gleden, werd de stemming ingetogener naarmate Santa Rosa achter hen vervaagde en Dark Isle voor hen opdoemde. Twintig minuten nadat ze de haven verlaten hadden, minderde Ronnie vaart en zette de motoren af. 'Het is hier anderhalve meter diep. Is dat goed?'

'Prima,' antwoordde Diane.

Er hing een rubberbootje aan stuurboord en Ronnie haakte het los van de ponton. Diane stapte er als eerste in en wist haar evenwicht te bewaren. Mercer ging als tweede. 'Wees voorzichtig,' zei ze tegen Lovely, die door Ronnie bij de arm werd genomen en omlaag werd begeleid. Het rubberbootje schommelde en Lovely wankelde, maar Diane ving haar op en ondersteunde haar terwijl ze op het bankje ging zitten. Ronnie gaf Diane drie grote canvastassen aan en zei: 'Jullie worden meegevoerd op de branding, maar er ligt een peddel in als je die nodig hebt.'

Het rubberbootje dreef weg van de ponton. Diane knipte een zaklamp aan en speurde het strand af, dat zo'n dertig meter bij hen vandaan was. De kustlijn en het hele eiland waren pikzwart. Ze draaide zich om en scheen met de zaklamp achter haar om de pontonboot te kunnen zien, alsof ze zich ervan wilde vergewissen dat de boot en het team er nog waren. Ze leunden allemaal op de reling en keken als betoverd toe. De maan kwam achter een wolk vandaan en verlichtte de kust. Mercer pakte de peddel, waar ze nul ervaring mee had, en het lukte haar om die door het water te laten plonzen. Het was niet duidelijk of haar pogingen effectief waren, maar het rubberbootje leek dichter naar het land te kruipen.

Lovely zat voorin en keek stilletjes voor zich uit, onaangedaan terwijl de boot zachtjes vooruitschommelde. Als kind had ze in het water gespeeld, maar ze had nooit op een boot gezeten. Dat was mannenwerk: vissen, garnalenvissen, handeldrijven met de verkopers in The Docks en bij de conservenfabrieken. Ze had leren zwemmen en was niet bang voor water, maar het was al zo lang geleden. Ze dacht aan Nalla en haar gewelddadige, afschuwelijke aankomst op dit strand. Een schipbreukeling, naakt, met honger, getraumatiseerd na die lange tocht en daarna door de storm. Nalla was nooit lang uit haar gedachten.

Dianes maag kromp samen en ze kon zich niet herinneren dat ze ooit zo bang was geweest, maar tegelijkertijd gierde de adrenaline door haar lijf. Ze was precies op de plek waar ze wilde zijn en ze vertrouwde erop dat Lovely haar zou beschermen. Mercer legde de peddel weg en probeerde van het moment te genieten.

De bodem van de rubberboot schraapte over het zand.

De golven sloegen stuk op het strand. Lovely maakte de veters van haar schoenen los, trok ze uit en rolde haar spijkerbroek op tot aan haar knieën. Haar eerste woorden sinds lange tijd waren: 'Jullie blijven hier tot ik roep. Geen zaklampen.' Voorzichtig werkte ze haar ene been over de rand en liet zich in de zee glijden. Het water kwam amper tot haar enkels. Ze pakte een canvastas en keek aan weerskanten over het strand. Langzaam begon ze te lopen en algauw stond ze op nat zand.

De wolken bewogen. Als de maan ertussendoor piepte, zagen Diane en Mercer haar duidelijk staan. Zodra de maan weer weg was, konden ze haar omtrekken nauwelijks onderscheiden.

Lovely liep richting de duinen, bleef halverwege staan en vond de plek die ze zocht. Ze haalde een kleine tuinfakkel uit de tas en duwde die een paar centimeter in de grond. Zodra hij stevig genoeg stond, pakte ze er nog een en zette die drie meter verderop. Ze haalde een aansteker tevoorschijn. De katoenen lonten waren in fakkelolie gedrenkt en vatten makkelijk vlam. De twee fakkels schenen fel in het donker.

Lovely, die tussen de fakkels in stond, stak allebei haar handen voor zich uit en spreidde haar armen. Ze sprak zacht, zodat ze het zelf amper kon horen, en riep Nalla's geest op. Toen Nalla eenmaal aanwezig was, riep Lovely ook Candace, Sabra, Marya, Adora, Charity en Essie, allemaal grootmoeders van moederskant. Daarna riep ze haar eigen moeder Ruth. Nu alle geesten bij elkaar waren, bad ze dat Nalla de vloek zou wegnemen.

Vanuit de rubberboot keken Diane en Mercer zwijgend en gefascineerd toe. Ze waren op zijn zachtst gezegd sceptisch geweest, maar op dat moment keken ze ergens naar dat ontegenzeggelijk echt was, wat het dan ook mocht zijn.

Vanaf de pontonboot keek het team met open mond naar de twee fakkels en naar Lovely, die ertussen stond. Als door de wol geverfde archeologen waren ze de hele wereld over geweest en hadden heel wat gezien, maar ze zouden nooit meer getuige zijn van een scène zoals deze.

Het gerommel van onweer in de verte bracht hen met een schok terug naar de werkelijkheid.

8

Na een hele tijd kwam Lovely terug naar de rubberboot en zei tegen Diane dat ze de pontonboot moest roepen. Het eiland was veilig.

Ronnie zette de motor net lang genoeg aan om wat vaart te creëren, en daarna zette hij hem weer uit en tilde hem omhoog. De pontonboot kwam tot stilstand in het zand in de buurt van de rubberboot. Zo te zien stond niemand te trappelen om van boord te gaan.

Dr. Sargent grapte: 'Ik denk dat jullie witte mensen eerst moeten gaan.'

'We komen wel achter jou aan,' antwoordde dr. Gilfoy.

Diane zei: 'We lopen een voor een naar Lovely, tussen de fakkels, en dan zegt ze een gebed. Daarna zijn jullie veilig.'

'Weet je dat zeker?' vroeg Gilfoy.

'Nee, maar we doen wat Lovely zegt. Kom maar mee.'

Er flitste een bliksemschicht boven Cumberland Island in het noorden. De donderslag was luid, maar nog ver weg.

Ze liepen een paar passen over het strand en bleven vlak bij Lovely staan. Diane stapte naar voren, tussen de fakkels, en keek Lovely aan, die haar linkerhand op haar schouder hield, haar ogen sloot en iets mompelde. Diane had geen idee wat ze zei en voelde zich na afloop van het gebed niet anders. Mercer was de volgende, en ze doorliep hetzelfde ritueel.

Methodisch en zonder zich druk te maken om het onweer zegende Lovely de zes archeologen een voor een. Daarna vertelde ze dat het eiland nu veilig voor hen was en dat ze met hun werk konden beginnen.

De eerste taak was het uitladen van de pontonboot. Ronnie was nog aan boord en Gilfoy vroeg aan Lovely: 'Mag hij mee naar het eiland?'

'Laat hem maar op de boot blijven.'

'Oké.'

De kampeerplek was vlak bij de fakkels, zo'n dertig meter van de branding en ver genoeg om niet gehinderd te worden door hoogwater. Dr. Gilfoy en dr. Sargent waren het erover eens dat ze het best op het strand konden kamperen, weg van de gevaren van de bush. Gilfoy had op zijn dertigste ternauwernood een cobrabeet overleefd en wilde nog een ontmoeting met een gifslang liever vermijden. Sargent wist dat het op sommige verlaten eilanden in de Low Country krioelde van de diamantratelslangen. Hij had weleens een paar indrukwekkende opgezette exemplaren bij mensen aan de muur zien hangen.

Eén team zette de tenten op, terwijl het andere team op en neer naar de pontonboot draafde om spullen te halen. Toen alles was uitgeladen, nam Ronnie vlug afscheid, wenste ze succes en zei dat ze hem moesten bellen als ze iets nodig hadden. Hij keek naar het onweer en voer haastig weg.

Het team had overwogen de pontonboot te gebruiken om elke dag op en neer te varen. Het zou comfortabeler geweest zijn om in een mooi hotel op Camino Island te verblijven en in restaurants te eten, maar archeologen gaven de voorkeur aan een manier van reizen waarbij ze hun eigen wc-papier moesten meenemen. Ze leefden voor de kick die het gaf om noodweer te doorstaan. Ze vonden het heerlijk om op de grond te slapen terwijl ze met een opgraving bezig waren, en om eten te bereiden boven een vuurtje. Ze konden alle zes lange verhalen vertellen over de grootste opgravingen uit hun carrière, expedities die keihard werken betekenden en waardoor ze zich afzijdig hielden van de moderne wereld.

Diane en Mercer deelden een grote tent met een luifel – de meidentent – met Lovely en dr. Pennington, een onderzoeker aan Howard University met veel ervaring in Afrikaanse begraafplaatsen opgraven. In de tent stonden vier stretchers met luchtbedden erop. Om halfdrie kropen ze in bed en deden het licht uit. Er klonk wat zacht gefluister uit de andere twee tenten terwijl iedereen zijn draai probeerde te vinden. Alles werd stil, tot er vlakbij een bliksemschicht flitste, gevolgd door een donderslag. Daarna barstte de regen los.

9

Het regende bij vlagen heel hevig en striemend, en het hield niet op tot aan de dageraad, toen ze wankelend en met rode ogen door het slaapgebrek naar buiten kwamen om de schade op te nemen en te kijken of ze koffie konden zetten. Natuurlijk was alles doorweekt, maar hun kamp was intact. De voorraadtent, die gemaakt was van steviger canvas en een sterker frame had, was ongeschonden. Algauw stond er op een gasbrander een pot koffie te pruttelen. Het was een bewolkte, frisse ochtend. Volgens de weersvoorspellingen zou het niet gaan regenen en werd het rond de vijfentwintig graden, het ideale weer voor een opgraving, maar de bewolking bleef hangen. Dat had invloed op het bereik van hun mobiele telefoons, dat zelfs bij helder weer al instabiel was. Ook de internetverbinding was wispelturig.

Drie 'verkenners' gingen op pad om rond te kijken, terwijl de anderen een ontbijtje regelden en de uitrusting inventariseerden. Lovely kreeg het voor elkaar om door al het kabaal heen te slapen en ze werd pas om acht uur wakker. Nadat ze uit de tent was gekomen, bedankte ze Diane voor de kop koffie die ze van haar kreeg en deelde aan de anderen mee dat haar die nacht iets te binnen was geschoten. Ze zochten de begraafplaats, niet het dorp, en nu herinnerde ze zich weer dat de begraafplaats dichter bij de haven aan de andere kant van het eiland lag. Ze haalden de kaarten weer tevoorschijn en bestudeerden ze. De verkenners kwamen met sombere gezichten terug en rapporteerden dat hun wat zwaar werk te wachten stond. 'Pak de kettingzagen,' zei een van hen.

Bij een ontbijt van havermoutpap en bananen besloten ze dat ze toch gebruik zouden maken van de boot. Ze riepen Ronnie op via de radio en vroegen of hij weer naar het eiland wilde komen. Hij was er een uur later en zei dat er nog wel bewolking werd voorspeld, maar geen regen meer. Ze laadden eten en graafspullen in de pontonboot en Ronnie voer naar de kant van de baai, waar het vasteland maar iets meer dan een kilometer verderop lag. Dr. Gilfoy wees in de verte en zei: 'Daar wil de staat de brug bouwen, als Panther Cay wordt goedgekeurd.'

Om halftwaalf ging het team bepakt en bezakt op pad – met drie opvouwbare scheppen, troffels, beitels, twee kettingzagen, veiligheidsbrillen, zeildoeken, een EHBO-doos, een handwapen, camera's, broodjes en water – en liepen ze met stevige pas het bos in, op zoek naar het pad dat ze volgens Lovely zeker moesten kunnen vinden. Dat was niet het geval.

Diane en Mercer bleven samen met Lovely onder een afdakje op de pontonboot zitten en doodden de tijd. Ronnie hing drie hangmatten op en stelde voor dat ze zich ontspanden. Er was heel wat discussie geweest over Lovely's uithoudingsvermogen en hoe lang ze door het bos zou kunnen lopen. Ze was prima in vorm voor iemand van tachtig, maar absoluut niet fit genoeg om zich een weg door het oerwoud te banen. Aanvankelijk was het doel om zonder haar de begraafplaats te zoeken, en als ze die gevonden hadden zouden ze kijken of ze haar daarnaartoe konden krijgen zodat ze kon helpen zoeken naar de graven.

Mercer ging in de hangmat liggen, sloeg een paperback open en viel prompt in slaap. Diane deed haar oortjes in en deed een dutje. Lovely zat in de schaduw op een stoel op het dek en staarde naar het water, dwalend door haar verleden.

10

Het team keerde vijf uur later intact terug. Ze hadden niets gevonden wat ook maar enigszins aan een pad deed denken en hadden algauw in de gaten gekregen dat ze dat dus zelf moesten maken. Dat was het slechte nieuws. Het goede nieuws was dat de drie witte mannen nog leefden. Lovely had de vloek dus inderdaad verbroken.

Ze hadden drie ratelslangen gezien en er twee gedood. Tot nu toe geen teken van poema's of lynxen. Soms zwermden de insecten als een dichte mist om hen heen. De muskieten waren enorm, maar ze konden niet tegen hun muggenspray op. De nasleep van orkaan Leo was erger dan verwacht. Er waren duizenden bomen afgebroken en op een grote hoop gevallen, als opgestapeld haardhout. Het eiland was anderhalve kilometer breed en ze hadden zich misschien door een derde deel daarvan weten te worstelen. Ze waren niks tegengekomen wat door mensen was gemaakt.

Ronnie startte de motor en ze tuften door de baai heen en

terug naar de oceaankant. Hij zette ze af en nam afscheid. Er gingen koude biertjes rond voor iedereen behalve Lovely. In een kuil werd een vuur aangelegd en het team rustte uit. Afgepeigerd besloten ze om belegde broodjes als avondmaal te eten en vroeg naar bed te gaan.

Diane zat met haar telefoon te spelen en verkondigde: 'Hé, ik heb bereik.'

'Niet bewegen,' zei Gilfoy.

Het was niet erg welkom nieuws, niet voor een stelletje archeologen in het wild. Ze hadden het liever woest en ruig en negeerden hun apparaten.

11

De poema's wachtten tot hun eiland weer pikzwart was. Alsof het gechoreografeerd was, ging er eentje op zo'n vijftig meter afstand op het strand aan de noordkant zitten, terwijl zijn partner een positie in het zuiden innam. De eerste begon met een laag, rommelend gegrom dat steeds luider werd en klonk alsof het dier zich gereedmaakte voor de aanval.

Een paar tellen later werd zijn roep verderop op het strand beantwoord. Daarna volgde er luidkeels een kreet die de nacht doorboorde, en de slapende kampeerders schrokken wakker. Toen de kreet in het zuiden werd beantwoord, schoot Diane overeind en slaakte bijna zelf een gil. Het ging over en weer tussen de poema's, die naar elkaar krijsten terwijl er in de tenten zaklampen werden aangeknipt.

Zelfs als archeologen bang zijn, zullen ze altijd proberen dat te verbergen. Deze zes zaten rechtop op hun stretcher en luisterden, duidelijk geschrokken. Diane trok de lakens over haar hoofd. Mercer haalde amper adem. Dr. Pennington wachtte op de volgende kreet. Maar Lovely zette kalmpjes haar voeten op de canvasvloer en glimlachte.

Nog meer schrille poemakreten, uit volle borst. Het ging over en weer.

'Wat is dat?' vroeg Diane, die onder de lakens vandaan gluurde.

'Twee floridapanters,' zei Lovely. 'Een mannetje en een vrouwtje. Heb je nog nooit een poema gehoord?'

'Nee, gek genoeg niet.'

'Ik hoorde ze zo vaak toen ik klein was.'

'Wat zijn ze aan het doen?'

Dr. Pennington zei: 'Het gaat erom wat ze op het punt staan te doen. Het is paarseizoen, toch, Lovely?'

'Ik denk het wel. Het is lente. Ze waren er vroeger ook al. Je moet een poema nooit boos maken, vooral niet in deze tijd van het jaar.'

'Maken we ze nu boos? Ze lijken niet al te blij.'

'Dit is hun eiland,' zei Lovely. 'Nee, ze zijn niet blij dat we hier zijn.'

Het was bijna twee uur 's nachts. Alle drie de tenten waren stevig dichtgeritst en niemand waagde zich naar buiten. Er verstreken een paar minuten terwijl ze gespannen wachtten op meer geluiden, of erger nog: een aanval, in welke vorm dan ook. Maar de poema's gingen weg.

Slapen viel niet mee, maar het lukte toch. Ze hadden de nacht ervoor niet geslapen en waren behoorlijk geradbraakt door hun eerste verkenningstocht door het bos. Ze dommelden algauw in en waren helemaal van de wereld, terwijl er een poema kwam aanslenteren, die op een halve meter van dr. Gilfoys stretcher ging zitten en door het canvas heen gromde. Een andere zat vlak voor de meidentent en jankte alsof het zo afgesproken was. En weer een andere krabbelde aan het doek van de voorraadtent.

En zo ging het maar door. De floridapanters kwamen die

nacht meerdere keren bij hun bezoekers kijken, nieuwsgierig naar de tenten en aangetrokken door de geur van eten.

12

Toen de zon aan de horizon verscheen, zaten dr. Sargent en dr. Gilfoy in het zand aan de vloedlijn koffie te drinken uit de eerste pot van de dag, en praatten zachtjes met elkaar. Ze vroegen zich bezorgd af of dit project geen tijdverspilling was. Ze hadden niks gevonden wat hen hoopvol stemde. Niks in de puinhopen of het diepe bos wat erop wees dat daar ooit mensen waren geweest. Er lagen wel de gebruikelijke bierblikjes en plastic flessen die op het strand waren aangespoeld, maar verder niks. Nergens een glasscherf, papiersnipper, afgezaagde plank, uitgesneden stuk hout, reepje stof, gepolijste steen – geen van de aanwijzingen die ze normaal gesproken altijd vonden als ze op zoek gingen naar een verloren beschaving.

Die halve dag in het bos was niet erg bemoedigend geweest. Maar goed, dat was niks nieuws voor hen. Hun project was gepland voor zeven dagen en daar hadden ze ook budget voor gekregen, en ze gingen een uitdaging nooit uit de weg. Ze hadden Lovely's boek allemaal gelezen en geloofden haar verhaal. Het bewijs dat niet door de storm was weggeblazen, lag ergens op het eiland begraven, en ze waren vastberaden om het te vinden.

Ze hadden botten nodig.

Tijdens het ontbijt keken ze naar nog meer kaarten en luchtfoto's, allemaal gemaakt in de periode voorafgaand aan orkaan Leo, dus vreselijk gedateerd. Ze besloten om de pontonboot voor die dag af te zeggen en zich vanaf de oceaankant een weg door het bos te hakken. Ze stopten hun uitrusting in hun rugzakken en verlieten het kamp even na negenen. Diane en Mercer maakten alles netjes en gingen met Lovely onder een luifel zitten. Ze hadden nog steeds slecht bereik en hun internetverbinding was instabiel.

Diane legde haar paperback neer en vroeg: 'Hoe vaak denk je aan Nalla?'

Lovely zei glimlachend: 'De hele tijd. We hebben altijd geloofd dat zij en de anderen precies op deze plek zijn aangespoeld. Tweehonderdzestig jaar geleden.' Ze staarde naar de oceaan alsof ze naar een schip speurde. 'Een tot slaaf gemaakt meisje, zwanger van het kind van een witte man. Gevangengenomen en geketend, als een dier verscheept over de oceaan. Ik denk dat ze geluk heeft gehad met die storm, denk je ook niet?'

'Ik zou het geen geluk noemen.'

'O, ik denk dat ze allemaal geluk hebben gehad dat ze deze plek gevonden hebben. Hier waren ze geen slaven. Ze vochten tegen de witte mannen die achter hen aan kwamen en vermoordden ze, en ze beschermden elkaar.'

'En nu zijn de witte mannen terug,' zei Mercer.

'Inderdaad. Deze keer gebruiken ze geld en advocaten en rechtbanken om dit eiland in te nemen, in plaats van wapens. Maar we gaan winnen, toch, Diane?'

'Dat geloof ik wel.'

Lovely greep naar haar stok. 'Laten we even over het strand lopen terwijl de zon achter de wolken is.'

Het zand was steviger langs de vloedlijn en ze trokken hun schoenen uit. Lovely gebruikte de stok met haar rechterhand en hield Mercers arm vast met haar linker.

Maar het lopen was te inspannend, dus gingen ze terug. Weer in het kamp aangekomen hoorden ze in de verte het gejank van een kettingzaag.

13

Het engste aan een diamantratelslang waren niet de giftanden, het was het geratel zelf. Dat geluid betekende maar één ding: de slang zag of hoorde je voordat jij hem zag. Het betekende dat de slang boos of bang was, klaar om zich te verdedigen. Als je geluk had en de slang zag zodra je het ratelen had gehoord, kon je weglopen en hem alle ruimte geven. Maar als je het ratelen hoorde en de slang niet kon vinden, nou ja, dat was gewoon doodeng.

Nadat het team twee keer geratel had gehoord zonder iets te zien, was iedereen nerveus. Ze pauzeerden even om water te drinken en rustten uit op de stam van een omgevallen eik, terwijl ze luisterden of ze slangen hoorden. Dr. Gilfoy nam een slok, veegde zijn mond af met zijn mouw en zag iets in een stapel rottend hout, zo'n tien meter bij hem vandaan. Het glinsterde als iets van metaal. Met een schep in zijn hand liep hij naar de stapel en verplaatste wat puin. Voorzichtig raapte hij een deel van een bewerkte plank van een halve meter op, die deels verrot was en onder de modder zat.

'Het is een scharnier!' verkondigde hij opgewonden. De vijf anderen kwamen snel om hem heen staan om het te inspecteren. Ze hadden het eerste teken van beschaving gevonden.

'Een deurscharnier van een centimeter of zeven, acht,' zei een van hen.

'Antiek gietijzer,' zei een ander.

'Kan het een scharnier van een kast zijn?'

'Nee, daarvoor is hij te groot.'

'Spitse vaaskop. Absoluut een deurscharnier.'

'Hoe oud?'

'Honderd jaar.'

'Ja, begin twintigste eeuw.'

Ze lieten hem rondgaan zodat iedereen hem kon voelen en aanraken. Het leek wel of ze een zeldzame diamant hadden gevonden.

Dr. Sargent zei: 'Goed, nu weten we dat er hier honderd jaar geleden een nederzetting in de buurt was, en dat die ontwikkeld genoeg was om deuren met scharnieren te hebben.' Hij wees naar voren en zei: 'Als je naar de boomlijn kijkt, zie je dat het terrein omhoogloopt. Lovely zei dat de begraafplaats op het hoogste deel van het eiland lag. Als de huizen ongeveer hier hebben gestaan, zou de begraafplaats dan daar kunnen zijn?'

'Dat zou best eens kunnen,' zei dr. Pennington.

'Laten we eens kijken.'

Ze waren een uur bezig met een pad uithakken naar de top van een lichte verhoging, en bleven staan op een kleine open plek die verstikt was door onkruid en dichte doornstruiken. Lovely had gezegd dat er geen bomen op de begraafplaats stonden. De opening tussen de bomen zou heel goed de juiste plek kunnen zijn. Ze waren nog eens een uur bezig met hakken en een pad vrijmaken, maar vonden niks, dus hielden ze lunchpauze.

Dr. Sargent ging achter een dikke boom staan om te plassen. Tussen een groepje jonge boompjes zag hij een rij kuiltjes, allemaal bedekt met gras, steeds met iets minder dan een halve meter ruimte ertussen. Lovely had gezegd dat er geen grafstenen waren om de graven te markeren, omdat er geen stenen of rotsen op het eiland waren. Elk graf was voorzien van een houten kruisje zonder naam erop.

Sargent zei: 'Ik denk dat dit graven zouden kunnen zijn.'

Het graafwerk kon beginnen.

14

Toen er nog volop zonlicht was, besloten ze er voor die dag een punt achter te zetten en naar het kamp terug te keren. Ze lieten hun kettingzagen, schoppen en andere gereedschappen onder een boom liggen, met een felblauw dekzeil eroverheen. Ze hielden de machetes en de vuurwapens bij zich om te kunnen afrekenen met de diamantratelslangen. Dr. Gilfoy had een klein busje oranje verf bij zich en spoot dat op de terugweg op de bomen. Nu ze de weg wisten, was het maar dertig minuten lopen.

Ze vroegen zich bezorgd af of Lovely de wandeling wel aankon, maar ze stond erop dat ze op de begraafplaats aanwezig zou zijn als de botten gevonden werden. Ze hadden de strenge instructie van haar gekregen dat ze niks uit de graven mochten verwijderen zonder dat zij erbij aanwezig was. Anders zouden de geesten boos worden.

Na een rondje bier dineerden ze met runderragout uit blik en kaascrackers, en daarna zetten ze hun stoelen dichter bij het kampvuur. Het was nog niet eens acht uur, te vroeg om naar bed te gaan, al hadden ze dringend slaap nodig. Ze hadden de hele dag grappen gemaakt over de poema's die hen uit hun slaap hadden gehouden. Ze zouden hen deze nacht vast wel met rust laten.

Dr. Gilfoy vroeg de Afrikaans-Amerikaanse archeologen naar andere projecten die te maken hadden met begraafplaatsen van slaafgemaakten, en daardoor kwamen de verhalen los. Dr. Sargent was betrokken geweest bij misschien wel de beroemdste ontdekking. In 1991 was een aannemer in Lower Manhattan op een bouwplaats bezig met de voorbereidingen voor de bouw van een nieuwe federale rechtbank, toen hij de graven van enkele tientallen slaafgemaakten ontdekte, die allemaal in houten kisten lagen. De controverse barstte aan alle kanten los en de bouw werd uitgesteld. Er kwamen archeologen naar de bouwplaats toe, die nog meer graven vonden. Al met al schatten historici dat er daar tussen de vijftien- en twintigduizend slaafgemaakten waren begraven, niet in een massagraf, maar in individuele doodskisten. Sommigen waren vrijgemaakte zwarte mensen, maar de meesten waren slaafgemaakten. De helft van hen bestond uit kinderen, wat aantoonde dat het sterftecijfer hoog was. Er werden in totaal vierhonderdnegentien kisten verplaatst, met namen, en er werd een monument opgericht ter herdenking aan hun leven. De federale rechtbank werd op een andere plek gebouwd.

Lovely vertelde het verhaal van de dood en begrafenis van haar vader. Het stond in haar boek en iedereen die rond het vuur zat had het gelezen. Jeremiah was in 1948 gestorven. Zijn lichaam werd in een kist gelegd die gemaakt was door zijn broer, die timmerman was. Ze zou nooit vergeten hoe hij werd neergelaten in zijn graf.

Net als alle andere was dat op het oosten gericht, naar de oceaan, richting hun geboortegrond in Afrika.

'Morgen vinden we het,' beloofde Sargent.

15

De nacht verliep stil en vredig, niet verstoord door noodweer of wilde dieren. Ze stonden voor dag en dauw op en keken uit naar een lange, productieve dag met hun scheppen. Het ontbijt bestond weer uit havermout en fruit, met flink wat sterke koffie. Het plan was dat Lovely samen met hen vroeg zou vertrekken en zou toezien op het openmaken van de graven. Als ze moest uitrusten, zou de helft van het team haar, Diane en Mercer terugbrengen naar het kamp.

In het bos was ze onthutst en treurig bij het zien van de verwoesting. Ze mompelde steeds opnieuw: 'Ik kan het niet geloven.'

Ze bleven staan bij de stapel hout en puin. Dr. Gilfoy liet haar het stuk van de deur met het scharnier zien. 'Kan het zijn dat het dorp ongeveer hier was?'

'Ik weet het niet,' zei ze verbouwereerd. 'Alles is zo verwoest, zo anders.' Ze dacht even na terwijl ze om zich heen keek. 'Misschien wel. Ja, onze huizen stonden denk ik hier. Dan moet de begraafplaats die kant op zijn.' Ze wees in de juiste richting.

Zodra het pad aan de lichte helling begon, moest Lovely moeite doen om haar evenwicht te bewaren. Ze leunde op Mercer en haar stok en liep stapje voor stapje verder. Drie archeologen liepen voor haar uit om het pad in de gaten te houden en te zien of er geen slangen waren. De andere drie liepen geduldig achteraan.

Lovely had een lijst gemaakt van de voorouders die op het eiland begraven waren. Het waren er in totaal drieënzeventig, hoewel sommigen op een andere plek lagen. Een oudoom had vanwege een romance met de familie gebroken en had het dorp verlaten. Hij en zijn familie hadden hun eigen kleine begraafplaats. Als kind had ze ook nog andere kleine begraafplaatsen op het eiland gekend. Tweehonderd jaar terug werden de doden in ondiepe graven gelegd, zonder kist.

Ze stopten op de plek waar ze de dag ervoor hadden gewerkt, op de open plek waar het onkruid, de klimplanten en de jonge boompjes waren weggehakt. 'We hebben hier een paar graven gevonden,' zei dr. Sargent. 'Is er iets wat je bekend voorkomt?'

Ze schudde haar hoofd en wreef over haar wangen.

'We moeten ergens beginnen, Lovely.'

‘Ik weet het niet,’ zei ze. ‘Niets is meer hetzelfde.’

Ze haalden het blauwe dekzeil weg en verzamelden hun scheppen en gereedschap. Het dekzeil werd opgehangen als beschutting tegen de zon, en Lovely ging eronder zitten. Ze was overmand door emoties en ze lieten haar met rust.

De rij kuiltjes in de aarde leek de beste plek om te beginnen met graven. Binnen een halfuur hadden ze botten gevonden, te klein voor een volwassene en ook niet intact. Ze lagen nog geen halve meter onder de oppervlakte en er waren geen sporen van kisten te zien. Lovely liet iedereen naar achteren stappen en knielde bij het graf neer. Zonder de botten aan te raken, hield ze haar handen erboven, deed haar ogen dicht en mompelde een gebed. Ze keek naar de andere kuiltjes en zei: ‘Nu herinner ik het me weer. De graven van kinderen, ver voor mijn tijd begraven. Destijds gebruikten ze nog geen kisten.’ Ze stond op, keek om zich heen en wees. ‘Niet lang nadat Nalla was overleden, werd het eiland getroffen door koorts, waaraan de meeste kinderen stierven. Ze hebben ze hier op een rij begraven, in ondiepe graven, want ze hadden haast.’ Ze wees weer en vervolgde: ‘Mijn mensen liggen daarginds, in die hoek van de begraafplaats.’

Daarginds stonden dichte struiken vol doorns en klimplanten, waar ongetwijfeld slangen in verscholen lagen. De teamleden legden hun scheppen neer en gebruikten hun machetes, handzagen en kettingzagen. Twee uur lang hakten ze in op jonge boompjes, kleine eiken en dicht struikgewas en sleepten de takken naar een andere hoek, waar ze de boel hopelijk niet weer weg hoefden te halen. Zodra de grond vrij was gemaakt, bestudeerden ze de aarde en spraken over de ligging. Op één plek was er een lichte oneffenheid die, bij nadere inspectie en met een deskundige blik, ietwat uit de toon viel. De scheppen werden aan het werk gezet. De zanderige aarde was zacht en het graven ging makkelijk, wat geen goed teken hoefde te zijn. Als ze menselijke resten zouden vinden, zouden die er waarschijnlijk niet al te best aan toe zijn. Vocht leidde tot een snellere aftakeling van het menselijk lichaam, en tot een decimering van DNA-sporen.

Op een meter diepte stuitten ze op iets hards. Het was hout. Vier van hen groeven stevig maar voorzichtig door, en algauw vonden ze een hoekje van iets wat ze herkenden als een doodskist. Het was zonder twijfel een oude kist; de bovenkant was verrot en de zijkanten waren ingezakt. Nadat ze zo veel mogelijk aarde hadden weggeschraapt, vonden ze botten die er lukraak in lagen.

Leo's stormvloed op Camino Island was volgens deskundige metingen ruim acht meter hoog geweest. Omdat Dark Isle onbewoond was, waren de windkracht en de stormvloed daar niet gemeten. De lichte helling waar ze werkten lag op zo'n zes meter boven zeeniveau en ze waren ervan uitgegaan dat het hele eiland tijdens de storm onder water had gestaan. Te oordelen naar de bergen rottende bomen was het niet moeilijk voor te stellen dat er een enorme vloedgolf overheen was geslagen.

De archeologen porden in de skeletresten en waren het erover eens dat het vloedwater de kist had overspoeld.

Lovely boog zich over de botten, zei op zangerige toon een gebed op dat voor de anderen onbegrijpelijk was, en ging weer in de schaduw van het zeildoek zitten. Rond het middaguur waren ze bekaf en hadden ze honger, dus besloten ze om terug te lopen naar het kamp. Lovely moest een dutje doen.

16

Er werd een tweede en ook een derde graf uitgegraven. De kisten waren verrot, de botten lagen lukraak door elkaar en er was niets van waarde of belang meebegraven. Lovely zegende hen en trok zich terug, terwijl het team de botten doorzocht, ze zachtjes afschraapte, fragmenten bestudeerde, naar aanwijzingen speurde en alles filmde en fotografeerde. Toen de zon begon te zakken, dekten ze hun werk af met nog meer blauwe zeildoeken en liepen terug naar het kamp.

17

De begraafplaats was de droom van iedere archeoloog. Er waren graven in overvloed, met oude kisten vol skeletresten, en het was allemaal zo interessant dat ze bijna het doel van hun missie uit het oog zouden verliezen: een paar botten aan Lovely's DNA koppelen. Na drie dagen non-stop graven realiseerden ze zich dat dit nog weken zo door kon gaan.

Lovely wilde graag weg. Iedereen hunkerde naar een douche en een warme maaltijd. Toen ze het er eindelijk over eens waren dat ze voldoende aanwijzingen hadden, liet dr. Sargent Ronnie met zijn pontonboot komen.

18

Zes dagen later kreeg Steven een telefoontje van het DNA-testlab in Austin. Van de acht monsters – vijf botten en drie tanden – die uit verschillende doodskisten waren gehaald, bevatten er zes onvoldoende weefsel om met Lovely's bloedmonster te kunnen vergelijken. De botten en tanden waren bewaard gebleven onder omstandigheden die verre van wenselijk waren, en hadden te lijden gehad onder te veel vocht en hitte. Ook al hadden ze tientallen, misschien wel honderden jaren ongeveer een meter onder de grond gelegen, toch waren ze achteruitgegaan. Bij de twee resterende botten, allebei van een kaak, was er wel voldoende weefsel voor een vergelijking.

De ontmoedigende waarheid was dat het DNA niet overeenkwam met dat van Lovely. Als haar voorouders inderdaad op Dark Isle begraven waren, was er daarvan geen biologisch bewijs om in de rechtszaal te tonen.

10
De rechtszaak

1

Gifford Knox, die zogenaamd nog steeds aan hoofdpijn en toevallen leed en nog altijd afhankelijk was van intensieve fysiotherapie, kwam drie dagen voor de rechtszaak per zeilboot op Camino Island aan en was vast van plan om onrust te stoken. Hij was van plan om met zwarte leiders op het eiland en in Jacksonville af te spreken en wat etnische conflicten de wereld in te helpen. Naar zijn mening was deze rechtszaak een duidelijk voorbeeld van een rijk, wit bedrijf dat heilig land van een arme zwarte vrouw probeerde te stelen. Dat had hij al eerder in de Low Country van South Carolina zien gebeuren, en hij had er zelfs een lang tijdschriftartikel over geschreven.

Maar Steven Mahon wist niet zo zeker of het wel zou helpen. De publieke opinie zou de uitkomst van de rechtszaak niet beïnvloeden. *Chancellor* Clifton Burch was niet door het volk gekozen en had tot nu toe geen voorkeur laten blijken. Protesten en persconferenties zouden hem alleen maar irriteren.

Het lukte Bruce om Gifford van zijn idee af te brengen en hem ervan te overtuigen dat een vernietigend opiniestuk in een grote krant meer effect zou sorteren. Giff zei dat hij aan een stuk voor *The New York Times* werkte, en dat hij dat bijna af had.

Gifford, die een wandelstok als rekwisiet had als hij in het openbaar verscheen, kwam op maandag 17 mei vroeg aan bij de rechtbank en nam plaats op de voorste rij, naast Mercer en Thomas. Bruce zat achter hen. Om negen uur zat de hele zaal vol.

2

In de raadkamer zaten chancellor Burch en de advocaten aan een tafel koffie te drinken en lastminutekwesties te bespreken. Hij zei: 'Ik neem aan dat jullie openingspleidooien willen houden.'

Steven haalde zijn schouders op alsof het hem om het even was. Er was geen jury om te beïnvloeden en de rechter wist net zoveel van de zaak als alle anderen. Monty Martin, de hoofdadvocaat van Tidal Breeze, zei: 'Ik wil wel graag een paar dingen zeggen, meneer de rechter, zodat het in het rechtbankverslag komt.'

'Oké. Meneer Killebrew?'

'Dat geldt ook voor mij, Edelachtbare, voor het rechtbankverslag.'

Evan Killebrew was hulpofficier van justitie en vertegenwoordigde de staat Florida.

'Prima, maar hou het kort.'

De advocaten liepen de rechtszaal binnen via een deur achter de rechterstafel en namen plaats. Er waren drie tafels neergezet, alle drie naar de rechter gericht. Helemaal links stond de tafel van de verzoekende partij en daar zat Miss Lovely Jackson in al haar glorieuze pracht, gehuld in een felrode jurk die tot op de grond viel, en met een rood-geel gestreepte hoofddoek die strak om haar hoofd was gewikkeld en naar het plafond leek te reiken. Tot nu toe had nog niemand bezwaar gemaakt tegen hoofdbedekking in de rechtszaal. De drie bodes, de advocaten van de tegenpartij, de griffiers – niemand had een woord gezegd. Dat zouden ze ook niet doen. Steven had chancellor Burch iets toegefluisterd en ook hij vond haar kleding geen punt. Diane Krug zat links van haar, als een echte advocaat, al had ze helemaal nog geen rechtenbul op zak.

De middelste tafel werd bemand door de staat. Evan Killebrew had twee advocaten en een juridisch medewerker meegenomen. Uiterst rechts stond de tafel van Tidal Breeze, met in het midden Pete Riddle als de trotse agent, Monty Martin aan de ene kant en een junior advocaat aan de andere kant, terwijl hun flanken werden beschermd door juridisch medewerkers en assistenten. Mayes Barrow zat met zijn neus in een dossier. De jurytribune had veertien stoelen en die waren allemaal leeg.

Een bode blafte: 'Gaat u allen staan voor de rechter.' De toeschouwers schrokken op en stonden gehoorzaam op. Rechter Burch kwam zwierig binnen, zijn lange toga net zo lang als Lovely's jurk. Terwijl hij ging zitten, zei hij: 'Neemt u allen plaats, alstublieft. En goedemorgen.' Hij wachtte even terwijl iedereen bijna net zo snel weer ging zitten als ze waren gaan staan. 'Goedemorgen,' zei hij opnieuw luid, in zijn microfoon. 'Dit is een klein geschil aangaande een stuk grond dat algemeen bekendstaat als Dark Isle. Ik heb wel vaker van dit soort zaken behandeld en daar waren nooit meer dan vijf toeschouwers bij, dus ik dank u voor uw belangstelling. Ik hoop niet dat u zich straks dood verveelt. Zoals u ziet, is er geen jury. In Florida gebruiken we geen jury's voor eigendomsgeschillen, net zomin als in vijfenveertig andere staten. Ik heb de rij getuigen doorgenomen met de advocaten en we hebben er alle vertrouwen in dat we de boel morgen aan het eind van de middag of anders woensdagochtend vroeg kunnen afronden. We hebben ruimschoots de tijd en hoeven ons niet te haasten. Ik zal alle partijen een paar minuten geven voor hun inleidende opmerkingen. Meneer Mahon.'

Steven liep naar de verhoging naast de middelste tafel en begon met: 'Dank u, Edelachtbare. Ik ben directeur van het Barrier Island Legal Defense Fund en ik ben hier in die hoedanigheid. Belangrijker is dat ik het voorrecht heb om als vertegenwoordiger op te treden van de verzoeker, Lovely Jackson, en ik moet zeggen dat het een van de hoogtepunten van mijn lange carrière is. Ze is de rechtmatige eigenaar van Dark Isle omdat dat al sinds halverwege de achttiende eeuw in bezit was van haar voorouders. Ze waren voormalige slaafgemaakten die niets wisten van landtoewijzingen door de Britse kroon, of van eigendomsrechten die werden overgegeven door andere Europese indringers. Sterker nog, als voormalige slaafgemaakten wilde haar volk geen deel uitmaken van de wetten die door witte mannen werden bepaald. Ze leefden, werkten, kregen kinderen, hadden gezinnen en genoten van het leven als vrije mensen, en ze stierven op Dark Isle, waar ze nu begraven liggen. Miss Jackson is de laatst bekende afstammeling van de bevrijde slaafgemaakten en de vrije mensen op Dark Isle. Het behoort aan haar toe, Edelachtbare, niet aan een of andere ambitieuze projectontwikkelaar uit Miami.'

Hij ging zitten en gaf Mercer een knipoog.

Evan Killebrew ging naast zijn stoel staan en sprak zonder aantekeningen. 'Edelachtbare, volgens het wetboek van Florida behoren alle verlaten en onbewoonde eilanden zonder geregistreerde eigenaar toe aan de staat. Er zijn meer dan achthonderd van dat soort eilanden, van hier tot Pensacola en helemaal naar de Keys, en die zijn herhaaldelijk tot bezit van Florida uitgeroepen. Zo simpel is het. Meer dan zestig jaar geleden hebben de wetgevers een wet aangenomen waarmee alle onbewoonde eilanden eigendom van de staat zijn. We betwisten niet dat er jarenlang mensen op Dark Isle hebben gewoond, maar de bewijsstukken zullen aantonen dat niemand ooit juridische aanspraak op het eigendom heeft gemaakt. Tot nu toe, tenminste. Nu lijkt het ineens enorm in trek. We verwachten dat het bewijsmateriaal ook zal aantonen dat de laatste bewoner, Miss Jackson, het eiland in 1955 heeft verlaten, zo'n vijfenzestig jaar geleden. Niemand heeft er sindsdien meer gewoond. Het is een eenvoudige zaak, Edelachtbare. Het eigendom behoort toe aan de belastingbetalers van de staat Florida.'

'Dank u, meneer Killebrew. En dan nu de Tidal Breeze Corporation.'

Monty Martin liep naar het podium en keek fronsend naar Steven Mahon, alsof hij ergens door gegriefd was. 'Dank u wel, Edelachtbare. Mijn cliënt heeft een uitstekende reputatie op het gebied van de ontwikkeling van resorts, hotels, luxeappartementen en winkelcentra in heel Florida. Het is een familiebedrijf dat al bijna vijftig jaar bestaat. Het heeft meer dan zesduizend inwoners van Florida in dienst en heeft vorig jaar meer dan eenendertig miljoen dollar aan winstbelasting aan de staatskas betaald. Tidal Breeze is een solide bedrijf dat maatschappelijk verantwoord onderneemt en het is me een ware eer dat ik het bedrijf al vele jaren vertegenwoordig.'

Diane schreef iets op haar schrijfblok en schoof het naar Steven toe. *Voor $ 2.000 per uur zou ik het ook een eer vinden!*

'Edelachtbare, er is domweg geen bewijs dat Miss Jackson ooit op het eiland heeft gewoond. In haar levensverhaal schrijft ze, in haar eigen woorden, dat ze er geboren is, maar dat ze het eiland vijfenzestig jaar geleden samen met haar moeder heeft verlaten. Ik neem aan dat haar levensverhaal als bewijsstuk zal worden ingediend. We hebben het inmiddels allemaal gelezen. Het is een mooi verhaal, het leest eigenlijk als een roman. Het heeft een nogal fictieve sfeer. Maar laten we zeggen dat het allemaal waar is. Dan nog heeft ze het perceel tientallen jaren geleden verlaten. De wet is in Florida heel duidelijk. Het bezit moet onafgebroken, openlijk, te goeder trouw en exclusief zijn geweest, en dat ten minste zeven jaar lang. Ze heeft geen aanspraak op het eiland gemaakt, totdat mijn cliënt in beeld kwam met plannen om er een groot resort van te maken. Ja, mijn cliënt heeft aangekondigd minstens zeshonderd miljoen dollar aan het eiland te besteden. De staat Florida heeft er aarzelend in toegestemd om een nieuwe brug te bouwen. Het is ons standpunt als belanghebbende derde, Edelachtbare, dat het eigendomsrecht van dit eiland is verworven door de staat Florida, toen dat in 1845 een staat werd.'

Monty ging weer zitten.

'Dank u, raadslieden. De verzoekende partij mag de eerste getuige naar voren roepen.'

Steven stond op en zei: 'Lovely Jackson.'

3

Er waren geen verzoeken om camera's in de rechtszaal geweest. Rechter Burch zou ze toch hebben afgewezen. De eenzame rechtbanktekenaar op de eerste rij was van de *Jacksonville Daily*, en ze had de tijd van haar leven nu ze het kleurrijke beeld van de getuige probeerde te vangen.

Bij haar rood-gele hoofddoek en haar felgekleurde jurk droeg Lovely een bijpassende ronde bifocale bril met een rood montuur, waar ze doorheen tuurde toen ze de eed aflegde. Ze ging in de getuigenbank zitten, trok de microfoon iets dichter naar zich toe, zoals Steven haar geïnstrueerd had, keek naar het publiek en lachte naar Diane en Mercer. Ze zag Miss Naomi op de tweede rij zitten en gaf haar een knikje. Ze leek totaal niet nerveus te zijn. Trots, koninklijk, in de schijnwerpers, en ze leek ernaar uit te kijken om haar verhaal te vertellen.

Steven loodste haar langzaam, met eenvoudige vragen, door het inleidende gedeelte. Ze antwoordde luid en duidelijk. Ze was in 1940 op Dark Isle geboren en was er vijftien jaar later vertrokken. Ze namen, zoals ze hadden gerepeteerd, een reeks vragen en antwoorden door die vijftien jaar besloegen. Het leven op Dark Isle: haar familie, haar huis, haar buren, het dorp, de school, de kerk, hun religie en hun dagelijkse bezigheden, de angst dat witte mensen hun eiland zouden afpakken, de angst voor dood en ziekten. Vanaf haar zevende ging Lovely elke ochtend tot twaalf uur naar school, en daarna ging ze naar huis om huishoudelijke karweitjes te doen. De vrouwen zorgden voor de tuin, kookten, en maakten het huis schoon. De mannen, zelfs de kleine jongens, gingen vissen en namen vis en zeevruchten mee naar huis, waarvan ze een deel in Santa Rosa en op het vasteland verkochten. Niemand had een echte baan, iedereen deed wat er gedaan moest worden. De dood hing altijd als een wolk boven hen. De meeste mannen stierven als ze in de vijftig waren. Veel kinderen overleden. Op de begraafplaats was het een drukte van jewelste. Haar oom was timmerman en maakte heel wat doodskisten. De 'priester', zoals ze hem noemden, had een zwarte toga die hij ergens op het vasteland had gekocht, en daar was ze altijd bang voor, omdat het ding voor haar de dood betekende. Ze zag nog steeds levendig voor zich dat de doodskisten in de grond werden neergelaten.

Nadat ze anderhalf uur non-stop had verteld, laste rechter Burch een pauze in. Diane begeleidde Lovely naar de damestoiletten, terwijl de toeschouwers op gedempte toon praatten.

'Je doet het fantastisch,' zei Diane terwijl ze door de gang liepen.

'Ik praat gewoon, meer niet.'

Nadat de zitting werd hervat, gaf Steven Lovely een exemplaar van haar boek, dat ze identificeerde. Hij vroeg of het als bewijsstuk mocht worden ingediend.

Monty Martin ging staan en zei: 'Edelachtbare, wij hebben geen bezwaar, zolang duidelijk is dat we niet van mening zijn dat alles wat in het boek staat ook echt waar is. We behouden ons het recht voor om de getuige een kruisverhoor af te nemen naar aanleiding van haar eigen boek.'

'Natuurlijk,' zei rechter Burch.

Steven liep weer naar de verhoging en vroeg: 'Miss Jackson, waarom hebt u dit boek geschreven?'

Ze zweeg lange tijd en bestudeerde de vloer. 'Tja, dat heb ik gedaan zodat mijn volk niet vergeten zal worden. Ik wilde dat het verhaal van Dark Isle bewaard zou blijven vanaf de tijd dat mijn voorouders uit Afrika kwamen. Zoveel verhalen van slaven zijn niet verteld en in de vergetelheid geraakt. Ik wil dat mensen weten en onthouden hoe ze hebben geleden en hoe ze hebben overleefd. Tegenwoordig kennen we de echte geschiedenis niet, omdat die niet verteld is, en hij is niet verteld omdat er zoveel vergeten is. Mensen willen niet praten over wat er met de slaven gebeurd is.'

Hij vroeg haar naar het schrijfproces. Hoe lang had ze erover gedaan om het boek te schrijven? Al met al tien jaar. Had ze advies gevraagd? Niet echt, ze had alleen wat tijdschriftartikelen gelezen. Ze had het met de hand geschreven en een jongedame, een schooljuf, gevraagd het voor haar uit te typen. Toen het af was, wist ze niet wat ze ermee moest doen. Dezelfde jongedame, de typiste, zei dat ze een uitgever moest zoeken, maar ze wist niet hoe ze dat moest aanpakken. Er ging nog wat tijd overheen, er gebeurde niks, en daarna vertelde iemand haar over een bedrijf dat het boek voor tweeduizend dollar zou drukken en dan vijfhonderd exemplaren zou maken. En zo werd het boek gepubliceerd.

Steven vroeg niet of de vijfhonderd exemplaren verkocht waren. Hij wist dat dat niet zo was en wilde zijn cliënt niet in verlegenheid brengen. Dus schakelde hij over op een ander onderwerp en vroeg naar de beslissing om van Dark Isle te vertrekken (nooit 'het te verlaten'). Lovely haalde diep adem en keek omlaag. Haar moeder en zij waren de enige twee die nog over waren. Het dorp was triest en deprimerend en al hun familie en vrienden waren weg. Ze hadden weinig te eten en op sommige dagen aten ze helemaal niks. Een vriend kwam hen ophalen en overtuigde hen er uiteindelijk van dat het tijd werd om te gaan. Ze trokken in bij een andere vriendin op Camino Island en gingen in de conservenfabrieken werken. Nadat haar moeder in 1971 overleden was, trouwde Lovely met een man met een goede baan. Ze kwam een stapje hoger en ging in de hotels werken. Ze verlangde naar het eiland en wilde ernaartoe, maar haar man had er geen belangstelling voor. Ze betaalde een man, Herschel Landry, die visser was en een boot had, en die bracht haar er een paar keer per jaar naartoe zodat ze de graven van haar familie op de begraafplaats kon onderhouden. Dat deed ze jarenlang, tot Herschel zijn boot verkocht en verhuisde. Inmiddels had haar man haar verlaten.

Opeens was Lovely moe en ze zette haar bril af. Het was bijna twaalf uur en iedereen had even pauze nodig. Rechter Burch verdaagde de zitting tot twee uur.

4

Het dichtstbijzijnde lunchtentje zat tegenover de rechtbank. Omdat het lekker weer was, reserveerde Bruce een tafel op het terras en verwelkomde Mercer, Thomas, Steven, Diane, Lovely en Miss Naomi in zijn hoekje. Hij bestelde ijsthee en koffie. Gifford Knox kwam een paar minuten later, leunend op zijn stok, en bestelde een whisky sour.

Lovely had een schitterend optreden gegeven tijdens het getuigenverhoor, en tot nu toe was er geen enkele reden tot bezorgdheid. Ze was een beetje moe, maar na een goede lunch zou ze klaar zijn voor de middagsessie.

Steven en Diane hadden uren met haar doorgebracht om haar getuigenis te verfijnen, te besluiten wat belangrijk was en wat achterwege kon blijven, en haar voor te bereiden op aanvallen van de andere kant. Steven had zelfs een paar oude rechtbanktrucs geprobeerd om haar in de val te laten trappen, maar die hadden niet gewerkt. Ze was onverstoorbaar geweest, zowel tijdens de repetitie als die ochtend tijdens haar voorstelling.

Ze hadden een discussie gehad over hoe lang ze Lovely in de getuigenbank moesten laten zitten. Als ze het hele verhaal moest vertellen, zou dat vele uren in beslag nemen en op een gegeven moment eentonig worden. Steven wist uit ervaring dat goede getuigen vaak de mist ingingen omdat ze te veel zeiden. Aan de andere kant moest een goede getuige gehoord worden. Maar het was nu eenmaal zo dat Lovely's levensverhaal een bewijsstuk was en dat rechter Burch en alle advocaten het al bestudeerd hadden. De uitdaging was om te bepalen hoeveel ze opnieuw moesten bespreken en hoeveel ze moesten overslaan.

Iedereen aan tafel had wel een mening over rechter Burch. Aangezien hij de enige rechter was, waren zijn houding, zijn lichaamstaal en zijn reacties uitermate belangrijk. Tot nu toe bleek hij opmerkelijk ondoorgrondelijk te zijn. Hij nam elk woord in zich op, maakte een paar aantekeningen, besliste snel als er bezwaar werd gemaakt en liet niks merken. Het leek erop dat hij betrokken was bij de zaak en dat hij de getuigenis graag wilde horen.

5

Om twee uur ging Lovely weer in de getuigenbank zitten en lachte de edelachtbare toe. Steven vroeg of ze onlangs nog op het eiland was geweest. Ze zei ja, ongeveer drie weken geleden, met de archeologen. Hij vroeg haar om het eiland te beschrijven zoals het nu was, en ze haalde diep adem. Toen ze sprak, klonk haar stem voor het eerst schor. Ze nam een slok water, rechtte haar rug en begon te praten. Steven interrumpeerde een paar keer om te zorgen dat ze de lijn van haar verhaal aanhield. Monty Martin maakte twee keer beleefd bezwaar toen ze maar bleef uitweiden, maar rechter Burch wuifde het weg. Ze zouden alles aanhoren wat Lovely Jackson hun wilde vertellen.

'En hebt u de graven van uw vader en grootouders gevonden?'

'Nou, dat weten we niet zeker. We hebben heel veel graven gevonden, maar die zijn nooit gemarkeerd. Er waren geen stenen en dat soort dingen. De meeste kisten waren verrot. De wetenschappers hebben DNA-testen gedaan, maar ze hebben niks gevonden. Dus nee, ik kan niet met zekerheid zeggen dat we de graven van mijn bloedverwanten hebben gevonden.'

Op een groot scherm dat op de jurytribune was gezet, liet Diane een kleurenfoto zien die door dr. Pennington was genomen toen het team op de begraafplaats aan het werk was. De graven waren afgezet met stokken waar strak touw omheen was gespannen. Twee archeologen zaten op hun knieën en waren hard aan het werk met troffels.

'Komt deze foto u bekend voor?' vroeg Steven.

'Jazeker. We waren er nog maar kortgeleden.'

'En weet u wie er begraven was op de plek waar toen werd gegraven?'

'Nee, niet precies. Maar ik dacht dat mijn familie in die hoek van de begraafplaats lag. Mijn vader en al mijn grootouders. Alleen blijkt dat niet uit de testen, zoals ik al zei.'

'Hoe zag de begraafplaats er jaren geleden uit, in de tijd dat u daar met Herschel naartoe ging?'

'O, toen was het veel mooier. Niet zo overwoekerd. Er stond wel wat onkruid en zo, want er woonde niemand, we waren al zo lang weg. Herschel en ik gingen met een jongen die Carp heette onkruid wieden rondom de graven van mijn familie, maar het was niet meer zo mooi als toen ik klein was.'

'Waarom ging u steeds terug naar het eiland?'

'Omdat Dark Isle toebehoort aan mijn mensen, aan mijn familie, aan mij. Ik was de enige die nog over was. Als ik de boel niet zou onderhouden, of dat in elk geval zou proberen, was er niemand die het deed.'

6

In 1990 las Lovely een artikel in *The Register* over een nieuw natuurgebied tussen Jacksonville en Tallahassee dat zojuist geopend was. Ambtenaren van de Florida Park Service waren bij de ceremonie aanwezig en een van hen beweerde dat de staat Florida het mooiste systeem van het hele land had, met meer dan honderdzestig beschermde natuurgebieden, en het werden er steeds meer. Lovely schreef een brief aan degene die in het artikel geciteerd werd en opperde dat

Dark Isle, met zijn werkelijk unieke geschiedenis, ideaal zou zijn voor een beschermd natuurpark, een soort gedenkteken voor de voormalige slaafgemaakten die daar hadden geleefd en waren gestorven. Haar eerste brief bleef onbeantwoord, maar op haar tweede kreeg ze een reactie van een zekere meneer Williford, die in beleefde en formele taal zei dat ze op dat moment niet geïnteresseerd waren. Ze wachtte zes maanden en schreef hem nogmaals. Er kwam geen antwoord. Ze betaalde dezelfde schooljuf nog een paar dollar om haar brieven uit te typen en er kopieën van te maken.

Steven gaf haar de eerste brief en vroeg haar om die voor te lezen. Ze zette haar rode leesbril goed op haar neus en las: 'Geachte heer Williford. Mijn naam is Lovely Jackson en ik ben de laatste afstammeling van voormalige slaven die op Dark Isle woonden, in de buurt van Camino Island. Dark Isle is tweehonderd jaar de woonplaats van mijn familie geweest. Niemand heeft er ooit meer gewoond sinds 1955, toen mijn moeder en ik moesten vertrekken. Als de laatste afstammeling neem ik aan dat ik de eigenaar van Dark Isle ben, en ik zou graag met u willen praten over de mogelijkheid er een beschermd natuurgebied van te maken, om mijn volk te eren. Ik ga er vaak op bezoek om de begraafplaats te onderhouden. De meeste oude huizen en gebouwen zijn vervallen. Maar het eiland is heel historisch en ik denk dat mensen het leuk zouden vinden het te bezoeken als het een beetje opgeknapt zou kunnen worden. Neemt u alstublieft contact met me op. Bedankt voor uw tijd. Hoogachtend, Lovely Jackson.'

Ze zei dat er geen antwoord was gekomen. Haar tweede brief was vrijwel identiek aan de eerste. Toen meneer Williford wel terugschreef, zei hij: 'Geachte Miss Jackson, hartelijk dank voor uw aardige brief van 30 maart 1990. Uw verzoek is heel interessant. De staat Florida heeft momenteel zes voorstellen voor nieuwe natuurgebieden. Helaas is er slechts geld voor vier daarvan. Ik zal uw verzoek in de juiste map bewaren, zodat het in de toekomst kan worden overwogen. Hoogachtend, Robert Williford.'

Haar derde brief, zes maanden later, was min of meer gelijk aan de eerste twee. Steven liet alle brieven zien en vroeg of ze als bewijsmateriaal mochten worden ingediend. Er was geen bezwaar.

'Goed, Miss Jackson, is het waar dat u hebt geprobeerd eigendomsbelasting te betalen op Dark Isle?'

'Dat is waar. Ik heb het jarenlang geprobeerd.'

'En hoe hebt u dat aangepakt?'

'Nou, ik heb één keer per jaar een cheque van honderd dollar naar het belastingkantoor gestuurd, hier aan de overkant van de straat. Dat doe ik al een hele tijd.'

'En wat gebeurt er dan met die cheque?'

'Tja, die aardige dame, Miss Henry, de belastingmevrouw, schrijft me altijd een briefje en stuurt de cheque terug.'

Steven liep naar haar toe en gaf haar twee vellen papier. 'Dat waar "bewijsstuk zeven" op staat, kunt u dat beschrijven?'

'Het is een kopie van mijn cheque aan de belastinginspecteur, gedateerd op 4 januari 2005. Daaronder, kijk, hier, is een kopie van mijn briefje, waarin staat: "Beste Miss Henry, hierbij mijn cheque van honderd dollar voor de eigendomsbelasting op Dark Isle."'

'En bewijsstuk acht, wat is dat?'

'Dat is een brief van Miss Henry, die schrijft: "Beste Miss Jackson, wederom bedankt voor uw cheque voor de belasting op Dark Isle, maar ik kan uw geld wederom niet aannemen. Dark Isle staat niet in het belastingregister van de county, dus er hoeft geen belasting betaald te worden."'

'Wanneer hebt u de eerste cheque voor de eigendomsbelasting gestuurd?'
'In 1964.'
'Waarom deed u dat?'
'Omdat ik dacht dat de eigenaar van een stuk grond belasting moest betalen. Dat zei mijn man altijd, hij zei dat de county beslag zou leggen op de grond als ik geen belasting zou betalen, en dat ik het dan kwijt zou zijn. Dus ik spaarde geld en stuurde wat ik kon missen.'
'Hoe lang hebt u dat gedaan?'
'Afgelopen januari nog.'
'Elk jaar sinds 1964?'
'Ja, dat klopt. Ik heb geen jaar overgeslagen. Ik stuurde de cheque en Miss Henry, of de dame die er voor die tijd werkte, stuurde hem weer terug.'
Steven pakte een dikke dossiermap en zei: 'Edelachtbare, ik heb hier kopieën van de cheques en de correspondentie tussen mijn cliënt en de belastinginspecteurs van de county.'
'Sinds 1964?' vroeg rechter Burch, die er duidelijk niet zo happig op was om de inhoud van de map te bekijken.
'Ja, Edelachtbare. Elk jaar.'
'En ze zijn allemaal hetzelfde? Elk jaar honderd dollar?'
'Ja, Edelachtbare.'
'Mooi. En u wilt ze als bewijsstukken indienen?'
'Ja, Edelachtbare.'
'Enig bezwaar?'
Evan Killebrew en Monty Martin tekenden geen van beiden bezwaar aan, want ze wisten dat dat hun geen goed zou doen. Rechter Burch liet alle stukken toe, om ze later te bekijken.
Steven zei: 'Edelachtbare, ik heb een dagvaarding voor Blanche Henry om te komen getuigen, als het nodig is. Ze

werkt hier aan de overkant. Wilt u, of de raadsmannen van de tegenpartij, haar getuigenis aanhoren?'

Rechter Burch keek naar de twee advocaten. Monty Martin stond op en zei: 'Ik geloof dat het zo wel duidelijk is, Edelachtbare. Het bewijs is opgenomen in het dossier.' Killebrew knikte instemmend.

7

In zijn gloriedagen als topadvocaat van de Sierra Club had Steven bekendgestaan om zijn uiterst nauwkeurige voorbereiding van rechtszaken. Voor hem, net als voor alle goede strafpleiters, was dat de sleutel tot de overwinning. Elke fase van elke rechtszaak was gepland en werd daarna tot in de puntjes gerepeteerd. Getuigen kregen scripts en werden daarna gecoacht door het procesteam. Soms werden er psychologen en zelfs dramadocenten ingehuurd om getuigen te helpen. Er werden schijnjury's betaald om het bewijs aan te horen en te evalueren. Natuurlijk had Steven in die tijd een veel groter budget gehad. Het Barrier Island Legal Defense Fund moest het met een schijntje doen en kon zich geen experts veroorloven. Maar het kon er wel heel veel uren in steken.

Op de vrijdag voor de rechtszaak, toen de rechtbank vrijwel uitgestorven was, namen Steven en Diane Lovely mee naar de lege rechtszaal, lieten haar plaatsnemen in de getuigenbank en namen haar getuigenis stap voor stap met haar door. Daarna draaide Steven de zaak om, speelde de rol van een advocaat van de tegenpartij en probeerde haar van de wijs te brengen met zijn kruisverhoor. De dag erna, zaterdag, zaten Lovely en Miss Naomi uren in Stevens kantoor om haar getuigenis op te poetsen, onnodige dialogen te schrappen en aan de zwakke punten te werken. Ze zou veruit de belangrijkste getuige zijn en ze moest geloofwaardig overkomen. Aan het eind van die dag waren Steven en Diane er allebei van overtuigd dat ze het kon opnemen tegen de 'slechte advocaten', zoals zij ze noemde.

Toen Steven de getuige dinsdagochtend vroeg overdroeg, liep Monty Martin zelfverzekerd naar het podium en begroette haar. Lovely keek hem onheilspellend aan en groette niet terug.

'Miss Jackson, wanneer hebt u besloten om het verzoek in te dienen om het eigendomsrecht van Dark Isle op te eisen?'

Diane onderdrukte een glimlach. Die vraag was gedurende het weekend op minstens drie manieren aan Lovely gesteld.

'Afgelopen zomer,' antwoordde ze. *Houd je antwoorden kort! Geef niks zomaar weg!*

'En wat was de aanleiding om het verzoek in te dienen?'

'Een casino.'

'Een casino?'

'Dat zei ik.'

'Wilt u dat uitleggen?'

'Ik begrijp de vraag niet.'

'Oké. Waarom zag u zich door een casino gedwongen om dat verzoek in te dienen?'

'Niemand heeft me gedwongen. Ik deed het omdat ik het wilde. Het was goed om het te doen.'

'Hoezo dat?'

'Omdat het eiland niet aan een casino toebehoort. Het behoort toe aan mij en mijn volk, de mensen die er begraven zijn.'

Monty pakte een exemplaar van haar memoires en zei: 'Volgens uw boek, en ook volgens uw verklaring, bent u in 1955 vertrokken van Dark Isle. Is dat correct?'

‘Ja.’
‘Maar u hebt nooit een verzoek bij de rechtbank ingediend tot afgelopen zomer, in 2020.’
‘Wat is uw vraag?’
‘Waarom hebt u vijfenzestig jaar gewacht voordat u probeerde het eigendomsrecht te verkrijgen?’
Woord voor woord precies de vraag die Diane weken geleden had opgeschreven. Ze kon Lovely’s antwoord ook zo opdreunen.
‘Omdat het eiland aan mij en mijn mensen toebehoort, en dat is altijd zo geweest. Niemand heeft het ooit geprobeerd op te eisen, tot uw cliënt afgelopen zomer ineens opdook. Ik heb mijn verzoek ingediend omdat iemand, namelijk uw cliënt, probeerde mijn eigendom af te pakken.’
‘Wie heeft u op het idee gebracht om het verzoek in te dienen?’
‘Een paar vrienden.’
‘Wie zijn die vrienden?’
‘Gaat u dat iets aan?’
Steven stond op en zei: ‘Edelachtbare, alstublieft, gesprekken die buiten de rechtszaal door de getuige en haar vrienden zijn gevoerd en waar door de heer Martin naar wordt gevraagd, zijn overduidelijk informatie uit de tweede hand.’
Burch schudde zijn hoofd en zei: ‘Ik begrijp uw bezwaar, maar laten we kijken hoe het loopt. Miss Jackson, ik waarschuw u dat u geen opmerkingen moet herhalen die door anderen zijn gemaakt.’
Steven ging zitten, maar niet voor lang.
Monty Martin vroeg: ‘Miss Jackson, wanneer hebt u de heer Steven Mahon voor het eerst ontmoet?’
‘Dat weet ik niet. Ik heb het niet opgeschreven.’
‘Had u hem ooit ontmoet voor afgelopen zomer?’
Steven stond weer op en zei: ‘Bezwaar, Edelachtbare, de

relatie tussen mij en mijn cliënt is zeer vertrouwelijk. Ik weet niet waar meneer Martin naartoe wil, maar hij gaat over de schreef.'

Steven wist precies waar Monty naartoe wilde, en dat wisten rechter Burch en de andere advocaten ook. Tidal Breeze popelde om te bewijzen dat Steven en zijn bende van milieufanaten Lovely hadden aangespoord om haar verzoek in te dienen, omdat dat de snelste manier was om Panther Cay tegen te houden. Maar de advocaten hadden de vertrouwelijke relatie tussen advocaat en cliënt niet kunnen omzeilen. Dat konden ze nu nog steeds niet, maar Monty wilde in elk geval argwaan wekken.

Rechter Burch zat erbovenop en zei: 'Bezwaar toegekend. Gaat u verder, meneer Martin.'

Monty bladerde door Lovely's memoires alsof hij iets zocht. 'U noemt een heleboel namen en datums in dit boek, Miss Jackson. Zijn die allemaal accuraat?'

'Voor zover ik ze me kan herinneren.'

'Hebt u aantekeningen of oude familiedocumenten gebruikt, of dat soort dingen?'

'Ik had wat schriften, heel lang geleden.'

'Waar zijn die schriften nu?'

'Dat weet ik niet. Ik ben ze kwijtgeraakt, ik kan ze nergens vinden.' Dat was een leugentje, maar dat kon haar niks schelen. Haar grond beschermen was veel belangrijker dan volkomen eerlijk zijn tegen een stelletje rijke witte kerels.

'Op pagina eenentwintig schrijft u dat uw overgrootmoeder, Charity, in 1910 is overleden. Maar in uw verklaring, die u op 23 oktober hier in deze rechtszaal hebt afgelegd, zei u dat ze in 1912 is overleden. Wat is nou de waarheid?'

Lovely schudde haar hoofd alsof ze met een halvegare aan het praten was. 'De waarheid is dat ze dood is, en al een hele tijd ook. De waarheid is dat veel van mijn verhalen zijn afgeleid van verhalen die door mijn volk zijn overgeleverd, dus ja, ik neem aan dat het mogelijk is dat sommige datums een beetje door elkaar zijn gehaald.'

'Dus alle datums zijn door elkaar gehaald?'

'Dat zei ik niet. Dat zei u. Weet u, meneer, mijn mensen hebben niet zoveel onderwijs genoten. We hadden geen schoolgebouw of leraren of boeken op het eiland. De staat Florida gaf niks om ons. We bestonden niet, wat de staat betrof. En nu beweert de staat de eigenaar van het eiland te zijn. Wat leuk. Waar was de staat Florida honderd jaar geleden toen er op alle andere plekken scholen, wegen, ziekenhuizen en bruggen werden gebouwd? Er is nooit een cent naar Dark Isle gegaan.'

Ineens wilde Monty gaan zitten. Hij kwam nergens met deze getuige. Sterker nog, hij verloor waarschijnlijk terrein. Zijn medewerkers hadden zich over haar boek en haar verklaring gebogen en een lijst van elf discrepanties met betrekking tot namen en datums gemaakt. Nu leek die lijst opeens waardeloos.

Op Dianes lijst stonden dertien fouten, die ze allemaal met Lovely besproken had, en die was er klaar voor om ze allemaal te verklaren.

Monty fluisterde tegen een van de andere advocaten en wachtte een paar tellen. Hij lachte naar Lovely, die helemaal niet teruglachte, en zei: 'Goed, Miss Jackson, ik ben geïntrigeerd door die schriften die u kwijt bent. Wanneer bent u daarin gaan schrijven?'

'Dat weet ik niet. Ik schrijf dingen niet op zoals u, meneer. Op het eiland hadden we niet altijd potloden, pennen, papieren en schriften of dat soort dingen om mee te schrijven. Ik ging naar school in een klein vierkant gebouwtje dat we een kapel noemden, omdat het onze enige kerk was. We hadden geluk dat we twee of drie leerboeken hadden die we rond lieten gaan. Ik weet niet waar ze vandaan kwamen. De helft van de kinderen ging niet eens naar school. Mijn ouders konden nauwelijks lezen en schrijven. Ik heb bijna alles wat ik weet pas geleerd nadat ik van het eiland was vertrokken en hier naar school ging, naar de oude zwarte school in The Docks. En zelfs op die school hadden ze niet veel extra spullen, niet zoals op witte scholen.'

Monty had zin om weg te gaan. Hij was van plan geweest een hoop heibel te maken over die schriften, en hij had ze willen portretteren als belangrijke documenten die tijdens de inzage van de stukken hadden moeten worden ingediend. Nu leken ook de schriften waardeloos.

Opnieuw veranderde hij van onderwerp. 'Goed, Miss Jackson, op pagina achtenzeventig van uw boek staat een nogal beeldend verhaal waarin Nalla, een van uw voorouders, de keel doorsnijdt van een man die haar verkracht heeft. Daarna liet ze zijn bloed over het strand druipen. Was dat een soort vervloeking?'

Haar ogen glansden terwijl ze knikte en zei: 'Ja.'

'Kunt u die vloek beschrijven?'

'Ja. Nalla had krachten. Ze was een dokter die mensen kon genezen. Ze praatte met geesten en kon de toekomst voorspellen. Nadat ze de man die Monk heette had geofferd, verspreidde ze zijn bloed in het zand en zei dat iedere witte man die naar het eiland kwam een verschrikkelijke dood zou sterven.'

'En u gelooft dat dat waar is?'

'Ik weet dat het waar is.'

'Hoe weet u dat het waar is?'

Lovely keek hem een hele tijd vuil aan terwijl iedereen met gespitste oren wachtte wat ze zou gaan zeggen. Ze boog zich iets dichter naar de microfoon toe en zei: 'Ik ken de geesten. Ik weet het wanneer iemand naar het eiland is gegaan.'

Monty toonde een trots lachje, alsof hij de getuige eindelijk in de tang had en haar in diskrediet bracht. 'Maar u was drie weken geleden op het eiland, met die archeologen, toch?'

'Dat klopt.'

'Sommigen waren wit, anderen waren zwart. Correct?'

'Dat klopt.'

'En niemand is gedood of gewond, er is niemand overleden, toch?'

'Dat klopt.'

'Wat is er dan met die vloek gebeurd?'

'Ik was erbij en ik heb de vloek opgeheven.'

'Dus die krachten hebt u?'

'Ja.'

'Is de vloek nog steeds opgeheven, of is hij weer terug op het eiland?'

'Dat weet ik niet zeker. Waarom gaat u het niet uitproberen?'

Er barstte een schaterend gelach uit, en het werkte aanstekelijk. Er was niemand die zijn lachen kon inhouden. Rechter Burch bedekte zijn microfoon met zijn hand en genoot van het moment. Alle advocaten waren geamuseerd. Sommige toeschouwers gierden het uit. Zelfs Monty kon de humor er wel van inzien.

Na een tijdje tikte Burch met zijn hamer op tafel en zei: 'Oké, oké. Laten we de orde herstellen. Gaat u verder, meneer Martin.'

Monty grinnikte nog wat na en zei tegen haar: 'Ik moet uw aanbod afslaan, maar toch bedankt.' Zijn glimlach verflauwde en hij vroeg: 'Wanneer was, vóór uw bezoek, de laatste keer dat de vloek van Dark Isle een slachtoffer eiste?'

'Vorig voorjaar, ongeveer een jaar geleden.' Haar nuchtere antwoord bracht Monty even van zijn stuk.

Hij keek haar vorsend aan, dat probeerde hij tenminste, en vroeg: 'Oké, wat is er toen gebeurd?'
'Er gingen vier mannen naar het eiland. Ze waren alle vier binnen een week dood.'
'Vier witte mannen?'
'Dat klopt.'
'Weet u hoe ze heetten?'
'Nee.'
'Oké. Wat deden ze daar?'
'Weet ik niet.'
'Goed dan. Is hun dood ergens gemeld?'
Ze haalde haar schouders op alsof ze dat onmogelijk kon weten. 'Geen idee.'
'Wat was de doodsoorzaak?'
'Een bacterie die in hun huid kroop.'
De gouden regel bij een rechtszaalprocedure is: stel nooit een vraag als je het antwoord niet weet. Dat had Monty tijdens zijn rechtenstudie geleerd en hij had zich er bijna dertig jaar strikt aan gehouden. Maar op dit moment kon hij het gewoon niet helpen.
'En die bacterie werd veroorzaakt door de vloek?'
'Dat klopt.'

8

Gifford Knox zat op de achterste rij en genoot van Lovely's optreden. Naast hem zat Thalia Chan, een verslaggever van *The New York Times*, een vrouw die hij al tien jaar kende. Haar stokpaardje was milieuproblematiek die werd veroorzaakt door grote bedrijven, en ze had verschillende grote artikelen over Gifford en zijn belevenissen geschreven. Ze had twee keer gezien dat hij werd gearresteerd, voor de rechter werd gesleept, een boete kreeg en werd bedreigd.

Ze had hem zien getuigen in een zaak tegen kolencentrales. In de loop van hun vriendschap had Gifford haar heel wat verhalen bezorgd, en haar off the record ook heel wat informatie over wantoestanden toegespeeld. Hij was haar favoriete 'anonieme bron' en hij had nooit iets gelekt wat niet klopte.

Gifford had haar maanden eerder al over Dark Isle verteld. Hij had de hoofdrolspelers omschreven en dingen verteld die hij bij etentjes en borrels had opgevangen. Hij had haar, of wie dan ook, niks verteld over zijn gespeelde ongeluk en zijn valse rechtszaak. Zelfs voor een praatjesmaker als Gifford waren er dingen die onder de pet moesten blijven.

Er kwam een groot stuk in de *Times* aan, en Gifford was de enige die het wist. Hij kon niet wachten.

9

Na anderhalve dag in de getuigenbank was Lovely klaar en mocht ze tussen Steven en Diane aan tafel gaan zitten. Haar optreden had niet beter kunnen gaan.

Stevens volgende getuige was dr. Sargent, de archeoloog van Howard University. Ze doorliepen het gebruikelijke riedeltje om zijn deskundigheid vast te stellen: opleiding, praktijktraining, publicaties, ervaring, enzovoort. Vooral van belang was zijn werk voor diverse projecten over Afrikaanse begraafplaatsen, waarmee hij enkele tientallen jaren daarvoor in Manhattan was begonnen en die hij nog steeds voortzette. Op het grote scherm op de jurytribune toonde dr. Sargent eerst een niet al te gedetailleerde kaart van Dark Isle, waarbij Lovely de meeste details had ingevuld. De globale ligging van de nederzetting stond erop, de rijen huizen en de begraafplaats. Hij liet kleurenfoto's zien die tijdens hun recente expeditie gemaakt waren. Foto's van de schade en het puin, veroorzaakt door orkaan Leo; foto's van hun team dat de takken en bladeren van de begraafplaatsen verwijderde; foto's van het daadwerkelijke graafwerk. Hij zei dat ze de restanten van zo'n tachtig graven hadden gevonden, sommige met houten kisten erin en andere zonder. Hij had foto's van de ernstig aangetaste kisten. De begraafplaats lag op het hoogste punt zo'n zes meter boven zeeniveau. Leo's stormvloed op Dark Isle was nooit bepaald, maar volgens de National Weather Service was hij op de noordelijkste punt van Camino Island gestegen tot acht meter. Het oog van de orkaan lag daarna recht boven Dark Isle, dus kon redelijkerwijs worden aangenomen dat het hele eiland onder water had gestaan. Zelfs de meest recente graven vertoonden sporen van ernstige waterschade. Dr. Sargent zei dat de graven en de doodskisten naar zijn mening enkele uren doorweekt waren geweest door zeewater, waardoor de monsters die nodig waren voor DNA-testen ernstig achteruit waren gegaan.

Geen van de botten en tanden vormde een match met Lovely's monster.

Dr. Sargent schatte dat er op de ene begraafplaats die ze gevonden hadden waarschijnlijk zo'n tweehonderd graven lagen. Volgens Lovely's geschiedenis waren er her en der op het eiland nog andere begraafplaatsen.

Na twee uur in de getuigenbank had dr. Sargent genoeg gezegd. Rechter Burch had koffie nodig.

10

Diane had een paar keer over de telefoon gekletst met Loyd Landry, Herschels zoon. Ze was een paar maanden eerder bij hen langs geweest in New Bern, North Carolina. Na dat bezoekje was ze er zeker van geweest dat Herschel op zijn drieënnegentigste te veel van zijn geheugen kwijt was om bij de rechtszaak betrokken te worden. Ze had ook een paar keer met Loyd gemaild, gewoon om hem op de hoogte te houden van de zaak. Hij wist op welke datum de rechtszaak zou zijn, en de zondag ervoor had hij haar gebeld met het opzienbarende nieuws dat zijn vader terug wilde naar Camino Island.

Loyd vertelde dat Herschel, nadat Diane hem was komen opzoeken in het verzorgingstehuis, vragen aan zijn zoon stelde over haar en haar bezoekje. Hij herinnerde zich Lovely en Dark Isle, en hoe meer ze praatten, hoe meer er weer boven kwam drijven. Tenminste, op goede dagen. Op slechte dagen wist hij niet waar hij was.

Op maandagochtend, een uur voordat de rechtszaak begon, stuurde Loyd een appje naar Diane om te zeggen dat ze in de auto zaten, dat hun roadtrip was begonnen, dat zijn ouweheer dolblij was om een keer uit dat verzorgingstehuis te zijn en dat ze er zo snel mogelijk zouden zijn. Het was ongeveer tien uur rijden, maar waarschijnlijk moesten ze meerdere keren stoppen voor een pauze.

En bidden dat het een goede dag was.

Op dinsdagmiddag om halfvier sloeg rechter Burch met zijn hamer op tafel en zei dat de zitting begon. 'Meneer Mahon, roept u uw volgende getuige maar naar voren.' De hoofddeur ging open en Herschel kwam door het gangpad rijden, terwijl Loyd zijn rolstoel duwde. Om een of andere reden had hij een wandelstok op schoot. Zodra ze de getuigenbank naderden, legde Steven aan de rechtbank uit dat meneer Landry alleen maar in zijn rolstoel kon zitten en dat hij een draagbare microfoon nodig had. Die mocht Loyd vasthouden terwijl hij naast zijn vader ging zitten. Zonder al te veel moeite nam de griffier de eed af en het getuigenverhoor ging van start.

Herschel keek de zaal rond en zag niet veel. Maar toen zijn blik die van Lovely kruiste, knikte hij met een glimlach en mompelde iets. Steven vroeg hem naar zijn naam, leeftijd, adres en nog wat andere basisdingen, en hij gaf de juiste antwoorden met een trage, zachte, hese stem, maar met de microfoon bij zijn lippen was elk woord prima te verstaan.

'Kende u Lovely Jackson, de dame die daar zit, heel wat jaren geleden?'

Weer een lach. 'Ja. Ik vond haar leuk. Zij vond mij leuk.'

Lovely bleef naar hem lachen. Het kon haar niet schelen wat hij over hun relatie van zestig jaar geleden zei. Ze wilde alleen de waarheid.

'En u was visser op Camino Island en had een boot?'

Monty Martin stond op en zei: 'Edelachtbare, ik besef dat dit ongewone omstandigheden zijn, maar hoe ver mag meneer Mahon gaan in het leiden van de getuige?'

'Ik begrijp het, meneer Martin. U hebt een steekhoudend bezwaar, maar ik geef deze meneer toestemming om zijn verhaal te vertellen. Gaat uw gang.'

'U had een boot in de buurt van de conservenfabrieken in Santa Rosa, hè?'

'Dat klopt. Ik was visser.'

'Hebt u Lovely Jackson weleens naar Dark Isle gebracht om de begraafplaats te bezoeken?'

Het duurde even voor de vraag tot hem doordrong, maar daarna begon hij te knikken. 'Ja, dat klopt. We gingen daar heel vaak naartoe.'

'En wat deden jullie daar?'

'Het gras maaien, het onkruid rondom de graven wieden. Haar mensen.'

'Gingen jullie alleen?'

De vraag bracht hem in verwarring en hij gaf geen antwoord.

‘Ging er een jongen die Carp heette met jullie mee?’

‘O ja, Carp. Goeie knul.’

‘Waar is Carp nu?’

‘Weet ik niet.’

‘Weet u zijn achternaam nog?’

‘Nee,’ mompelde hij.

‘Hoe oud was u toen u Lovely naar haar eiland bracht?’

‘Een jaar of dertig, denk ik.’

‘En hoe lang ging dat door?’

‘O, een hele tijd. Jaren. Ik vond haar leuk. Zij vond mij leuk. We vonden het leuk om daar samen naartoe te gaan, alleen.’

11

Het verweer begon op woensdagochtend toen de officier van justitie zelf de eed aflegde om te getuigen. Zijn aanwezigheid was absoluut niet noodzakelijk, maar sprak boekdelen over de invloed die Tidal Breeze in de staat had, of in elk geval over het OM. Het bedrijf, de familie Larney en de vele werknemers, investeerders en aangesloten bedrijven droegen heel veel bij aan zijn campagnes.

De kern van zijn korte getuigenis was dat de wet in Florida heel duidelijk was en nu al ruim zestig jaar in de boeken stond. Vanwege de natuur, en zo nu en dan vanwege door mensen aangelegde projecten, veranderen kustlijnen, riffen en zelfs rivieren en hun zijtakken door de jaren heen. Kleine eilandjes verdwijnen. Anderen worden juist gecreëerd. Weer andere splitsen zich. Er lagen momenteel zo’n achthonderd onbewoonde eilanden in de wateren voor de kust van Florida, en die werden voor de wet allemaal beschouwd als eigendom van de staat.

Naar zijn deskundige mening behoorde Dark Isle toe aan de staat Florida.

Toen Steven de kans kreeg aangeboden om zo'n belangrijke figuur een kruisverhoor af te nemen, speelde hij met het idee om zijn betrokkenheid bij Tidal Breeze eens onder de loep te nemen. Ze konden het hebben over de pogingen die het bedrijf achter de schermen had ondernomen om het eigendomsrecht alvast zeker te stellen voordat de rechtbank uitspraak deed. Hoewel zo'n ondervraging een hoop lol zou betekenen, zou het bijzaak zijn, niet productief, dus wuifde Steven de kans weg, alsof de officier van justitie er helemaal niet toe deed.

Als het optreden van de officier van justitie bedoeld was om indruk te maken op rechter Burch, dan wees niets erop dat dat gelukt was. Voor het eerst leek de edelachtbare enigszins ongeduldig.

De volgende vijf getuigen gaven wat kleur aan de procedure. Het waren allemaal werkende mannen die op uiteenlopende manieren geld verdienden aan de zee. Ze waren allemaal hier in de omgeving geboren, of woonden er al vele jaren. Ze waren allemaal van middelbare leeftijd en wit, en ze wilden hier eigenlijk geen van allen zijn.

Skip Purdy was de eerste. Hij was vijfenveertig, een garnalenvisser wiens vader ook garnalenvisser was geweest. Hij viste al van kleins af aan in de wateren rond Camino Island en de rivier de Camino, zowel voor geld als voor zijn plezier. Hij kende alle eilanden goed, inclusief Dark Isle. Nee, hij was er nog nooit aan land geweest en kende ook niemand die er wel was geweest. Hij had nooit enig teken van leven gezien; geen mens, geen dier, niks.

Bij het kruisverhoor vroeg Steven: 'Meneer Purdy, u hebt toch nog steeds een garnalenboot?'

'Ja.'

'Dus u zou vandaag eigenlijk op het water moeten zitten, klopt dat?'

'Ja.'

'Maar in plaats daarvan bent u nu hier in de rechtszaal, toch?'

'Dat lijkt me duidelijk.'

'Wordt u betaald om te getuigen?'

Monty had zijn getuigen goed voorbereid en de vraag werd verwacht. 'Ja, meneer, ik krijg betaald, net als u.'

'Hoeveel?'

Monty stond met een glimlach op en zei: 'Edelachtbare, alstublieft.'

'Bezwaar toegewezen. U hoeft de vraag niet te beantwoorden.'

'Verder geen vragen.'

'U kunt gaan, meneer Purdy.'

Donnie Bohannon was eigenaar van een charterservice en gespecialiseerd in het vissen op zeilvissen in de Atlantische Oceaan. Hij was eenenveertig en had het verweerde, gebruinde gezicht en het gebleekte haar van een man die zijn leven in de zon doorbrengt. Hij was nog nooit op Dark Isle geweest, maar kwam er bijna elke dag langs, op weg van en naar de centrale jachthaven van Santa Rosa. De afgelopen achttien jaar had hij niks gezien op de stranden. Orkaan Leo had er flink huisgehouden en veel bomen verwoest, maar er was geen teken van leven.

Roger Sullivan begeleidde vistripjes en werkte in kleinere bootjes aan de kant van de baai. De doorvaart van anderhalve kilometer tussen Dark Isle en het vasteland was een eersteklas kweekvijver voor tandbaars, wahoo en bot. Hij voer elke dag vlak langs het eiland en had er al in geen jaren meer leven gezien. Vroeger was er een kudde herten, maar die waren na orkaan Leo verdwenen.

Ozzie Winston was een gepensioneerde havenmeester van de jachthaven in Santa Rosa en hij was geboren en getogen op Camino Island. Brad Shore had een duikschool. Hun getuigenis was meer van hetzelfde: ze kenden Dark Isle goed omdat ze er al jaren regelmatig langskwamen, ze waren op de hoogte van de legenden en verhalen, en ze wisten zeker dat er nooit van hun leven ook maar enige menselijke activiteit op het eiland was geweest.

Monty's punt was eenvoudig en effectief: zelfs als Lovely het eiland jarenlang had bezocht, zoals ze beweerde, dan waren die bezoekjes al lang geleden gestopt.

Nu het bijna lunchtijd was, nam hij de beslissing om het erbij te laten. Tijdens zijn voorbereiding van de rechtszaak was zijn strategie geweest om de geloofwaardigheid van Lovely's zaak om zeep te helpen door twijfel te zaaien over haar verhaal. Maar ze had zich uitstekend staande gehouden en Monty was ervan overtuigd dat rechter Burch sympathiek tegenover haar stond.

Wat konden Tidal Breeze en de staat Florida nou nog meer aantonen? Dark Isle was inderdaad bewoond geweest door voormalige slaafgemaakten, zowel voor als na de toetreding tot de Verenigde Staten. Lovely beweerde dat ze de laatste afstammeling was en haar getuigenis was geloofwaardig. Hoe konden ze dat weerleggen? De archeologen hadden een echte begraafplaats gevonden.

Rechter Burch was altijd wel in voor lunch, maar zodra hij in de gaten kreeg dat de advocaten aan het afronden waren, zei hij: 'Ik geef alle partijen een paar minuten tijd voor een korte samenvatting. Maar ik hoef niet veel te horen. Meneer Mahon.'

De advocaten waren overrompeld, maar ze hadden geen van allen een voordeel. Steven stond op, zonder aantekeningen, en zei: 'Goed, Edelachtbare. We zijn dit dispuut begonnen met allerlei ontkenningen van Tidal Breeze, de gebruikelijke tactiek. Tidal Breeze ontkende dat er ooit mensen op Dark Isle hebben gewoond, en het ontkende dat mijn cliënt er ooit gewoond heeft. We weten nu dat die ontkenningen lariekoek waren. Het is heel verfrissend dat de staat Florida ineens zo'n belangstelling heeft voor het eiland. Bijna tweehonderd jaar lang heeft de staat er helemaal niets mee gedaan. Geen scholen, geen wegen, geen bruggen, geen klinieken, geen elektriciteit, geen telefoon. Niets, helemaal niets, Edelachtbare. Lovely Jackson en haar mensen leefden in armoede op hun eiland. Gezondheidszorg bestond niet. Ziekten kwamen veel voor. De levensverwachting was minstens twintig jaar lager dan gemiddeld. Maar ze hebben overleefd omdat ze wel moesten, en omdat ze trots waren en hun vrijheid koesterden. Nu is de staat aan het flikflooien met een heel grote projectontwikkelaar, Tidal Breeze, en is de staat op dit moment in de rechtszaal aan het vechten voor het eigendomsrecht van Dark Isle.

En dan is er nog iets om over na te denken, Edelachtbare. De staat en Tidal Breeze hameren er steeds zo op dat Lovely het eiland op haar vijftiende verlaten heeft. Maar is dat wel zo? Heeft ze de controle wel echt losgelaten? De meeste goed opgeleide witte mannen lachen om het idee dat er meer dan tweehonderd jaar geleden een vloek over het eiland is afgeroepen door een jonge Afrikaanse toverdokter, een voodoopriesteres. Misschien grinniken we erom en zeggen fluisterend dat het een fantasie is waar geen weldenkend mens echt in zou kunnen geloven. We zijn veel te hoogopgeleid voor dat soort dwaasheid. Nou, als dat zo is, dan daag ik al mijn collega's aan de andere kant van de rechtszaal uit om het te proberen. Ga naar de jachthaven, huur een boot, maak een tochtje door de baai en ga lekker wandelen op Dark Isle.'

Evan Killebrew had tijdens de rechtszaak niet veel gezegd.

Dat werd ook niet van hem verwacht, niet met zoveel stevig talent in de zaal. Hij stapte het podium op en zei: 'Goed, Edelachtbare, als we de nogal kleurrijke geschiedenis waar we begin deze week van hebben genoten even opzij kunnen zetten, dring ik er bij de rechtbank op aan om de aandacht weer even op de wet te richten, op de zwart-witte taal van het wetboek dat duidelijk stelt dat alle verlaten en onbewoonde eilanden in onze wateren toebehoren aan de staat Florida. Wat de staat daarna met het eigendom doet, is niet van belang voor deze rechtszaak. Als de staat het eiland aan Tidal Breeze of aan wie dan ook wil verkopen, is dat vandaag domweg niet relevant.'

Killebrew ging zitten en Monty stapte het podium op. 'Ik zal het kort houden.'

'Dat weet ik.'

'Dank u. Vijfenzestig jaar lang heeft Miss Jackson niets gedaan om haar wettelijke rechten als eigenaar van het eiland te claimen.'

Rechter Burch bracht hem van zijn stuk met de woorden: 'Neem me niet kwalijk, meneer Martin, maar ze heeft zo'n vijftig jaar lang haar uiterste best gedaan om eigendomsbelasting te betalen.'

'Ja, maar aangezien ze geen eigenaar van de grond was, hoefde ze geen belasting te betalen, Edelachtbare. Niemand hoefde belasting over het eiland te betalen, want er was geen eigenaar.'

Rechter Burch wendde zijn blik af, niet erg overtuigd.

'Een jaar geleden stond er op de voorpagina van de lokale krant, *The Register*, een paginagroot artikel over een voorgesteld nieuwbouwproject met de naam Panther Cay. Opeens, na vijfenzestig jaar stilte, huurt Miss Jackson een advocaat in, meneer Mahon, een bekende milieuadvocaat, om haar bij te staan in de strijd om het eigendomsrecht.

Zoals meneer Mahon zelf toegeeft, doet hij nooit eigendomswerk. In diezelfde krant werd hij geciteerd en hij deed, laten we zeggen, nogal neerbuigend over Panther Cay. Hij beloofde juridische maatregelen vanuit zijn non-profitorganisatie.'

'Wat wilt u nu eigenlijk zeggen, meneer Martin?' Rechter Burch interrumpeerde hem nogmaals.

'Ik zeg dat het er verdacht uitziet.'

'Zegt u dat meneer Mahon op zoek is gegaan naar Miss Jackson, haar heeft voorgesteld er een zaak van te maken en een verzoekschrift heeft ingediend om het project tegen te houden?'

'Ja, daar komt het wel op neer.'

'En wat dan nog? De helft van alle advocaten stelt zelf zaken voor. Hebt u de billboards soms niet gezien? Ga verder, alstublieft.'

Monty bleef glimlachen en zei: 'Goed, Edelachtbare. Ik ben het met meneer Killebrew eens dat we terug moeten naar de wet, en die is heel eenvoudig. Om aanspraak te kunnen maken op verkrijgende verjaring moet het bezit zeven onafgebroken jaren, openlijk, te goeder trouw, voortdurend en exclusief zijn geweest, alvorens een verzoek in te dienen en het eigendom te bevestigen. Zeven jaar geleden was het 2014. Er is geen flintertje bewijs, niet eens van Miss Jackson zelf, dat ze om welke reden dan ook de afgelopen tien jaar op Dark Isle is geweest. Of misschien twintig. Of dertig. Het eiland heeft een fascinerende geschiedenis, Edelachtbare, maar het is precies dat: geschiedenis. Met een hoop gaten erin. We dringen erop aan dat u de wet volgt en het eigendom toekent aan de staat Florida.'

Rechter Burch klapte zijn schrijfblok dicht en zei: 'Verder nog iets, heren?'

Niks.

‘Goed. Mijn complimenten voor een zaak die uitstekend is gevoerd. Als oude rechter die heel wat zaken heeft behandeld, kan ik goede advocaten altijd waarderen. Dank voor jullie professionaliteit. Ik zal binnen dertig dagen met een uitspraak komen.’

11

Een nieuwe stichting

1

De eerste bom sloeg de volgende dag in toen *The New York Times* met een artikel over de rechtszaak op de voorpagina kwam. Het stond onder de vouwlijn, en het meest opzienbarende was een grote kleurenfoto van Lovely Jackson die de dag ervoor de rechtbank binnen was komen lopen. Ze droeg een van haar gebruikelijke jurken, een felgele die tot op de grond zwierde, en een babyblauwe doek om haar hoofd. Ze lachte innemend naar de camera.

Het verhaal van Thalia Chan wekte niet de schijn dat het genuanceerd zou zijn. De kop luidde: AFRIKAANSE BEGRAAFPLAATS DWARSBOOMT LANDROOF DOOR PROJECTONTWIKKELAAR IN FLORIDA. Voor Tidal Breeze werd het daarna alleen maar erger. Het bedrijf werd geportretteerd als de zoveelste nietsontziende projectontwikkelaar die met alle geweld grof geld wilde verdienen aan de casinohype. Volgens een anonieme bron had Tidal Breeze zijn zinnen gezet op de gokmarkt van Atlanta, en had het nu de ideale plek gevonden, even ten zuiden van de staatsgrens met Georgia. Een andere bron (ongetwijfeld Gifford Knox) zei dat het bedrijf een schrikbarend aantal milieuproblemen had en het eiland en de wateren eromheen zou verwoesten. Mevrouw Chan slaagde er tamelijk goed in om de feiten uiteen te zetten en de rechtszaak te beschrijven. Maar het leeuwendeel van het verhaal ging over Afrikaanse begraafplaatsen en de inspanningen om ze te vinden en te behouden. Ze sprak met dr. Sargent van Howard University, die de begraafplaats op Dark Isle omschreef als 'een enorme vondst op een van de meest unieke plekken in de geschiedenis van de Amerikaanse slavernij'. Marlo Wagner van het African Burial Project was dolgelukkig met de ontdekking en beloofde haar volledige medewerking om de projectontwikkeling tegen te houden. De drie zwarte congresleden van Florida beloofden een federaal onderzoek naar de 'schending van heilige grond'. Naarmate het verhaal vorderde, werd etnische afkomst een steeds belangrijkere factor. De directeur van de NAACP in Florida beloofde snelle actie. De voorzitter van de Black Caucus in de wetgevende macht van Florida deed de toezegging dat, als de rechter de staat het eigendomsrecht verleende, Dark Isle nooit door de staat aan een projectontwikkelaar zou worden verkocht. Het moest beschermd worden. De gevechtslinies waren duidelijk, en er was geen ruimte voor grijze gebieden. Een rijk, wit bedrijf probeerde historisch belangwekkende grond af te pakken, die ooit in bezit was geweest van voormalige slaafgemaakten.

2

Mercer kon niet snel genoeg schrijven. Dankzij de rechtszaak maakte ze overuren en ze werkte zelfs 's nachts door. Het verhaal had nu ineens landelijke bekendheid gekregen en terwijl ze worstelde om de stroom van nieuw materiaal te verwerken, was ze bang dat ze kopje-onder ging. Ze maakte zich ook zorgen dat die aandacht nu misschien te veel was en dat de belangstelling voor haar boek daardoor zou afnemen, als het eindelijk gepubliceerd werd. Thomas stelde haar gerust door te zeggen dat al die publiciteit alleen maar meer bewustzijn voor Lovely's verhaal creëerde.

Mercer belde Miss Naomi en drukte haar op het hart om tegen Lovely te zeggen dat ze met niemand moest praten. Hoewel verslaggevers haar niet aan de telefoon konden krijgen, zouden ze wel kunnen proberen haar in The Docks op te sporen. Ze moest de deur op slot doen en niet met vreemden praten.

Aan het eind van de middag kwamen Mercer en Thomas met Steven, Bruce en Gifford bijeen op het terras van de bar van het Ritz-Carlton, ver weg van de binnenstad en de pottenkijkers. Het artikel van Thalia Chan was viraal gegaan en ze hadden zin om het te vieren. Gifford biechtte op dat hij Thalia op het verhaal had geattendeerd en haar, toen ze het potentieel ervan eenmaal inzag, steeds stukjes vertrouwelijke informatie had toegespeeld.

Bruce, de eeuwige boekverkoper, had al contact gelegd met de drukker die Lovely's zelfpublicatie had verzorgd, en hij had nog vijfhonderd exemplaren besteld. Zijn karige voorraad was voor de lunch uitverkocht en hij verwachtte een golf van aanvragen. En hij wilde zo snel mogelijk met Lovely praten over een signeersessie.

Wat voor invloed zou dit nieuws hebben op de beslissing van rechter Burch? Steven had er gemengde gevoelens bij. De zaak was niet gecompliceerd en hij verwachtte binnenkort een uitspraak. De rechtszaak had in hun voordeel uitgepakt vanwege Lovely's optreden in de getuigenbank, maar de wet stond niet vierkant achter hen. Er bestond geen twijfel over dat noch Lovely, noch iemand anders het eiland in de afgelopen zeven jaar had opgeëist.

Steven nam een slok en zei met een glimlach: 'Hoe dan ook, mensen, deze hele heisa is achter de rug. Mijn telefoon staat roodgloeiend. Die groep van de Afrikaanse begraafplaatsen is helemaal over de rooie. De milieuactivisten juichen hen toe. Politici en burgerrechtenbewegingen staan te trappelen om mee te doen. Tidal Breeze kan al die aanvallen onmogelijk overleven.'

'Dus we hebben gewonnen?' vroeg Bruce.

'Ja en nee. Ik kan alleen maar zeggen dat Lovely vijftig procent kans heeft op een uitspraak in haar voordeel. Maar als ze verliest, wint ze nog steeds, want de staat zal of onder de druk bezwijken en zich terugtrekken, of het eiland aan Tidal Breeze verkopen en dan vanaf de zijlijn toekijken terwijl de rechtszaak zich nog zeker tien jaar voortsleept. Maar uiteindelijk zal geen enkele federale rechtbank in het land toestemming geven om te knoeien met een historische begraafplaats, zeker niet als die vol ligt met de botten van slaafgemaakte mensen.'

Bruce vroeg: 'Kunnen ze de begraafplaats beschermen terwijl ze de rest van het eiland ontwikkelen?'

'Dat betwijfel ik. De begraafplaats ligt midden op het eiland, op het hoogste punt. Bovendien heeft Lovely gezegd dat er nog meer kleine begraafplaatsen op het eiland liggen. Vrienden, ik vind het verschrikkelijk om het jullie te moeten vertellen, maar Tidal Breeze kan het wel schudden. Lovely heeft gewonnen.'

'Nou, dan denk ik dat ik nog meer boeken moet bestellen,' zei Bruce gevat.

Mercer zei: 'En ik denk dat ik dat van mij snel moet afmaken.'

3

De tweede bom sloeg de maandag daarop om klokslag negen uur per mail in. Diane zag hem als eerste, in haar keukenkantoor, achter haar propvolle tafeltje, dat nu doorboog onder veel te veel troep. Het was de uitspraak van rechter Burch.

Weloverwogen en toch beknopt gaf hij op de eerste vijf pagina's een overzicht van de betwiste en onbetwiste feiten, en daarna wijdde hij twee pagina's aan de wet van verkrijgende verjaring.

De laatste alinea luidde: 'De rechtbank is van oordeel dat de verzoeker, Miss Lovely Jackson, haar aanspraak op het eigendomsrecht van Dark Isle, zoals beschreven in het hierboven beschreven wetsartikel van de staat Florida, voldoende overtuigend heeft ondersteund met bewijs. Derhalve wordt verklaard voor recht dat de verzoeker eigenaar is van Dark Isle, en wordt bevolen dat Dark Isle op haar naam wordt gezet. Daarmee is het verweer van de staat Florida afgewezen. Aldus is besloten. Was getekend, Clifton R. Burch, rechter.'

Binnen enkele minuten ging de uitspraak als een lopend vuurtje rond op het eiland. Daarna ging het viraal en werd het kleine Barrier Island Legal Defense Fund bestookt met telefoontjes en mails.

4

Rond het middaguur had Bruce ervoor gezorgd dat Bay Books klaar was voor een feestje. Een tafel naast zijn kantoor stond vol met hapjes, kleine sandwiches en flessen wijn. En natuurlijk een stapel exemplaren van Lovely's boek. De schrijvers, die door Bruce waren opgetrommeld, kwamen op de wijn af. Myra en Leigh, Amy Slater en Bob Cobb. Sid Larramore van de krant. Een paar vrienden van Diane. Mercer en Thomas en twee vrienden van hen. Een stuk of tien vaste klanten die geen bijeenkomst oversloegen, kwamen vrolijk binnenwaaien. Toen Lovely in het kielzog van Miss Naomi binnenkwam, werd ze onder luid applaus onthaald. Ze straalde van trots, maakte een buiging en bleef maar zeggen: 'O, dank jullie wel. O, dank jullie wel.'

Ze sloeg een glas wijn af en nam frisdrank. Zodra het tijd werd om iets te zeggen, tikte Steven op zijn glas en bracht een toost uit op de beste cliënt die hij ooit had mogen vertegenwoordigen.

Bruce maakte bekend dat er vrijdag een signeersessie zou worden gehouden. Hij vroeg Lovely om met haar boek te poseren voor een rondje foto's, en binnen een mum van tijd postte hij ze op de socials van Bay Books.

5

Dinsdagochtend bracht Monty Martin een verklaring naar buiten waarin hij zei dat hij uiteraard teleurgesteld was door het oordeel van de rechtbank, maar dat hij groot respect had voor rechter Burch. Hij zou onmiddellijk in beroep gaan namens zijn cliënt en was optimistisch over hun kansen. Tidal Breeze was niet van plan om Panther Cay op te geven, een 'futuristisch project' dat werkgelegenheid zou scheppen voor duizenden inwoners van Florida.

Wilson Larney las de verklaring en schudde zijn hoofd. Hij zat op de bank in zijn schitterende kantoor en keek naar de Atlantische Oceaan, terwijl hij koffiedronk met Dud Nash. Verder was er niemand.

'Hoe zou jij Monty's werk tijdens de rechtszaak beoordelen?' vroeg Wilson.

'Goed. We hadden de feiten gewoon niet goed op een rijtje, Wilson. Zo simpel is het. We wisten het niet van die begraafplaats.'

'Dat stond in haar boek.'

'Ja, maar we geloofden haar boek niet echt, hè? We hebben Harmon een hele hoop geld betaald om dat eiland af te speuren. Ze hebben niks gevonden.'

'En die vier kerels zijn overleden?'

'Ja, later. Op vier verschillende plekken.'

'En dat heeft Harmon voor ons verzwegen?'

'Yep. Laten we eerlijk zijn: zodra die begraafplaats ontdekt werd, waren we de pineut.'

'Je weet dat we het zwaar voor onze kiezen krijgen. Ik kreeg net een telefoontje van onze pr-mensen. De zwarte bevolking van Dade County dreigt onze casino's te boycotten. Dat is zo'n twintig procent van de klandizie. We krijgen van alle kanten telefoontjes van zwarte activisten.'

'Ik weet het, ik weet het.'

'En onze kansen in hoger beroep zijn klein?'

'Bij dit soort zaken blijft het hooggerechtshof in tachtig procent van de gevallen bij de beslissing van de lokale rechters. Het is echt een grote gok. En stel dat we geluk hebben en we winnen het beroep, dan hebben we nog grotere problemen op het eiland. Het proces kan jaren duren.'

'Hoeveel hebben we tot nu toe uitgegeven aan juridische kosten?'

'Ongeveer een miljoen.'

Wilson trok een grimas, zoals altijd als ze het over de honoraria hadden die ze aan Duds advocatenkantoor betaalden. 'En hoeveel zou een federale rechtszaak ons globaal kosten?'

'Vijfentwintig miljoen in acht tot tien jaar, en de kans is groot dat we verliezen.'

'Waarom zijn jullie honoraria zo hoog?'

'Goh, die vraag heb je al... hoe lang niet gesteld, een week? We brengen zoveel in rekening omdat we dat waard zijn.'

‘Ik voel me anders niet geweldig. Dit is een pr-nachtmerrie en je weet dat ik een bloedhekel heb aan publiciteit.’

‘Ik adviseer je om de boel even te laten afkoelen. We hebben dertig dagen om appèl aan te tekenen.’

‘De boel gaat niet afkoelen, Dud. We hebben ons in een wespennest gestoken, en ze lusten ons rauw.’

6

Het tweede artikel in de *Times* stond prominent op pagina acht, met als kop: RECHTBANK FLORIDA OORDEELT IN NADEEL VAN PROJECTONTWIKKELAAR. Thalia Chan vatte de uitspraak van rechter Burch samen en plaatste een verklaring van Lovely, die luidde: ‘Ik ben opgelucht dat de rechtbank ervoor heeft gekozen om het heilige eigendom van mijn voorouders te beschermen. Dit is een geweldige dag voor de afstammelingen van slaafgemaakte Afrikanen.’ Als antwoord op een vraag die was geschreven door Thalia en via Diane was doorgegeven, zei Lovely: ‘Ik hoop dat de staat Florida een deel van het geld dat bestemd was voor de bouw van een brug nu zal uitgeven aan een gedenkteken voor mijn volk.’ Steven Mahon werd geciteerd: ‘De rechtbank heeft een goede, rechtvaardige beslissing genomen en daarmee een milieuramp afgewend.’ Bij het verhaal stond een luchtfoto van Dark Isle, gemaakt met een drone.

Tidal Breeze en de officier van justitie waren geen van beiden bereikbaar voor commentaar.

7

Twee dagen voor de uiterste datum om beroep te kunnen aantekenen, bracht Tidal Breeze een verklaring naar buiten waarin stond: ‘Ter eervolle nagedachtenis aan de tot slaaf gemaakte mensen die op Dark Isle hebben gewoond en er zijn gestorven, trekt de Tidal Breeze Company in Miami de plannen voor de ontwikkeling van Panther Cay terug. Het bedrijf respecteert de beslissing van de rechtbank en zal niet in beroep gaan bij het hooggerechtshof van Florida.'

Steven Mahon en Diane sprongen juichend op in hun krappe kantoortje en deden een vreugdedansje. Daarna belde Diane Miss Naomi met het nieuws en reden ze naar The Docks om het moment met Lovely te delen. Ze huilden met haar mee op haar veranda en genoten van de overwinning. Het was een magisch moment, nog steeds moeilijk te bevatten.

'Het is je gelukt, Lovely,' zei Diane meer dan eens. 'Je hebt voet bij stuk gehouden, je hebt gevochten voor je mensen, je hebt een machtige projectontwikkelaar voor de rechter gesleept en de vloer met hem aangeveegd. Het is je gelukt.'

'Ik heb een heleboel hulp gehad, liefje. Een heleboel hulp.'

Mercer belde haar agent in New York, Etta Shuttleworth, met het nieuws en sprak daarna haar redacteur, Lana Gallagher, bij Viking. 'Hoeveel woorden heb je geschreven?' vroeg Lana. Een echte redacteur.

'Ik weet het niet precies, iets van honderdduizend. Ik gooi bijna net zo snel bladzijden weg als ik ze schrijf.'

'Hou dan op met weggooien en maak dat boek af. Ik geef je een deadline als je dat wilt.'

'Heb je ooit meegemaakt dat een schrijver om een deadline vroeg?'

'Nee, natuurlijk niet. Maar als ik op 1 oktober de eerste versie heb, kunnen we volgend voorjaar publiceren.'

'Klinkt als een deadline.'

Het was geen verrassing dat Bruce binnen een halfuur nadat het nieuws naar buiten was gebracht al belde om Mercer te vertellen dat er voor die avond een etentje gepland stond om het te vieren. Hij was gasten aan het verzamelen, maar het zou de vaste kliek zijn, behalve Gifford, die was teruggezeild naar Charleston.

'Denk je dat Lovely wil komen?' vroeg hij.

'Ik betwijfel het, maar laten we het proberen. Ik kan het niet laat maken, Bruce. Thomas schopt me elke ochtend om zes uur uit bed om te schrijven.'

'Mercer, lieverd, niemand die bij zijn volle verstand is zou jou toch ooit uit bed schoppen?'

'Je bent hopeloos.'

8

Niet lang nadat Diane was begonnen de dingen bij de Barrier Island Legal Defense Fund naar zich toe te trekken, besefte ze dat ze, als ze op zijn minst het minimumloon wilde krijgen – om nog maar te zwijgen van een bureau of zelfs maar een mooiere keukentafel – zelf het geld bijeen moest zien te krijgen. Steven haatte fondsenwerving en vond het te veel moeite. De ongeveer tweehonderdduizend dollar die jaarlijks binnendruppelde, kwam bijna per ongeluk. De Sierra Club was een legendarische, eersterangs non-profitorganisatie met een groot budget, en toen hij daar werkte, had hij alle vrijheid om zoveel rechtszaken aan te spannen als hij wilde, zonder zich druk te maken over de overheadkosten. Oude gewoonten zijn hardnekkig, en nu weigerde hij zo'n beetje om zich druk te maken om geld. De secretarieel medewerker Pauline werkte parttime, was liever lui dan moe en stelde zich tevreden met haar karige salarisstrookje. Diane was geen geldwolf, maar ze wilde wel haar master in de rechten halen. Ze kreeg Steven zover dat hij ermee akkoord ging dat ze hun suffe website een opfrisbeurt zou geven. Hij keurde haar eerste veranderingen goed en ze nam hun kleine non-profitorganisatie geleidelijk mee naar de jaren twintig van de eenentwintigste eeuw. Hij gaf haar groen licht om hun socialmediaprofiel uit te breiden.

Dankzij de zaak-Dark Isle had Diane vrijwel non-stop iets om over te schrijven. Ze kregen langzaamaan steeds meer volgers en ook het aantal donateurs liep op. Toen ze voor het eerst naar de stad was gekomen, hadden ze gemiddeld negentienduizend dollar per maand aan donaties ontvangen, nauwelijks genoeg om hun eigen bescheiden salaris te betalen en hun lowbudgetmanier van procederen te bekostigen. Zeven maanden later was het brutobedrag voor de maand mei zo'n eenendertigduizend dollar, en Diane plaatste elke avond laat een update van de rechtszaak. De artikelen van Thalia Chan in de *Times* hadden het BILDF-profiel behoorlijk opgekrikt.

Geïnspireerd door dit succes raakte Diane geïntrigeerd door online marketing en de schijnbaar oneindige mogelijkheden daarvan. Meteen nadat de rechtszaak voorbij was, kwam ze met het idee om een separate stichting op te richten om geld in te zamelen voor een gedenkteken op Dark Isle. Het verhaal was nog steeds groot nieuws en de belangstelling was enorm. Ze besprak het natuurlijk eerst met Steven, en daarna met Mercer, Thomas, Gifford en Bruce. De grootste uitdaging was het gesprek met Lovely zelf, die nog steeds niet wist wat een website nou eigenlijk was.

Zo'n beetje op het moment dat Tidal Breeze de handdoek in de ring gooide, richtte Diane de Nalla Foundation op. De missie van de stichting was 'het in stand houden en eren van de herinnering aan de vrijgemaakte Afrikanen die zich op Dark Isle vestigden en nooit meer naar huis konden'. De doelstellingen waren de begraafplaatsen vinden en opknappen, een gedenkteken voor de doden oprichten, een deel van de nederzetting opnieuw opbouwen voor toerisme, en donaties van individuen, stichtingen, bedrijven en overheden inzamelen, uitsluitend voor het behoud van Dark Isle en de historie daarvan. Bruce en Noelle doneerden de eerste tienduizend dollar als beginkapitaal, en Diane troggelde Steven een 'lening' af van nog eens tienduizend dollar van het BILDF. Ze gebruikte het grootste deel van het geld om een online marketingbedrijf in te huren. Ze benoemde zichzelf tot directeur, voornamelijk omdat de belastingdienst daarom vroeg en er verder geen gegadigden waren. Ook een salaris was vereist, dus ze gaf zichzelf een contract voor om te beginnen honderd dollar per maand, ietsje minder dan wat ze als fulltimestagiair bij het BILDF verdiende.

Nu Lovely's rechtszaak achter de rug was, hield Steven zich met andere dingen bezig. De tamelijk onverwachte afronding zorgde ervoor dat er honderden uren wegvielen, waardoor zijn schema een stuk relaxter was. Diane kreeg hem zover dat hij een mooiere kantoorruimte huurde, en ze kon eindelijk dat verdraaide keukentafeltje wegdoen. Ze huurden een fulltime secretarieel medewerker in, die geen juridische opleiding had maar wel de receptie kon beheren. Ze zou zich ook de helft van haar tijd met de Nalla Foundation bezighouden, al was ze daarover nog niet geïnformeerd.

Diane werkte onvermoeibaar aan het opzetten van haar nieuwe stichting. Ze schreef tientallen subsidieaanvragen, probeerde donateurs te vinden, gaf interviews en hield de social media bij. Na een trage start begon het geld binnen te stromen: aanvankelijk kleine cheques van individuen, daarna grotere van andere stichtingen. In juli stuurde het African Burial Project haar een cheque van vijftigduizend dollar. En belangrijker nog: ze kreeg ook hun donateurslijst, in goed vertrouwen. Diane benaderde de donateurs met een gelikte directmailcampagne en haalde honderdtwintigduizend dollar op. Ze gaf zichzelf een redelijke loonsverhoging en deelde Steven mee dat ze negentig dagen met verlof ging bij Barrier Island. Ze vroeg geen verlofdagen, ze nam ze gewoon op.

Ze dronk elke middag thee op de veranda met Lovely en Miss Naomi, en ging elke woensdag met hen lunchen in een barbecuerestaurant in The Docks. In de weken na de rechtszaak waren er tientallen aanvragen om Lovely te interviewen en die werden allemaal naar Diane gestuurd, die journalisten al bijna net zo wantrouwde als Lovely. Maar ze was er wel achter gekomen dat haar cliënt en vriendin een machtige fondsenwerver was. Haar verhaal was onweerstaanbaar en ze was leuk om mee te praten. Elk interview, op papier of op camera, genereerde meer belangstelling voor de Nalla Foundation, en meer inkomsten.

Bay Books had meer dan zesduizend exemplaren van haar boek verkocht.

Op een warme middag tijdens het theedrinken viel de aarzeling Diane voor het eerst op. Lovely was over haar laatste bezoekje aan Mercer van de vorige dag aan het vertellen, toen ze bleef steken op 'water'. De w-klank kwam er niet uit. Haar lippen beefden en ze deed haar ogen dicht. Diane keek snel naar Miss Naomi, die haar blik afwendde. Enkele ogenblikken later gebeurde het nog een keer. Daarna klaagde ze over een plotseling opkomende hoofdpijn en wilde ze even gaan slapen. Nadat Diane terug was gelopen naar het huis van Miss Naomi, vroeg ze: 'Is dat al eens eerder gebeurd?'

'Ja, helaas wel. Het is vorige week begonnen, tenminste, toen is het me voor het eerst opgevallen.'

'Is ze naar de dokter gegaan?'

'Ze houdt niet van dokters, ze zegt dat ze op de geesten vertrouwt.'

'Bel me alsjeblieft als het nog een keer gebeurt. Er is duidelijk iets aan de hand.'

'Ik weet het, ik weet het. Ik maak me heel veel zorgen om haar.'

9

Half augustus had Mercer meer dan honderdtienduizend woorden geschreven. Nu de rechtszaak achter de rug was, was het einde van het boek in zicht. Ze schreef elke ochtend vier uur en maakte daarna samen met Thomas een lange, warme wandeling op het strand, gevolgd door een lunch en een middagdutje. Om twee uur zat ze weer achter haar bureau. Ze was bang dat ze te veel schreef, wat altijd een zorg voor haar was, omdat ze vond – en dat leerde ze haar studenten ook – dat de meeste boeken te lang waren. Niemand kan een schrijver vertellen wanneer het tijd is om te stoppen, of wat er geschrapt kan worden. Een goede redacteur kan wijzigingen aanbrengen of een boek zelfs afwijzen vanwege de lengte, maar over het algemeen is een schrijver eigen baas, met slechts weinig beperkingen.

Thomas was echt helemaal de consultant geworden. Nu zijn onderzeeërverhaal af was en in het oktobernummer geplaatst zou worden, wijdde hij zijn tijd aan Mercer en haar werk. Hij las en redigeerde elke pagina, was scheutig met redactionele opmerkingen en luisterde naar haar zorgen en gezeur. Omdat hij het hele jaar een groot deel van het verhaal had meegemaakt, kende hij het materiaal, maar toch vond hij de geschiedenis van Dark Isle nog steeds opmerkelijk fascinerend.

Twee dagen voordat ze hun spullen inpakten voor hun terugkeer naar Ole Miss, vroeg Mercer aan Diane of ze wilde langskomen voor een lunch en een middagje lezen. Ze aten salade en sloegen de wijn even over, en toen ze klaar waren, gaf Mercer haar het manuscript.

'Heb je het eindelijk af?' vroeg Diane.

'Bijna. Ik zet de komende maand de puntjes op de i en lever het 1 oktober in. Je hebt de eerste helft al gelezen. Hier is de rest.'

'Ik kan niet wachten.'

'Wij gaan de stad in. Heb je iets nodig?'

'Nee.'

'Doe alsof je thuis bent. Hier is een rode pen, die waar Thomas zo dol op is, dus wees niet terughoudend met je opmerkingen.'

Ze vertrokken en Diane nestelde zich op het terras, onder een plafondventilator, met de oceaan in de verte, en ook nu weer ging ze algauw helemaal op in Lovely's wereld.

10

In september schikte Gifford Knox zijn zelfverzonnen letselzaak tegen Old Dunes voor vijfendertigduizend dollar. Hij gaf een derde deel aan zijn advocaat, besteedde vierduizend dollar aan onverzekerde doktersrekeningen voor niet-bestaand letsel, en hield zo'n twintigduizend dollar over. Daarvan schonk hij de helft aan de Nalla Foundation en hield de rest zelf, als compensatie voor alle moeite.

Er gebeurde nog meer op het juridische front: op Dianes aandringen stemde Lovely er eindelijk mee in om een eenvoudig testament op te maken. Ze vertrouwde Steven al heel lang en liet het hem graag opstellen. Ze had geen natuurlijke erfgenamen en wilde haar huis en persoonlijke eigendommen nalaten aan haar dierbaarste vriendin, Naomi Reed. Van haar geld – het bedrag dat ze op haar twee bankrekeningen had staan – zou de helft naar Naomi gaan en de andere helft naar de Nalla Foundation.

Ze tekende ook een akte van garantstelling waarmee ze haar geliefde Dark Isle overdroeg aan de Nalla Foundation, die het voor altijd in beheer zou houden en het zou beschermen, in heilige gedachtenis aan haar voorouders.

Met de akte in handen vloog Diane naar Washington om een paar belangrijke mensen te ontmoeten. Nu ze het voordeel van een onkostenvergoeding had, logeerde ze in het beroemde Willard Hotel in de straat van het Witte Huis. Haar eerste afspraak was met een architectenbureau met een zwarte eigenaar, dat gespecialiseerd was in het herstellen van historische plaatsen die belangrijk werden geacht voor de Afrikaans-Amerikaanse geschiedenis. De architecten waren enthousiast over het Dark Isle-project en tekenden ervoor. En minstens net zo belangrijk: ze hadden talloze contacten in de wereld van het cultuurbehoud. Ze beloofden om te gaan rondbellen en planden in oktober een bezoek aan het eiland. Ze hadden er alle vertrouwen in dat er geld kon worden opgehaald.

Diane had afspraken met de National Trust, de National Park Service, de African-American Historical Trust, de African-American Preservation Society, de Lilly Foundation, DeWist Foundation en twee zwarte congresleden uit Florida. Het was haar niet gelukt om een afspraak te maken met de twee senatoren.

Op Dianes vierde dag in D.C. belde Miss Naomi 's avonds laat met het urgente nieuws dat Lovely in het ziekenhuis lag nadat ze naar alle waarschijnlijkheid een beroerte had gehad. Diane zei haar afspraken voor de volgende dag af en vloog naar huis. Ze haastte zich van Jacksonville naar Camino Island en trof Miss Naomi in het ziekenhuis, waar Lovely comfortabel lag te rusten.

De dokter zei dat ze meerdere miniberoerten had gehad, die weliswaar zorgwekkend waren, maar geen permanente schade hadden veroorzaakt. Wel moest er nu rekening worden gehouden met een grotere kans op een ernstige beroerte. Lovely kon goed lopen en stond erop dat ze naar huis mocht. Uiteindelijk ontsloeg de dokter haar. Toen ze weer op haar eigen veranda limonade zat te drinken, leek ze zo kwiek als altijd.

11

De overtocht, door Mercer Mann, werd in New York goed ontvangen. Na een paar aanpassingen door Lana Gallagher, haar redacteur, en de gebruikelijke misverstanden bij de persklaarmakers, werd het manuscript snel gereedgemaakt voor publicatie aan het eind van het voorjaar. Viking wilde het zo snel mogelijk in de winkel hebben, vanwege de timing van het verhaal. De rechtszaak was nu vijf maanden geleden, een eeuwigheid in de snelle wereld van het nieuws, en de belangstelling voor het verhaal leek af te nemen. Voor Mercer, en iedere andere schrijver, kon het niet snel genoeg gaan.

Bruce wilde het manuscript per se lezen voordat Mercer het naar Viking stuurde. Hij zag geen problemen in de opbouw van het verhaal, maar had wel wat redactionele opmerkingen, die ze stuk voor stuk negeerde. Daar konden ze later wel over bekvechten. Hij vond het boek geweldig, maar gaf toe dat hij waarschijnlijk geen objectieve criticus was. Hij had het gevoel dat hij deel uitmaakte van het verhaal, en bovendien was hij smoorverliefd op Mercer, en dat zou hij altijd blijven.

In de kerstvakantie vlogen Mercer en Thomas naar New York voor een korte overwinningstrip. Het reisje draaide vooral om eten en drinken. Ze hadden een lange lunch met Lana Gallagher en de directeur van Viking. Ze hadden een nog langer diner met Etta Shuttleworth en haar man. Ze winkelden wat, gingen naar een concert en genoten van een lichte sneeuwbui tijdens een wandeling in Central Park.

Vanuit New York vlogen ze naar Jacksonville en daarna reden ze naar Camino Island, waar ze kerst zouden vieren. Bay Books was uitbundig versierd en het wemelde er van de klanten. Zodra Bruce hen zag, liet hij alles uit zijn handen vallen en wenkte hen naar zijn kantoor, waar hij Mercer iets te lang omhelsde en haar een kus op haar wang gaf. Hij gaf Thomas een enorme knuffel, alsof hij hem in geen jaren had gezien. 'Ik heb Lana Gallagher vanochtend gesproken,' zei hij alsof een praatje met senior redacteurs van de grote uitgeverijen dagelijkse kost voor hem was. Bij nader inzien was dat waarschijnlijk ook echt zo. 'Ze vindt je boek fantastisch, zoals je weet, en denkt aan een eerste druk van honderdduizend exemplaren.'

Dat was nieuw voor Mercer.

'Ik zei: ga weg, Lana, dit boek gaat dik door de tweehonderdduizend heen. De drukpersen maken straks overuren. Je hebt er veel te weinig voor aanbetaald.'

Mercer en Thomas keken elkaar geamuseerd grijnzend aan.

'Goed, nu moeten we je boektournee gaan plannen, te beginnen met een waanzinnige lanceringsparty hier in het eetcafé.'

Mercer kon haar lachen niet inhouden.

Dit was Bruce ten voeten uit. Hij kon er niks aan doen.

12
Dicht bij Nalla

1

Tijdens haar vijfde reisje naar Washington D.C. maakte Diane een klapper. Met Marlo Wagner aan haar zijde sprak ze met drie stichtingen die ze maandenlang vrijwel non-stop op de hoogte had gehouden. De African-American Historical Trust deed een schenking van vijfhonderdduizend dollar, en de DeWist Foundation en het Potomac Preservation Fund schonken precies zo'n zelfde bedrag.

De Nalla Foundation had sinds de oprichting driehonderdtwintigduizend dollar opgehaald, en daarvan besteedde Diane het grootste deel aan de architecten en andere voorbereidende zaken, zoals een weg van het strand naar de begraafplaats op Dark Isle vrijmaken.

Lovely zei dat de vloek was opgeheven, en tot nu toe waren er geen doden gevallen onder de witte mensen die op het eiland werkten. Het was een onuitputtelijke bron van plagerijtjes door de zwarte mensen. Arbeiders van alle kleuren hielden de ratelslangen nauwlettend in het oog.

Nu ze anderhalf miljoen dollar tot haar beschikking had, nam Diane dr. Sargent en dr. Gilfoy in de arm om te beginnen met de eerste van een reeks opgravingen op de begraafplaats. Begin april kreeg ze eindelijk een kunstenaarsontwerp van het gedenkteken dat ze mooi vond, nadat ze bijna zestigduizend dollar had besteed aan ontwerpen die ze had afgekeurd. Een marketingbedrijf maakte aan de hand van de tekening een gelikte directmailadvertentie die naar driehonderdduizend potentiële donateurs ging. Naast het ontwerp stond een kleurenfoto van Lovely en daarbij drie alinea's met haar verhaal. Het was een gigantisch succes, waarmee in de eerste twee maanden al vierhonderdduizend dollar werd opgehaald.

Ook in april besloot Diane haar master in de rechten nog een jaar uit te stellen. Ze was aangenomen op Emory, haar eerste keus, en de universiteit ging akkoord met nog een jaar uitstel, maar haar droom van een carrière in de milieu-advocatuur vervaagde. Ze had het te druk met de stichting. Ze nam afscheid van Steven en zijn BILDF en huurde meer kantoorruimte. Nadat de belastingdienst haar eraan herinnerde dat ze haar raad van bestuur nog niet kenbaar had gemaakt, stuurde ze snel de namen Steven Mahon, Bruce Cable, Gifford Knox, Mercer Mann en Naomi Reed in. Daarna had ze het druk en vergat ze helemaal om de personen in kwestie te vertellen dat ze waren toegetreden tot de raad van bestuur van de Nalla Foundation.

Aan het begin van de zittingsperiode in Tallahassee gaf de Black Caucus een persconferentie om bekend te maken dat er een voorstel werd ingediend om een gedenkteken op te richten voor de slaafgemaakte mensen die op Dark Isle hadden gewoond. Voor het voorstel was in eerste instantie twee miljoen dollar nodig, een bescheiden bedrag voor een rijke staat met een indrukwekkend begrotingsoverschot. Het voorstel strandde bij een subcommissie en werd opnieuw ingediend, waarna het weer om zeep werd geholpen doordat het bezwaar tegen de afwijzing niet tijdig was ingediend.

Diane en Mercer waren in het parlementsgebouw van de staat tevergeefs aan het lobbyen toen de termijn verstreek. Het was een zware tegenslag, maar de meeste Caucus-leden waren optimistisch over volgend jaar. Een van de vele lessen die Diane leerde was dat ze het best privégeld kon gebruiken en weg moest blijven bij de politici, zowel de lokale en de federale als die van de staat.

De Nalla Foundation haalde geld op en had genoeg om een hele tijd bezig te blijven. En met de publicatie van *De overtocht* zouden ze nog een flinke oppepper krijgen.

2

De eerste recensies waren op zijn zachtst gezegd lovend. *Publishers Weekly*, *Kirkus*, *Booklist* en *Goodreads* kwamen superlatieven tekort en Viking schroefde de eerste druk op naar honderdvijfentwintigduizend exemplaren. De vaart zat er lekker in en in de uitgeverswereld gonsde het nieuws dat *De overtocht* dé zomerhit van de non-fictie zou worden.

Viking wilde een lanceringsfeest in New York geven, maar daar wilde Bruce Cable niks van weten. Hij wilde er niet eens met Mercer over in discussie gaan. Het boek was ontstaan in de wateren rondom Camino Island en daar zou het als eerste gevierd worden. Hij bestelde tweeduizend exemplaren, een record voor Bay Books, en haalde Mercer over om die allemaal voor de dag van de lancering te signeren. Hij huurde het spiksplinternieuwe amfitheater op het strand af, een geschenk van de overheid ter ere van de dodelijke slachtoffers van orkaan Leo. Hij verkocht kaartjes voor vijftig dollar per stuk, waarbij een gesigneerd boek, een rumpunch op het strand en een donatie aan de Nalla Foundation waren inbegrepen. Het weer werkte mee, het was een perfecte avond en er kwam een enorm publiek op het feest af. Bruce was natuurlijk de ceremoniemeester en hij stelde een paar belangrijke mensen voor, die een praatje hielden: Diane Krug, directeur van de Nalla Foundation; de burgemeester van Santa Rosa; de voorzitter van de Black Caucus in Tallahassee; en Marlo Wagner, directeur van het African Burial Project in Baltimore.

De ster van de avond was Mercer Mann, en ze sprak een paar minuten voordat ze het publiek verraste door nog iemand naar voren te halen. Toen Lovely Jackson het podium op liep en een buiging maakte, stond het publiek op en juichte haar toe. Nadat het rumoer verstomd was, ging ze achter de katheder staan, trok de microfoon iets dichterbij en bedankte iedereen voor hun komst. Ze bedankte Mercer voor haar boek en Diane voor de stichting en het fantastische werk dat ze deed, en Bruce van de boekwinkel. Uit een zak tussen de plooien van haar zeeblauwe jurk haalde ze een paperback tevoorschijn, haar eigen verhaal. Ze ging er eens goed voor staan en las hardop:

De vrouwen hielden de kinderen dicht tegen zich aan om warm te blijven. De wind waaide vanaf de oceaan en ze hadden het koud. Waar waren ze? Ze hadden geen idee. Ze hadden een verschrikkelijke storm overleefd. Een storm zo lang en afschuwelijk en hevig dat het schip in stukken was gebroken en honderden gillende mensen hun dood tegemoet waren gegaan. Nalla en de andere vrouwen en kinderen hadden het op een of andere manier overleefd door zich aan een houten paal vast te klampen, een mast van het schip. Het schip. Een slavenschip dat hen had weggevoerd van hun geboortedorp, hun familie en hun kinderen in Afrika. Een schip dat nu verwoest

was, gezonken was en op de zeebodem lag, waar het thuishoorde, waar het geen ellende meer kon veroorzaken. Een van de kinderen huilde en Nalla trok hem dichter naar zich toe. Ze gaf hem een kus op zijn hoofd en dacht aan haar eigen zoon, daarginds, over het water. Ze huilde, maar alleen vanbinnen.
De golven sloegen stuk op het strand, niet ver weg. De dag brak aan en er gloorde licht in het oosten. De vrouwen waren nog steeds naakt. De goedkope lappen die ze aan boord hadden gekregen, waren weggespoeld in de storm. Ze hadden al dagen niet gegeten. De kinderen wilden voedsel, maar de vrouwen zaten daar maar in het zand, naast een duin, en staarden naar de oceaan, in afwachting van alweer een dag waarvan ze geen idee hadden wat die zou brengen. Zou er een ander schip kunnen komen om hen thuis te brengen, hen mee terug te nemen naar Afrika? De dood was overal. Nalla had er zoveel van gezien dat ze zich afvroeg of ze nu soms dood was. Eindelijk dood, bevrijd van de nachtmerrie, nu met de geesten op weg om haar man en haar zoontje te zien.

Lovely las langzaam en sprak de woorden duidelijk uit, alsof ze dit wel vaker had gedaan. Het publiek was stil en luisterde geboeid. Mercer stond aan de rand van het podium en wist dat het niet mee zou vallen om na zo'n sterk optreden zelf te spreken.

De vrouwen hoorden stemmen en kropen nog dichter tegen elkaar aan. Mannenstemmen, maar rustig. In het vroege ochtendlicht zagen de vrouwen mannen op het strand lopen, die hun kant op kwamen. Nalla riep hen en de mannen kwamen naar hen toe. Vier Afrikaanse man-

nen, een met een geweer. Daarachter liepen drie vrouwen, alle drie van het schip. Toen ze Nalla en de anderen zagen, renden ze naar hen toe en de vrouwen begroeten en omhelsden elkaar en huilden, dolblij om anderen te zien die de storm overleefd hadden.
De mannen keken glimlachend toe. Ze hadden geen hemd aan en liepen op blote voeten, maar ze droegen dezelfde vreemde broeken als de witte mannen op het schip. Ze spraken een taal die de vrouwen niet verstonden. Maar hun boodschap was duidelijk: jullie zijn hier veilig. Jullie zijn bij jullie eigen mensen.

Lovely sloeg haar boek dicht, zei beleefd 'Dank u wel' en liep weg, terwijl het publiek weer opstond. Mercer omhelsde haar en liep daarna enigszins nerveus naar de katheder.

3

Het team – Mercer, Thomas, Lovely en Diane – vloog van Camino Island naar Washington D.C. Het was Lovely's eerste vlucht en de voorbereiding had weken in beslag genomen. Ze zat tussen Diane en Mercer in, hield het grootste deel van de vlucht haar ogen dicht en leek in trance te zijn. Ze sloeg eten en drinken af en zei maar weinig.

Het evenement werd georganiseerd door Politics & Prose, een onafhankelijke boekhandel die al jaren in deze buurt gevestigd was, en vond plaats in het historische Howard Theatre. Marlo Wagner was flink aan de slag gegaan om het evenement en het boek te promoten, en een heleboel Afrikaans-Amerikaanse groepen hadden kaartjes gekocht. Het theater was uitverkocht. Marlo en Diane lieten een korte video met een overzicht van het project op Dark Isle zien.

Lovely sprak en las een passage voor, en opnieuw stal ze de show. Mercer had een goede avond ten overstaan van een uitzinnig publiek.

De volgende dag werden Lovely en zij geïnterviewd door *The Washington Post*, dat in de Book World een jubelende recensie over *De overtocht* had geschreven. De legendarische hoofdredacteur Jonathan Yardley was eigenlijk met pensioen, maar was nu even terug voor het interview, en ze hadden het prima naar hun zin met zijn drieën.

Vanuit Washington namen Mercer en Thomas de trein naar Philadelphia. Diane wist Lovely weer naar haar huis in Santa Rosa te loodsen, en toen die eenmaal weer met een glas gezoete ijsthee op haar veranda zat, verklaarde ze dat ze nooit meer in een vliegtuig zou stappen. Maar het was Diane en Miss Naomi wel duidelijk dat Lovely het heerlijk vond om op het podium te staan.

4

Dr. Sargent kon niet bij de boekpromotie in het Howard Theatre zijn, al was hij daar wel voor uitgenodigd en hadden ze gevraagd of hij Diane en Marlo wilde voorstellen. Hij had zijn handen vol aan de botten op Dark Isle. Eind juni waren ze al een heel eind op weg met de tweede opgraving.

Bij de eerste opgraving, een maand daarvoor, had het team achtendertig graven gevonden. Bij elke vondst haalden ze alles wat ze tegenkwamen er voorzichtig uit; meestal botten en deeltjes van de vermolmde houten kisten. Alle resten werden schoongemaakt, gefotografeerd, geïndexeerd en in een kleine metalen doodskist gelegd, die vervolgens stevig werd verzegeld. Het graf werd dieper, breder en langer gemaakt, tot het anderhalf bij tweeënhalf was, en exact één meter vijfentwintig diep. Daarna werd de metalen doodskist neergelaten en begraven.

Zoals altijd was het zwaar, moeizaam werk en eind juni was het in Florida tegen de vijfendertig graden. Het team had een kamp opgeslagen in de buurt van de begraafplaats, op een stuk grond dat met bulldozers was vrijgemaakt, en sommige teamleden gaven er de voorkeur aan om in de natuur te slapen en te koken. De poema's maakten de nachten vaak interessant, maar er raakte niemand gewond. Sterker nog, halverwege de tweede opgraving was er nog niemand die er een had gezien. De pontonboot kwam elke ochtend water en spullen brengen en kwam aan het eind van de dag terug om de mensen op te halen die behoefte hadden aan een douche en airconditioning. Alle teamleden hadden de mogelijkheid om in een hotel in Santa Rosa te slapen, en naarmate de dagen verstreken verlieten steeds meer van hen 's avonds het eiland.

Twee keer ging Diane met Lovely naar het eiland om te kijken hoe alles verliep. De tijdelijke steiger maakte de aankomst een stuk makkelijker. De rit over de grindweg door het bos leek een luxe. Ze reden in een John Deere Gator, bestuurd door een student van Howard die het fantastisch vond om Lovely eindelijk te ontmoeten.

De begraafplaats veranderde aanzienlijk. De woekerende begroeiing en struiken waren weg, het hele terrein was schoongemaakt. Rijen touw en gele tape markeerden de graven die gevonden, maar nog niet opgegraven waren. Naast andere graven lagen kleine, nette hoopjes aarde. Het grootste deel van het werkterrein was overdekt met grote doeken om de zon tegen te houden. Lovely ging in de schaduw zitten, dronk koud water en praatte met de archeologen en de studenten, die vol bewondering naar haar keken. De gebleekte botten die ze aanraakten en zo voorzichtig behandelden, behoorden toe aan haar voorouders.

Iedereen wilde met Lovely op de foto.

Toen ze tijdens het tweede bezoek op de pontonboot terug naar Santa Rosa zaten, vroeg Lovely aan Diane: 'Kan ik hier op Dark Isle worden begraven, bij mijn voorouders?'

'Tja, het maakt de staat Florida niet uit. Die staat mensen toe om op privéterrein te worden begraven. Maar Camino County heeft jaren geleden een verordening uitgevaardigd waardoor alleen begrafenissen op geregistreerde begraafplaatsen zijn toegestaan.'

'Hoe weet je dat toch allemaal?'

'Ik heb te veel oude kranten gelezen.'

5

De overtocht kwam op nummer vier van de bestsellerlijst van non-fictie binnen, waardoor Viking nog eens vijfentwintigduizend exemplaren liet drukken. Mercers boektournee bracht haar naar New York, Boston, New Haven, Syracuse en Buffalo, en daarna weer terug naar Baltimore en Philadelphia. In elke plaats gaf ze zoveel interviews aan de pers als haar pr-team maar kon inplannen, ze bezocht zoveel boekhandels als menselijkerwijs mogelijk was en ze maakte zelfs een paar keer haar opwachting op de radio en de plaatselijke televisie. In de derde week na de publicatie schoof het boek op naar de tweede plek.

Thomas en zij gingen voor het feest op de Fourth of July naar het strand en praatten bij met Lovely, Diane en Bruce. Na drie dagen uitrusten moest ze er weer vandoor, nu zonder Thomas, voor een rondje door het Midden-Westen, waar ze naar Louisville, Pittsburgh, Cleveland, Indianapolis en Chicago ging. Boektournees waren voor het grootste deel relieken uit het verleden, maar Viking was bereid er zoveel geld in te steken als Mercer maar aankon. Met Bruce' niet-aflatende aanmoediging had ze ingestemd met veertig steden in vijftig dagen.

Op 18 juli, een week of vijf na de publicatie, kwam *De overtocht* op nummer één op de lijst. Mercer wilde net haar hotelkamer in Wichita uit lopen toen ze het telefoontje van Etta Shuttleworth in New York kreeg. 'Het is je gelukt, meid! Nummer één!'

Mercer ging op de rand van haar bed zitten, probeerde niet te huilen en belde Thomas. Hij beloofde dat hij in Denver naar haar toe zou komen. Daarna belde ze Bruce, die het natuurlijk al wist. Etta belde terug met het nieuws dat Viking nog eens vijftigduizend exemplaren liet drukken.

6

In een noot van de schrijver aan het eind van *De overtocht* bedankte Mercer de vele mensen die haar hadden geholpen met haar research. Ze had een prachtig eerbetoon aan Lovely Jackson geschreven, een vriendin die het leven dat ze zojuist had beschreven echt had meegemaakt en die zo onzelfzuchtig was geweest om Mercer haar verhaal te laten 'lenen'. Mercer riep ook op om geld te doneren. Ze beschreef de Nalla Foundation en de plannen voor een gedenkteken op Dark Isle, en sloot af met: 'Het is een kleine non-profitstichting die net is begonnen, dus als je wat geld overhebt, maak dan iets over.'

De bedragen stroomden binnen en die waren niet allemaal afkomstig uit steunfondsen. Ze kwamen bijna allemaal van mensen die het boek hadden gelezen en erdoor geïnspireerd waren. Op het moment dat *De overtocht* op één kwam te staan, hadden bewonderaars een totaalbedrag van bijna negentigduizend dollar overgemaakt.

7

Toen haar telefoon om vier over halfdrie 's nachts ging, vond Mercer hem op de tast, liet hem op de grond vallen, raapte hem op, zag dat het Diane was en wist meteen dat er iets met Lovely gebeurd was.

'Mercer, waar ben je?'

Goeie vraag. Ze keek in de donkere kamer om zich heen alsof de meubels en de gordijnen een aanwijzing over de stad bevatten. 'In Portland, geloof ik. Wat is er?'

'Miss Naomi heeft Lovely vanavond gevonden. Ze lag op de grond en kon niet overeind komen. We zijn nu in het ziekenhuis en het gaat wel weer, ze slaapt, ze heeft waarschijnlijk weer een beroerte gehad. Ik vind het vreselijk om je midden in de nacht lastig te vallen, maar je zei dat ik moest bellen.'

'Dat is prima, Diane. Geeft niks. Kan ze iets zeggen?'

'Dat weet ik niet. Ze heeft een slaapmiddel gekregen, maar het lijkt niet heel ernstig te zijn.'

'Ik kan nu niet naar huis.'

'Ben je gek, dat hoeft ook niet. Je kunt hier toch niks doen. De dokters houden haar een paar dagen in de gaten. Morgen weten we meer. Hoe gaat het met je tournee?'

'Op en neer. Er komen best veel mensen, maar het nieuwtje is eraf.'

'Hé, meid, je staat op één. Geniet van het moment.'

'Dank je wel.'

'We zijn allemaal heel trots op je, Mercer. Het hele eiland geniet van je grote moment. Ook Lovely. Ze heeft het nergens anders over.'

8

De schade viel niet mee, de beroerte was niet 'klein' of 'licht'. Na twee dagen ziekenhuis besefte Lovely dat haar linkerbeen en -arm het niet goed deden. Fysiotherapeuten duwden en trokken zachtjes, met weinig succes. Ze zetten haar voor het eerst van haar leven in een rolstoel en duwden haar naar de gang om te gaan lunchen. Diane en Miss Naomi kwamen elke dag bij haar kijken. Ze kregen te horen dat Lovely niet meer op zichzelf kon wonen. Ze had verzorging nodig.

Toen ze haar dat vertelden, protesteerde Lovely hevig, maar er was geen discussie mogelijk. Na tien dagen ziekenhuis werd ze naar een revalidatiecentrum in Jacksonville gebracht, waar ze twee weken bleef tot ze naar een verzorgingstehuis vijftien kilometer van Camino Island ging.

Nadat Mercer klaar was met haar tournee en terugkeerde naar het strand, reden Thomas en zij naar Lovely. Het was geen opwekkend bezoek. Diane waarschuwde hen dat ze niet vooruitging.

Lovely zag er veel ouder uit en de linkerkant van haar gezicht hing omlaag. Ze praatte onduidelijk en zei maar weinig. Ze was blij om Mercer te zien, maar begon meteen te huilen. Mercer zat een uur lang op de rand van haar bed, wreef over haar arm en vertelde haar over alle boekwinkels die ze had bezocht en alle mensen in het hele land, die nu wisten van Lovely Jackson en Dark Isle.

Mercer kwam de volgende dag terug, en de dag erna weer, en Diane en zij wisselden elkaar af. De verpleegkundigen zeiden dat Lovely werd opgevrolijkt door hun bezoekjes, maar dat ze duidelijk achteruitging.

Eind augustus namen Mercer en Thomas afscheid en reden terug naar Ole Miss. De colleges begonnen over drie dagen. Mercer beloofde Lovely dat ze haar snel weer zou zien, maar ze vermoedde dat dit haar laatste bezoekje was.

Nauwelijks hoorbaar bedankte Lovely haar voor het fantastische boek en omdat ze zoveel voor haar en haar mensen had gedaan. 'Je hebt ons beroemd gemaakt,' zei ze.

Mercer vertrok in tranen en huilde een uur lang in de auto.

Diane belde elke dag met dezelfde update. Er was niet veel veranderd en de situatie was zeker niet verbeterd.

Op 28 september overleed Lovely Jackson op tweeëntachtigjarige leeftijd als de allerlaatste afstammeling van de trotse mensen die op Dark Isle hadden gewoond.

9

Overeenkomstig de instructies die Lovely had geschreven en aan Miss Naomi had gegeven, werd haar lichaam gecremeerd, waarna haar as in de zwart-gouden Afrikaanse keramieken vaas werd gestopt die al tientallen jaren in haar bezit was. Hij stond op de middelste plank van haar boekenkast in de woonkamer.

Twee maanden later, toen Mercer en Thomas met Thanksgiving op het eiland waren, kwamen ze op een middag met Diane en Miss Naomi bij elkaar. Ronnie bracht hen in een elf meter lange vissersboot over het koele water naar de pontonsteiger van Dark Isle. Hun missie was geheim. Ze hadden het aan niemand verteld. Ronnie was nieuwsgierig, maar hij vroeg nergens naar.

Ze liepen over de grindweg naar het midden van het eiland, naar de begraafplaats, waar ze bewonderend naar het werk keken dat de archeologische teams hadden verricht. De resten van honderdtwintig mensen waren opgegraven, schoongemaakt, gefotografeerd, geïndexeerd en herbegraven in metalen doodskisten.

In een hoek waar Lovely dacht dat haar familie begraven was, haalde Thomas een kleine schep tevoorschijn en groef een gat. Daar zetten ze de vaas in, drukten het zand eromheen stevig aan en bedekten hem.

Het was Lovely's laatste wens geweest om in eeuwige vrede te rusten, dicht bij Nalla.